TAGE LANG

【德】大卫·萨菲尔 / 著　文泽尔 / 译

世纪文景
Century Literature

世纪出版集团 上海人民出版社

上海世纪文睿文化传播公司 出品

译序：真实的魅力

文泽尔

在欧洲居住时，我去过不止一次华沙。有次去时，甚至闲到在美人鱼雕像旁的咖啡馆外久坐一天，拿着炭笔给民居画素描，一杯接一杯灌咖啡的地步——在我的印象里，这是个相当悠闲的城市，浪漫倒不怎么浪漫，就是悠闲，生活节奏几近静止。华沙人都很和气，很少见到凌晨两点法兰克福街头笑得面容抽筋的醉酒青年，抑或奥斯陆四十岁上下派头十足的沉默绅士。西西里岛火车上满身海盐味的农民的淳朴倒也不像，也不似米兰人那般时尚，或者伊比利亚半岛的狂欢气，华沙统统没有。硬要去描述的话，大约是某种调和的、出世独立的孤寂感，但又不比布拉格那般冷淡、桀骜，而是温暖、温和的基调。反正，就我看来，坐在华沙街头慢悠悠耗尽一生也不至于可惜。

大卫·萨菲尔最新作品《28天》的故事，正是发生在华沙，但又不是我熟知的华沙——那是二战时期的华沙市。萨菲尔先生用第一人称视角，附身在一位名叫米娜的年轻犹太女孩身上，从她在露天市集走私食品进犹太居住区遭遇险境的惊险故事开始讲起，到试图从犹太黑帮首领手上谋差事，之后经历纳粹"搬迁"清洗行

1

动，倾听集中营毒气室生还者口述等等事件，以虚构与史实辉映的手法：用一个虚构人物，串联起十多位真实经历过波兰犹太人大屠杀事件的幸存者们的笔录或口述，复写、再现逝去的真实，并交织爱情、成长、民族认同等宏大主题，撰成这本有笑有泪有回味的小说。作为主角，米娜和以往大部分二战主题小说或电影角色不同的地方，在于她的真实：并非《辛德勒的名单》或者《穿条纹睡衣的男孩》里那种尽显悲壮的真实，而是通过琐碎的心理活动描写和波折不断、异想天开的事件转折，实现《布达佩斯大饭店》或者冯内古特小说当中，接近黑色幽默的场景具象化，以及时不时让人觉得啼笑皆非的情节张力。"啼笑皆非"这个词，对于萨菲尔式幽默而言，算是十分精准的概括：他的故事主角，尽是些生死关头尚且婆婆妈妈，化险为夷后又得意忘形、伪饰自欺的类型。这一节里的诺言和起誓，下一节就可以推倒不算，甚至忘得干干净净。虽然各种插科打诨和小人物情怀是不变的基调，但也绝非简单的流水文章。只要是萨菲尔的小说，一连串画面感十足的胡闹折腾之后，主角总是会成长、成熟起来，而坚持读到最后的读者，也总是能够在小说收尾时，通过回忆，串联起之前发生的各种事件——尽管差不多所有事件都是"啼笑皆非"的风格，可在联结审视之后，却又能从中体味出迷恋、勇气、执著、牺牲、快乐、疯狂……林林总总的人间百味。

萨菲尔作品最可贵之处，在于对真实视角的坚持：他总是会先假设出一个不完美的人物，在工作、感情、生活、社交上遭遇危机或挫折，屡屡面临随波逐流或者奋起抗争的抉择。然后，再将这个人物置入到某个相对奇妙、难以解释的环境中，观察她的行动，以及心态上的变化，将她的遭遇如实记录下来，即成其为一部典型的"萨氏小说"。迄今为止，萨菲尔小说中以第一人称描摹的主角，全部都是女性（这也是前文中直接使用"她"的原因）：《蚂蚁的眼泪》中被俄罗斯太空站掉落的洗脸盆砸到脑袋之后，转生为蚂蚁和其他各种动物的著名电视节目主持人金·朗尔女士；《耶稣爱我》（中译《在不懂爱情的年代，遇见爱情》）里因为恋爱挫折搬回老家，结果发现邻居竟是耶稣基督本人的玛利亚；《突然成了莎士比亚》则更为夸张，主角罗莎直接进到了十六世纪时、文豪莎士比亚的身体里，过起了穿越生活。相比之下，《28天》里却并没有出现这类近似科幻小说的设定，最多在主角妹妹汉娜所营造的"777座岛屿"的故事世界里，过了一小段时间双重生活。通过阅读本书末尾的作者对谈部分，大家可以了解到，《28天》的这次"例外"，实际上是萨菲尔有意为之。首先，作者试图通过这一方式向读者阐明，二战时期，纳粹对犹太人所犯下的暴行，其本身已经如科幻小说一般令人感到匪夷所思——作者借文中人之口或者直白、生动的情境描写，多次表示"历史上从未出现过类似的大屠杀"。至于"将人脱光之后如牲畜一般赶进毒气室里"这种灭绝人道的行为，那些在切姆诺发生的惨剧传闻，甚至犹太人自己（包括主角米娜）都不愿意去相信，认为那些事情是"根本不可能发生"的。正因为这些在当时人听来已经具有相当科幻性的事件，确实属实，才令《28天》在挑选、拾取已落定的历史尘埃过程中，契合了魔幻现实主义的和声，取得了比运用幻想设定更可震撼人心的效果——萨菲尔多次强调"素材取自真实"，也同时表明了他个人对这段真实进行倾诉的决心。

　　另一方面看来，尽管"777座岛屿"部分相对小说进程而言，看似是可有可无的存在。但全书阅毕之后，仔细思考岛屿、沙人、镜子大师等设定的隐喻，会发现其童话故事的表象之下，拥有与主文情节不可割弃的互文性联结——镜子大师能让人见到自身最害怕、最不敢面对的恐惧，与其说它是纳粹在童话世界里的镜像，倒

3

不如认为它是一个时代的具象缩影：面临绝境之时，人们是怎样堕落，或者怎样成全自己。是原形毕露，还是凭借爱的力量，顽强对抗时代洪流的拉扯。从镜子大师相关的描述当中，不难看出作者的用意。沙人是镜子大师的帮凶，能力强大，但对外界新生事物（他没见过手枪，认为这是一种魔法）却又显得孤陋、胆小、愚蠢，这或许是对波兰市内，以犹太警察为代表的一系列帮凶人物的嘲讽。如此种种，令"777座岛屿"的穿插显得有趣又深刻，相比之前作品中单纯求奇、求新的整体设定游戏，更为丰富、立体——如果相信那个世界是相对真实的，如果认同米娜对多重世界彼此生灭交替的荒唐理论，甚至会从《28天》戏谑故事的表象之下，发掘出一些哲学性的体验来。

实际上，与其认为萨菲尔是一位德国幽默小说作家，不如将他看作一位美式女性小说作家更为恰当。1966年出生的萨菲尔，不来梅生人，原本从事记者工作，三十岁时转行成为编剧，主要是为德国电视剧撰写剧本，之后也曾涉足导演工作。他自编自导的86集长剧《柏林、柏林》曾荣获2004年国际艾美奖喜剧类最佳剧集，以及德国国内多个最高奖项。或许因为长期从事编剧工作的缘故，萨菲尔的文学创作观是十分美国化、现代化的，几乎不受任何德国文学严肃思潮的影响，在他的小说中找不到诸如西格弗里德·伦茨、君特·格拉斯、马丁·瓦尔泽这类老一派德国严肃作家的影子，与丹尼尔·克尔曼拿捏历史事件之幽默感的基调也大不相同。萨菲尔是琐碎、生活化、戏剧冲突，乃至粗俗真实的信奉者。读他的作品，从头到尾都觉得"写得实在不怎么样"也不稀奇，但又没办法控制住自己不去读完它。等到读完全书，可能最终也不会给出多高的评价，可转念细想起来，书中的人物、场景、情节，却又像是刚看过的大屏幕电影一般鲜活：这正是萨氏小说的魅力所在。

　　萨菲尔绝非随意创作的作家，他总是在甄选过大量素材、精心安排过戏剧冲突之后，才写作出看似不经意甚至混乱、粗鄙、滑稽的故事。这并非我的凭空臆测，而是有亲历实例作为佐证。早在本书德文版出版之前，本书的中文出版方世纪文睿就已经将书稿的德文电子版交给了我，委托我开始翻译，希望能够加快出版流程。德文版《28天》的上架时间是3月21日，因为德国方面样书投递发生延误，作为译者，我直到7月中旬才拿到实体样书。当时，我已基本按照电子稿译完了全书，便与责编商量，打算使用实体书进行核校。在这一过程当中，我们发现实书内容相比电子稿有较多的细节删减和修改，这说明作者和德国出版方在书正式出版之前，又对书稿做了大量繁琐且细致的工作，才最终给出能够正式付梓的版本。读者读完本书之后，应该可以理解作者反复修改原稿的原因：《28天》实际上包含一些极端敏感的内容，在对纳粹历史仍旧十分在意的德国（在德国，甚至二战塑料模型包装盒上都不允许有纳粹卐字标志，经销商会直接使用黑色笔在包装上抹掉卐字标；和纳粹有关的书籍、电影、纪录片的监管也十分严格），本书的出版并不容易。在原书稿中能够找到波兰犹太人直接对德国人（不止对纳粹）进行的各种嘲讽，从犹太教角度调侃马丁路德新教的辛辣议论，甚至还有正面支持屠杀犹太人和纳粹暴行的言论。这些部分在正式成书的版本中仍旧存在，但全部经过了作者的精细调整，在不减幽默风趣的同时，言论相对"温柔"了许多，读者看到的依然是个一气呵成的痛快故事。由此可见，看似轻描淡写、信笔而为的文风，同样是千锤百炼之后锻铸而成。自这件小事当中，不止可以见到萨菲尔本人的严谨认真，还能窥见德国出版界一丝不苟的精神和态度。

　　这是我所翻译的第二部大卫·萨菲尔作品，也是我所读过的第五部了。《28天》与其他萨氏作品相比，在保留作者基本风格的同时，内容上更加严肃，情节和人物处理也愈发细致、成熟。在翻译过程当中，我特别在意保留文章的原始语感和阅读流畅度。通晓德语的朋友们应该知道，与中文使用方法不同，德语写作本身存在一些十分有趣的技术：在文学作品中，往往会利用定语从句本身的特点，在长句的最后"抖开包袱"，以达到类似冷幽默的效果。译为中文的过程中，我尽力保留了作者通过特定语法实现的幽默感，结合原文平实、质朴的用词，更多使用短句，弃用过于复杂华丽的辞藻，并适当省略了频现的人称代词和物主代词，确保文章的流畅度。在一些从句较多的段落中，结合前后文逻辑，略微调整了语序，使得大量口语化的对话及心理活动更符合国人的阅读习惯。萨菲尔在行文过程中，为求情节、对话生动，运用了不少德语俗语。有趣的是，中德两种语言当中，许多通过形象性来表意的成语，在实践上亦是对应的。例如中文成语的"易如反掌"，在德语中对应为"wie im Handumdrehen（像是将手掌翻过来一样）"。与此类似，"如鱼得水"则对应为"wie ein Fisch im Wasser（像是鱼在水中一样）"。我以达意为基准，根据自己十年留德岁月的语言经验积累，查实赵登荣等人编撰的《杜登德汉大词典》（2013 年版）等参考书中的标准译法后，按照对应的中文成语进行了转换，意图让通俗的文字更加本土化一些。

2012 年，《耶稣爱我》已由演员兼导演弗洛里安·弗里茨与萨菲尔联袂合作，成功在德国搬上了大银幕，本土院线反响热烈。《28 天》的历史感和画面感更强，显然更适合改编成电影，读过本书后如果喜欢，在等待萨菲尔下一本新书的同时（估计不是今年，因为作者现在仍在全德各地举办《28 天》的朗读会），也可期待改编电影的早日上映了。

目 录
CONTENTS

Living

活下去

为了平息自己强烈的痛感，不至于叫喊，

我触碰了一下手边岩石上的苔藓——这些苔藓又软又滑。

这样，我就又一次地感觉到，这世间除了我的恐惧与疼痛外，

还是有些其他东西存在的。

1

发现我了。

那群疯狂的野狗们发现我了！

这帮家伙对我紧咬不放，毫不松懈。

实际上，我并没有亲眼看见他们，也并未听见他们发出的声音——只是凭感觉，我就知道，他们已经发现我了。这种感觉，就跟动物察觉到自己的生命正面临危机时的那种直觉类似：在荒野中，抬起头来，明明一点风吹草动都见不到，连天敌的影子也看不见，却很清楚灾难已快降临。我所身处的这处露天集市——这处对波兰人而言十分寻常的露天集市，他们在这儿购买日常蔬菜、面包、熏肉，还有日常穿的衣服。对了，他们甚至还在这里买玫瑰花。但是，对我这样的人而言，这里就好比是动物们栖身的荒野一般。在这里，我简直就被当成了一头猎物；在这里，我或许可能会死掉——当人们发现我是谁，或者，更准确点说——当人们发现我是什么身份之后。

好吧，现在不能走得太快，我在心里暗暗思忖着。走太慢也不行。对了，没准换个方向走走。噢，千万不要朝那群追踪者们的方向看。还有呼吸也是，不能显得不平稳……总而言之，会引起他们怀疑的事儿，一概不能做。

这是个暖和得出人意料的春日，相比在外面漫步，惬意享受阳光，轻轻松松地逛市场这件事，对我而言，简直难到不可想象。我身体的每一部分都想要即刻逃离，可是，如果当真转身逃离的话，却又马上会引起那帮野狗们的警觉，印证他们之前对我的怀疑——我不是一个普普通

通、刚刚结束集市购物之旅的波兰女人，不会带着满满的购物袋回家去
向父母交差。恰恰相反，我是一个走私贩。

我稍稍往里站了些，假装正在从一位农妇的摊位上挑苹果，心里却
在琢磨着自己是否应该回头看看，确认一下情况再说。要知道，即便是
现在，也还是存在那样的可能性：一切都只是我的臆想，压根儿就没人
跟踪我。可就算这样想，我全身上下的每一根肌肉纤维仍旧是不受控制
地想要逃跑。要知道，我从很久以前就已经懂得，相信自己天生直觉的
重要性。若不是如此，我又怎么可能活到十六岁呢？

如此这般，我终于还是决定要撤退了。主意既然已经定下，我就又
开始慢慢走动起来。就在这时，那个胖得令人厌恶的卖苹果农妇（这个女
人，她吃东西肯定不是点到即止，而是能吞多少就吞多少），突然在我身
后呱噪了一声："嘿，我卖的可是整个华沙城里最好的苹果！"

我觉得她没有说谎，因为，对我而言，每一个苹果都是最好的。对
于大部分必须在高墙内生活的人们而言，即便吃烂苹果都是种享受。除
了苹果，我的袋子里还有鸡蛋、李子，甚至还有黄油——这玩意儿在我
们那边的黑市里，可以卖不少钱呢！

无论如何，在我找到返回墙那边的机会之前，首先必须得搞清楚，
到底有几个人正在跟着我。他们肯定也不能完全确定我就是走私贩，否
则早就逮捕我了。嗯，我还是必须先找到他们。而且，过程务必十分小
心，确保不引起任何人注意——不能再增加他们的怀疑了。

我的目光，落在脚下的鹅卵石路上：前方几米远处，有一块方形
的下水道铁盖，上面有横开的入水栅口。就在这时，我脑袋里面突然
蹦出了个好点子。一开始，我先假装平平常常走路，走到下水道铁盖
上时，再假装自己那双蓝色高跟鞋的鞋跟卡在了铁盖栅口上就好。说
到这双高跟鞋，它和我身上穿着的这件装饰有红色花朵的蓝色连衣
裙，搭配起来简直完美无缺。每次出来走私，我都穿这身行头——

它们是我们家里还有些钱的时候，母亲送给我的。除了这套衣服之外，我其余所有可以穿的东西，全部破落寒酸得要命，有几件，上面的补丁甚至多到数都数不清。试想，如果我穿那些衣服出来，在市集里走不出五米，恐怕就会引起所有人的注意吧。只有我宝贝得不得了的这件连衣裙和高跟鞋，才是走私专用的工作服、我的迷彩、我的战衣。

我直直地向着下水道铁盖走去，故意将鞋跟踩进了栅格里。然后，我微微弯下腰，用十分夸张、戏剧化的语调咒骂道："噢该死，真见鬼！"一边骂着，一边放下自己的购物袋，朝着被卡住那侧鞋跟的位置低下头，装出要把鞋跟给弄出来的样子。与此同时，我偷偷向着身后四下张望，很快就发现了他们——那帮紧追不舍的野狗。

我的直觉一点儿也没错，只可惜给出的信息不够慷慨，最终还是眼见为实。

一共有三个男人。走在最前面的是个穿棕色皮夹克、五短身材、没刮胡子的壮汉：年龄约摸四十岁，明显是这帮人的头儿；在他身后，紧跟着一个蓄络腮胡的大块头，壮得简直能够搬起大块岩石，再直直地扔出去；还有个年轻人，年龄跟我差不多大，也穿着皮夹克，戴了猎人常戴的扁帽，看起来就像是最前面那个头儿的缩小版本——莫非，那人真是这年轻人的父亲？不管怎么说，这个本该去读书的适龄青年，却没有去上学，而是大清早就跟着一群人在集市里四处晃悠，只为了逮住像我这样的可怜虫。

简直疯了——在那堵墙里面，我们可是想去都不能去上学的，因为德国人不允许我们听哪怕区区一堂课。尽管如此，私下里还是有非法授课的团体——当然，并不是每个人都可以去听，而且我自己也很久都没去过了。谁让我必须得养活一大家子人呢。

话说回来，这个波兰年轻人虽然可以去学校上课，有成材的机会，却并不打算把握这个机会。自然，跟这帮"施马措乌尼克①"们（我们是这样称呼这帮野狗们的）混在一起，可以赚到不少钱：到处狩猎犹太人，抓住他们，带到德国人那儿去，然后领取赏金。"施马措乌尼克"们就是这样做的，这种人在华沙有很多。德国人接管这些"不守规矩"的犹太人后，也不理会他们是属于墙外还是墙内，统统枪毙，无一例外。

1942 年早些时候，德国人又颁布了一条新的"规矩"：任何没有得到官方允许的犹太人，如果胆敢在这个城市的波兰人区域逗留，一经发现，立即处以死刑。仅仅一死还不足够；无论男人、女人还是小孩子，在最终站立在执行枪决的那堵墙前面以前，都会受尽折磨——到处都流传着各种各样的、关于死前受折磨的最最恐怖骇人的故事。他们有时甚至会直接将孩子折磨至死。哪怕只是稍微想象一下可能在牢狱中遭受到的折磨，都让我忍不住咽了一下口水。别想了——此时此刻，我还没有被打，没有被折磨，也没有被执行枪决呢！我还活得好好的！嗯，为了我亲爱的妹妹汉娜，我必须坚守这一状态。

除了我这个水灵可爱的妹妹汉娜以外，世界上再没有第二个人能让我如此去疼爱了。因为营养不良的缘故，妹妹虽然已满十二岁，个子却仍旧很矮，模样乍看上去也很不起眼，除了她那双大眼睛——闪闪发亮，分外有神，时刻迸发出好奇和热情。透过那双眼睛，在墙内无尽的噩梦与绝望之外，仿佛还能够看些不同的东西。

准确点说，透过那双眼睛，可以窥见普通墙内居民们根本难以想象的——希望与梦想之力。在修祖库尔特②的地下学校里，从数学成绩看到生物成绩，再看到地理成绩……无论哪一门学科，汉娜的成绩都是

---

① 波兰语 Szmalcownik，专指德占波兰时期为德国人卖命、负责逮捕混在市民中的犹太人的波兰叛徒。——译者注（全书同）

② Szułkult，华沙附近旧镇名，现已废弃。

中等偏下，唯独讲故事的本事，没有任何人可以超越她。在课间休息的时间里，她总在跟其他的孩子们讲故事：首先炮制出一位丛林女猎手莎拉，历经千难万险，终于解救出她的爱人——被邪恶的三头龙掳走的王子约瑟夫；然后，她又瞎编出一只名叫马利克的兔子，这家伙神通广大，帮助盟军赢得了战争；还有一位叫做汉斯的犹太居住区少年，他拥有特殊的本事，能够赋予石头以生命。尽管如此汉斯却不太情愿使用自己的这项异能，因为大部分的石头都患有抑郁症……每个听汉娜讲故事的人，无论是谁，听着听着，都会觉得世界不再那么灰暗，生活也变得稍微美好了些。

如果我在这儿被捕的话，以后还能有谁来照顾这个可爱的小家伙呢？

显然不会是我的母亲。遭遇环境大变后，她整个人都垮掉了，只知道每天窝在归我们家居住的那个破落肮脏的小墙洞里，再也不出来了。当然，也不可能是我的哥哥，那家伙自私自利，一切都只肯为自己着想，绝对不会帮助汉娜的。

我一面偷偷观察施马措乌尼克们行走的路径，一边将我的高跟鞋跟从铁栅上弄下来，然后，动作很快地轻摸了一下地上的鹅卵石——每当我感到恐惧时，经常都会就近触摸一下身边某样东西，仿佛一种特别的巫术，能够帮助我平复心情；不论是金属、石头，还是布料——随便什么都可以，关键点在于，触碰它，能够让我意识到，在这世界上，除了恐惧，还存在别的东西。一旦这样去想，恐惧就变得不再那么可怕了。

被我用手摸过短短一秒钟的那块浅色鹅卵石，并不是冰冷冷的，因为被阳光晒过好久，手感十分温暖。我深吸了一口气，攥紧自己的袋子，继续向前走了起来。

施马措乌尼克们还在跟踪我，这点我十分清楚——我能够清楚听见他们逐渐加快的脚步声。除了这些脚步声外，在这集市里还有其他各种各样的响动：商人们推销、赞美货品的叫卖声，顾客们讨价还价的嚷嚷声，鸟儿们叽叽喳喳的鸣叫，以及集市后面马路上汽车驶过时发出的噪音。

各式各样的人们，迈着从容的步伐，从我身边慢悠悠地走过。一个穿着灰色西服套装（很多波兰大学生都穿这种西服套装）的金发青年，就在我面前哼着欢快的小曲。眼前这一切，显然都是真实存在的。不过，不知为何，所有这些声音在我听来，都仿佛远隔万里。只有我的呼吸声，一起一伏，听得格外清楚——而且，这呼吸声越来越急促、慌乱了。我加快自己的步伐，走得不能再快，喘气声却变得越来越粗，越来越明显。还有心跳声，一秒接一秒地加快，快到几近疯狂。但这些声音还都不是最明显的——我能够听到的最明显的声音，始终是跟踪者们的脚步声。

他们离我越来越近了。

比刚才还近，近得多了。

很快，他们就会追上我了，他们会把我逮住，或许，还会讹诈我身上的钱财。他们会这样对我说，把所有的钱都交出来，只要这样，就不把我移交给纳粹。一旦我听他们的吩咐，给了钱，也还是会被他们背叛——要知道，移交纳粹之后，这帮家伙还能额外得到一笔可观的赏金。

我其实早就知道，自打我决定做走私贩这件工作时开始，这样的事儿或早或晚都会发生。那还是在爸爸下定决心抛弃我们之后几周发生的事情：那时，我们一点钱也没有了，没办法在黑市上买吃的。德国人每天给我们分配的口粮，精确到每人 360 卡路里，根本不可能够吃。不仅如此，那些"犹太人特供"的口粮，还经常是已经腐烂、变质了的。东线德军不愿意吃的一切劣等货，就直接甩给了我们：坏掉的芜菁、腐臭的鸡蛋，以及冻得发硬、没办法再烹调的土豆——就是这种玩意儿，他们还有办法勉强捣鼓成一种难吃得要死、仅供果腹的土豆糊，硬充口粮分给我们。去年冬天的好些日子，整个犹太居住区里都飘着这种难吃的土豆糊臭味。

就是这样，如果我打算养活家人们的话，就必须做点什么才行。关于能够做的事情，我的朋友露丝，选择在不列颠酒店里出卖自己的肉体。她曾向我发出邀请，拉我入伙。不过，即便我果真跟露丝微微坏笑着在耳边提醒我时说的一样，拥有一具男人们无法抵抗的胴体——我想，在自己投身那档子事儿之前，还是致力于走私贩子这门营生比较靠得住。

如果真的被施马措乌尼克们逮住，我早就想好了一套说辞：我的名字是达娜·史穆达，一个波兰女学生，在华沙城的另一边居住。虽然住得远，却喜欢到这边的集市来买东西，因为，只有在这里才买得到那种特别甜的酥皮蛋糕，里面包着十分好吃的苹果馅料。我瞎编的家庭住址非常远——这点很重要，要是住得不远的话，那帮野狗们就会直接把我带到我编出来的那条街上，找到对应的门牌号，看我能不能进去。如果这样的话，可就真露馅了。为了让我的这套说辞在紧要关头时显得可信，每次我去集市买东西时，都会买上一块酥皮蛋糕，把它放在我的袋子里，当作佐证。

不仅如此，每次出墙时，我会在脖子上系一根项链，项链上面挂着耶稣受难的十字架①。为了伪装得更像一些，我还背下了很多基督教的祈祷词，以便让人们觉得我是个虔诚的天主教徒。比如《玫瑰经》和《圣哉经》，还有《圣母玛利亚谢主曲》，唱起来是这样的："我的灵魂赞美我主的伟大，我的精神为圣父荣光欢呼雀跃……"——就像这时代里那些精神健康的天主教徒们，为那圣父欢呼时的模样一般。

---

① 犹太人均信奉犹太教，主角以此来伪装信天主教的非犹太人。

哈，要是在我面前有个唱诗台，那些天主教徒正站在台上唱这些劳什子赞美歌的话，我一定会朝他们扔鸡蛋！即使知道在犹太居住区里，这些鸡蛋值很多钱，我也要扔！我不信教，也不信那些政治家们的花言巧语。不止这样，现在我任何大人们的话都不信了，唯一相信的只有一点——我要活下去。

"喂，你，站住！"一个跟着我的家伙突然喊了起来，我猜，是那帮人的头儿喊的。

我装作压根儿没听见他话的样子，既不停下，也不放慢脚步——本来就该这样，我可是个再普通不过的波兰女孩儿，干嘛要为身后一个粗野、陌生男人莫名其妙大喊的一声"站住！"而转身呢？

紧要关头了，我在脑海中又过了一遍自己预备好的说辞：我的名字叫达娜·史穆达，住在米沃达瓦街23号，最爱吃的东西是酥皮蛋糕……

野狗们飞奔过来，挡住了我的路，把我团团围住。

"啊哈，你想往另一边逃跑吗，犹太傻瓜？"那帮人的头儿冲着我嚷嚷道。

"你说什么，什么意思？"我装出十分生气的样子反问道。现在正是决定生死的时候，千万不能让他们看出一丁点儿害怕的神情，否则就完蛋了。

"交两千兹罗提 ① 出来，否则我们就把你直接交给盖世太保。"头儿如此回应我。与此同时，他的儿子——虽然没有明说，不过，那家伙肯定是他的儿子，因为这两个人的长相和身体姿势，就像是从同一个模子里刻出来的一样——正在不停地上下打量着我，仿佛他一方面对我这个犹太少女感到恶心厌恶，另一方面又在他那团肮脏的小脑瓜里幻想着我

---

① Złoty，波兰货币单位。

一丝不挂时的模样。

"这么好的交易，我只说一次：两千兹罗提，我们就放过你。"

我感觉自己的脖子上一下子就沁出了汗珠。不是那种被临近中午的太阳晒过之后，慢慢渗上皮肤的普通汗水，而是代表恐惧的冷汗。这种特殊汗水的气味十分明显——要知道，我也曾经是在呵护备至的优渥环境下长大，以至于在前几年里，压根儿不知道世上竟会有这样的汗水存在。

如果这些汗水仅仅在我的脖子和腋下出现，倒也还好，并不算是背叛了我。但它可绝不能够在额头上浮现，那就糟了——这群野狗们能够轻而易举地辨识出你身上哪怕再微小的弱点和破绽，然后一举击溃你。

"你这个犹太婊子，听不懂我在说什么吗？"

我一句话都没有回。

在这个节骨眼上，我突然明白过来，为什么那些跟和我处境相同的走私贩们，会心甘情愿地给出自己身上全部的钱——即使他们原本也很清楚，在交出钱之后，自己还是会被移交给纳粹。因为，施马措乌尼克们给出的，看起来确实是最后的一根救命稻草，他们因而不知不觉就有了看似荒唐无稽的希望，指望那群野狗能够尊重这笔口头交易，信守诺言，在拿到钱后就放他们离开。如果我身上真的有两千兹罗提的巨款，或许也会马上缴械投降，承认自己是个犹太女人，并把钱交给他们。然而，我身上并没有那么多钱。于是，我只能微微一笑，说道："你们弄错了。"

"别把我们当傻瓜！"头儿恶狠狠地说。他对自己的判断相当自信。

他的表情告诉我，我预备好的那些漂亮说辞肯定是没办法说服他的。他的儿子，还有那个大块头或许会被我骗到，但绝骗不了他。在过去的那些年里，这家伙肯定已经抓过不少的走私贩，也肯定听过许多编得更加精彩的身份故事——远比我的女学生加酥皮蛋糕的故事来得好。不止好一点，而是好很多。不仅如此，他肯定也见识过大把大把装饰有耶稣受难十字架的项链，早已不稀罕了。

我的那套说辞挽救不了什么。真的，一点忙都帮不上。我当初怎么会那么幼稚，准备工作做得那么差呢？如果没有我的话，整日蜷缩在米拉街70号那个小墙洞似的房间里的母亲，不出几个礼拜就会饿死，汉娜也活不了多久了。或许她会选择在犹太居住区沿街乞讨，以此谋生，没准能过上一段时间还算凑合的日子。可惜，最迟到今年冬天，乞讨的孩子们就会一个接一个地在冰冷寒夜里被冻死。

我绝不允许在汉娜身上发生这样的事儿，绝不！

还好，我还能清楚意识到，自己手头所拥有的武器，其实并不止项链和那套说辞。除了这些之外，还有些其他的东西能够帮到我——我的外貌，看起来并不太像个犹太人。

和大部分犹太女人一样，我的头发是黑色的，这点确实没办法——不过，不少波兰女人同样也是黑色头发，这并不算是决定性因素。和典型犹太外貌不同的一处是，我长了一只小巧精致的翘鼻头，更像是波兰女孩。除此之外，还有最重要的一点：我的瞳孔是绿色的，这跟犹太女人的标准相貌完全不一样。

我的男朋友丹尼尔，曾在他为数不多的几次浪漫时刻对我说过，我的那双眼睛，看上去就像山间湖泊，在太阳的照耀下，散发出迷人的光华。在我活到现在的短暂人生当中，从来都没有亲眼看到过山间的湖泊，因此，我也就搞不清楚，那些湖泊是否当真会在太阳底下散发光华。可惜，现在我很可能再也没有机会去找到关于山间湖泊的真相了。

不论什么人，只要看看我的眼睛，就不敢确定我是犹太人了——从远处观察的话，人们会认为我是个波兰女人，或者犹太女人，都有可能；从近处看的话，我的瞳孔颜色，无论对于墙内还是墙外的人们而言，都太过特殊了点儿。

我拼命压制住自己的恐惧，双眼死盯着施马措乌尼克们的头儿，和他对视。瞳孔的绿色使他略微有些动摇。就在这时，我做了一件完全莫名其妙的事，根本没经过仔细考虑：我笑了，笑得很大声。认识我的少部分人，都很清楚，我这个人几乎从不大笑；不过，只要我笑了，即使是假装的，听起来也跟真笑无异。我的这个特长，施马措乌尼克们显然并不了解，因此，他们认为我是真的在笑——笑话他们搞错了。这就让他们更加动摇了。

笑完之后，我还不忘嘲笑一句："你们这次可真是弄错了。"

我把面前目瞪口呆的男人们推开——这帮家伙，显然还从未被一个他们认为是犹太婊子的女人如此嘲弄——拿好自己的袋子，继续走了起来。真是难以置信，我竟然凭着自己的扯谎功夫蒙混了过去，现在的我，几乎都快要露齿微笑了。

哪里知道，仅仅过了一小会儿，那个身材短小的施马措乌尼克头儿就追了过来，两个跟班也紧紧跟着他，又把我给拦住了。我屏住呼吸，打算再次装笑，却没能笑得出来。

"你肯定是个犹太人，我的嗅觉绝不会有错！"那个男人破口大骂，头上戴的猎人扁帽几乎要推到脖子上面去："在发现你们这类害虫的领域上，我的水平，算是最高的了！"

"最最高的。"那个年轻人跟班自豪地附和道。

是啊，是啊，世上还真有这样的人；自己的父亲专行讹诈，然后送人去送死，他还感到万分自豪。

真是不公平！我的父亲是个医生，专门救人，不管是波兰人，还是犹太人，谁都一样，甚至连德国士兵也一样——那个德国士兵之前在我们的街道上行军，被游击队枪击了，作为医生，父亲救助了他。就算是这样，无论他拯救了多少人，无论医生的工作多么了不起，此时此刻，正值我们最需要他的时候，他却不在我们身边，因此，我怎么样也没办法为自己的父亲感到自豪。

"别来烦我了！"我愤怒地威胁道。"否则，我可要喊警察过来了！"

那个年轻人，还有蓄络腮胡的壮汉，都被我这番空洞洞的威胁给唬住了。波兰警察可一点儿都不喜欢这帮施马措乌尼克们——在逮捕非法越墙的犹太人，把他们送交纳粹，领取赏金这点上，他们和施马措乌尼克们尚算是竞争对手。不过，一旦施马措乌尼克们越权，开始欺负起无辜的波兰小姑娘们的话，警察们肯定会大为光火的。关于这点，这两个家伙是一清二楚。

但是，施马措乌尼克们的头儿却并没有被我的话吓倒。他正死盯着我的眼睛看；那对绿色的瞳孔，并不能消除他对我的怀疑。因此，他希望能够从别的地方找出我的破绽，哪怕再微小的破绽也行。只要我的目光稍微闪躲，他就能确定我心中有鬼了。

我也竭尽全力盯着他的眼睛，并没有回避他的目光。

"我说真的，我要叫警察了。"我重复了一遍。

"不，你不会的。"他心平气和地回应道。

"我叫了警察又怎么样？"

"叫了的话，我们就一起去警察局吧。"他向我提出建议，并且指了指不远处一位穿着蓝色制服的警察。那警察正站在之前那个肥胖老农妇的旁边，啃着苹果。他的脸色不太好，想必是因为那苹果，连农妇刚刚放声夸耀的一半水平都及不上。

我现在该怎么办呢？如果我去找警察的话，这场游戏我肯定就输掉了，他们会调查到底的。如果我不去的话，结果显然也一样。现在，那些恐惧的汗水终于也出现在额头上了。施马措乌尼克头儿看到了我额头上的汗珠，露出了满意的微笑。再扯什么谎都是徒劳。

我再一次听见了那个大学生吹口哨的声音。我很快就要死了，最晚明天，我就要被带到行刑墙下面，执行枪决。我的母亲和妹妹少了我，肯定也没办法再活下去。在这种凄惨情况下，那家伙竟然还在愉快地哼着小曲！

应该马上拔腿逃跑吗？我几乎没有办法逃脱。即便穿着高跟鞋的我跑得比施马措乌尼克们更快也无济于事，他们会不断大喊大叫，吸引集市里那些已经买完东西的人注意。这些人里面肯定有不少憎恶犹太人的家伙，他们会协助施马措乌尼克们，将我逮住。仔细想想，竟然有那么多波兰人讨厌我们。诚然，波兰人肯定希望在没有德国人占领的情况下生活，不过，他们也很感谢德国人，因为德国人把对波兰人而言如噎在喉的犹太人给清除掉了。

就算出现最不可能发生的情况——我的运气足够好，能从集市里顺利逃脱。就算那样，我这一生也不可能在不被任何人发现的前提下，回到墙内，回到犹太人居住区里。因此，逃跑根本就是毫无意义。可即便这样，我也要跑，因为这是我唯一的机会了——我打算突然将装满了一大堆宝贝货品的袋子扔到地上，然后夺命而跑。就在这时，我的眼前却突然出现了一朵玫瑰花。

真的，一朵玫瑰花！

就在我的面前。

玫瑰花浓郁的芬芳窜进我的鼻腔里，甚至还短暂覆盖住了我那恐惧之汗的刺鼻气味。我最后一次闻到玫瑰的香味，是在什么时候？犹太居住区里显然没有玫瑰花，而当我在波兰集市里购买货品时，也从来都没有空闲去闻闻花的香味——我压根儿就没想到过这点。而现在，我马上就要被交给盖世太保们的紧要关头，却有人向我递出了玫瑰花？

那个人，正是之前的那个大学生。

他就站在我的身边，淡蓝色的眼睛看着我，冲我微笑。他看我的眼神，就仿佛我是这世界上最美丽、最了不起的生命，就仿佛他从未见过这么美的女人一般。

　　靠这么近观察这个似乎全身发着光的青年，我觉得他应该比大学生要年轻些，估计不到二十岁，最多十七八岁的模样。

　　我和施马措乌尼克们都还没来得及开口说些什么呢，他却一把抓住了我的胳膊，对我笑道："一朵玫瑰花，送给我亲爱的玫瑰！"

　　简直是句傻透了的情话。但只要是从他的口里说出来，瞬间就变得十分可爱，也相当具有说服力——完全发挥了情话的效用，一点都不令人觉得好笑。

　　我总算是明白了过来：这个青年打算救我的命。因此，他打算把我伪装成他波兰籍的真命天女，相识已久，结伴而来，只在他去买花的时候才落单了一小会儿。这家伙，他是个犹太人吗？看样子倒更像是个波兰人。他长了一头金发，脸上雀斑明显，眼睛是蓝色的——这副模样，就算是德国人也不奇怪。无论如何，他的演技可是相当高超，没准真是个了不起的演员？不管他的真实身份究竟如何，他可是为我——这样一个素不相识的陌生人——赌上了自己的性命。

　　"你是我一生的玫瑰！"他笑得热情洋溢，散发烁烁光芒。

　　野狗们目前还不知道应该如何判断他的行为。真有这样的人，会在眼前明明很不对劲的局势下强插进来，向爱人示爱吗？还是逢场作戏，打算救人呢？

　　我必须加入这场爱情游戏，只能这样，才有机会说服野狗们，让他们相信我们确实是一对情侣，并最终放我们两个离开。

　　虽然知道这点，也想要照做，我的表现却很混乱：我想接过他递上来的玫瑰，手却动弹不得，就仿佛被毒毛虫夏拉给蜇了一下一样——夏拉是汉娜为讲故事虚构出来的角色，这是只相当蠢的毛虫，十分讨厌蝴蝶。

　　敏锐的青年，已经觉察到我有多害怕，他把我搂得更近了些。手攥得很紧，胳膊也很有力气，不像是他这种身材单薄的小伙子会有的力量。然而，我还是没办法配合他——因为太过害怕，又十分吃惊，我就像是个橱窗展示用的塑料模特，被这个青年揽在怀里，一动不动。没办法，为了加强舞台效果，这场默剧马上添上了新戏码——猝不及防之间，他吻了我一下。

他吻了我！

他那对略微粗糙的、稍微翘起的嘴唇压在我的唇上，他的舌头伸进了我的嘴里——这件事简直做得顺理成章，就好像已经做过上千次一样。我很清楚，我必须回应他的这个吻，这是我最后的机会了。如果我不回应的话，就什么都完了——无论对我，还是对他，都是一样。

如果现在不做出点什么回应的话，肯定就会死了，必死无疑——这种确信，一下子就撕碎了我内心的拘束。于是，我也同样热情地回应了他的吻。

要问我这个吻是否合心意，嗯，此时此刻，我可一点儿都说不上来。

就在青年打算再吻我一下时，我装作满心欢喜地对他说道。

"谢谢你的玫瑰花，史蒂芬。"我很快就给他想了个名字。

"不，我该谢谢你，感谢世界上有你，蕾恩卡。"他也给我取了一个名字。当然，他在心里肯定是大大地松了口气，因为我总算是入戏了。

然后，我终于敢再去看看那帮野狗们了；我们的演出显然令他们大为吃惊、印象深刻。那个年轻的施马措乌尼克甚至显出了嫉妒的表情——显而易见，他也很希望能够这样亲吻一位波兰姑娘。

"这些家伙是不是打算骚扰你？"史蒂芬问我道。他表现出好像是刚刚才察觉到这帮人的存在的样子。

"他们把我当成犹太女人了。"

史蒂芬像看疯子似地盯着这群男人们看了一会儿，让他们意识到，自己的猜测是多么可笑。不过，他并没有像我之前想摆脱施马措乌尼克们时一样大笑，而是板起了脸，显出愤怒的神情："喂，你们想要侮辱我的女朋友吗？"

他表现得就像个堂堂正正的波兰人；女朋友的名誉受到了损害，被当成犹太人了。这种事儿，对于一个品行正直的波兰公民而言，是绝对不允许发生的！他会赌上自己的性命，来跟侮辱女朋友的人们较真。

"哪敢……哪敢。"施马措乌尼克们的头儿结结巴巴地回应道。他往后退了一步，他带着的人也跟着往后退了一步。

"才不是，他们就是想要侮辱我。"我用生气的语调反驳道。即使我只是在表演一个受辱的波兰女人也罢，对这些野狗们的愤怒之情，根本不需要假装。

史蒂芬握紧了拳头，向施马措乌尼克们举拳示威。那帮家伙退得更远些了。显然，他们是可以暴揍史蒂芬一顿的，三对一，胜负毫无悬念。施马措乌尼克们并不是因为害怕眼前这个波兰青年的威胁，他们是担心招惹来了警察，不好抽身。不仅如此，他们甚至或多或少也对把我给错认成犹太人感到羞愧。尽管区区一声"对不起"，根本不足以弥补他们的过失，那个厚脸皮的头目，却还是一言不发地转身离开了——这当然意味着，另外两只野狗跟班，也跟着他一起逃掉了。

史蒂芬像位骑士一般，一手就帮我提起了两只重重的购物袋，只为帮他的女友减轻负担。然后，又用另一只手挽住了我——就像热恋中的情侣们那样，他带着我一起逛起了集市。而我的手中，还一直握着他送我的那朵玫瑰花。

有那么一小会儿，我还觉得有些担心，怕他会把我买的那一大堆货品统统抢走。毕竟，我还不清楚他的身份；他也可能和我一样，是个走私贩子。不过，细想一下，哪有走私贩子会舍得牺牲自家性命，拯救另一个走私贩子的道理？而且，就算他拿走我的货品，我也应该心甘情愿啊，毕竟他救了我的命，这么些东西作为救我性命的小小奖励，又有什么了不起呢？等等，不行，如果我把东西都给他，我又该怎样养活我的家人们呢？怎样将我的妹妹抚养成人呢？

"谢谢。"我对他说道。

"我很荣幸能够帮到你。"他笑得是那样灿烂，差点就让我相信他所说的都是真的了。哪里知道，他马上又补充了一句："你接吻的技巧，可真不错呢。"

哼，这种话只有那种吻过许多少女，或许还吻过许多成年女人的厚脸皮男孩才有资格说出口。否则，他又怎么能够轻易下此判断呢？

"吻得不好的话，可是会没命的。"我回答道，同时尽量将声音压低，以防来来往往的行人们听到我们的对话。虽然他说的是恭维话没错，可现在的时间和地点，都不适合听恭维话。"不止我的性命，还涉及我们俩的性命。为了我，你赌上了自己的性命呢。"

直到现在，我还是没有办法完全相信，在这个人人都只顾着自己的世界上，竟然真有人会为了救我，甘愿让自己的生命面临危机。

"我知道，这次实在是很惊险。"他也低声回答我道。我看见他此刻的笑容，既不是假装，也不是厚脸皮的晒笑，而是发自真心的微笑。

"显然的嘛，你可比我要清楚得多了。"我故意皮笑肉不笑地回应道。

"嗯，我们能够逃掉一劫，全靠两个决定性的因素。"他解释道。

"哪两个呢？"

"首先，是你那对绿色的眼睛……"

他一提到我的眼睛就忍不住笑，好像很中意它们似的。我觉得很吃惊，因为，我竟然对他可能真心喜欢我眼睛这件事情，感到十分受用。

"另一个因素是什么？"我继续问他道。

"敢于在这么个敏感时期走私的人，脑袋肯定特别、特别机灵，反应也很快。否则肯定早就死翘翘了。"

18

这句话比前一句更让我受用，甚至使我感到有点儿自豪。当然，我是不会让他注意到我得意洋洋的心情的，因此，我马上回应他道："要么是脑袋特别机灵，要么就是疯得厉害，不顾一切。"

他又笑了，笑得很放松，很甜。那种感觉，不像许多犹太人勉强笑起来时那般压抑、憋屈——莫非，他其实是个波兰人？或许他真的叫史蒂芬也说不定。

"你也走私东西吗？"我问他道。

听到我的问话，他突然站住了。表情变得严肃起来，有点欲言又止的感觉，估计是在考虑，自己是否应该对我说实话，实话又应该说多少才合适。过了好一会儿，他终于回答我道："也走私，不过，跟你这种有些不大一样。"

他这句话是什么意思呢？莫非，他是在为犹太居住区传说中的"黑市之王"卖命？又或者，他其实是一个波兰籍的逃犯，专门帮助走私贩们虎口脱险？

史蒂芬将挽住我的手抽了回来。

"对你而言，知道我的事情少一点，会比较好。"史蒂芬这样说。突然之间，他的表情就变得落寞起来，一点也不像是只有十七岁的年纪了。

"哎呀，不过，我可是已经知道不少了呢。"我反驳道。

"嗯，我刚才也在想着这点。"他回应道。之前还在他眼睛里面闪烁着的年少轻狂，此时已经消失得无影无踪。即便我当真想要弄清楚，他所说的究竟是什么意思，面对现在的他，也变得无从开口。话声刚落，他就把提着的两个袋子还给了我。手上沉甸甸的，我反而感到无比轻松——我可不能什么食物也不带就回犹太居住区去。不仅如此，如果我的救命恩人当真把这些东西都拿走了，我还是会感到很伤心的。

"就这样了，我们应该互相告别了。"史蒂芬说。

可我却并不想跟他分开。我还想知道更多关于他的事。尽管如此，我还是点点头，说道："没错，是时候了。"

他用哀怨的眼神看了我一眼，那表情，就仿佛他也对我们的匆匆分别感到后悔。在察觉到我已理解他的感受之后，他赶紧换上了之前的灿烂微笑，对我说道："回去之后，你得好好洗洗澡了。"

"什么？"我吃惊地回应道。

"你浑身上下都是恐惧之汗的味儿。"他笑得更灿烂了。

我不知道自己究竟是应该笑呢，还是应该给他一巴掌。

最终，我选择笑着给他一巴掌。

"哎呀。"他竟然笑出了声。

"说话小心着点！"我怒斥道。"否则的话，以后还会有很多'哎呀'接踵而来的。"

听到我说的话，他笑得更厉害了："跟我想的一样啊——有吸引力的女人，果然都很危险。"

见鬼，一不小心，又被他给说了好话，灌了蜜糖水。

不止蜜糖水，史蒂芬还在我的脸颊上肆无忌惮地吻了一下，然后，就转身消失在茫茫人海中了。没准我一辈子都没办法知道他真正的名字，同样，他肯定也无从了解，我真正的名字其实是"米娜"。

在经历一连串紧张刺激的事情时，人其实不会太在意自己内心的感觉，只有当一切结束之后，重新审视自己，才会有机会去了解自己的真实想法。我手上还攥着那朵玫瑰花，花枝上的尖刺轻轻地扎着我的手指肚，这时候，我突然无比怀念起之前的那个吻来——史蒂芬当时吻得是多么忘情，而我的回应，自然也是无比炙热。

我感到整个人都很兴奋；这个吻，跟我从丹尼尔那里得到的第一个吻相比，同样是吻，感觉上怎么可以这么不同？

丹尼尔。

　　突然之间，我感到十分内疚——真不应该！我怎么能为一个陌生人的吻而神魂颠倒呢？

　　在这个世界上，丹尼尔可是唯一一个能够给我打气的人。他是我所认识的人里面，为人最正直的。而且，只要我遇到困难，丹尼尔随时都会站出来，这点，跟其他任何人都不同。

　　反正，我再也不会见到史蒂芬了。就算下次……

　　还是不要再想他了。丹尼尔和我，在未来的某个时候，会结伴去美国的。我们会跟汉娜一起，在纽约的百老汇漫步。我们会亲身体验这个城市，而且——还是彩色的！说到纽约，我只在电影院里放映的、美国产的黑白电影里见过它的模样。就算是黑白的纽约，也已经很久没见到了，纳粹来了之后，就再也没有电影了。

　　丹尼尔曾经与我一同起誓，一定要一起去纽约。

　　我抖擞一下精神，压制住那个吻带来的、各种莫名其妙的情感；我将这些情感归结为过分激动与戏剧化的场景，归结为生死关头的无可奈何。不仅如此，我还强迫自己，永远都不要再去想史蒂芬这个人。可不是吗，这艰难的一天都还没过完呢——最艰难的部分，此刻仍旧横在我的眼前：我必须躲过德国卫兵们的把守，回到犹太人居住区去。

2

　　在纳粹的强制命令下，犹太劳工们建造了这道围墙——没错，犹太人亲手造了用来关押自己的监狱——围墙有三米高，墙缘上洒满尖利的碎玻璃。玻璃之外，还额外加装了半米高的铁丝网。负责守卫这道墙的人分为三批：墙这边有德国卫兵和波兰警察。我们住的那一边，除了这两批人外，还有由犹太人担任的居住区特别警察。这些猪狗不如的东西，对德国人言听计从，只为在墙这边能够过上比我们其他人稍微好上一点点的生活。虽然也是同胞，但却完全不值得信任，其中还包括我那个特别懂得巴结权势的哥哥。

资深走私贩子们对能够往犹太居住区运货的少数几条渠道了如指掌。守卫们多半爱财，只要给他们塞钱，他们就会睁一只眼闭一只眼，任你来去，根本不管你是犹太、波兰，甚至德国人。只要给了钱，就可以大模大样地驱着马车通过边境线。在那些马车上，食物一般都被藏在双层的木夹板里。有时，不仅车上带着的食物，甚至连拉车的牲畜，都是可以出售的货品。在进犹太居住区时，还是马在拉车，出来的时候，已经是犹太人来拉了。

我并不资深，进出犹太居住区没有那么容易——我口袋里没钱，没可能贿赂那么多守卫；而且我长得比较高大（虽然这么说，但身材却很苗条），没办法像那些不得不养家糊口的小孩子们一样，从墙下面那些窄小坑洞中的某个爬进爬出。唉，那些小孩子们，那些小小的、衣衫褴褛的家伙，他们不分昼夜、冷热、晴雨，勉强挤进墙壁上的裂缝里，或者钻进脏臭的下水道中，甚至大着胆子翻越围墙，双手被墙上的碎玻璃片硬生生撕开的——他们是犹太居住区里真正的悲情英雄。这些孩子大部分都不到十岁，有些才刚满六岁。不过，即便是如此年幼的孩子，当你去看他们的眼睛时，却能看到似乎已在这地球上生活了数千年的那种沧桑感。但是，即使我一而再再而三地遇到这些还未长大便已彻底老去的孩子，我还是乐意为汉娜创造一个完全不同的人生。

死亡阴影一个不漏地笼罩着这些小走私贩们。或早或晚，他们都会被一个像弗兰肯斯坦那样的人给抓住。没错，弗兰肯斯坦，我们是这样称呼那位性格格外凶残的德国卫兵的：他会一边冷笑，一边举枪射杀站在行刑墙边的孩子，仿佛他们并不是人，而是无足轻重的小麻雀。

为了顺利到达华沙市的波兰人居住区，而不被人当成麻雀一样射杀，我会利用某个特殊地点，据说，这个地方是人们从一个世界通往另一个世界的入口——墓地。

面对死亡，人人平等——即便持不同宗教信仰的人们硬要说不同，其实也都一样——天主教徒的墓地，和犹太人墓地就紧挨在一起，仅仅被围墙隔成了两半。从其中一个墓地穿越到另一个墓地的方法，是我从露丝那里打听过来的；她众多顾客中的一位，正是臭名昭著的犹太居住区流氓头子施穆尔·阿歇尔，他曾经在她面前吹嘘过自己的走私生意，无意之间就透露了这个机密信息。

我离开了集市，走过几条街，进入了天主教徒墓地。这地方平时几乎没有人来，今天也同样渺无人迹。在这样一个时局里，即使是波兰人，也没有多少时间来关注死者。或许，对于整个人类而言，这样的情况都从未出现过。

我快速走向围墙，目光扫向左右两侧的坟墓。其中有些墓地修建得极其奢华，对此，我感到十分惊讶：有些墓室甚至比我和全家人现在一起住着的那个破房间还要大。墓室一般是不锁门的，没准，此刻在这些墓室里，也正住着我的一些同胞吧。

思绪游离之际，我突然看见不远处有个穿蓝色制服的警察正在巡逻。绝不能让他跟我搭上话，并且找我要身份证件进行检查。那些资深走私贩们拥有一张假的身份证明，是花钱买来的，我却付不起钱买那个，因此，一旦被警察逮到，立即就会露馅。

我又向前走了几步，没有加快步伐，以避免引起警察的注意。然后，我选择在最近的一处墓穴旁边停了下来。我把自己的袋子放到一旁，将玫瑰花放在墓堆边，低下头来，轻声祷告。此时此刻，我是个勇敢的天主教女孩，在去集市买完东西之后，还额外腾出时间来，到墓地去缅怀逝者。我所驻足的这处墓穴里，埋葬着一个名叫瓦尔德马尔·巴

扎诺夫斯基的人，1916 年 3 月 12 日出生，1939 年 9 月 3 日去世。通过
生卒日期推测，或许他曾是波兰军队中的一位士兵，在跟德国人开战的
第一天就被敌军的子弹射中，丢掉了性命。那么，我现在就是瓦尔德马
尔家的小妹妹——主啊，请让他的灵魂安息！

　　那个警察从我的身边走过，没有主动过来跟我说话。我正在缅怀
死者，他对我的行为表示尊重。在他消失在视线外之后，我深深地呼了
一口气。很遗憾，我不得不把那朵玫瑰从这位陌生男人的墓前拿走——
即便是现在，我也还是托了史蒂芬的福，才能够死里逃生。当我再度将
玫瑰花攥在手里时，心里不禁琢磨着，还是把它也带回犹太居住区里好
了。但从现实层面上讲，这样做无异于发疯。如果我再次遇见那个警
察，手中的玫瑰花就会彻底出卖我。我究竟应该怎么解释，自己没有把
花留在墓地这件事呢？我总不能说："啊哈，反正死人又看不见，怎么
样也无所谓吧。"

　　我对自己的犹豫不决感到愤怒——我居然没办法摆脱那个年轻人，
没办法不去想他！最后，我还是选择把玫瑰重新放下，轻声说了一句
"谢谢你，瓦尔德马尔！"然后继续走到分隔犹太人墓地的那侧围墙旁
边。我站在墙根处，左右张望；万幸，到处都没有士兵或者警察的踪
影。我赶紧跑到一个用好几块已经被磨得发光了的石板遮盖住的特定位
置，将那些石板全部移开之后，可以看到一个大洞，这个洞是有组织的
走私贩们用来搬运成吨重的货品的地方，甚至连牛和马这种牲畜，也能
通过这个大洞，运到犹太居住区里去。我移开最小的那块石板，十分小
心地观察洞里的情形：在视野能及的范围内，是看不到任何人的。机不
可失，我开始迅速搬开墙边其他的石板。这个时候是最危险的：一旦挪
开石板，无论哪边有人出现，都能够马上发现我，根本就没有任何辩解
或逃脱的机会。

　　因为紧张和激动，我的心脏都快跳到嗓子眼了，恐惧之汗也再度

布满我的额头。我随时都会被捕，并且被人当场射杀。不过，话又说回来，如果现在就被射杀的话，至少离自己的墓地很近，收拾起来方便。

挪开足够的石板后，露出的洞已经足够大了，我把自己整个挤进洞里，然后马上开始着手将石板重新归位。一方面，我得确保墙那边的守卫们不会在巡逻路过时发现缺口，并将这条通道永远封闭；另一方面，也不能让墙这边的职业走私贩子产生怀疑，知道有其他人也使用了专属于他们的通道——如果被他们发现的话，下次我出去时，他们就会埋伏在去波兰人居住区的出口处，伏击我，将我逮住。或许他们不会马上杀了我，但我心里清楚，诚如露丝所言，我可是正在跟这世界上最为残酷血腥的一群人打交道。

搬着搬着，我的双手抖得越来越厉害——今天的我，比以往任何时候都更为紧张。或许，是因为今天真正遭遇了施马措乌尼克们。一不留神，一块石板从我的手上滑落，小半截砸在了我的脚上。我咬紧牙关，强忍着不发出惨痛欲绝的声音，避免暴露自己所在的位置。此时此刻，我个人最好的选择，当然是马上逃走。不过，我还是必须首先把全部石板归位，将墙壁的缺口还原。

为了平息自己强烈的痛感，不至于叫喊，我触碰了一下手边岩石上的苔藓——这些苔藓又软又滑。这样，我就又一次地感觉到，这世间除了我的恐惧与疼痛外，还是有些其他东西存在的。稍微平复了一些之后，我又从地上搬起了那块石板。现在，手指已经没有刚才抖动得那么厉害了，我终于把它放在了它该在的那个缺口上。还剩五块石板了：这时，我突然听到很吵的祷告声——墓地上的某处，正在举行一场葬礼。犹太居住区每天都有人死，倒也很正常。还有四块石板时，我听到一个哀悼者打了个喷嚏；还有三块时，我听到葬礼方向的另外一边，传来了沉重的脚步声。是守卫吗？我没有转身细看，因为转身会耽误太多宝贵时间。还有两块石板了，脚步声是否变得更近些了？我简直无法判断。

还有最后一块了！噢，听出来了，脚步声已渐渐远去。终于，洞重新封上了。完事儿了。

这时，我才来得及转过身去看外面：脚步声属于两个德国 SS 师团士兵。他们正朝着那群悲伤的犹太送葬者们的方向疾步走去——他们离我大约有两百米远。这些士兵或许是过去折磨欺负送葬队伍的，这种缺德事情，他们最爱干了。

我赶紧拿起我的袋子，从墙边逃开。走过三座坟，往左，再走过两座坟，往右。然后，我短暂停下步来，将脖子上挂着的耶稣十字架，和项链一道取下来，扔进袋子里买来的一堆东西里。接下来，我将手伸进眼前的一小片灌木中，轻轻在里面抓住一块小布片，并把它扯了出来——那是我的袖章，上面印有大卫王之星①。袖章是在出墙之前藏在灌木丛中的，现在，我又把它给重新戴上了。

现在，我不再是波兰女孩"达娜"了。

再次回归"米娜"——一个犹太女人。

任何一个德国人都可以对我为所欲为。不止德国人，波兰人同样可以。甚至犹太警察里的每个人，也可以想做什么就做什么。

我每次戴上这个袖章时，都能记起自己第一次被迫戴上它时的情景。那时我十三岁，犹太居住区尚未建立起来，但人们在欺凌犹太人这件事上，就已经到达为所欲为的恶劣程度了。早在 1939 年 11 月，纳粹就向全体犹太人下令，命令每个人都必须戴上印有大卫王之星的袖章。当然，袖章并不是免费派送的，我们犹太人必须自己缝制袖章，或者直接从商人那里买——这些都是强制执行的。

早在纳粹公告颁布的第一天，我的父亲、哥哥还有我就一起冒着 11 月的冷雨，一起去了集市。那时候，我们都还能穿着上好料子的厚外

---

① 犹太人的标志。

套出门，根本就不必担心寒冷天气。

直到遇见那个德国 SS 师团士兵之后，好日子就结束了。

记得那天，他在人行道上朝着我们迎面走来。身为小孩子，我们根本搞不清楚，这时候应该怎样避开他，或者，需不需要向他问候。前一天晚上，父亲刚刚从一个朋友那里得到消息，说他被德国士兵当街揍了。问他原因，居然是因为他低眉顺眼，主动去向德国人问好。因此，爸爸当即警告我们说："低头看地，不要抬头。"

我们一行人什么都没说，一直低头看地，默默从那个德国人身边走过。哪里知道，那个德国士兵竟然主动跑过来拦住我们，大声尖叫道："犹太猪，你们是怎么回事，竟然胆敢无视我，不向我问好？"

父亲还没来得及开口说话，就已经被打了。天啊，我的父亲竟然被打了！那个老好人，那位一向都受人尊敬的医生，我们一直仰视着的父亲——他的力量，在我们看来本是无法企及、不可超越的。就是这位父亲，他竟然就这样被打了。

"对不起，我的错，我的错。"父亲连连道歉，努力做出奉承讨好的表情。血，却同时从他的唇边涌出，顺着灰白的胡子滴落下来。

我那位素来强大的父亲，竟然向别人道歉了？而且，还是向莫名其妙打他的人道歉？

"你们配在人行道上走吗？"德国人狂吠道。"你们只配在马路上，跟牲畜为伍！"

"您说的是，您说的是。"爸爸一边附和，一边拉着我们上了马路。

"牲畜还穿什么鞋，光脚啊！"士兵命令道。

我们不知所措地看着那个士兵，一动不动。他见我们不动，便把自己的扛在肩膀上的步枪取下来，朝着我们，以此来增加自己方才命令的分量。我还是没动，而是望着我们面前坑洼不平路面上、积满了雨水的深水坑发呆。

"孩子们，把鞋子脱下来吧。"父亲无奈催促我们道。"还有袜子，都脱下来。"

他带头把自己的鞋袜先脱下来，光着脚站在冰冷的水坑里。我对眼前的情景感到震惊，根本做不出任何反应来。但是，我的哥哥西蒙——他那时就跟我现在一样大——却彻底愤怒了。父亲所受的屈辱，使他气得满脸通红。尽管他身材一点儿也不魁梧（和我们家所有人一样），他仍然选择挡在那个士兵面前，大声喊道："离他远点儿！"

"闭嘴！"

"我的父亲，他可曾经救过一个德国士兵的性命呢！"

那士兵根本懒得回话，他直接举起枪托，用力捶在了西蒙的脸上。我的哥哥被打得跌倒在地上，爸爸和我赶紧跑到他身边去——他的鼻子被打断了，还掉了一颗牙。

"鞋子脱掉！"

西蒙已经痛到什么都做不了了。这还是第一次有人动手打像我们这样的孩子，而且还打得这么狠。

我的父亲赶紧给西蒙脱掉了鞋，避免他再被士兵毒打。我害怕极了，也不用谁帮忙，自己很快就把鞋袜脱了。父亲和我一起把哭得停不下来的西蒙扶了起来。他站在中间，用力抓紧我们的手，仿佛这样做能够让我们稍微安心些似的。就这样，我们三个人一起光着脚，走在了马路上的冰水坑里。

那士兵还不忘对着我们再吼一声："哼，我希望你们得到教训了！"

我们确实得到了教训。父亲终于明白过来，德国人压根儿就没有制定任何能够让犹太人稍微安心的规矩：问好，不问好，都是一回事——无论你怎么做，他们都有办法找茬，然后过来教训你一顿。西蒙，他也是自打那时候就醒悟过来：不管怎样都好，绝对不要顶撞德国人。就是这样，一击过去，一颗被打落的牙齿，一根断掉的鼻梁——他的反抗意识便被永远折断了。当我光着脚在冰冷的水坑里行走时，脚指头平生头一次因为寒冷感到痛楚难耐。我为父亲的麻木不仁感到无地自容，与此同时，我也学到了一些东西——大人们根本就没办法保护我。

从爸爸那双悲伤的眼睛里，我了解到，他其实也很清楚这点。我感觉得到，爸爸心里所承受的痛苦，其实要远远多过我。我多么希望他此刻能够用双臂紧紧拥抱我，就好像我小时候做了噩梦之后，他曾经做过的那样。然而，残酷的现实却并非噩梦，无从醒来——即便已经到了这个地步，那个德国士兵仍旧不满意。他继续对我们下命令，让我们光着脚在水坑里反复来回走。这番折腾引来了许多人围观。波兰路人们多半对我们投以怜悯的眼神，也有一些人在肆无忌惮地嘲笑我们。其中有个人，甚至还突然冲着我们大嚷道："看看，犹太佬终于倒霉了！"即便我们受到如此的侮辱，我还是坚持握紧爸爸的手，小声对他说道："我爱你，爸爸，不管发生什么也都一样。"

显然，当时的我根本没办法料想到，之后还会发生些什么。

我听到送葬队伍那边啊传来德国士兵的笑声。不用看也知道，这些家伙肯定又在拿这些悲伤的可怜人们取乐了。没准他们正在命令他们装出开心的样子，跳起欢快的舞蹈——他们真的会折腾出这种令人作呕的恶作剧！我之前听人说过。

不论那边究竟发生了什么，我都不能再耽误时间了——我拎起那两个袋子，猫着腰闪过一块又一块的墓碑，朝着墓地出口的方向跑去。

身后还依稀传来其中一个士兵的命令声："笑，一起笑，笑出最开心的样子来！"

话声未落，我就听到送葬队伍那边，传来人们震天的笑容。没有哪怕一点点办法，能够稍微帮到他们——因为这里是犹太居住区，我的家。

3

无视。无视。无视。

我快步走过犹太居住区的街道。和往常一样，我不得不对眼前所看到的一切视而不见，以此来换取在这里继续生活下去的少许信心：那些凋敝促狭，那些嘈杂喧嚣，那些刺鼻恶臭……这小地方住了太多的人，我走在路上，时不时就会撞到一个人，然后马上又是一个，接连不断。然而，就跟所有其他的犹太区居民们一样，我心里其实是十分不愿意跟这里的任何人有身体接触的：撞上患有伤寒病病人的机会，实在是太大了，任何人走在街上都是满怀恐惧，战战兢兢。

不仅人多，街上还充斥着令人感到难以想象的吵闹噪音。这噪音并非是因为汽车喇叭——在犹太居住区里，是不允许开汽车的——而是单纯来自于在这里住着的人们，他们互相之间不停地说着话，争论不休。我一次又一次地听到这里那里传来某些人的咆哮尖叫声：不是因为东西被人给偷了，就是他被哪个商人给骗了，或者更加简单粗暴——他再也承受不住，精神失常了。

归根到底，最糟糕的还是恶臭；很多屋子的入口处都堆满了尸体——这是我时至今日仍旧完全没办法适应的一番景象。有太多的残缺家庭，他们既没有钱，也没有能够出力的人，根本不可能去墓地埋葬自己挚爱的亲人。无奈之下，他们选择在夜间抛尸——直接把尸体丢在大马路上，希望第二天一早，这些尸体能够跟垃圾一道，被人直接收走。一夜过去，这些尸体身上穿的旧衣服就会被人统统剥去。这种盗尸者行径，我甚至能够完全理解；毕竟，活着的人才更需要外套、裤子和鞋。

我同样对擦身而过的那些沿街乞讨的孩子们视而不见。这些孩子，好多都无精打采地蹲坐在马路牙子上，一动也不动；那些稍微还剩下点力气的，不约而同地伸出手来，拉扯我的衣服。我袋子里面放在最外头的一块面包，就在我眼皮底下被他们给搜刮走了。

汉娜可绝不能跟这帮家伙为伍！

所有必须无视的人或事当中，最应该无视的还是犹太区里那些暴行，以及随之而来的、惨绝人寰的求救声。除了大部分一贫如洗、充满迷茫、衣衫褴褛的人们之外，街上还能看到少数有钱人：他们坐在人力三轮车上，正打算去餐厅吃东西。一位坐在三轮车上，正从我身边驶过的女士身上，竟然还穿着一件名贵的皮草（今天明明这么暖和）。这位女士此刻正冲着她那个形容枯槁的车夫大喊，让他再骑快一点。

在犹太居住区里，虽然处处都散发着恶臭，相比波兰人居住区，我却多少能够更自由地呼吸空气。尽管哪里都很拥挤，我至少也还能四处通行，不至于时时处处担惊受怕。这里，在这处挤挤攘攘、恶臭扑鼻、吵声冲天的大街上，我再也不会被野狗们狩猎、追赶。在这里，我跟其他人多少是平等的。正因为此，我也能够理解，为什么很多、很多犹太人都试图在这样一个地狱里维持以往的体面生活，而不是简简单单逃往别处。这些人穿着精心保养过的华丽衣物，注重个人卫生，坐着车经过大街上时，眼睛从不向下多看一眼。他们努力过好当下的每一天，尽量避免受伤，也不去伤害别人——绝不同流合污，堕落到动物一般的地步。

当然，在那些生活尚且体面的人们当中，仍旧有一些并未与我们这种过得形同动物般的家伙们彻底决裂的人——简直难以置信，在这世道下，居然还有实打实的好人存在！显而易见，我不属于这一类人。好人们包括地下授课的老师，还有义务为我们准备免费派餐的志愿者们，除了他们之外，还有像丹尼尔那样的人。嗯，像丹尼尔那样的人，无论做些什么，都是了不起的好人。

我费力挤过人群，前往朱瑞克的小商店。朱瑞克是个蓄大胡子的老人，大部分时候脾气都很好，是少数几乎完全不受时局影响的犹太人之一。朱瑞克能够做到这点，不仅仅是因为他能够顺利倒卖我和其他走私贩子们买来的货品，收入丰厚，生活无虞，更重要的是，他这辈子已经活得够久的了，无论好坏日子都已经过完，现在多活一天都算是赚了一天。"我可在这地球上活了足足有六十七年。"有一次，他曾经对我这样说道，"就这个岁数，已经比大部分人都长寿了——无论犹太人、德国人，还是刚果人。生命的最后几年活得稍微费力点儿，或者多少做点不太恰当的事，对死后面对上帝时的评判结果，不会有太大影响。"

在我提着两只袋子，走进朱瑞克小商店的时候，坏掉的门铃沙哑地刮擦了一声，朱瑞克高兴地冲着我喊道："米娜，我的宝贝儿，你来了！"

他总是叫我"宝贝"，这让我感到很开心——虽然我心里也清楚，他管任何带好货品给他的人，都叫"宝贝"。我的目光落在朱瑞克身后的货架上，暗暗留心着小商店内食物的最新售价：一枚鸡蛋——三个兹罗提，一升牛奶——十二个兹罗提，一公斤黄油——一百一十五兹罗提，一公斤咖啡——六百六十兹罗提……啊，这么看来，我什么时候得试着开始走私咖啡了。咖啡的利润简直超乎想象。不过，在开始做这档子生意之前，我需要有更多的钱，才能在波兰居住区那边买到咖啡。

显而易见，朱瑞克商店里的货品，普通人可无论如何都买不起。一个在德国人工厂里卖苦力的工人，每月的收入大约是两百五十兹罗提。这么点工资，在商店里只能买到区区两公斤黄油，外加一升牛奶而已。朱瑞克看了一眼我带进来的两个袋子里装着的货品，满意地冲着我微笑道："你果然是我的宝贝。"

他说得那么真诚，以至于我之前的想法都有点儿动摇了；没准他说的并不是讨人喜欢的客套话，兴许他真的很喜欢我，当我是他的心肝宝贝呢。

在商议过我给自己和家人留下什么之后——鸡蛋、胡萝卜，少许果酱，以及一磅黄油——朱瑞克一边吃着酥皮蛋糕，一边考虑应该付给我多少钱。一般来说，他会按照稍后卖出后的预估总收入，跟我五五分成。这样算公平吗？毕竟，我再也找不到任何人，比他开价更高了。而且，将货品卖掉，换回钱来这件事，也绝对不容易。我自己攥着货的时间越长，被人抢走的风险就越大。

朱瑞克从放钱的铁盒子里取出钞票来——那盒子上积了厚厚的一层灰，他不怎么喜欢做清洁——将钞票递到我手上。为防他在钞票数量上做手脚，我把钱数了一遍。结果，反而惊讶地发现，他给我的钱，比需要支付的还要多一些——整整多了两百兹罗提！有了这些钱，下次出去时我就真的能弄些咖啡回来了。唔，莫非朱瑞克算错账了？精明的朱瑞克，真会算错账？我应该开口问问他吗？

我短暂思考了一下，决定不开口了。每一个兹罗提都是有用处的。如果真的是朱瑞克算错账了的话，也是他那边的责任，他只能自己承担损失了。

"我可没有点错钱哦。"他突然笑着对我说。"就是这么多。"

该死！我脸上浮现的表情和情绪变化，轻而易举就把我那点可怜的小心思给出卖了。无论如何，像朱瑞克，或者施马措乌尼克的头儿那种善于察言观色的家伙，总是能够一眼就把我看穿。以后不能再这样了！

"你多给了我钱，难不成是出于自愿？"我冒失地问道。

"没错，因为我真的很喜欢你，米娜……"老人一边回答，一边用手掌轻轻抚摸我的脸颊。他的动作一点都没有猥亵的感觉，而是十分慈爱、心疼，简直跟父亲的感觉相差无几。他多给了我钱，但并不求有什么对等的回报。或许并不算是奇怪，毕竟之前我就已经听过这样的流言，说朱瑞克从来不会对女人做出任何不轨的行为，他没准喜欢男人。

"我这么做，也是因为钞票很快就没有任何用处了。"

他怎么会说出这样的话？我心里满是疑惑，只得开口问他道："你的意思是，因为通货膨胀得厉害，钱都不值钱了？"

事实也确实如此，犹太居住区的物价，每个月都在上涨。今年年初，一兹罗提还能买到一个鸡蛋呢。现在人们要买鸡蛋，得付三倍的价钱了。

"不是，我不是那个意思。"朱瑞克一边笑着，一边说了些让我害怕的话："我的意思是，你应该抓紧时间，多少去享受享受生活，晚了就来不及了。"

这句话听起来简直像是在说，我已经活不长了似的。这意味着什么呢？确实，我每一次冒险去墙那边，都是在拿命做买卖。今天更是惊险，但我终究还是没那么容易死。我下次会更加小心，准备得更加周全，不让自己被他们逮住。

"没关系的，我干走私很在行，不会有什么事发生的。"我这样回应朱瑞克道。

"跟那个没关系。"朱瑞克叹了口气，"这里很快就要变成地狱了。"

"什么意思？你听说了什么不好的消息吗？"我十分不安地询问他道。

"没错，我确实听说了一些消息，一些很糟糕的消息……"他欲言又止。

"究竟是什么消息呀？"我深究不舍。"从谁那儿听来的？"

"从一个 SS 师团的人那儿听来的，我也跟他做生意。"

虽然我很喜欢朱瑞克，但这句话还是让我感到十分反感——没想到，他竟然跟 SS 师团的人也有来往。不过，现在的重点可不在这儿。"那个人具体说了些什么？"

"只是给出了少许暗示……但他确实提到过，从明天开始，我们在这儿过着的平稳安乐生活就要告一段落了。"转述完这句话，连平时一贯从容淡定的朱瑞克，都对我苦笑起来："看看，他说我们在这儿过着的是平稳又安乐的生活呢。"

"那个 SS 师团的人，说这样一番话是怎么个意思呢？"

"我不太清楚……但我已经做好了最坏的打算。"

连乐观开朗的朱瑞克都对这则流言如此在意，这使我感到更加不安了。一直以来都有谣传说，德国人打算把我们统统杀死。因为，仅仅把我们中间的一部分人给饿死，无法满足他们对我们种族进行彻底灭绝的欲望。但是，那无论如何也都只是谣传而已。况且，朱瑞克通常都是完全不在乎谣言的那种人。可今天竟然……

"那种事情，不可能发生的。"我反对道。"德国人需要我们为他们做苦力。"

犹太居住区的工厂里，大批犹太工人如同奴隶一般工作；他们工钱低廉，为德国人制造任何造得出来的东西。其中包括家具、飞机零部件，甚至国防军制服。德国人打算完全放弃这一切，无异于发疯。

"没错，他们需要强制性的劳工为他们制造各种东西。"朱瑞克同意了我的说法。"不过，却不会需要四十多万——对他们而言，太多了。"

"怎么会太多呢？他们甚至还把其他国家的犹太人也往这里送呢。"我继续争辩道。"如果他们想要杀死这些运过来的人，早在其他国家就下手了，何必等到现在呢。"

之前几周，从捷克，还有德国本土，陆续运送了许多犹太人到我们的居住区来。这些人当中，那些原本居住在德国的犹太人，压根儿就不想跟我们这些波兰犹太人扯上关系——他们认为自己无论如何都要更优越一些。仔细想想，倒也难怪，这些德国犹太人当中有很大一部分都是身材高大、金发碧眼，长得跟德国人一模一样的外国人，其中一些甚至还是基督徒。只怪自己倒霉，有个或许连他们自己都不认识的祖父，被证实是犹太人，结果就被划归为犹太人了。德国人甚至允许这些犹太裔基督徒们单独带进来一位神父，专门为他们在犹太人居住区里提供神职服务。在这帮基督徒们身上发生过的事情，想必是这样的：他们原本每周日都会去教堂，虔心礼拜。哪知突然有一天，人们一下子把他们从自己住的屋子里赶出来，强迫他们戴上印有大卫王之星的袖章，然后用火车拐带到这个人间地狱。而这一切的遭遇，不过是因为他们有一个犹太裔的祖父或者祖父而已。这么看来，他们始终笃信不渝的那位耶稣先生，还真是爱开玩笑呐。

"照常理来看，你说的是没错。"我所说的理由，朱瑞克也很同意。"把这些人直接在居住地杀掉，显然更省事些。不过……"

"不过什么？"我继续追问道。

"纳粹有属于他们自己的那一套逻辑。"

听到朱瑞克的这句话，我不由自主地回想起父亲被德国士兵打的那段经历了：他被打的原因，仅仅是因为没有向德国人问好。但是，即便他当时向德国人问好，也同样会被打。朱瑞克说得没错，纳粹确实有一套仅属于他们自己的病态逻辑。

就算朱瑞克说的是真的，真有某些灾难将要发生，也已经彻底超出了我的想象力：我根本无法想象出比现在还要糟糕的情况。因此，我回应朱瑞克道（同样也是在回应我自己内心的疑问）："现在的情况，难道不是已经糟到不能再糟了吗？"

这时，朱瑞克的脸上反而浮现出了一抹微笑："你如果不相信，是不是应该把我多给你的钱还给我呀？"

"我才不呢，我要拿这些钱在波兰居住区里买些咖啡！"我这样回答完后，就直接转身，朝着店门走去。

这些话逗得老人畅快大笑起来："米娜，你可真是我的宝贝儿，一直都是！"

我离开朱瑞克的小商店，再次挤进外面的人堆中。这个又臭、又挤、又吵的犹太居住区，正以自己绝对独特的方式展示着自己的活力，以至于我完全没有办法想象，这一切怎么可能会彻底消失。部分人当然会死掉；或许有很多人会死掉。但是，犹太居住区每死掉一个犹太人，德国人都会再抓三个进来。只要犹太这个种族还存在，犹太人居住区就不会消失。

因此，我在脑袋里认定，那些谣言就仅仅是谣言而已。我不应该把注意力放在死亡上，而是应该放在生存上。哈，我马上就要回家，用刚买的新鲜鸡蛋给家人们做好吃的鸡蛋饼啦！

4

还没走出五米路，我就看到一个身材矮小、浑身脏兮兮的流浪汉在街上夸张地蹦来蹦去——那是鲁宾斯坦。

成千上万的人生活在犹太人居住区里，每个人都认识的家伙，却只有区区三位：一个被众人厌恶，一个受到几乎所有人爱戴，还有一个只要一出现，保准会逗得大家捧腹大笑——那个会让大家笑的家伙，正是鲁宾斯坦。他在我面前的街面上蹦蹦跳跳个不停，像个孩子一样。或者，更准确点说——像是个自认为是孩子的疯子。又或者像个很清楚自己正在做些什么的小丑。这个衣衫褴褛的小个子径直向着我蹦过来，然后，直接在我面前停住了——他向我行了一个邀请跳舞的鞠躬礼，就仿佛他是一位贵族，而我是一名公主似的。接着，他用他最爱的口头禅向我问候道："哈，人人平等！"

凭我尚未发疯的正常人类理解力，当然十分清楚——即便在犹太居住区里也并非是人人平等。但是，每当我听到鲁宾斯坦说这句话，或者大声喊出这句话时，我却总是扪心自问：兴许他所说的，其实是对的也说不定。在这个基础上，再去审视朱瑞克的话，大概也是相同的意思：我们现在所共同面对的犹太居住区地狱，以及那据说已经逼近了的集体死亡，岂不是真正做到了人人平等吗？无论富有，还是贫穷；无论年轻，还是年老；无论心智正常，还是彻底发疯——不都是很快就将死掉了吗？

尽管德国人拥有比我们强大得多的力量，可他们——跟我们不也是平等的吗？这场战争还远未完结，德国人也远未达成自己占领世界的目标。因此，只要战争还在继续，他们也随时都会死去，就跟我们一样。

无论如何，鲁宾斯坦算是犹太居住区里唯一一个即使遇见德国人也丝毫不会害怕的家伙。在 SS 师团的人走近的时候，他照样敢围着他们蹦来跳去，就跟围着我们时一样。他会先指指他们，然后再指指自己，同时大声笑道："哈，人人平等！" SS 师团的人总是会大笑起来，并重复一句一样的"嗯嗯，人人平等"。他们或许是觉得这很有趣，又或许是因为在他们内心深处，也知道自己最终同样会失败、死亡，就跟我们一样——不过，当着我们的面，他们绝对不会承认这点。

没准鲁宾斯坦压根儿就没疯。说不定，他其实是个十分聪明的人，因为他在面对德国人时，完全无所畏惧。兴许他也因为我们的胆怯，暗地里嘲笑过我们，就跟我们嘲笑他的疯狂一样，一回事。

鲁宾斯坦表情夸张地往四周望了望，就好像马戏团土台上的小丑，正在为自己的恶作剧寻找牺牲品一般。突然，他的视线定在某处，脸上露出了笑容。我顺着他的目光看过去：街道的另一头，有个 SS 师团的士兵正在巡逻。鲁宾斯坦大概是唯一一个看见 SS 师团成员后，还能够笑得出来的人。他又往前蹦蹦跳跳了三五米，然后，站定在朱瑞克的小商店前，大声喊叫了起来——声音大到连柜台后面的老人都能够听得到的程度："希特勒臭烘烘！"

透过小商店的窗户，我看到朱瑞克正站在他那积满灰尘的装钱铁盒后面，望向外面，那样子像是吃了一惊。

"希特勒——"鲁宾斯坦大喊道："正跟他的牧羊犬做爱呢！"

听到这话，朱瑞克的样子明显很尴尬，周围的行人们也围过来看热闹了。我为鲁宾斯坦的话感到紧张。真不知道那些 SS 师团的人们听到这些疯话，会去做些什么……

我朝着士兵的方向看去，还好，那士兵还没注意到这个疯子（我还是选择这样称呼鲁宾斯坦吧，因为——他肯定是疯了。如果是没疯的人，怎么敢说出如此不顾一切的疯话？）现在在干嘛。我对事态感到好奇，呆站在那儿，打算看看热闹。我彻底忘记了犹太居住区里最为重要的一条生存法则：好奇没关系，但更重要的是，在好奇的同时，千万要放机灵一点！

"希特勒操狗操到高潮了！"鲁宾斯坦真是一刻也不肯消停。

朱瑞克赶紧从自己的货架上拿了些吃的，火腿、面包、黄油什么的。接着，他拿着食物跑出商店，冲到鲁宾斯坦身边，将这些东西强塞到他手里，并且对他吼道："安静，不许再说了！"

朱瑞克十分害怕，他怕纳粹在开枪射杀鲁宾斯坦的时候，把他这个小商店店主也给杀了——毕竟那些不堪入耳的污言秽语，是在他的店门前喊出来的。即便这位老人坚称，我们很快就都要死掉了，可真要让他现在就死，他也肯定不会愿意。

鲁宾斯坦对朱瑞克微笑道："噢，除了这些之外，我也喜欢果酱呢。"

"你这家伙……"朱瑞克几乎要用眼神捏死他。

此时此刻，我终于明白过来这儿究竟发生了些什么事：鲁宾斯坦的吼叫，其实是在用最疯狂的方法进行讹诈。"噢噢，我也可以这样喊——"鲁宾斯坦笑得脸上的肉都堆到了一起。"就说你也想跟希特勒一块儿睡个觉呢！"

老商人朱瑞克一句话也说不出来，鲁宾斯坦简直太厚颜无耻了。

鲁宾斯坦说完，便转身朝着SS师团士兵的方向走去，双手做成喇叭状，放在自己嘴边，开始一字一顿地喊了起来："嘿，朱瑞克想要跟……"

那个SS士兵听到了鲁宾斯坦的喊话，他转头看向这边，样子看上去有些恼怒。现在，就连我也为自己的生命安全担心了。我真是个傻瓜，看什么热闹，早就应该快点走掉才是！

朱瑞克赶紧伸手堵住鲁宾斯坦的嘴，发出嘘声，示意他闭嘴："好好好，给你那该死的果酱，别说了！"

敲诈者点了点头，表示满意。朱瑞克把手从鲁宾斯坦的嘴上拿下来，然后伸出一根食指，放在自己嘴唇上，让他保持安静。

SS的人看起来已经走掉了。朱瑞克松了口气，飞也似的跑回自己店里。过了一会儿，他又带着一个大玻璃罐子回到了街上。

我看到，罐子里面装满了果酱——天呐，这可是我生平第一次被果酱给逗乐。

"草莓味的！"鲁宾斯坦喜笑颜开，立即就把手指伸进了罐子里。他掏了一大团果酱出来，三下两下塞进了嘴里，样子十分享受。

即便是在当下的世界里，偶尔还是能够看到大快朵颐的场景。

鲁宾斯坦朝我微笑，并且慷慨地向我伸出了手，邀请我过去，一起吃那罐子里的果酱。我看了朱瑞克一眼：我确实不想冒犯这位老人；可是，另一方面来说，我已经很久没有尝到草莓果酱的味道了——草莓果酱在黑市上的售价，几乎跟黄油持平。看到我为难的表情，老人叹了口气："唉，米娜，你想吃就吃吧。只要能让那疯子闭嘴就行，别的无所谓了。"

朱瑞克回到店里，看不见人影之后，我接受了鲁宾斯坦的邀请，也把手指伸进罐子里，捞了大大的一团放进嘴里。我才不在乎鲁宾斯坦脏兮兮的手指刚刚才在这些果酱里搅和过——实在是太美味啦！

当我享受这甜腻、多汁、果味浓郁的美味时，心中不禁琢磨着：鲁宾斯坦绝对没有疯，不止没疯，他还是我们这所有犹太人当中，最最狡猾的一个。

"或许，我应该当你的学徒，学习你的技巧才对。"我开玩笑道。

"那么，我就给你讲解讲解，怎样让那些富有的犹太人，愿意邀请你去参加他们那些必须要上足五道菜的豪华晚宴的方法吧。"

"哈，这我可很愿意学一学。"我开心地笑了。

让一个疯子来给我上课，真是够滑稽的。不过，如果真的可以去读大学的话，我希望能够学医。

鲁宾斯坦把舌头也伸进了果酱罐里，好一阵舔。这下子，我可当真不敢保证，自己还有胆子再来一口了。

"你真的相信，我们所有人都是平等的吗？"我问他道。

他把舌头从罐子里伸出来，抬起了头，红色的果酱从他的下巴上滴落下来："当然。不止平等，我们所有人也都是自由的。"他回答道。

鲁宾斯坦这样说，莫非是在讽刺现实？

"这可真是一厢情愿的说法呐。"我感慨道。

听到我的话，鲁宾斯坦瞬间变得严肃起来："不，并不是一厢情愿。"

他现在的样子，一点都不像是个疯人，也不像小丑，而是像个偶然之间发现了真理的男人："每个人的选择都是自由的，关键在于，他想要成为怎样的一个人。"

说完这句话，他停顿片刻，表情凝重地望着我的眼睛，继续说道：

"所以，现在的问题是，米娜——你想要成为怎样的一个人？"

"没有别的想法，我只想活下去。"我用很轻的声音，把鲁宾斯坦的问题给顶了回去。

"如果你只把这个当作生命的意义的话，那可是远远不够的。"犹太居住区的小丑如此回应我。然后，他又冲着我笑了——但并不是耻笑，而是友善的笑容。笑完之后，他就带着自己从朱瑞克那里缴获的猎物，蹦蹦跳跳地走掉了。只留下呆愣愣的我，站在原地回味刚刚的那个问题：我究竟想要成为怎样的一个人？

5

我走进米拉街 70 号那栋屋子的楼梯间里，这里已经被挤得满满当当，绝对超乎一般人的想象：并不是因为有很多人碰巧想要同时走楼梯间回家，而是这楼梯间本身就是不少人唯一能够好好待着的地方。在这里，有全家一起挤在区区几节台阶上蜗居的可怜人；他们一边坐在台阶上吃每日分配给他们的面包，一边稍微分出神来，呆呆望着窗外——窗玻璃已经全部碎掉了，根本没有人会去修。

自从纳粹建立犹太居住区之后，根本就不在乎这里有限的空间是否能够承载那么多的人来生存。对于我们而言，住处永远都是不敷使用。"不敷使用"的意思是：每一栋房子的每一个房间、阁楼、走道，甚至阴冷潮湿的地下室里，都住了太多太多的人。今年——1942 年春天，随着那些外国犹太人的逐渐迁入，挤进来的人们越来越多，情况每天都变得更糟。

我们一家在迁徙过程中算是幸运的——或者，更准确点说，还算是有钱的——能够负担得起一个完整的房间。在我们不得不搬到犹太居住区来之前，我们全家住在一处宽敞的、有五个房间的公寓里。可惜，我们被迫将这套公寓无偿赠送给了一对没有孩子的波兰夫妇——他们同样也很喜欢我们留在公寓里的家具。我们能够带走的，只有一辆装了两三个行李箱的小推车。我们全家推着这辆小推车，加入了由数千犹太居民所组成的诡异大军，走在华沙的街道上，往墙的方向走去：这条队伍由德国士兵负责押送，很多波兰人都在围观——他们站在人行道上，或者趴在自家的窗台上，看起来，似乎对自己所住那部分华沙市区的"去犹太化"，一点儿也不反感。

当我们初次进入自己在米拉街70号的新住处时，妈妈当时就难过得流下了眼泪。只有一个房间，但是要住五个人。没有床，窗户也是坏的。看到眼前场景，父亲的眼里也含着泪光。"华沙市最不堪的街区将要建立犹太居住区"的公告下达之后，一直到所有犹太人正式迁居的日期到来之前，在这段很短的时间里，父亲费尽了心思：他在各个政府机关之间来回奔走，贿赂那些由纳粹指派的犹太官员，花去了上千兹罗提，才为我们全家在犹太居住区里找到这个住所。爸爸这样做的理由很简单，因为冬天就要来临，他不希望我们毫无准备地迁进来之后，被冻死在大街上。

然而，即便他辛苦做了这么多事，当我们走进那间又小、又破落的房间时，却没有谁打算要对他说声谢谢。就算是他自己，也不能够原谅自己，因为，作为一个男人，他没能让自己的家庭免于灾难，还令自己心爱的女人，不得不面对如此艰苦的生活。

上到四楼——也是最顶楼的走道之后，我打开了其中一套公寓的房门。首先，我必须穿过一个很大的客厅，在这儿住着一整个来自克拉科夫的大家庭——尽管尝试了好几个月时间，我们也没办法跟他们亲近起来。这家人是严守犹太教戒律的那类人：女人们都戴着头巾，男士无一例外地蓄着大胡子。他们两鬓的头发留得特别长，打着卷儿，几乎都要垂到脖子上去了。女人们忙于家务事，男人几乎虔诚祷告一整天。这样的状况，至少不是我想象中幸福家庭的模样。

和往常一样，进屋的时候，我看到这家的女人们刚在木桶里踩洗完衣服的模样，那样子简直跟女仆没什么两样。而她们看到我，也是一副轻蔑看不起的表情。我很年轻，也不戴头巾，有个男朋友，还干着走私生意——她们显然有足够的理由轻视我。可惜，我早就不在乎她们这种态度了，既不会对这些嫌恶表情感到难受，也不会试着去取悦她们。

无视。无视。无视。

我打开了进我们自己房间的门，发现妈妈又把窗帘给拉得严严实实的了。她不愿意让阳光照进来，不愿意让光明浸染自己黯淡无望的生命，哪怕一点点都不要。我把门关上，拉开窗帘，打开窗户，以便给房间多少换换空气。当阳光照进房间里来时，妈妈轻轻叹了口气，以此来表达些许抗议——更激烈的抗议，对她来说，已是无能为力。此刻，妈妈正平躺在房间里放着的其中一个床垫上。这些床垫，是在我们搬过来的第一个冬天里，妈妈拿自己心爱的金项链换来的。项链是爸爸送给她的结婚十周年纪念日礼物。

妈妈灰白色的长头发，脏兮兮的，直接黏在自己脸上。她的眼神放空，虽然睁着眼睛，却什么也不看。真是难以置信，要知道，这个女人过去可是美艳绝伦，让我父亲，还有波兰军队的一位将军魂颠倒，拼了命地追求她，几乎到了要生死决斗的地步——如果不是她动了凡心，担心爸爸被那个枪法神准的将军给射死，宣布自己愿意嫁给爸爸的话，估计真会闹出人命来的。

她爱他，不知道有多爱，比世界上任何人都更爱他。甚至比我们这些亲生孩子还要爱他。父亲的死，直接毁掉了母亲。自从母亲被毁掉之后，我就清楚地意识到，深爱一个人是件十分不明智的事情。

我的男友丹尼尔却与我意见相左，他认为，只有爱才能拯救我们全部人。没准他是整个犹太居住区里唯一剩下的一个浪漫主义者吧。

换下那件漂亮的连衣裙，小心翼翼地把它用衣架挂好，再挂到墙上钉着的一颗钉子上。然后，我换上一件补丁摞补丁的蓝色衬衣，和一条皱巴巴的黑色裤子。换好衣服，我开始准备做鸡蛋饼了——时间已经晚了，汉娜随时都会从地下学校下课回来。确切地说，汉娜现在早就应该回家了，希望不会发生什么不好的事。唉，我可真是一而再再而三地在为这小家伙担心。

妈妈从来不多说话，同样地，也不多问我什么问题。尽管这样也不错，不会添什么麻烦，我也还是希望她能够多跟外界接触，多参与些人际或亲情关系的互动，比如问问我"今天过得怎么样啊，米娜？"——我在心里演绎着这样的场景，不知不觉，就将对话说出了口。"直到现在都还不错呢，妈妈。"我的回答会是这样。"真的很不错吗，米娜？"我又多问了一句，并且马上答道："真的，很不错。我赚了一笔不算少的钱，还带了很多吃的回家……"

我考虑了一会儿，是不是应该说一下撞见施马措乌尼克们的事儿，但我其实不想说，因为说了的话，妈妈会为我担心的——如果她真还能承担母亲这个角色，真的还会为家人担心的话。

无论如何，我还是没把施马措乌尼克们的事说出口。取而代之的，我几乎是不假思索地说了自己与史蒂芬的相遇："今天，我在集市那儿吻了一个陌生的男孩子。"

听到这话，妈妈似乎是微微笑了笑。这很罕见，因为，到了这里之后，妈妈几乎从未笑过。我的心里，顿时燃起了小小的希望——显然，我希望她能够继续笑下去，于是，我便继续多嘴讲起我跟史蒂芬之间的事来："那个吻简直是乱来……充满热情，像发了疯一样……不过，某种程度上来说，也很让人难忘……”天呐，我说的都是自己心中真实所想。难忘……这时候，我的心里竟然升起了一个疯狂的愿望，希望自己能和史蒂芬再吻一次。

妈妈笑得更灿烂了。看来，我的方法奏效了，真不错呢。见到母亲此刻开心的模样，我甚至开始痴心妄想——希望在父亲死后的现在，在这种局势下，她或许能够奇迹般地康复，变回原来的样子。

就在这时，汉娜进来了。见到笑着的母亲，她同样感到震惊，心情也很愉快。汉娜长得跟小精灵一样可爱，却穿着破衣烂衫，头发剪得像狗啃一般——上个月，她的头发里生了虱子，我不得不亲自给她把头发剪短。刚开始动剪刀时，我就已经做好汉娜会尖叫痛哭，并且挣扎抵抗的准备了，但她只在修剪的空当中，偶尔讲讲自己瞎编的故事而已："如果我让头发继续疯长下去的话，就可以给自己扎十二根超长的辫子了。然后，我就可以像操纵部队一样操纵这些辫子，用它们来抓人——我可以利用力量超级强大的辫子们，把人抓起来，再一个接一个地猛抛出去，抛得远远儿的。靠着这些辫子，再也没有人能够打得赢我了。"

"如果真能那样的话——"听到汉娜的话，我忍不住笑了，"你怎么会舍得让我剪掉你的头发呢？"

"我的这些辫子，实在太招摇了。有这些辫子，德国人就会怕我。他们会一个接一个地过来找我，因为他们不得不战胜我。虽然我可以用这十二条怪物辫子打他们，甚至可以把士兵直直地扔出去，打在墙上，再把墙给打出一个大窟窿来……可这都没有用，因为他们有步枪。想要对付那些枪，仅仅靠我的辫子们，还远远做不到。德国人会用枪把我给毙了，然后，再切下我的辫子来示众，警告那些打算蓄长头发当武器的人们。因此，赶在能够编辫子做武器之前，就把这些头发剪短，显然是个十分明智的决定。否则的话，德国人就会发现我的秘密了。"

汉娜宁愿默默无闻，也不愿意变得强大。她宁愿做犹太居住区里的一个隐形人，也不愿意做一个强者。

我把装着刚煎好鸡蛋饼的盘子放在餐桌上。汉娜一句多余的话都没有说，一下子扑到盘子面前，开始大嚼特嚼起来。妈妈也猛一下从床垫上蹦起来，坐在我旁边唯一空着的那张椅子上——只有三张椅子了，其余的椅子，在去年冬天，都被放进炉子里当柴火烧掉了——我和妈妈也开始吃起鸡蛋饼来。不过，吃东西的速度，都比汉娜要慢一点；因为，我们愿意让这个正在长身体的孩子多吃点儿。

尽管如此，还是得赶在汉娜把全部鸡蛋饼一点不剩都吃光之前，及时阻止她。否则，她当真会吃得一干二净。

"我刚才进屋的时候，妈妈为什么笑得那么开心呀？"小家伙嘴里塞得满满的，还没嚼完咽下，就急着张开嘴问我了。这孩子，餐桌礼仪对她而言，显然是多余的。然而，时势如此，谁还有闲心教孩子注重礼仪呢？

"说嘛，为什么？"因为我没回答，她又问了一次。一点点鸡蛋从她嘴角边漏了出来，沾在脸颊上。汉娜察觉到之后，马上用她那根灵巧的舌头，把鸡蛋给舔了回去。

"米娜吻了一个男孩子。"妈妈轻声告诉汉娜道。"不过，这个男孩不是丹尼尔。"

我还没来得及解释，这个吻，根本代表不了什么——如果这个吻，不跟他为了救我才如此行动的事实联系起来，单独提出来说，几乎跟造谣没什么两样。我爱丹尼尔，只爱他一个人，就算谈论这个吻让我感到脸红心跳，也说明不了任何问题。而且……正当我红着脸胡思乱想时，汉娜突然回应道："噢，吻嘛——我今天也吻了一个男孩子。"

我差点儿把鸡蛋饼糊在脸上。"你是说……你和一个男孩子接吻了？"我难以置信地确认道。

"是啊，在放学之后。"

估计这就是她晚回家的原因了。"那个男孩是谁？"

"本。"

"他上课的时候，是坐在你旁边的吗？"我一边问她，一边忍不住笑了。因为脑袋里浮现出的画面实在太美好：一个十二岁男孩，轻轻在我妹妹的脸颊上吻了一口。

"不是哦。"汉娜答道。

妈妈没说什么，她已陷入到对吻的想象中去了——回忆过去，父亲还在世时的光景。回忆那时的她，有多么幸福。

"莫非，这个男孩比你还要小吗？"我追问汉娜道。

"比我大，他已经十五岁了。"

听到这话，我真把鸡蛋饼给糊在自己脸上了。

"他真是太可爱，太可爱了！"汉娜继续说道。

一个跟我差不多大的男孩，跟一个十二岁的小女孩接吻——这可不是什么可爱的事儿！

"他舌吻的技巧很不错。"

"他……什么的技巧很不错？"

"用舌头来接吻的技巧啊。"听汉娜的口气，仿佛接吻在这个世界上，只是件平淡无奇的事情一般。

对于汉娜而言，光是碰碰嘴唇都还显得太早了点，更何况其他那些更进一步的玩意儿。我本能地看了一眼母亲，面对这种情况，她应该要采取点措施了。无论什么都好，反正不能就这么放任不管。她才是汉娜的母亲，而不是我！哪里知道，妈妈只是一言不发地起身，又睡回到她的床垫上了。

"汉娜。"我一边收妈妈吃完东西的盘子，一边继续关于接吻的话题，"那个男孩子，对你而言，会不会年纪稍大了点儿？"

"我不觉得。"汉娜一边狼吞虎咽，一边回答道。"他挺好的，最多有点儿害羞。"

"什么，难不成是你先吻的他？！？"串联起全部证词之后，我吓了一大跳。

"公主们不都这么做吗？"

"唔，公主们一般不会这么做的。"我答道。

"至少在我讲的故事里，公主们都会这样做。"汉娜回敬了我一个大大的笑脸。

气死我了！就算纳粹不整死她，我也会亲手把她给送进坟墓的。

唉，我怎么才能管得住她，让她不要主动跟一个大男孩鬼混呢？我需要帮助。需要有个比我更清楚应该怎样教育孩子的人出头——我需要丹尼尔。

6

犹太居住区无人不晓的那三个男人当中，有个人是被所有人景仰的。不止在墙这边，在整个波兰，甚至全世界都十分有名——雅努什·科扎克①，他创作了以小国王马特为主角的众多故事。汉娜十分喜欢他的书。我猜，就是因为她老看他的书，才能够编出那么多匪夷所思的幻想故事来。

这位蓄着胡子、身材清瘦的老人经营了一座孤儿院，他的经营方式，给了这地球上许多人启发：在这座孤儿院里，教师们对待全部孩子都是完全平等。如果某位大人做错了什么事，孩子们甚至能够将它提交

————————

① Janusz Korczak，波兰籍犹太人，知名教育家，儿童文学作家，死于集中营。

到一个特殊法庭，并严格按照规定惩罚他。即便犯错的人是全球闻名的科扎克先生，也还是一视同仁。

这个礼拜初，我也碰巧感受到了科扎克先生教育孩子的高超水平。我遇见他时，他正蹲在一个椅子上，面前三个孩子，端端正正地坐在一张小桌子后面，表情严肃认真，像极了法官和陪审。

"雅努什·科扎克。"其中一个约摸十岁大的、扮演法官角色的女孩语气严厉地说道："你被指控冲着米泰克大喊大叫，只因为他将一只盘子摔在了地上。米泰克因为你的咆哮感到恐惧，吓得放声大哭。以上事实，你有什么需要申辩的吗？"

老人略显悔恨地微微一笑，回答道："当时我很疲劳，也很虚弱。因此，没能很好地控制住自己的情绪。我承认，自己冲着米泰克大喊大叫这件事，是我的错。我愿意接受高等法院给出的一切惩罚，不予上诉。"

小法官和两位年龄比她更小的男孩陪审仔细商量了一番，然后，正式宣布道："因为你主动承认自己的错误，惩罚程度降到最低。我们正式向你宣判，罚你擦一个礼拜桌子，以儆效尤。"

听到这些小大人似的话语，站在科扎克旁边的我，忍不住故意冲着那帮孩子们咳嗽，暗示他们"悠着点儿"。但科扎克却以充满敬意的语气回答道："我愿意接受惩罚。"

他以严肃认真的态度对待孩子们，也正因此而得到了孩子们的尊重。然而，这个世界却并不想给他同等的尊重。

早在很小的时候，丹尼尔就已经失去了自己的父母。丹尼尔只知道他们死于肺结核病，再具体些的，就一概不知了。他活到现在这么长的时间里，几乎一直都跟科扎克在一起。时至今日，他已经是孤儿院里年纪最大的孩子——长者为兄，他对其他两百多个孩子有着不可推卸的照顾责任。自从孤儿院迫不得已被迁至犹太居住区内之后，科扎克就主动把新孤儿院的所有窗户都用砖块封死了：他认为，孩子们越少被这里每天发生的惨事干扰，就能够成长得越好。我觉得这样一来，孩子们就会对真实世界缺乏足够认知；但丹尼尔却跟我解释说，为了孩子们的心理健康，这样处理明显比直面凄惨更好。时至今日，我必须承认，丹尼尔说得一点儿都没错。当我走进孤儿院的大厅时，我惊讶地发现，这里面的世界和外面街道上完全不一样，给人十分平和的感觉：床和床之间虽然一张比一张挤，但每张的枕头床铺都打理得很整洁。吃饭的时候——比如现在，正是晚饭时间——大家都愿意围坐在大桌子旁一起吃，也没有人像汉娜那样狼吞虎咽。"礼仪"这个词，对孤儿院里的这些孩子来讲，并不陌生。这都得感谢科扎克为他们精心提供的课程——不止了解"礼仪"的概念，这里的大部分孩子，甚至都能够直接拼写出这个词来。

丹尼尔坐在周围围了一圈学龄儿童的那张桌子那儿，我一眼就认出他来了：就凭他那副长相，一分钟都没办法在华沙的波兰居住区生存——满头浓密的黑色卷发，一只引人注目的大鼻子，外加一对深褐色的眼睛：盯着它们看，很容易脸红心跳，迷失自己。

我不急着过去，而是偷偷观察丹尼尔，看他怎样跟孩子们沟通、交流。有个小男孩，穿着件大得直拖到地上的线衫，被他逗得笑到直捂肚子。因为吃饭时刀叉碗碟碰撞的声音太过嘈杂，我没办法听清楚那孩子究竟在笑些什么。科扎克坐在丹尼尔身后的那张桌子，那位老人看起来是一天更比一天消瘦，简直要瘦成皮包骨头了。唉，我这么辛苦，也不过是必须准备三口人的食粮而已，科扎克却需要张罗超过两百人的饮食。丹尼尔曾跟我说过，科扎克上周又跟犹太人管理局的人交涉，希望能够得到额外的每日定额配给。在被管理局的人拒绝，未能如愿之后，他不得不接受职业走私贩们的食品捐赠，以此来渡过难关。要知道，这位德高望重的老人，过去可是从来不愿意和走私贩子们坐在一张桌子上说话的。而现在，为了能够养活他的孩子们，也开始主动跟魔鬼们一道跳起了探戈。

丹尼尔看见我了，他马上冲着大家喊道："看呀，孩子们，这是谁来了！是米娜呢！"

我没有往前走，仍旧站在门边。有几个孩子冲着我招了招手，但其实也并不怎么为我的到来感到兴奋。一个穿红色波点裙的、大约七岁大的小女孩，居然冲着我吐了吐舌头。尽管这半年以来，我经常来这儿，不过，却似乎并没能融入到这个集体中来。当然，这个结果也并不意外，因为我从来没在这儿做过义工，没怎么亲近过丹尼尔多到数不清的弟妹们——光一个汉娜，就已经够我折腾的了。

今晚最好能够跟丹尼尔一起出去约个会什么的，不要呆在这里就好。待会儿在费米拉剧场有一场歌舞剧演出——是的，你没听错，在犹太居住区里也有剧场——演的是名为《爱在归途》的现代剧，讲两对彼此之间完全陌生的人，两对差异明显的夫妻，不得不合住在同一间小公寓里的故事。其中一对夫妻是音乐家，另外一对则在犹太人管理局里工作。一开始当然是没办法忍受，但不久之后，这两对夫妻却彼此分别出轨，爱上了另一方的妻子和丈夫——如此一来，就产生了很强烈的戏剧冲突和人物间羁绊。这部剧整体应该归纳为喜剧，情节和对话很能打动人，还有一些悲剧成分在——露丝跟他的流氓头子情人施穆尔·阿歇尔，曾一起看过这场舞台剧，我都是听她跟我说的，自己也没有看过。令人感到难以置信的是，丹尼尔居然主动跟我提出，要一起去剧场看今晚的《爱在归途》。要知道，丹尼尔可是完全没有钱的，我要出钱请他，他也肯定不会愿意。对于丹尼尔而言，每一个兹罗提，只要不是在孤儿院的孩子们身上用掉，就是一种浪费。不仅如此，跟他争论这种看法正确与否，也是件完全没有意义的事情——我已经跟他理论过好几次了，每一次收场都毫无结论，还白白浪费了大好的约会之夜；这也是跟性格正经认真的家伙在一起的坏处之一。

52

丹尼尔冲着我笑了笑。我知道他这样笑的意思——我得再等他一会儿，直到所有孩子都洗过脸，睡上床之后，他才能够空下来。晚上八点，已经熄灯了，但丹尼尔还在跟那些睡不着的孩子们说话，哄他们睡觉。

照理说，我此时也应该去帮帮丹尼尔，还有其他那些大孩子们，哄年龄小的家伙们睡觉。但是，在经过今天一天的折腾之后，我已经完全没有精力和兴趣，去应付这帮小顽皮们了。实话实说，要比无私，我连我男朋友的一半都及不上。如果跟科扎克比，恐怕还不及他的一百分之一吧。这位老人先给一个小孩子刷了牙，然后又按照儿童法庭的惩罚规定，跑去擦起了桌子。如果我也是一个小孩子，并且稍微有一点点同情心的话，一定会从那位疲累的老人手上抢过抹布，帮他完成擦桌子的任务的。

我终究没有帮他们做什么事，而是直接离开了大厅，去一个我跟丹尼尔常去的、能够稍微躲开众人、享受二人世界的秘密地点：孤儿院的天台上。

我们在这里度过了不少甜蜜的二人约会之夜：不论刮风下雨，甚至在气温零下几度的时候也不例外。除了这里，我们还能去哪里呢？丹尼尔的床，放在孩子们一起睡觉的那个厅里。如果去我家的话，妈妈和汉娜又都在。

汉娜——我应该怎样教育她，她才会明白，主动去吻那些比她年纪大的男孩，其实是一件不该做的事情呢？

想着想着，我已经来到了孤儿院的天台。打开一扇窗后，我顺着窗台，爬到了用脏兮兮的褐色砖块砌成的斜屋顶上。这里待不住，必须再稍微往下滑一会儿，来到一处大约两米乘两米大小的平台上——那里就是我跟丹尼用来独处的小天地。

我抬头，望了一眼犹太居住区里数不清的各式屋顶，一直看到耸立远方的高墙。我看到墙边站着一个士兵，正在来回巡逻，步枪斜靠在他的肩膀上。这个士兵是弗兰肯斯坦本人吗？如果我有一把步枪的话，就也能够射杀这只怪物了——跟杀死一只麻雀似的。当然，我首先得会使枪；而且，我还得有胆量去杀人。

我做得到吗？

不行，我做不到——如果我做出这样的事情，肯定会恨死自己的。真搞不明白，为什么弗兰肯斯坦能够做得到呢？其他的纳粹士兵也做得到，这究竟是怎么回事呢？

不仅仅是做不到这么简单，以上全部假设能够成立的前提条件，就是痴心妄想：一个拥有步枪的犹太人，明显是不可能存在的。更何况拿着步枪的犹太女人。这就仿佛让德国人唱《天上平安赐给你》①一样不现实。

外面越来越冷了，我穿上自己随身带着的棕色皮夹克——我最喜欢这件衣服了，比那件连衣裙还要喜欢。穿好衣服之后，我向前一步，蹲下身来，缩成一团，用天台的屋檐遮住自己的双腿——我一点儿都不怕从楼上掉下去——在这个绝好位置上，我开始远眺起华沙市的波兰人居住区来。我能够辨认出街道上来来往往的汽车，一辆有轨电车，还有大晚上仍在路上的波兰人。在我脑海中，甚至虚构出了那些情侣们的欢笑声——他们刚在电影院看完电影，意犹未尽……唉，我可真怀念电影院啊！

曾经有段时间，我认为纳粹们做的最坏的事情，就是在犹太居住区禁止电影放映。剧场也很美，看舞台剧也很好，没错，但电影，是没有任何其他东西可以替代的。

卓别林现在正在演什么电影呢？之前，我很喜欢他演的《城市之

① Shalom Aleichem，以色列著名民谣。

54

光》：一个贫穷又可怜的流浪汉，执著于让那位盲眼的卖花姑娘重见光明。在双眼恢复视力之后，卖花姑娘一开始并没有认出来眼前那位衣衫褴褛的男人，正是她的救命恩人。直到她无意间碰到他的手，才终于明白过来他究竟是谁……在看这部电影时，我笑过，也哭过，在那道光芒亮起时，作为观众的我，甚至也想亲眼见见那城市之光了——我绝对要去纽约。丹尼尔也一样想去纽约，他曾经跟我绘声绘色地描述过，我们俩在美国将要过上的生活：我们会一起登上帝国大厦的屋顶，去感受一下金刚到底带着那个白人女人爬到了多高的高度。好吧，我当然清楚，丹尼尔是绝对不会离开他的"父亲"科扎克，还有那些孩子们的。虽然他确实也发过誓，要跟我一起去美国。不止丹尼尔，科扎克也会一直待在小家伙们身边，仿佛一切本该如此似的。之前，有一帮有钱的外国犹太人曾一起筹了一大笔钱，要把科扎克从犹太居住区偷运到国外去，但科扎克却拒绝离开：孤儿院的孩子们，形同他亲生的孩子。谁愿意离开自己的亲生孩子呢？

有的，我父亲。

去年夏天，他奋身跳出了窗外，坠楼身亡。当时，作为医生，他已经没有办法再继续工作下去了——犹太居住区医院里的糟糕状况，他根本无法应付。打击太大，以致精神崩溃。那时候，我们全部的储蓄都已花光，最后的一点钱，被爸爸拿来贿赂犹太人管理局的人，为西蒙谋了个犹太警察的职位。

哪里知道，他稍后才意识到，自己的儿子对待家人简直跟混账似的，对待他这个疲惫虚弱的父亲，还要更加混账——西蒙现在做一切事情都只顾着自己，丝毫不考虑任何人。这个残酷的真相，最终压垮了父亲。

父亲自杀的那天，我还是照常去了学校，妈妈当时则在一间德国工厂里上班。因为工厂的工作量很大，那天我比妈妈早回家，看到他躺在院子里，周围全部是血——他自己的血。因为冲击力的缘故，父亲的脑袋整个碎掉了。当时的我像是在梦中似的，晕乎乎地找人过来帮忙，赶紧把尸体运走，否则，汉娜就会看到父亲尸体的惨状。在居住区收尸人把他的尸体抬走后，我站在院子里，等着妈妈回来。妈妈回来听到爸爸去世的消息后，失声恸哭，难过到了浑身抽搐的地步。我对此无能为力，无从安慰——那时的我已经完全傻掉，什么都做不了了。

汉娜回家之后，面前的一切也几乎要把她给压垮。小家伙一直哭啊，哭啊，哭到在我怀里睡着了才停下来。我轻轻抱着汉娜，把她放在属于她的那张床垫上。然后，我离开了家，留下妈妈独自面对自己的悲恸——因为我觉得，西蒙也必须得知道自己父亲的死讯才行。于是，我挤过犹太居住区街上熙熙攘攘的人群，往犹太警察办公的那栋房子走去。但是，路才走到一半，我改变了主意，不想过去了：我不想去那栋恐怖的房子，不想看到那群恶心的人——尽管这些人都是西蒙的同事。

什么也不想做了。

我走到路牙旁，坐下。人们从我身边穿行而过，谁都不多看我一眼。所有人都不关心我为什么独坐在那里，我就一直坐着，直到丹尼尔来到我身边。我不知道自己究竟是只坐了一分钟，还是已经坐了好几个小时，我只知道——他突然坐到了我的身边。身为一名孤儿，他当时肯定是已经敏锐地察觉到，我的情况不太好，需要帮助。

丹尼尔来之前，我一直都哭不出来，他来了之后，我就不再是一个人了，不需要独自苦撑——我感觉到，有一滴泪水，正慢慢顺着自己的脸颊滑落下来。丹尼尔把我揽在怀里，一句话都没有说，轻轻地替我吻去泪痕。

此时此刻，华沙市今天的太阳已经落山，落日的余晖掩映整个城市，那景色美丽极了。墙外面的史蒂芬，现在是否也在看这余晖呢？

该死，我为什么会突然想起他来？丹尼尔马上就要来了，我却在想着其他男孩子。而且，我甚至都还不知道他的真名是什么，他究竟是做什么营生呢！我应该怎么跟丹尼尔说关于史蒂芬的事儿呢？无论如何，在提到那个吻时，我都不可以再像刚刚在家里时那样脸红心跳了。

如果我一五一十向丹尼尔交待了今天发生的事情，将会如何呢？我死里逃生，丹尼尔肯定会感到很高兴。但是，他之后肯定就会再次请求我，让我不要再去做走私贩子营生。而我，肯定是不会同意的——因为，那明显是不可能的。短短相聚时光，必定会浪费一大半在争吵上，太不值得了。

最好的办法是先不跟他讲今天发生的事情。但是，这就意味着，在跟他交往这么久以来，我第一次隐瞒、欺骗了他——唉，一切不就是因为那可笑的吻吗。

"唔，你今天怎么若有所思呀？"

吓我一大跳！我根本就没觉察到，丹尼尔竟然已经从窗户爬了过来，他现在就在我上面不远的位置。眨眼工夫，他就从屋顶砖块上滑下来，来到了我的身边。我站了起来，心里想着：我必须把史蒂芬的事情，说给丹尼尔听。

"发生什么事情了吗？"丹尼尔一边搂住我，一边问道。

快呀，米娜，实话告诉他！

"没事，一切都很好。"

有你的，米娜。

"真的吗？"丹尼尔向来不是一个疑心病很重的人，会追问我，不过是因为他善解人意，只言片语之间，便已觉察到我有心事了。

"汉娜吻了一个比她年纪大的男孩子。"我赶紧说了另外一件事来掩饰。

丹尼尔笑了。

"你觉得这件事很可笑吗？"我觉得，我对自己天真妹妹的担心，并没有受到足够的重视。

"别担心。"丹尼尔微笑道，"这样的事儿，在孤儿院里每天都在发生。不是什么严重的问题。"

丹尼尔跟我说话时，语调十分平静，就跟他与每日照顾的孩子们说话时的感觉类似。

那语调，每一次都令我感到生气。

"就目前我观察到的情况来看，结论显而易见——"他补充道，"女孩子确实比男生要更加早熟。"

怎么可能，现在正在这儿对话的两人，就不是这个情况——我在心里偷偷这样想。

我的闺蜜露丝，早在十三岁时就已经奉献了自己的童贞。她步子跨得太大，而我，直到现在都对这一步噤若寒蝉。丹尼尔是不是还是处男呢？我也不清楚——我从来都没问过他关于前女友的事情，因为，我是个十分容易吃醋的人，脑袋里面装着的那个小小自我，一直都希望自己是丹尼尔的初恋。

天慢慢黑了下来，月亮只显出一道弯镰——三天前是朔月日，本该如此——华沙市内处处都亮起了灯。甚至犹太居住区内，也多多少少亮了些灯。

丹尼尔轻轻在我的脸颊上吻了一下。

对我们俩而言，这是一个实打实的吻将要到来的前奏。已经没有时间了，如果确实要讲的话，现在就该把史蒂芬的事情告诉他。

正想着时，丹尼尔已经温柔地吻我的嘴唇了。充满爱意，不像史蒂芬那样狂热。可惜，因为我正在想着那个男孩的事情，没办法给丹尼尔的吻正确的回应。

丹尼尔停下来，用他那双深情的眼睛看着我，怜惜又关心地问我：

"你只是因为汉娜那件事情，才如此担心的吗？"

在那个有点儿搞砸的深吻之后，我已经没办法轻易告诉他事实真相了——如果他问我跟史蒂芬的那个吻感觉如何，我应该怎么回答才好呢？难道，我应该实话实说"比你的吻更加热情"才对吗？

如果我真要跟丹尼尔坦白今天发生的事情的话，也只能含蓄地表示一句："无论从哪个方面来评价，你都比那个金发男孩吻技高超。"

为了切实证明这一点，我用双手捧住丹尼尔的脸颊，强行拉近他的脸，用我所能做到的最热情、野性的方式，吻了他——比跟史蒂芬接吻时，还要更加激烈。我觉得自己的样子肯定搞笑透了；丹尼尔对我的过分热情完全招架不住，他头一次现出了满脸错愕的表情。就这样吻了好一会儿之后，我才放他的嘴唇离开。丹尼尔有些生硬地笑了笑，对我说道："米娜，不得不说，有时候，你可真懂得让人大吃一惊的秘诀。"

"吻得很糟吗？"我想要知道丹尼尔的感觉。

"大吃一惊总是很好的。"他微笑道。"我也有些能让你大吃一惊的秘诀呢，要试试吗。"

话声未落，他就突然用力把我抱住，主动吻我。他的卷发垂下来，弄得我鼻子痒痒的。我突然感到紧张无比，赶紧伸出手来，隔开我们俩的脸。丹尼尔大胆的接吻尝试，最后还是以被迫中断告终。

这样下去可不行——看来，我还是必须把史蒂芬的事儿告诉他。

"我跟某个……"我开始说了起来。

正准备说呢，突然之间，我听到一辆汽车开近的声音。

我们俩马上沉默了——对话被强行打断了。犹太人是不允许开汽车的，所以，来的肯定是德国人。

丹尼尔和我偷偷从天台往下望，望向孤儿院所在的锡耶纳街。有辆汽车停在了孤儿院斜对面那栋屋子的大门口。

那栋屋子，连带周围几栋屋子马上起了反应——差不多所有房间的灯，都很快地被关掉了；仅仅是为了不给德国人任何理由，强行进入某间公寓，进行检查。

丹尼尔和我迅速俯卧在地上，以免德国人抬头朝屋顶看时发现我们。我紧紧抓住丹尼尔的手——和我不一样，他的手上一点汗都没有出，也没有因为紧张而变得滚烫。相比心慌意乱的我，他显然冷静得多。

司机坐着没有动，有四个男人从车里走了下来：一个 SS 师团军官，两个士兵，还有一个犹太警察。那个犹太警察穿着一件蓝色的夹克衫，一根黑色皮带，齐齐系在腰间。犹太警察也可能穿棕色夹克，系棕色皮带。或者穿黑色夹克，系白色皮带……反正，犹太警察是没有统一制服的。纳粹并不给他们手下的这帮走狗们提供服装，犹太警察必须自己想办法弄套合适的衣服，其中还包括一顶印有大卫王之星的大盖帽——这个其实是纳粹的强制要求。换句话说，他们每人都戴两颗星：除了印有大卫王之星的袖章外，帽子上还有一个。仿佛是在暗示，这帮人是比我们优越两倍的犹太人。当然，也可以说，是比我们猥琐两倍的犹太人。

那警察向着锡耶纳街四号的屋子走去，手里拿着一根警棍。显而易见，德国人不可能给他们的下等走狗配备手枪或步枪。正因为此，这帮叛徒们只好更卖力、更残忍地向自己的同胞挥舞手中的棍子，以此来贯彻占领军的意志。

我看不清那个犹太警察的脸，无法确认他是否是我的哥哥——屋顶离下面太远了，街灯的光线又很昏暗……不过，无论如何，那个男人的身型，跟西蒙十分相似。我在心里暗自祈祷，希望那个人不要真是西蒙。知道自己的哥哥是个混蛋，这是一码事，但亲眼看着他帮德国人逮人，则是另一码事了。

那些人进了屋子之后，丹尼尔小声对我说道："放心，那个人不是你哥哥。"

丹尼尔对我害怕的事情，知道得一清二楚。

我们趴在那儿，留意着四号屋的动静。这栋屋子里住着的人，此刻该是有多么害怕啊！士兵们在走道里跑动，住户们却只能在心里默默祷告，希望他们是专程过来踹某位邻居的房门，而不是自己家的屋门——逮住的会是别人，而不是自己。

三楼有个房间里的灯亮了，透过窗子，我们可以看见，那些士兵已经进门了。一个小男孩躲在自己母亲的身后，SS 师团的人掏出手枪，顶在一个穿着背心的、大约五十多岁男人的头上。犹太警察将这男人反手铐住，抓人之余，还不忘用警棍狠狠揍了他一家伙。

这一幕真是恐怖极了，不过，其中某一处小细节，却让我感到如释重负。在公寓灯光的映照下，我终于可以看清楚，那个犹太警察确实不是我的哥哥。被抓住的那个穿背心的男人，被光着脚押出了公寓。他妻子跟 SS 师团的人交谈了一会儿，然后，师团军官点了点头，似乎是在表示同意。接着，这位妻子就和孩子一道，跟强行闯入的那群人一起走了出去。一时之间，我有点弄不清楚了，她为什么要一起去呢，那些男人不是只冲着她丈夫来的吗？

"她会陪自己的丈夫去帕维亚克①监狱。"丹尼尔低声说，"大概想要知道丈夫究竟会怎么样。"

"那个被抓起来的男人是谁？"我小声问丹尼尔。现在，公寓里已经空无一人，只有灯还在继续亮着。

"摩西·戈德堡，理发师工会的主席，也是联盟的领导人之一。"

联盟，这是个由社会主义倾向的犹太人们建立的非法组织。免费派餐、地下学校都是由联盟的人负责张罗的，他们还私下抄写反纳粹的小

---

① Pawiak，二战时期华沙市附近最臭名昭著的监狱之一。

册子，四处散发。爸爸不喜欢社会主义分子，因此不让我们跟他们那帮人有任何接触。如此这般，我几乎一个联盟的人都不认识，更别提知道他们的领导人都是谁了。

戈德堡被押到了马路上，正好站在一盏路灯下面。灯光明亮，我能够很清楚地看到他脸上的表情，戈德堡的眼神表现得沉着又坚定——被母亲抱着的儿子就在面前，他不希望被他看到自己害怕的模样。

没站一会儿，戈德堡就被士兵们推进了汽车。司机已经等得不耐烦了，看到人来，赶紧把正抽着的香烟从车窗那里弹出来。因为戈德堡的家人也要坐上车，车里的位置不够了，军官命令那位母亲交出孩子，当场枪毙。

当着两个犯人的面，SS 师团军官就地安排了处刑场，并对手下士兵下了命令。那一瞬间，我看到戈德堡的脸上，浮现出了最原始的恐怖。

旁边的丹尼尔不觉咽了口唾沫，他同样也明白了下面将会发生些什么。对此，丹尼尔忍不住说了一句："噢，我的上帝啊！"

不管怎样，丹尼尔是信奉天主教的上帝的。

在许多方面，我都很羡慕丹尼尔，他的无私，他正直的性格等等。但丹尼尔最让我感到羡慕的一点，是他竟然可以去信奉天主教的上帝。在一个更高等的存在那里寻找慰藉，肯定是一件很美好的事情。

我此生唯一的慰藉只有丹尼尔——他简直就是我的信仰。这样想着，我把丹尼尔的手攥得更紧了。我能够感觉得到，现在，连这双手上都已经紧张得沁出了汗水。

这时候，那个 SS 师团军官似乎临时改变了主意。他先用手里的枪示意了一下车里坐着的戈德堡，然后又指了指街道的方向。戈德堡并没有马上按他的吩咐做，这让 SS 军官勃然大怒——他不停吼叫着，用枪威胁戈德堡，让他立即动起来。

戈德堡下了车，沿着街道，拼命跑了起来。

丹尼尔对我耳语道："米娜，赶紧闭上眼！"

但我已经有点傻掉了，完全没办法做出反应，只能呆呆地继续看下去。两个士兵缓缓举起了步枪；戈德堡跑啊，跑啊，将全部希望都放在了下一个街角处——如果能在那里拐弯，跑到索斯诺瓦街的话，就能够避开步枪的射程，成功脱险了。转眼之间，离路口就只剩几步路了——他快要成功了。正在这时，德国人开枪了。子弹击中了戈德堡的背脊，他瞬间倒在了街边路灯光线照不到的阴影里。这样一来，我们就不必强忍着看他的鲜血是怎样慢慢流淌出来，血洗街道的惨状了。

为了避免喊出声来，我咬住了自己的舌头，并且紧紧抓住丹尼尔的手，几乎要把他的手指都给掰断。

戈德堡的妻子撕心裂肺地嚎叫起来，孩子也哭倒在地。SS 军官举起手枪，一枪一个，在他们的脑袋上留下了两个窟窿。

我用牙齿把舌头咬得更紧了，嘴里已经渗出了血腥味。我一声不吭地流着泪，整个身体都抽搐了起来。丹尼尔用力搂住我，像保护孩子一般，将我整个环抱住——那种感觉，就仿佛想要告诉我，眼前见到的这所有一切，不过是一场噩梦而已。唉，我多么希望这真是一场噩梦啊。

远处隐隐约约传来更多枪击声——这不是噩梦。那个曾经告诉朱瑞克小道消息的 SS 师团人员说的都是真话：我们"平稳又安乐的生活"正式结束了。

7

"小香肠！加芥末的小香肠！"蓄着脏兮兮胡子、沿街叫卖小贩的声音传入我的耳中。我看着他卖的小香肠，馋得使劲咽了一口口水。尽管这些香肠又小又干，卖家提供的芥末也不是用小刀抹上去，而是直接用手指糊在肠皮上。

　　顶着炎炎夏日，我跟丹尼尔一道，从一个小吃摊吃到另一个小吃摊，一家一家沿路吃下去——在这些用小车推着的小吃摊上，只需要花一点点钱，就能够吃到甜豆、热汤、土豆泥，还有刚刚说到的、用脏手指涂芥末的小香肠。我的肚子不客气地咕咕叫着，但此时手上的钱已经不多，就连这小到不能再小的香肠也买不起了。在那个"血腥之夜"（犹太居住区的人们如此称呼那个夜晚）过后的第九周，我已经再也不去华沙的波兰人居住区了。因为，自"血腥之夜"之后，SS师团的人不仅严厉打击黑市交易，还开始认真围剿起走私贩子来。为了强调他们全新的、更加苛刻的态度，德国人每天早晨都派一辆卡车到犹太居住区来，卡车上装满了前一天在墙另一边逮捕并枪毙的犹太人尸体。他们把尸体直接倾倒在犹太居住区的大街上，以此起到恫吓作用。

　　现在，如果没有通行证，任何人都不允许进入犹太人墓地了。我没钱买一张伪造的证件，这就意味着，我连一步都没办法跨进墓地，更不可能再次穿过墙上的洞，到达波兰人居住区了。在其他地方翻墙过境，已经跟自杀无异——时至今日，即使只是走近那道墙，都会被德国人举枪射杀。除此之外，某几个关键地带甚至还埋伏了不少SS师团的人，在任何人都料想不到的时候，他们会突然冲出来，举起机关枪，把走私贩子直接打成筛子。据周围人们传言，光是弗兰肯斯坦一个人，就射杀了超过三百个人。显然，这个数字是有些夸大的——犹太居住区的谣言，都是这么在传——不过，即使他"仅仅"射杀了七、八十人，这个"合理数字"也还是很吓人的。想想看，光凭一个德国怪物，就已经杀掉了这么多犹太走私贩子，墙边的全部卫兵加起来，总共该杀掉了多少人？两百个？三百个？甚至超过一千个？

所有这些不利消息，成功说服了我，让我不敢再去冒险运货了。

但是……

……我的肚子当真饿得咕咕叫了。不止我，还有我的全部家人，都已经饿得不行了。

"随外面怎么谣传，我必须得试试看才行……"我对丹尼尔说道——我的声音听起来十分坚定，但实际上，心里完全没底。

我的男朋友当然十分清楚，我想要"试试看"的究竟是什么事儿。关于这件事，我们已经聊得够多的了——每次在一起时，无论聊到什么，最后几乎都会转入到这个主题上。我们互相争论了太多次，已经累到不想再说了。所以，这一次丹尼尔没有再去重复提出之前无数次争论中、针对我那"疯狂想法"专用的辩驳论据——那些论据，他每样都说过上百次了；既没有提到比如"他们现在也会直接射杀受贿的犹太警察了"或者"上周他们甚至枪毙了两个孕妇"。这一次，他只是简单地看着我的眼睛，恳求我道："不要那样做。"

"你说得倒是好听。"我十分尖锐地反驳他道，"都是由朱瑞克在替你们操心——要知道，你们可都是三餐正常吃饭的。"

"但每餐能吃的也不多。"他语调平静地回应道。

在我旁边，有个穿灰色西服的男人，正在爽快地大嚼一根蘸了芥末的小香肠。看在眼里，急在心里，我的肚子更饿了，也更加愤怒。回敬丹尼尔的话语，也变得更加刻薄："多点少点又怎么样，你们至少还有吃的啊！"

刚说完这句话我就后悔了。其实，连我自己也很清楚，孤儿院每天的食物配给也很匮乏，几乎没人吃得饱饭。

绝对不应该在周围满是食物香味的地方吵架！我定了定神，稍微冷静些地补充道："你知道吗，我只能给家里人买那种最便宜的面包了。"准确点讲，这"最便宜的面包"，指的是我不久前买的那块灰色面团。

"那甚至都不是用面粉做的，原料只有石灰和锯末！"

"如果你被枪毙了的话，就什么面包都买不了了。"丹尼尔仍旧十分冷静。这家伙，他对我们周围的食物香味竟然完全免疫。作为孤儿长大的他，从小就饿肚子饿惯了。因此，相比医生家庭娇生惯养长大的我，更能够忍饥挨饿。为什么我就做不到像他一样坚强，像他一样从容镇定呢？显然，丹尼尔说的话是对的，如果我死了，汉娜和妈妈的处境只会更加糟糕。但话又说回来，如果我什么都不去做，什么都不去尝试的话，虽然可能能够坚持得久一点，但最终肯定还是逃不脱被饿死的命运。等到我把全部赚来的钱都花完——照现在剩下的数额计算，那最迟也不过是下个星期的事——我们就连锯末做的面包都买不起了。谁能告诉我，我现在应该做些什么？什么？

"除此之外，还有一件事，你可别忘了。"丹尼尔突然坏笑着跟我说。"如果你打算采取那种自杀行为的话，我会先把你给谋杀了。"

听到这话，我忍不住笑了："哼，你这是在拐弯抹角地说你爱我呢。"

"至少我会说'我爱你'，而你从来不说。"丹尼尔一不小心，又说错话了。他赶紧送上一个充满爱意的微笑，来为自己的失言道歉。不过，他说得一点没错，我确实从来没有对他说过这句简单、但又十足难以启齿的"我爱你"。因为，从我母亲所经历的那些事情上，我已经看得一清二楚——爱的破坏力有多么强大。

在一起的这些年月里，丹尼尔一直在耐心等待，等我说出那句向他表白的话语。"我爱你"这句话的长期缺席，慢慢成了他心头的一根刺。

但这同样也是我心头的一根刺。对丹尼尔说句"我爱你"又不会让我身上掉一块肉！数来数去，这也不过就三个字而已。想想看，丹尼尔可是我生命的港湾、人生的停靠站。如果没有他的话，我估计早就已经崩溃了。

想到这里，我下了决心，要对丹尼尔说出"我爱你"。而且，就在此时此地。我深深吸了一口气，就仿佛自己马上要潜入到深水中似的。在呼气的同时，开口说道："丹尼尔，你知道的，我……"

但后面的两个字，我怎么样也说不出口了。我真是个傻瓜，这么简单的两个字，到了嘴边，却怎么样也蹦不出来。

"你怎么……？"丹尼尔问道。

"我……"脑袋里的我，仍在跟那两个字纠缠、战斗。该死，为什么这件事会这么难呢？"我……"

"小偷，抓小偷啊！"就在这时，我们突然听到一个女人的尖叫声。

一个瘦得皮包骨头的小个子女孩，年纪估计不超过七八岁大，很快地从我们身边跑过。她头上戴一顶比脑袋大得多的帽子，穿一件最开始应该是白色，现在却已经脏得厉害、看不清底色了的男士衬衫，下面连裤子都没有。因为跑得飞快的缘故，衬衫的下摆被风吹得高高飘起，周围所有人都可以看到，她没有穿内裤，光屁股暴露在每个人面前。她那双脏成了黑色的小手里，抓着一只压坏了的铝制食盆，里面装着豆子做的浓粥。她正努力从人群中开出一条路来，想要尽快逃之夭夭。在那个小女孩身后，有个老妇正在追她——老妇穿着破破烂烂的裙子，身上系着一条围裙。我看到，这个老妇的右手缺了两根手指。尽管这样，她全部的手指加起来，还是要比她嘴里的牙齿更多。

小女孩回头望了老妇一眼，一不小心，踩到了路上某个行人的脚上。那行人高声咒骂，说如果她下次再这么不小心的话，就把她挂在路灯上吊死，在绳子上吊着就不会祸害人了。行人骂着骂着，老妇竟然逐渐赶上来了。现在，那个又惊又饿的小家伙离老妇只有几步的距离了。那老妇一下子伸出手来，抓住孩子身上衬衣的衣领，狠狠拽了一把。这下子，小女孩彻底失去了平衡，失足绊倒在地，食盆也倒扣在地——全部豆子粥都洒到了大街上。

"不要啊！"老妇失声尖叫道。

那小女孩倒是抓住了这个间隙，很快爬了过去，一秒钟都不耽搁，直接用手抓起在肮脏路面上洒得到处都是的豆子粥，开始吃了起来。那样子，跟街边野狗没有任何区别。

老妇开始用力打她了，一边打一边骂道："你这小偷，该死的小偷！偷儿，伤天害理的偷儿……"

小女孩像是根本感觉不到那一下下的捶打似的，她拼尽全力，大口大口地吞咽着混着泥水的豆子粥。

老妇打得没力气了，她不再揍孩子，只是轻声地反复哽咽道："那是我最后的一点钱了……我最后的钱了……"

我站在一旁，观察那个偷儿女孩——她到底还是成功填饱了自己的肚子。我不禁自问，当自己最后的一点钱也用完，跟这两个人一样饿时，我会去做些什么？也会去偷别人的东西吗？或者跟老妇一样打人？甚至像女孩那样，津津有味地舔食肮脏泥地上的食物？

丹尼尔过来搂住我，温柔地说："米娜，你还从来没有像现在这样迷茫过，不是吗？"

实话实说，丹尼尔真是太了解我了——他能够分辨出我所有的恐惧。

"没有，我没有迷茫……"我一边这样回答，一边清楚地意识到：自己绝对不能再这样无所作为、混吃等死下去了——那个活得跟母狗几无二致的女孩的样子，终于点醒了我。

我必须继续走私，但手法却不能再跟以前相同；需要更加狡猾、严密的安排。而且，最重要的一点是，我不能再独自一个人做了。

但这一切，绝对不能让丹尼尔知道。因为，我既不愿意让他担心，也没兴趣再和他多吵哪怕一秒钟关于这一问题的架了。

"我知道你现在的这种眼神是什么意思。"丹尼尔突然说。

"哪种眼神？"

"你的眼神出卖了你，它告诉我，你正在谋划一件非常、非常不理智的事情。"

"我什么都没谋划。"我对丹尼尔说谎了。

"你敢向我发誓吗？"

"我发誓。"同时，将手指在背后悄悄交叉，代表"誓言无效"。

丹尼尔根本不相信我的誓言。

"在孤儿院里。"他笑着对我说，"孩子们发誓时，我总是会留意他们的另一只手，看他们会不会悄悄把手指在身后交叉。"

"我可不是孩子。"

"但有时候跟孩子一模一样。"

有时候，我还真是讨厌丹尼尔说这种话时的态度，搞得他好像大我很多似的——其实，也就比我大七个月而已。

"如果你再说我像小孩子的话，我就马上回家。"

"好吧，好吧。"他赶紧妥协了——显然，丹尼尔也不想走极端。"我就勉强相信你的誓言吧。"

他仍旧不太相信似的盯着我看。

"哼，你当然可以相信我。"我用坚定的声音回应他——甚至还附上一个尽可能轻松又无辜的微笑，来增强自己所说的话的效果。

丹尼尔稍微犹豫了一下，好不容易对我点了点头，似乎终于决定要相信我了。不得不说，在某些时候，他才是我们两个之中更像天真小孩子的那个。也正因此，才显得他更加可爱。

"我必须回孤儿院去为大家准备午饭了。"丹尼尔虽然这样说，却一点也不愿意和我分别。我在他唇边轻轻吻了一口，以此稍微缓解他的不舍。丹尼尔笑了，也回吻了我一下，然后放心离开了——看起来，他肯定认为我待会儿也要回自己在米拉街的家。不过呢，我其实是打算要去露丝那里——去声名显赫的不列颠酒店。

8

酒店的霓虹灯招牌在白天也亮着，用霓虹灯管勾勒出来的酒店名字，弥散出红色的光线。"酒店"的"酒"字有点儿坏了，光线闪烁不停。在那个"酒"字下面，站着一个身材粗壮的保镖。尽管夏日炎炎，保镖仍旧穿着军用长风衣，简直就是故意在摆出"小心，我可是个黑帮老大"的派头。实际上，他不过是个普普通通的打手，在给犹太居住区真正的流氓头子们卖命。而这些流氓头子，也正是每天跟露丝上床的男人们。

保镖负责看门，以免随便什么人都能进入酒吧，以及酒吧附带的妓院。只有那些十分有钱的人，以及愿意为烈酒和性爱倾家荡产的人，他才会放他们过去。如果还会放其他人的话，我希望，他也能够放在店里工作的员工的闺蜜进去。

我径直走向这位保镖，对他说道："你好，我是露丝的朋友。"

保镖一点反应都没有，仿佛当我不存在似的。

这可不是我期待的反应。"我想要进去找她。"我坚持道。

"我还想要长对翅膀在天上飞呢。"

嗨，既是保镖，又是喜剧演员——算是个罕见的组合。而且，也是个难缠的组合。

"露丝想要见我。"我试着忽悠他。

听到这话，这家伙又不搭理我了，简直当我是空气。他的目光，从我身上移开，转而看向两个德国 SS 师团士兵。这两个士兵肩上扛着枪，在马路对面一边吃着棒冰，一边向前走着。我突然紧张得呼不过气来。

即使那两个德国人的全部注意力都放在手里的棒冰上，根本就没有注意
这边发生了什么事，我仍然十分害怕，怕他们会突然做出什么意想不到
的事情。我不是鲁宾斯坦，没办法毫无顾忌地冲着他们笑。除了鲁宾斯
坦自己外，再没有第二个鲁宾斯坦了。

保镖向士兵们颔首致意，过了好半天，那两个人才同样点头回应
了一下。这种互相致意的伎俩吓不到我——德国人能够直接从犹太黑帮
的收入里提成。德国士兵们同样也是妓院里的顾客。德国人可没那么神
圣，能够主动做到不在地位卑贱、牲畜不如的犹太女人身上发泄自己的
欲望。这样想想，莫非露丝也跟德国人上过床……

……那画面我简直不敢想象。

即使那保镖努力表现出镇定从容的样子，我也能够从他的眼中看出
恐惧的神情。自从"血腥之夜"过后，德国卫兵枪杀犹太人，已经不需
要任何书面许可了，简直形如玩游戏一般。就算对方是犹太流氓或者黑
帮成员，德国人也不会手下留情。他们甚至连孩子都不放过——昨天，
"贝松和鲍曼"医院还接收了三具被 SS 师团的人枪杀的孩童尸体。这个
消息，是我从隔壁那群克拉科夫来的女人中的某一位那儿听来的。没错，
时局实在是太不安全了，甚至连我们原教旨主义的女邻居，都不知道应
该找谁来排遣自己心中的恐惧，最终居然会选择我这个被她们称作"婊
子"的女人讲八卦，可见事态糟糕到了什么程度。那三个孩子，什么也
没做，不过是在医院门口坐着，就被 SS 师团的人给无端枪杀了。在听
说了这个消息之后，我恨不得一直锁住汉娜，一刻都不让她离开我们在
米拉街的小房间，以免遭遇不测。

保镖呼吸的声音很轻，就算这样，在德国士兵离开时，还是能明显听
出他大大松了口气。我突然意识到，他的恐惧，正是我最大的机会。于是，
我又往前走了一步，直接站在他的面前——保镖很强壮，我挺直腰杆，头
顶也只能到他的下巴位置——我抬起头，看着他，挤出一抹微笑，对他说

道："你应该也知道，鲁宾斯坦是用什么办法来讨吃的吧？"

保镖被我这个突如其来的问题给弄蒙了。他脑袋一片空白，完全忘记了应该把我当成空气，应该无视我才是。过了好一会儿，他才开口回应我道："是的，我知道，不过，就算知道又怎么样呢？"

"比如，我现在就可以大声喊起来——"我笑得更灿烂了，"说你打算用枪崩了希特勒。"

"你……你才不会这样做的。"我清楚看到，恐惧再次涌现在他的眼中。

"我可是从鲁宾斯坦那里学过技巧的人。"我笑出了声，接着，跑到街上，像那位犹太居住区小丑一般，表演了一会儿蚂蚱跳。

保镖拿我完全没有办法，他不知道怎样才能阻止我。

我直接跳到了他的身边，一边大笑，一边喊道："人人平等！"

这场疯子表演的说服力并不强，可实际上，本来也不需要太强的说服力，随便跳跳已经足够。显然，现在保镖心里已经动摇了——他可不愿意冒任何险。

"你告诉我。"他有些扭捏犹豫地问我道，"露丝真的是你朋友吗？"

"我不是跟你说过了吗？"

"好吧，我觉得，让你进去拜访一下自己的朋友，应该也没有什么不妥的。"

"当然，没什么不妥的。"我微笑着应和道。

就这样，我从保镖身边走过去，向上迈了两级台阶，进了不列颠酒店。

9

入口处有一排寄存用的柜子，每个柜子里面都是空的，完全没人使用。我从寄存柜旁边走过，拉开遮挡住酒吧区域的厚重的红色挂帘，走了进去。酒吧这边的光线十分昏暗，像是完全没有开灯，只让几缕阳光从窗户里透过来了事。香烟的气味弥散在空气中，我的眼睛逐渐适应这里的昏暗，看得清酒吧的陈设布置了。尽管顾客们在这儿花了很多钱，酒吧的摆设装饰却很破落难看：三个水晶吊灯中的一个已经松动了，从天花板上垂下来，斜斜地歪挂在那儿。木质吧台的不少地方已断裂、破碎。桌子上铺的桌布全都脏兮兮的，令人不由得开始联想，是否自打战争开始那天起，这些桌布就再也没有换过。不过，这里的这些男人——这些还在下午就早早喝起伏特加来的家伙们，也不是为了桌布而来，而是为了年轻的女人们而来。女人们会奉承他们，陪他们一起喝酒。在这里工作的所有女人都是美人，没有像我这种因为长期饥饿而瘦得吓人的货色，个个身材丰满，女性特征明显。作为妓女，她们当然都会化妆，可惜大部分都画得有点儿太浓了。但是，站在酒吧入口附近那张桌子旁的红发女人却不是，她的红唇画得娇艳欲滴，脸上胭脂也涂得别致又美丽。我甚至都开始嫉妒起她的妆容来——这样昂贵的化妆品，完全不用想，我是绝对支付不起的——如果她身上的衣服，再穿多点儿，而不是像现在这样，只穿性感内衣和连裤袜就招摇过市；如果她此刻没被一个胖男人的肥手肆无忌惮地乱摸着，把她的乳房当成面团来揉的话，我肯定会更嫉妒的。

这卖淫场所的整体气氛，本应令我感觉焦虑难耐，可事实上，我竟毫不迟疑地向着酒吧正中走去——在那里，站着一位女歌手，身上一袭红色的夜礼服。一位看上去烦闷无聊、恹恹欲睡的钢琴师弹着曲子。她配合那首曲子，用沙哑的声音唱道：

"夜以继日，你是唯一。天下地上，仅只有你……"①

---

① 原文为英文。歌词是 1932 年的流行音乐舞台剧 *Gay Devorce* 的主题歌 *Night and Day*。

这是美国人的音乐!

要知道,这类歌可是完全禁止的。但在这酒吧里,却竟然能够自由演唱。悠扬的歌声,把我带离不列颠酒店,带离犹太居住区,带离波兰……进而带离战争、饥荒和痛苦,远远越过大西洋,直至抵达纽约市的地界。

在想象中,我,还有丹尼尔,正在百老汇大街上翩翩起舞。身边来来去去的美国人,同样也一对一对结伴,在街上踏着不停旋转的舞步,就跟音乐剧里的弗雷德·阿斯泰尔和金吉·罗杰斯①一般。在现实中,我根本不会跳舞,从没学过。而且,我估计自己就算跳最简单的舞步,也会踩到自己的脚——哪怕这样,继续做这个会跳舞的白日梦也无妨。在梦中,我穿着一条白色的连衣裙,丹尼尔则穿着长靴,还有整套的燕尾服。他的领结也是黑色的,还额外配上一条堪称完美无缺的真丝围巾……这时,我的脑海中突然浮现出我们争吵时的场景。如果丹尼尔知道,我此时此刻正站在不列颠酒店里面的话,他是肯定不会愿意跟我跳舞的,不管是在百老汇,还是其他任何地方。这个念头蹦出来之后,我那白日梦中的舞伴,竟突然变成了史蒂芬。

"想着你,日以继夜,夜以继日……"

在幻想之中,我和史蒂芬此刻正跳着轻快的舞蹈——尽管初次见面后,一直到现在,这许多周的时间里,我再也没有见过他;尽管我在心里一直告诫自己,不要再去想他。然而,每一次我跟丹尼尔之间的关系处得不好,我都会不觉想到史蒂芬来,接下来又会在心里每天每天重复"不要再去想他"的咒语。

我在心里给幻想中正在和我跳舞的史蒂芬下令,让他马上变回丹尼尔。他竟然拒绝了我。

---

① Fred Astaire & Ginger Rogers,皆为美国歌舞剧演员。

"直到你让我用生命来爱你。日以继夜，夜以继日……"

一曲终了，女歌手不再唱歌了，钢琴师敲完了曲子的最后一个音符，可我的白日梦却仍未终结——我被史蒂芬搂在怀里了。

我下定决心，用尽了自己的全部意志力，终于从史蒂芬的怀中挣脱出来，跑向丹尼尔——此时的丹尼尔，穿的还是自己平时常穿的衣服，正站在百老汇的一家电影院门口，影院正在放映卓别林的《城市之光》。我紧紧抱住丹尼尔，几乎要用尽自己的全部力量。我这样做，一方面是为自己的行为感到悔恨，但也更是因为丹尼尔，他可是我的港湾，我的生命，我的爱人！半是羞愧、半是真心的我，此刻终于对他说出了那句自己在现实中从来不肯说出的话语："我爱你。"

"你把自己幻想到哪儿去了啊，米娜？"我身边的某个人突然笑着对我说道。现在，钢琴师正弹着《我为你痴狂》①的伴奏。女歌手坐在吧台前面，点燃小雪茄，喝着伏特加酒——由此看来，她的嗓音如此沙哑，倒也一点都不奇怪。

跟我说话的正是露丝，她现在就站在我身边。她穿着玫红色的性感内衣，黑色网眼袜，配的是黑色吊袜带。露丝的妆化得实在是太浓了，看起来不像是十六岁，显得老成许多。话虽如此，但在这犹太居住区里，又有谁看起来会比自己的实际年龄还小呢？

"好吧，更重要的还不是这个——"我发现露丝笑得有点儿不自然，"你这家伙，跑到这里来做什么啊？"

当我努力从白日梦中回神，试着组织语言时，露丝对酒保点了点头——这个酒保，他正在吹着口哨，跟钢琴师的《我为你痴狂》和声呢。看到露丝的示意，他一句话不问，立即为她递上了一杯法国香槟。噢，没准不是法国香槟，只是普通的便宜气泡酒而已？对于这种成年人

---

① *I get a kick out of you*，美国歌手弗兰克·辛纳特拉（Frank Sinatra）的名作。

饮料，我是一点儿门道都摸不着。除了逾越节上的自酿红葡萄酒外，我再也没喝过其他的含酒精饮料。而且，从露丝的呼吸频率来判断，这杯酒绝不是她今天喝的第一杯，也不会是第二杯或者第三杯。这没准也是她刚刚笑得不自然的原因。"米娜，你该不会是想要在这儿上班，做……"

"不是！绝不是！"在露丝把那个可怕的想法说完之前，我赶紧打断了她。

"好吧。"露丝觉察了我的态度，"反正你长得也挺丑的，没办法做这活儿。"

"我长得挺好看的。"我反驳道。

"挺写实的。"露丝继续跟我抬杠。

其实她说的一点没错；那些靠厚得可以挖出沟来的毁容妆捯饬出来的美女，我还真是比不上。

"说吧，你来这儿做什么？"露丝把那杯酒一饮而尽，然后问我道。

"我希望能够加入职业走私贩子，成为其中一员。"

我的话声未落，露丝就被喝下去的香槟给噎到了。

在她忙着咳嗽缓神的当儿里，我问她道："你能介绍个相关的人给我认识吗，就是那种……能够聊这件事的人？"

露丝犹豫了一下。

"求你了！"

显然，她认为我提出的疯狂主意一点儿都不好。不过，她的看法也没错，这确实很可能不会是个好主意。

"喂，看在好朋友的份上！"我仍旧固执己见。

要知道，我可是露丝的同龄人里面，唯一还愿意跟她说话的家伙了。所以，她肯定也不愿意随便失去我这个好友的。果然，听到我说这话之后，她终于有回应了："看在好朋友的份上！"

10

施穆尔·阿歇尔蓄着很大一把胡子，那胡子厚实到可以让一窝老鼠在里面做窝。他的脸上有一堆伤疤。我曾经从一个和他一样凶暴的人那里了解到，那个给阿歇尔脸上留下这堆伤疤的家伙，已经被阿歇尔变本加厉地报复过了。或许，那家伙已经不在这人世了。

阿歇尔是一个被称作"食人花"的偷窃走私流氓集团的头号人物，露丝则是他最宠爱的妓女——没错，根据露丝某次十分自豪的讲述，他甚至深深爱着她。不过，阿歇尔深深爱着露丝这件事，让我感觉很不舒服。一方面，是因为我很清楚，露丝这个人很容易轻信别人，没准她是被阿歇尔给欺骗了；另一方面，阿歇尔和其他很多嫖客都钟爱未成年少女，我觉得露丝很可怜。

还好，我自己并不是阿歇尔喜欢的那类未成年少女——对于他而言，我太骨感了，并不丰腴。我们坐在酒吧区域的一张桌子旁，阿歇尔背靠着墙壁，那架势跟美国西部亡命徒们没什么两样——他们必须随时提防，有人会从后面开枪偷袭。

刚才的女歌手仍旧坐在吧台那边喝酒，钢琴师也还在轻轻弹着曲子。身材娇小的露丝，跨坐在安歇尔的怀里，身体撒娇似的不停动来动去，脸颊贴在安歇尔的大胡子上。这个粗壮高大的男人，一点也不在意身上露丝的撒娇乱动，直接开口问我道："我为什么要帮像你这样的人？"

"我有做走私贩子的经验。"我回答道。很可惜，我的声音并不如自己希望的那般自信和响亮。

"什么样的经验呢？"他继续问下去。

听到这话，露丝转过头来，满脸恐慌地看着我。如果我现在告诉阿歇尔关于墓地的事儿，他就会知道，我从某个地方偷来了他们其中一条走私路线的机密。这就会使露丝置身危险之中。

露丝的恐慌蔓延到了我这里。我赶紧抓住桌沿，用手指抚摸桌上被雪茄烫出的小洞，触碰别的客人遗留下来的食物残渣——这使我稍稍镇定了下来。

"我爬过围墙。"我对安歇尔撒谎了。实际上，我从来没有爬过墙。

露丝看起来松了口气——我没有出卖她。

安歇尔却并没有跟露丝一样松一口气。不仅如此，为了掩饰，露丝现在撒娇、抚摸得更频繁了，但安歇尔却一点也不为所动。他的眼睛死死盯住我，继续开口问道："噢，你在哪里爬的墙？"

"多数是在斯塔维奇，靠近佩克纳那儿。"我继续撒谎道。

"嗯，那里有相对来说不那么危险的点。"安歇尔点了点头。

"不过，那些相对安全的点，现在已经没有了。"我回应道。

"不，相对安全的点还是有的。"安歇尔反驳了我，"在那些我们贿赂过守卫的地方，都很安全。"

"就算你们贿赂过守卫，我也不愿意再独自走私了，我想加入你们，一起干。"我把自己的心意如实说给安歇尔听了。

"你挺有勇气的，敢直接走进这地方来，还向我提要求，希望在我的帮派里得到一个做事的位置。"

无论从安歇尔的语调，还是他此刻脸上的表情，我都无从判别——究竟我的这种"勇气"，是使他感到印象深刻了，还是令他觉得受到了侮辱。

"我们倒确实需要一些新人来补充。我上周刚好失去了几个手下。"

虽然他嘴上说是"几个"，但我心里很清楚，实际上，他指的应该是"一大批手下"才是。细细推敲他的这番话，一方面，失去了手下，显然增加了我获得这份工作的机会；但另一方面，却同时折损了我一直以来对资深走私团伙的敬意——不，说得准确点，应该是让我感到了恐惧才对。即便是如"食人花"成员这般以往人人都不敢去惹的家伙，在现在的时局下，做走私贩子也不容易了。

"不过，你倒是说说看。"安歇尔一边问着，酒保一边给他端上了一杯浓黑色的咖啡。"为什么我不去指望别人，而偏偏要让你加入我的帮派呢？"

"因为我是个做走私的好手。"我回答道。

"其他不少人也都是做走私的好手。还有其他的理由吗，再说一个。"

我开始在脑海中搜寻一个新的理由。然而，很快我就发现，再没有其他理由了。我究竟该怎样向一个黑帮老大证明，自己可以派上大用场呢？

"因为呀——"听到这里，露丝插了一句嘴，同时用手指轻轻爱抚阿歇尔的脸颊。"如果你用了她，我就会特别、特别爱你。"

"你本来就应该特别爱我。就算我不用她，你也必须这样做。"安歇尔把她的话给顶了回去。

"确实如此。但是，我可是真心爱你，岂不比那些强制性的虚情假意，要美好得多吗？"

这句话打动了安歇尔。尽管安歇尔所认为的"真爱"（显然，应该也包括露丝），估计跟我所理解的"真爱"完全不同。他深情地看了一眼露丝，将那杯黑咖啡一饮而尽，然后对我说道："欢迎加入'食人花'。"

"谢谢。"我爽快地答道。不过，说谢谢的时候，我只是匆匆看了安歇尔一眼，就把目光移向了露丝——这感谢应该是给她的。

"你的工作，从今天晚上开始。"安歇尔解释道。"四点半。支穆那，彻拉兹纳街拐角。"

今天晚上就要开始吗？

这比我想象中的时间要来得更早。或者说，比我期望出手的时间更为匆忙——不过几个小时之后，我就要去爬那堵墙了。唉，希望我的性命，不会在那里就被简单送掉。

11

在走进不列颠酒店时，我还是一个肚子饿得咕咕叫的女孩；走出来的时候，我就已经是一个肚子饿得咕咕叫的帮派成员了。保镖看着我走出来，脸上充满了不信任。不过，他还算是挺聪明的，选择不再多去过问我些什么。不仅如此，当我离开酒店、逐渐走远的时候，我还看到，他的样子像是明显松了口气——因为，我没有再当着他的面，表演鲁宾斯坦式的疯子把戏。

阳光闪耀，我花了一会儿工夫，才让自己的眼睛重新适应户外的阳光。直到现在，我才能够算是马马虎虎松了口气——哎，即便是犹太居住区那散发着臭气的空气，也比酒吧里烟味弥漫的空气要来得清新——这时候，我才突然意识到，自己既没有从阿歇尔那里打听稍后将要走私的是什么，也不知道晚上在墙边应该跟谁接头。

有那么稍微一会儿，我脑袋里面甚至还蹦出了回到不列颠酒店的酒吧，向阿歇尔仔细询问今晚全套计划的念头。不过，阿歇尔显然不是那种可以随便打扰的人。所以，最终我还是决定带着自己的锯末面包回家去——但是，并不是直接回去，我还要去个地方。

没错，只要时间允许，我都会去旧书市场逛逛。我喜欢在人们摆了一堆堆旧书来卖的木箱和纸盒里挑书的感觉。在这里，也能够找到被纳粹们封杀了的作家们的作品：托马斯·曼，西格蒙德·弗洛伊德，卡尔·马克思，埃里希·凯斯特纳……旧书市场最好的一点，显然是——也有英文书出售。在旧书的帮助下，我自学了英文。这一切都是为了最终能够看一次原版配音的《城市之光》，并且能够自由地与美国人交流。虽然照目前的情况看，能够实现愿望的机会并不算大。

刚开始读英文书时，我只买那些文字内容很少的图画书，像是《白雪公主》、《小红帽》、《维尼熊》之类的。不过，我现在已经敢去读整本的侦探小说了。我最喜欢的侦探小说，当数多萝西·L·塞耶斯所写的皮特爵士系列。虽然在我的幻想中，塞耶斯女士费尽心力也只把我偷运到了英格兰，并没有抵达纽约。

我在一只很大的旅行箱前面停下步来。这个箱子放在路边一块充作路障使用的石头上。箱体外侧贴满了来自不同国家的贴纸，由此可以判断，它曾经跟着自己的主人，去过许多不同的国家——这也是我梦寐以求，想要去做的一件事情。箱子里面放满了英文书。这个箱子属于一个形容枯槁、蓄着山羊胡子、瞳孔泛白的男人。我在箱子里翻找了一会儿，在大量学术书籍（即使这些书是用波兰语出版的，我也一个字都看不懂）当中，躺着一本皮特爵士系列的小说：《杀人广告》。

我并不知道英文"广告"这个词是什么意思，不过我很清楚，自己将在阅读全书的过程当中，弄明白这个生词的含义。现在，我需要做的就是好好谈价，能够让自己不必花一分钱，就可以得到这本书。我得说，成功的几率不算低——在犹太居住区，书籍算得上是唯一一种每天都在贬值的货品了。

我观察了一下卖家：显然，这个卖书的男人，就跟这里守着的很多其他书贩一样，今天到现在为止，一本书都没能卖出去。而且，他肯定和我们这些闲逛的人一样饥肠辘辘。

我跟他打了个招呼，指了指那本塞耶斯的小说："这本书我要了，我可以分你一小块我身上带着的面包。"

那男人已经饿到没有力气再跟我讨价还价了。他捻了捻自己的山羊胡子，点头表示同意。在我刚准备要把那块面包从口袋里拿出来掰一小块时，我竟然看见了……史蒂芬！

他正从一堆旧书商中间疾步走过，沿着人行道的方向，看不到我这边。有那么一会儿，我甚至觉得，自己是眼花看错人了。过了几秒钟之后，我才确定，这个穿着灰色西装的金发年轻人确实是史蒂芬无疑。不过，当我终于确定了的时候，他已经拐弯，消失在邻街的拐角处。

我马上把面包塞回到袋子里，追赶史蒂芬的踪迹，从旧书商身边快步走过去，上了人行道，完全无视他那句"哎，你不是应该要给我一块面包的吗"。

当我也拐到邻街时，史蒂芬已经走到街的尽头了。转眼之间，他又消失在另一堆房子的拐角处。不管他想要去哪儿，我知道，他一定很着急。没办法，我开始跑了起来。一边跑，一边思忖着，自己是否应该从后面大声喊住他。不过，就算直接喊史蒂芬，他或许也根本不知道我在喊的是他——毕竟，史蒂芬也不是他的真名。跑着跑着，我莫名害怕起来，担心他这一次是真的从我身边彻底跑开，以后再也见不到他了。即使我对他一无所知，看他跑的那个架势，也能够一眼看出来，他现在正在做着某件违法的事情。

就这样，我默默地跑过史蒂芬消失的拐角处，发现自己正处身于一处完全没有人的小巷中。小巷的尽头处，竖着一围木栅栏，将街道与犹太人墓地分隔开。哪里也看不到史蒂芬，莫非，他是翻过栅栏跑掉了？

我也跑到小巷尽头，从栅栏的缝隙处往墓地那边张望，但根本没看到有人。史蒂芬到底去哪里了？他总不可能消失在墓穴中啊。

我短暂思考了一会儿，自己究竟应不应该翻过这道栅栏：翻过去，等于把自己置于十分危险的境地。因为没有通行证，一旦遇到德国人，就会不由分说地把我给抓起来。确实，我是很想与史蒂芬再见一面，但说到底，也不过是一次见面而已，为此赌上自己的生命，就太不值得了。况且，我今晚还要去爬墙，这就已经够呛了。我的天呐，其实，我压根儿就不知道，爬墙的时候应该怎样抓住墙皮才能继续往上？光凭想象就知道，让我去爬过那道围墙顶上的碎玻璃片和铁丝网，简直是难于登天。

想到这里，我又透过栅栏上的缝隙看了眼墓地那边，确实是看不见史蒂芬的影子了。于是，我心有不甘地离开栅栏，顺着小巷原路走了回去。一步一步，走得十分缓慢，而且还四次、五次地回头张望，抱着最最微小的期待，能够看到史蒂芬突然从墓地那边现身。走着走着，我逐渐意识到，史蒂芬也可能并没有翻越那道栅栏。如果事实是这样的话，他又去哪儿了呢？

我停下了脚步，感到自己的口很渴；上次喝水，还是在今天早上。在不列颠酒店时，我的新老板也并没有请我喝上一杯。如果现在能够有杯水就好了，有苹果汁的话，当然更好。将水果和水混合起来，那味道简直如临天堂。不，应该说比天堂还棒——在我的眼中，天堂观本来就很稀薄。

我站在小巷正中，观察近旁的建筑。这里的屋子已经完全弃置掉了，比犹太居住区其他地方的状况还要糟得多。窗子上连一块完整的窗玻璃都没有，全部空空荡荡。墙面的很多地方都坍塌掉了，有间屋子甚至连屋顶都没有。在德国进军波兰的时候，那些德国坦克肯定在这附近卖力工作过。

我的目光，落到一扇开着的门那里——与这扇门相连的屋子，已经是摇摇欲坠。无论谁看到它，估计都会同意，这栋屋子会在下周或者下月的某一天彻底倒塌。史蒂芬是不是进到这栋屋子里去了呢？

即使自己也觉得不太可能，我还是决定，进这间屋子去碰碰运气。我做这件看起来全无必要的事情，不止是为了强迫自己忘记渴意，同时也想要多少压制住今晚即将去爬墙的恐惧之心。除了这两点外，毕竟还有很小、很小的可能性，能够在这屋子里找到史蒂芬。

进到楼梯间里，一股毫无遮掩的恶臭味瞬间涌入我的鼻腔。哪怕是这样破败的屋子里面，竟然也住着人。和别处不同，这里的这些人活得简直跟动物似的，他们甚至连自己的排泄物都不去清理。在楼梯拐角处的小平台那里，躺着一个瘦得皮包骨头的男人，眼睛直勾勾地看着地，什么也不做。这个人看上去衰老得可怕，不过，我猜他的年龄至多也不超过四十岁。这男人对我压根儿视而不见，问他是否看见有个金发年轻人跑了过去，显然没有任何意义。从那双恐怖又空洞的眼睛里看到的，肯定不是这世上该有的东西。

继续沿着楼梯向上走，沿路遇到的，都是些无法对话的人。尽管四周弥漫的排泄物臭味令我感觉恶心，我却仍旧不愿放弃寻找，抛下可能尚在这栋楼里的史蒂芬，独自回家。整整九周的时间，我都在不停想象下一次与史蒂芬相逢时，会是怎样的一番场景——边想着，一边还得忍受背叛丹尼尔的良知煎熬。那煎熬的感觉，实在是太难受了，而且，如果永远不与史蒂芬见面，那感觉就永远不会消失。此时此刻，除非一切找到刚刚近在咫尺的史蒂芬的可能性都已经断绝，否则，我是无论如何都不愿意再带着那份煎熬感觉回家的。

二楼住着三户人家。我是否应该直接敲门，在里面人开门的时候，询问关于一个金发年轻人的事儿呢？

其中一扇门只是简单合上，因为门锁不知什么时候已经被弄坏掉了。没准这儿曾经被盗贼集团打劫过。不过，细想一下，就这么个破屋子，还能有什么宝贝值得盗贼集团过来撬门呢？

我轻轻推动那扇虚掩的房门，把它推开了一条缝。这间公寓里并没有排泄物的臭味，仅仅是一股陈旧发霉的味道。

透过门缝，我能够看见房间走道；这条走道上空无一物。没有家具，只能看见残破不堪的深色木地板，还有墙上褪色了的灰色花卉图案壁纸。我应该走进去吗？或者，还是在外面站站就好？然后直接回家，喝点水解渴，接下来，开始在心里恼怒不停，因为我终于再次见到了史蒂芬，却又立即失去了他，连一句话都没来得及说上。再然后，还不能睡觉，而是要怀抱着满心恐惧，跟"食人花"帮派的人见面，今晚夜深时，用手指甲抓在墙皮上，一下一下往上爬，直到指甲里面都渗出血来？

答案再清楚不过：我要走进去！

我把门整个推开，踏上了那条什么也没有的走道。公寓里一点儿声音也听不见；没有脚步声，甚至连点窸窸窣窣的声音都没有。如果这里有人在的话，估计应该也是在睡觉——大白天睡觉，也够可以的。

打开走道上的第一扇门，进到一间几乎空荡荡的房间里。过去，在每间公寓只住一家人的那个时候，这个房间通常是作为厨房来使用的。但现在，这房间里已经没有炉灶，没有橱柜，甚至连一件碗碟都找不到了。在房间正中，摆着一台油墨印刷机。印刷机旁边的地上，放着成捆堆起来的报纸。"报纸"在这里不过是个相对的概念，准确点说，这不过是统共只有八页纸的传单而已，印刷质量也差得要命。这里堆着的是一份叫做《新事》的地下期刊，属于犹太居住区数不胜数非法刊物中的一种——这类非法刊物，在犹太居住区内简直随处可见。

我的目光，落在报纸第二页的一则评论上："华沙犹太人居住区面临生存危机，居民即将遭到种族灭绝。为了我们必须执行的伟大行动，以及我们将要开展的伟大行动，全部力量必须立即集中起来。必须以马萨达精神为榜样！"

马萨达。

这是个巴勒斯坦要塞的名字。在那里，一帮古代犹太人曾经在四千罗马军团的围攻之下，坚守了好几个月。由于犹太人的顽强抵抗，给罗马人造成了不可计量的损失。当罗马军团最终攻入要塞之后，发现马萨达城里面，已经是一片死寂——所有的居民，在敌人攻入之前，已经全部自杀了 ①。包括战士、女人和孩子们。

马萨达精神——也就是说，犹太居住区的居民应该联合起来，共同对抗德国人，并且最后还要勇敢自裁，一直抵抗到死——我不觉得这种精神有什么特别的吸引力。

"你在这里做什么？"在我身后，有个声音突然响起。

吓了我一大跳。我在心里恳切希望，这声音其实是史蒂芬的——即使听起来一点也不像。我小心地转过身来。在通向走道的那扇门口，站着一个瘦弱的年轻人。他的棕色头发剪得很短，眼睛里面布满血丝。如果不是因为他手里正拿着一把明晃晃的匕首的话，我几乎都要开口问他，为什么那双眼睛会充血成那样了。

"我在问你话呢！"他充满攻击性地怒吼道，一步一步向我靠近，手里的匕首胡乱挥动着。这家伙，似乎从未好好学习过应该如何跟人打交道，不过，无论如何，他也算是给我留下了一个十分深刻的印象。

"我……我……"我舌头打结，不知该回答些什么。难道，我应该跟他说，我正在找一个叫史蒂芬的年轻人，不过，他其实并不叫这个名字，他的真名我也不知道……唉，谁知道史蒂芬跟这份地下期刊有没有关系？

"快回答！"

这家伙的匕首，现在已经直接在我面前挥动了。他没准以为我是德

---

① 根据史料，马萨达要塞在被攻入时还剩下两名妇女和五个孩子。

国人派来的间谍。我被他吓得有些慌乱，心里拼命想着，究竟应该怎样澄清这个误解。

"快说！快点，否则我刺死你！"

他每吼一声，就变得更加狂躁。尽管这样，他仍旧没有狠下决心，直接把我给杀掉——还不是时候。

"我可不是什么奸细。"我回答道。我感觉到，自己的声音有点颤抖，身体也发抖了。

"你这样说，我可不会轻易相信！如果你不是在为德国人做奸细的话，来这种地方干什么呢？"

因为心里实在害怕，我编不出任何好听的理由，只能把那个愚蠢的真相讲给他听了："我正在找一个吻过我的年轻人。"

听到这个回答后，我面前的家伙瞬间变得呆若木鸡，挥舞的匕首也停了下来。

"我说的都是真话。"

但我看得出来，他的脸色仍旧很阴沉——显然，他对我所说的话，一个字都不相信。这不怪他，如果我是他的话，也不会相信的。

"你是打算把我当白痴来出卖吗？"他尖叫道。因为气愤，他的整个脑袋都涨成了暗红色，脖子上的青筋跳个不停。这倒没什么，关键是那柄匕首——他把匕首握得更紧了。现在，他是一点都不会迟疑了；已经做好刺杀我的准备，不让我血流成河，绝不罢休。唉，说真话可真是个坏透了的主意。

"我刺死你！"

紧要关头，我的眼泪夺眶而出。"不要杀我……"我恳求他道。

透过我被泪水迷蒙的双眼，我看到他举起了手，准备用匕首刺向我了。

危急关头，我猛地向前一冲，用尽全部力气，硬生生把他推到了一边。他整个人撞在了墙上，却并没有失去平衡，而是直接靠墙撑住身体，站了起来。我听到他在用含混不清的希伯来语咒骂着，内容我完全不懂。尽管犹太居住区里有很多懂希伯来语的孩子，我却几乎完全没学过它。波兰语才是我的母语，另外一门熟悉的语言，是我十分喜欢的英语。

我试着在这狭小的厨房里跟他周旋，找寻到达房门、夺路而出的机会。然而，就在这时，当我刚想要从他身边闪过时，这家伙的匕首竟然直直地刺了过来，扎在了我的右侧胳膊上——从那声音听起来，匕首已深深插进肉里了。

我吓得高声尖叫。疼痛感彻底俘虏了我。为了自救，我必须得赶紧逃跑。然而，现在的我，就像是被下了定身咒一般，动弹不得。唯一能做的事情，就是死死盯住自己胳膊上的伤口，看着血从伤口里涌出来，迅速把我白色的衬衣衣袖给染成了血色。被匕首扎进胳膊，简直太痛了，痛得人难以形容！

我活这么大，还从来没有受过这么重的伤。片刻之间，我甚至害怕自己会就此死掉。

就这样，我开始嚎哭，全身发抖，眼睛里面都是眼泪，什么也看不见了。但是，我还是能够听到那个袭击我的男人的呼吸声——喘着粗气，像野兽似的。我能够听得出来，他马上就要再刺第二下了。还有第三下、第四下……一次又一次，一直刺下去。就凭我现在这样子，已经完全没办法阻止他了。

"扎卡利亚！"突然之间，我听到某个人的一声喊叫。

我能够听得出来，那正是史蒂芬的声音。

"扎卡利亚，该死，这儿发生什么事情了？"

听到问话，那个男人马上停止了攻击，用十分激动的声音回答道："她在为德国人工作。"

　　我瞬间瘫软，蹲坐在了地板上，勉强用手支撑住自己的身体，不让它彻底倒下来。终于，现在该轮到史蒂芬为我做主了，他会向那人解释，说我一点儿也不危险，只不过是个小走私贩罢了。然后，他肯定会帮助我，还会为我包扎胳膊上的伤口。

　　哪里知道，史蒂芬只是用满是迷惑的声音问道："她真的在给德国人做事吗？"

　　我才没有！——我想要这样大喊出声。但是，最终也不过哼得出一两声喘息而已。现如今，在已经彻底绝望的局面下，我失声了，一个字都说不出口。

　　"如果不是的话，她来这儿做什么。"扎卡利亚气呼呼地说。

　　"出去吧，我来处理这件事。"史蒂芬用命令的口气回应他道。于是，扎卡利亚听从了他的指挥。虽然态度好像很勉强，但终究还是听了史蒂芬的话。如果驻扎在这里的确实是一个地下组织的话，那么，史蒂芬在组织里的地位，显然比那个攻击我的家伙要高。

　　"你去哪儿了？"扎卡利亚强压住怒气，仍旧站在一旁，问史蒂芬道。受到史蒂芬这样直接的呼喝、命令，他肯定很不甘心。

　　"地下室。"

　　简简单单几个字的回答，却已经让扎卡利亚满意了——他不再多问什么了。

　　地下室里，究竟有什么重要的东西呢？如果不是处在现在这个糟糕状态的话，我肯定会对这个问题很感兴趣的。不过，此刻，我却首先忙着用自己没受伤那只胳膊的衣袖，擦干了脸上的泪水——我想要看史蒂芬一眼。

　　我看到，史蒂芬伸出手来，向扎卡利亚做出"给我"的手势。那家伙听话地把匕首交给了他，然后终于离开了厨房。

　　史蒂芬走到我的身边，手里拿着匕首，匕首上沾着的全是我流的血。

我挣扎着站起身来——我可不想再像个哇哇乱叫、哭哭啼啼的娃娃似的，一直蹲在他面前的地板上。

"你在这儿做什么呢，蕾恩卡？"他问我道。

啊，他还记得那个名字——那个在波兰居住区的集市里，为我专门杜撰的名字。即使过了九个星期，也还没有忘记！

如果是在别的情景设定下，久别之后仍记得彼此虚构名字这件事，或许会很美好、浪漫也说不定。但是，我听得出来，他此刻的语气十分不友好。况且，他始终都还拿着匕首，匕尖正对着我。不过，他拿匕首的手很稳，一动也不多动。由此判断，他之前肯定已经用匕首刺过很多次人，因此，才不会像扎卡利亚那样，慌慌张张地举刀挥个不停，不成样子。

他用蓝色的眼睛盯着我看，那眼神，几乎都要把我给整个洞穿。那双眼睛里面，布满了血丝，就跟刚才的扎卡利亚一样。为什么他们都是这个样子？无论如何，我从他们的眼神当中，看不到一丝温暖，也看不到一丝柔情，只看到满满的冷漠。

就是这么样的一个男人，对我施了不知怎样的魔法，竟让我在自己的白日梦中，跟他一起在百老汇跳舞，而不是跟丹尼尔……此时此刻，我为自己不切实际的幻想感到无比羞耻，羞耻到已经忘记了胳膊上的刀伤疼痛。唉，我可真是个少不更事的小女孩啊。

"别发呆了，能给我一个正经的回答吗？"史蒂芬再次对我发问，手上拿着的匕首，还是十分冷静地朝着我所在的方向。这种被匕首指着的感觉，可比扎卡利亚的胡乱挥舞要来得恐怖得多了。

"我在旧书市场那边看到你了，于是，就一直跟着你走到这里……"

"你为什么要这样做？"

"因为……"我结结巴巴地回答着，心里羞愧至极，几乎不愿意把那个答案说出口了："因为我想要再见你一面。"

如果他还有那么一点点讨人喜欢的话，就请装作没听见这句话吧。

可惜，他当然不是那种会主动讨人喜欢的人。我会这样去想，或者甚至会去这样稍稍期待，简直是太孩子气了。幼稚到不行……看起来，我确实没有自己想象得那么成熟。

"你想要再见我一面？"史蒂芬半是迷惑，半是怀疑地重复着我的话。

"是的，我想向你道谢。"

这个理由无法说服他。

"但你并没有真正向我道谢，而是跑到这里来，发现了我们藏着的印刷机？"

"我在旧书市场那里看到你了，本来想跟上去的，哪里知道跟着跟着就跟丢了。"

"所以，接下来你就误打误撞地闯进这里来了，对吗？"

"没错。"

"真是一个不得了的意外啊。"

"确实如此……"我回答的声音，小到连我自己都听不见了。

他让匕首在自己的手里打转——史蒂芬也不知道，自己究竟应该怎样处理这样的事了。

"我有什么必要跟你撒谎呢？"我反问他道。"你又不是不知道，我其实是个走私贩子。"

"所以，走私贩子从来都不跟德国人合作，对吗？"他面带挖苦地对我笑道。听到我的解释，他的脸色更加难看了："要知道，你可不是第一个在德国人的监狱里被策反的犹太人。"史蒂芬的语调听起来很难过，就好像他之前曾经被这样的一个走私贩子出卖过似的。

"我说的是事实。"我解释道。"而且，我也不会想方设法去说些谎话来说服你。"

听到我这番话，史蒂芬沉默了。他现在或许正在考虑着，是否已经举刀刺死我，这样一来，他们藏印刷机的地点就不会被泄露给德国人了。那个曾经用一个意外之吻救过我的男人，现在或许会用一把匕首将我的命取走。过了一会儿，史蒂芬默默地点了点头。看起来，他是做好了决定——是杀了我，还是相信我呢？

"如果是真正的奸细，往往能够编出一个更好的故事来。"他一边这样说着，一边把匕首收进了自己灰色西装外套的口袋里。史蒂芬脸上蹦着的线条，逐渐软化下来。他冲着我笑了，仿佛什么事都没发生过一样。

"我去拿些消毒药过来，给你处理一下伤口。"他对我说道。

"那可真太好了。"我回答道。此时此刻，我是不是应该继续哭一会儿。这样想着时，眼泪已经开始在我眼眶里打转。但我到底还是忍住了——幼稚的举动已经那么多，我可不想再额外添上一笔。

在史蒂芬将要走出厨房的时候，他突然转过身来，说了句威胁我的话："如果你敢逃跑的话，蕾恩卡，我就再也不愿意相信你了。而且，不管你逃到哪里，我都会找到你的。"

这句话看上去很吓人，但他说这句话时的语调，其实很友好——看起来，他自己也不相信，我会从这里逃掉。

"鉴于我目前血流如注的状况，就算我逃跑了，你也会很快找到我的。"因为疼痛，我连回话的声音都颤抖了。毕竟紧张的状况已经告一段落，危险解除，我的胳膊又开始刺痛起来。

史蒂芬肯定是被我的回答给逗乐了，他稍微笑了笑。然后，他又走近些，仔细观察了一下我胳膊的伤势，脸上满是关切的神情。直到这时候，我才回过神来，和他一起检查了自己的状况——伤口仍在流血。现在，我衬衫右边的整条袖子，几乎都被鲜血染红了。

史蒂芬赶紧离开了厨房，去给我找消毒药。听着他的脚步声在走道上渐渐远去，我心里又开始害怕起来：一方面是因为我的伤口流血不止，另一方面，我还担心扎卡利亚再次回到这个房间里来。我觉得，自己现在特别无助。

还好，扎卡利亚并没有回来。他现在估计正在去那神秘莫测的"地下室"的路上——我肯定不能问史蒂芬，关于这个"地下室"的任何事情，否则只会增加他对我的怀疑。

史蒂芬带着一个小玻璃瓶、一块干净的手帕、针和线回到了厨房。看起来，他所在的那个地下组织，对于搏斗造成的伤害是早有准备。

我们直接坐在地板上，他把我那被血染透了的袖子挽起来。这时候，我才看清楚，我胳膊上的刀伤有多深。那伤口令我感到头晕目眩，几乎都要当场呕吐出来。

"你的运气不错。"史蒂芬评价道。

运气不错？嗬，他的观察角度，倒是挺有意思。

"扎卡利亚并没有刺到你的肌肉或者神经。"

照这样的说法看来，我还真算是运气不错了。

"这伤口很快就会好的。"史蒂芬对我友善地笑了笑，试图驱散我的恐惧。或者，往坏点的地方想，他恐怕只是不希望我吐在他的鞋子上。

他往我的伤口上倒了些消毒水。瞬间，伤口疼得像被地狱炼火灼烧似的，我只得咬紧牙关忍住。紧接着，他开始用手帕擦拭、清洁伤口。每碰一下，伤口就像被火烫了一下——仿佛他拿着的不是手帕，而是直接拿了火把，往我的皮肤上戳。

"你做得不错。"他表扬了我，为我打气。

"唉，我可真希望我也能够对你说出同样的话。"我叹了口气。

听到我的话，史蒂芬笑了。他知道我只是在开玩笑，并没有认真责备他的意思。

"快看，蕾恩卡，这样一来，伤口就算是清理干净了。"

"我叫米娜。"

"好吧，不过，我跟蕾恩卡已经很熟了。"他微笑道。

"你的真名又是什么呢？"我问他。

"反正不叫米娜。"他一边坏笑着，一边把手帕扔到地上。

"坏人。"我如此回应他。

"噢，我也不叫'坏人'。"他笑得更开心了。

"莫非你叫'傻蛋'？"

"噢，很多人叫我'混账'。"

"真不知道你是从哪里混来这么个称呼的。"听到他的自嘲，我也笑了起来。

"哼，他们肯定是丧心病狂了，才会叫出这么个非人类的名字。"他继续跟我抬杠，还冲我顽皮地眨着眼。我看到他的手里，已经备好了针和线。然后，他对我许诺道："如果你现在能够表现得勇敢点的话，我就悄悄告诉你我的真名。"

"要想让我勇敢点的话——我父亲可都是奖励我棒棒糖的。"我选择这样回应他。

"很可惜，棒棒糖我是没有，不过，我可以给你喝点苹果汁。"

苹果汁吗？真是太棒了！

"如果是苹果汁的话，我不知道你的真名也无所谓啦。"我说。而他，刚刚好把线穿进了针眼里。

"唉哟，这句话可真是刺伤我了。"他应和着我，同时摆出一副受到了伤害的脸来。

"如果，我现在问你，你们在这里做些什么的话——"我还是想要知道他的态度，"你是会坚持认为，我是个奸细，还是会觉得，我不过是在好奇呢？"

他盯着我仔细端详了一会儿，然后答道："应该只是好奇而已。"接着，就把针扎进了我的皮肤。

那种疼痛，真是令人感到难以忍受。

他没准经常帮人处理伤口，不过，手法肯定还是不如医生娴熟，也不如那些在缝针上颇有天赋的人。我在心里暗自思忖着。

"想什么呢？"史蒂芬一边问我，一边刺下了第二针。

我简直要痛得喊出声来，但还是忍住了。我的牙齿，咬得比刚才洒消毒水时还要紧。

"你不是要问我问题的吗？"他又扎下去了，第三针。

问问题……问问题应该不错，可以分散一下我的注意力。此时此刻，第一个从我那已经疼得发懵的脑子里面蹦出来的问题，竟然是——你会跳舞吗？我的脑海中浮现出史蒂芬和我一道，伴着《日以继夜》的曲子，翩翩起舞的场景来。

这个问题，无论如何也不能问出口。毕竟，面前这个男人并不是什么职业舞者，即使他是曾经为我送上玫瑰花、救过我性命的英雄，也不会是万能的。

仔细想想吧，如果他认定，我真是个女间谍的话，就会毫不留情的用匕首捅死我——就是这么样一个人，怎么可能会是个职业舞者呢？真可笑啊，米娜，你实在是太搞笑了。他虽然不是舞者，但你如果问出那个问题的话，岂不是在暗示自己会跳舞吗？实际上，你最多也只会在白日梦里跳舞而已，简直太搞笑了。

"问题太多，不知该问哪个吗？"因为我始终保持沉默，史蒂芬只好乱猜道："做个决定就这么困难吗？"

我当然不能简单迎合他的猜测。所以，我终于还是开口问了一个问题："马萨达？"

"马萨达？"他对我所提的这个问题感到吃惊，乃至于停下了缝线。

暂时不用再刺我了！我对缝线中断感到十分高兴，指了指旁边的报纸，说道："一直战斗到死为止，不是吗？"

"噢，没错，战斗到死。"他毫不迟疑地承认了。"德国人会把我们全都杀掉的，无一例外。"

我看着他的脸，看着他眼中坚毅的眼神。看起来，史蒂芬确实认为德国人会把犹太人都杀光。

"那……那也太疯狂了点儿。"我回应道。即使德国人在"血腥之夜"过后，变得更加肆无忌惮。但是，把犹太居住区的全部犹太人直接种族灭绝掉这件事，也太过匪夷所思、难以置信了。

听到这句话，史蒂芬用他那双蓝色的眼睛愤怒地瞪了我一眼，似乎我用的"疯狂"这个词，无意之间，亵渎到了他的信仰。他强压住愤怒，又给我缝了一针——这针缝得毛毛糙糙的，比刚才几针难受得多了。

我没忍住，痛得喊出了声。

他停下了针，但却并没有向我道歉，而是在停顿片刻之后，马上又刺下了接下来的一针——谢天谢地，总算没有之前那么毛糙了。这时候，史蒂芬说话了，只有一个词："切姆诺①。"

问都不用问，切姆诺的事儿，我也听说过。互相之间存在竞争关系的每一张——我没说假话，真的是每一张，无一例外——地下小报都报道过关于切姆诺的新闻。在那里，纳粹把犹太人锁在一辆载重卡车里，然后向车厢里导入毒气。跟其他大部分人一样，我认为这不过是被杜撰出来的故事而已；一个恐怖故事，由某个想象力堪比汉娜的家伙胡吹出来的。只是，相比汉娜能够想出来的故事情节，要黑暗、疯狂得多。

看起来，史蒂芬对那个关于切姆诺的幻想故事坚信不疑，并不认为

---

① Chełmno。1941 至 1945 年间，德国在前波兰领土内建立的六座灭绝营之一。

那是个老套无聊的吹牛把戏。既然这样，我在心里暗暗决定，再不跟他讨论关于这一事件的一切话题。

"你的眼睛怎么了？"我开始转移话题。

"我的眼睛？"他对我的提问有点儿摸不着头脑。

"你的眼睛充血，布满了血丝。跟扎卡利亚一样。"

"一连几个晚上，我们都通宵工作，没有睡觉，只为了把报纸编好，并且印刷出来。为了不被德国人发现，我们连灯都不敢开，是借助了月光，才能勉强做事的。"

说完这句，他就把线剪断了。哈，漫长煎熬终于结束了。我低头观察起他的作品：针缝得不算漂亮，但至少我不再流血了，伤口也不大，过几天应该就可以愈合。唯一令人感到遗憾的事儿是，今天晚上，我将不得不用这只受伤的胳膊翻围墙了。

"大功告成，你现在可以跟我一起去喝你赢来的苹果汁了。"史蒂芬向我汇报道——他的脸上，再度浮现出他那独一无二的顽皮笑容。

我们一起从地板上站起来。能够喝到苹果汁，我感到很开心。一切关于切姆诺的消息、犹太居住区将被种族灭绝的传言、晚上将要爬墙的苦恼都烟消云散了——只要拿到苹果汁，咕噜咕噜灌下去，平息掉我的渴意，就什么都好。

"苹果汁就放在隔壁的房间里。"史蒂芬跟我说。

我们刚想要离开厨房，突然有个女人走了进来——看上去，她肯定已经满二十岁了，脸上表情严肃又庄严，像是从埃及来的女王。尽管她长得还没有我高，却处处散发出无可辩驳的领袖气质，凭借这种气质，其他人都会无条件地听从她的命令，并且，也不会轻易违抗她。

"扎卡利亚跟我说了，似乎我们有一位未经邀请、擅自前来的访客呐。"她表情严肃地说道。一边说，还一边用审慎的眼光打量着我。我被她盯得有点儿心慌，不敢直视她，只得将目光移向地板。

"埃斯特，她不是间谍。"

听到这话，她看我看得更加审慎了，脸上明显写满了怀疑。

"我们可是一点错误都经受不起啊，阿摩司。"

阿摩司。

他叫阿摩司。

这名字可比史蒂芬要好得多了。

好得太多、太多了。

"我认人从来就不会有错。"阿摩司顽皮地笑道。

埃斯特对此仍旧相当怀疑。

"别想了，这小家伙没问题的。"

小家伙……他竟然这样叫我，我对此感到很不高兴。丹尼尔三番两次地把我当孩子看待，已经让我受够了——搞得我跟一岁大的小宝宝似的。

"她来这里想要做什么？"埃斯特问道。

现在，轮到他来跟别人解释，我是怎样跟着他一路跑过来，就像个恋爱中的小姑娘——或者说，像个货真价实的"小家伙"一样。和这个小家伙相比，面前的这位女士，简直就是"小家伙"的反义词；第一眼看她就使人感到印象深刻，身上散发着不可驳斥的领袖光芒。我跟她比起来，完全是相形见绌。再加上一个了不起的阿摩司，就更是如此了。

"这个嘛，我稍后再跟你细说吧。"阿摩司答道。

听到这话，我稍稍松了口气。

哪里知道，就在这时候，他竟然在这个埃斯特的脸颊上吻了一下。

这两个竟然是一对儿！

我可真不喜欢这种感觉。

"我不喜欢这种感觉"这件事，更加让我不喜欢。

这个吻一点儿都没让埃斯特软化下来——和之前相比，她脸上的表情并没有太大变化，不过，她倒也没有再对我紧咬不放了。只是说了一句："我去地下室了。"

"去吧。"阿摩司对她微笑道，然后，又和她嘴对嘴吻了一下。

这感觉，真是糟透了。

埃斯特此刻肯定正在微笑，阿摩司的魅力，她显然没办法完全抵挡。即使（这当然是我猜的）她每一刻都表现得那么强势，也是无济于事。

埃斯特离开了，我则按照阿摩司的指示，跟着他去了起居室。起居室的地板上，放了很多床垫，数量多到我数都数不清。显然，阿摩司、埃斯特、扎卡利亚，还有他们组织的其他很多成员，晚上都会在这里挤在一起睡觉。阿摩司弯下腰来，拿出一瓶几乎全满的苹果汁，递到我的手上。我喝啊喝啊喝啊，停都停不下来。

"喝果汁喝得那么快，会肚子疼的哦。"他警告我道。

"你知道我是怎么看待喝果汁可能引起肚子疼这件事的吗？"我抽了个短暂停嘴的间隙，回应阿摩司道。

"全无所谓？"

"正是如此！"

他又被我逗笑了。

能够逗笑他，对我而言，是件很幸福的事情。

我把整瓶苹果汁都喝光了——实在太好喝了。然后，我用手擦了擦嘴，还是问了那个本不该问的问题："地下室里有什么？"

"你知道，我会怎么回答你这个问题吗？"

"地下室里有什么，跟你有一毛钱关系吗？"

"正是如此！"

现在，轮到我被逗笑了。

显然，阿摩司也很愿意逗笑我。他把身体斜靠在了窗台上，样子看起来很轻松。在阿摩司身后，透过脏兮兮的窗子往外看，可以直接看见墓地。因为窗玻璃很脏的缘故，透过玻璃看见的墓地，就仿佛正在下着厚重的灰雨。

"你应该加入我们，成为我们中的一员。"阿摩司突然这样对我说道。他的态度，显然相当认真。他希望我成为他一辈子命定的人——这是我脑袋里蹦出来的第一个念头。当然，这个念头其实相当儿戏。他会这样说，完全是因为组织策略需要。并不是因为我，而是换任何人都一样。难道不是吗？

"虽然你这样说。不过，我其实也还并不清楚，你们究竟在做些什么。"我有些迟疑地说道。

"我们属于'青年卫士运动'①组织。"

"你们的主张，是要把所有犹太人都转移到巴勒斯坦。"我终于明白了。对于政治，我其实并不怎么在行。不过，对于各个不同组织都有什么主张，我还算是比较清楚的。

"也不一定如此，只要能够活下去，无论是待在波兰，还是去巴勒斯坦，都是一样的……"

"是的，还可以去美国。"我补充道。

"去美国也无所谓。关键是要离开——这关系到我们的死法。"

"你是真的认为，德国人会把我们种族灭绝吗？"听到这番话，我有些吃惊地问道。

"是的，他们确实会下手，而不只是想想而已。"

看来，他对此是没有丝毫怀疑的。

"问题的根本在于——"他继续说道，"你想要怎么死？是想要在手无寸铁的情况下，任人宰割；还是希望能够顽抗到底。"

"上一个问过我想要做一个什么样的人的家伙，是个疯子。"我答道。

———————————

① Hashomer Hatzair，左翼犹太复国主义社会党的一个分支。

"我们每个人都会面临这样的问题，也都必须给出一个回答才行。"他这样回应我。"不管是疯子，还是正常人，在这点上，人与人都是平等的。"

"所以，你也给出了你的回答，对吗？"

"是的，但可能已经有点儿晚了。"他转过身，匆匆透过脏兮兮的玻璃窗，看了一眼窗外的墓地。那表情，就好像是因为什么事情，而感到惭愧似的。不，"惭愧"这个词有些太轻忽了——对他此时的状态而言，用"负疚"或许更准确些。

即使我自己也并不太清楚，自己究竟想要成为怎样的一个人，同样的，我也不知道阿摩司想要做怎样的一个人。但是，有件事我是十分清楚的：胡扯一些共同战斗的鬼话，印刷在纸上，换来一双充血又疲惫的眼睛——这样浪费每天晚上的宝贵时间，我是绝对不会干的。我要做的事儿，是走私，而不是战斗。相比"青年卫士运动"，我更喜欢"食人花"！

"犹太居住区是不会灭亡的。"我仍旧坚持自己的反对观点。并且，也用这句话向阿摩司间接暗示，我对加入他所在的组织，没有丝毫兴趣。

他明白了我的意思，对我说道："如果是那样的话，请你现在就离开吧。"

无论如何，他这样要求，都显得有些太唐突了。这次也是，之前在集市时也一样。我看到，他的目光中流露出痛苦的气息，或许是因为，我们未来的道路，注定是南辕北辙。此时此刻，他希望我从他生命中彻底消失——这令我感到心痛无比，光是听他这样说，甚至比我真正去做这件事还要心痛。不过，话又说回来，如果让我加入到他那些愚蠢至极的组织事业当中，可能更让我心痛也说不定。

"如果你敢向任何人透露我们的信息的话——"他威胁道，"无论天涯海角，我都会找到你的。"

他的手放进了自己之前收了匕首的那只西装口袋里——究竟是无意识行为，还是有意为之，我也不好判断。

我不禁打了个寒颤。

"放心，我谁也不会透漏的。"我这样回答道。然后，就把他晾在那一大堆床垫中间，自己先行离开了，连道别都没跟他道别，甚至在走的时候，也没有回头。一个已经准备好，随时都可以杀死我的人，我是不会再跟他见面了。

12

除了鲁宾斯坦和科扎克，犹太居住区里第三位人尽皆知的人物——每个人都鄙视他，他的名字是亚当·捷尼亚科夫，犹太人管理局的主席。此刻，他正站在离我不到五米远的一处平台上，进行公开演讲。他的头顶几乎全秃了，长着大鼻子，一身浅色西服是专门定做的，贴身完美，脚上穿的皮鞋也一尘不染。看起来，这个男人虽然贵为主席，却也并不能免于虚荣。

在他身后，有一个时刻准备好演奏的小型交响乐团。在他身前，站着一些小孩子，还有他们的父母，认真倾听演讲。今天，犹太人管理局主席是在为一处供儿童游玩的街心花园举行开幕仪式："你们总是在考虑，时局已经如此艰难该怎么办，未来或许还会更加艰难该怎么办……不能这样！你们应该首先考虑到，就算时局变得更加艰难，还有孩子们在，他们是我们的未来。"

讲到这里，他停顿片刻，马上有几个人讨好地鼓起掌来。捷尼亚科夫听着掌声，怡然自得，仿佛是喝了神仙水般爽快。看到他，我不由得想起汉娜给我讲的那些故事中的一个人物来——活了足有一百万年的老药师旺达尔，每天都在折磨孩子，以便从他们的泪水中提炼出长生不老药来。当我跟汉娜说起，旺达尔在一百年前根本不可能存在，因为那时压根儿还没有人类时，她反驳我道："我的故事，我说了算。"

如果真能够让人随心所欲地定义世界，那可真是太了不起了。可惜，这种事情只可能出现在幻想中。

捷尼亚科夫剩下的演讲内容，我都没怎么听，和阿摩司之间的奇妙相遇，总是冒出来搅乱我的思绪。别的姑且不论，刚才喝下的苹果汁，开始在我的肚子里折腾搅动了起来。阿摩司的警告并没有错，苹果汁喝得太多太快，果然是会肚子疼的。

相比肚子的难受，更难受的，仍旧是阿摩司已经准备好随时杀死我这一事实。我活了这么久，这还是第一次被我多少在意的人如此威胁。

没错，我对阿摩司相当在意。他救了我的命，还有，那个吻……

……唉，我不应该再去在意他的那个吻了。

阿摩司也一样，我不应该再去在意他了。

那个家伙，就应该跟那位埃斯特一道，去玩他们的马萨达游戏。

哼，简直是一帮狂热分子。都是傻瓜。

我猜，阿摩司肯定也很愿意去行刺捷尼亚科夫。就当是为了全部的地下组织——噢，我在说什么呢，就当是为了犹太居住区的全体犹太人——很明显，犹太管理局的主席是个叛徒，他为纳粹鞠躬尽瘁，却对自家民族百姓的生死置若罔闻。这点简直是众所公认，只有少数人看法不同，比如朱瑞克。有一次，当我在说犹太人管理局主席的坏话时，他却提出了点不同的意见："唉，不要再跟我提捷尼亚科夫的事儿了。那个可怜虫，他是真的相信，我们搬到犹太居住区一起住，是对我们而言最好的选择。如果不是他，而是另一个完全不同的、自甘堕落的人坐在他的位置上的话，情况还要糟糕许多。比如那个罗兹 ① 犹太人居住区的

---

① Lodz，波兰城市。

混蛋。捷尼亚科夫甚至还被德国人吐过口水，并且挨过打——仅仅因为他坚持认为，需要给我们做些实事。"

我反驳道："但实际上，他什么实事都没给我们做过。"

"至少他尝试了。"朱瑞克回击道。"就凭这点，也比我们中很多光动嘴不动手的家伙们强。"

捷尼亚科夫转过身，给了身后的小型交响乐团一个信号，音乐家们奏起了欢快的曲子。我不禁在心里自问，犹太人管理局是否多多少少给了这些人一些出场费？或者，他们压根儿只是喜欢这种在公共场所露一手的机会，即使除了掌声之外，没有一个子儿的收入也无所谓。

捷尼亚科夫冲着孩子们喊道："嘿，你们现在可以进去玩儿了！"小家伙们听到这话，争先恐后地跑进那块破落寒酸的街心花园。我的目光，仍旧停留在主席的身上。他脸上的笑容消失了——掌声带来的神仙水效果，在他身上并不能持久。捷尼亚科夫看起来显得筋疲力尽。或许，朱瑞克之前说得并没有错，他可能确实做了自己力所能及的一切事情。没准他仅仅是因为没有足够的力量，所以才只能管得到这小小的一块街心花园，再大的事儿，他也做不了了。

管他呢，捷尼亚科夫究竟是个怎么样的人，我也没兴趣知道。只不过，他此时的现身，让我更加清楚一点：阿摩司是个大傻瓜。如果德国人真打算把我们全体灭绝的话，捷尼亚科夫作为犹太人管理局的局长，肯定会预先知道的。如果他知道这消息的话，现在肯定就不会宣布启用这块新的街心花园，也不会在演讲中说孩子们是我们的未来了。

捷尼亚科夫温柔地抚摸着一个深色头发小女孩的脑袋。为了庆祝街心公园开幕，他的父母为她穿上了一套漂亮的水绿色连衣裙——如果在花园的泥巴地里玩耍，最迟五分钟，这件衣服就会脏得面目全非。他又笑了，在抚摸小女孩脑袋时，即使身心俱疲，也能够笑得如此开心，这样一个人，是绝对不可能已经事先知道这个孩子，还有整个犹太人居住区很快就将被灭绝掉的消息的。如果他是假装的……这样丧尽天良的事情，任何一个犹太人都干不出来。不，不仅如此，任何人都干不出来。甚至包括德国人，也是做不出来的。

没错，阿摩司绝对是个大傻瓜，他竟然认为自己比犹太人管理局的主席知道得还多。哈，把阿摩司认定为一个傻瓜，简直太棒了——傻瓜，傻瓜，傻瓜！

也难怪他会被别人称作"混账"——他自己不也承认了嘛。

把他当成个混账，也很棒嘛。

混账，混账，混账！

如果能够最终忘掉他的话，就再棒不过了。如果那样的话，我就再也不会对丹尼尔产生负罪感了。只有丹尼尔，才是我最爱的人啊。

看吧，我都说过了——我爱丹尼尔。

或者……只是我自以为爱他，仅此而已。

乐师和孩子们彼此遥相辉映，小交响乐团的演奏越卖力，乐曲越顿挫激昂，孩子们在街心花园里就玩得越开心，越富有活力。反过来也一样，孩子们蹦跶得越欢腾，乐师们就演奏得更加起劲。

真可惜，对于汉娜而言，在这种街心游乐园里玩耍，年龄太大了点。我觉得，如果能够让汉娜加入这种能够尽情释放自我的玩闹之中，将会是件很美好的事情。

我回家了。在走到米拉街70号、我家正门前时，我简直不敢相信自己的眼睛。汉娜正坐在门廊楼梯上，跟一个瘦高、苍白、红头发的男孩子忘情拥吻——那男孩子看起来，肯定比我高半个头。那一定是她之前跟我提到的，十五岁大的本同学了。

"喂喂喂，怎么回事儿啊？"我有些气忿地问道。

这显然是个很蠢的问题。这儿发生了什么事情，简直是铁板钉钉、毫无疑问——这个根本没到"适吻年龄"的小女孩，正在跟人拥吻。不止拥吻，吻得还挺激烈。

听到我说话，汉娜便停止接吻，身体离开了那个红头发的男孩。这个男孩，还算是懂点廉耻，见到我打断他们，脸上立即涨得通红。这样一来，他的脸差不多就跟他的头发一样红了——倒是很搭配。但是汉娜，却根本不讲廉耻。她捋了捋贴在自己唇边的一缕头发，朝我顽皮地笑了笑，问道："有什么事儿吗？我怎么没看见呢？"

如果可以的话，我真想狠狠揍她一顿。

"你跟丹尼尔还不是做过这样的事。"她继续狡辩道。

"没错，但我的年龄可比你大，而且，我也不会在公共场合……每个人都看着的时候这样做。等等，该死，你怎么把话题转移到我身上来讨论了？"

"我也正觉得奇怪呢。"她笑得更加顽劣了。

现在，我恨不得能揍她两顿。

"或……或……或许我……我应该走……走……走了。"那个年轻男孩结结巴巴地说道。现在，他的脸已经涨成了暗红色——令人难免担心，他随时都会自己爆掉。

我实在是太愤怒了，以至于很想用一种挖苦人的方式来回答他：好……好……好……主意啊，你这个蠢……蠢……蠢蛋。

不过，这种用恶意模仿来挖苦人的劣行，我到底还是不会做的。因此，我只是简单答了句："嗯，你应该走了。"

"我不觉得哦。"汉娜马上反驳道。

"但……但……但是……"本仍旧是结结巴巴的。

"你给我留下！"汉娜直接对他下命令了。不过，她却并没有看着本，而是故意用满怀敌意的目光盯着我看。

那个男孩犹豫不决地看着我们两姐妹。显然，他是在权衡，我们俩的愤怒哪一个更糟糕，他更加承受不起。

这可怜的傻子。

最后，他终于发现，相比我而言，如果不听汉娜的命令，她稍后明显会对他进行更厉害的报复行为。于是，他便选择站在那里，一动不动了。除了一把抓住汉娜的手，对她吼一句"你现在马上跟我一起进去"之外，我真不知道应该再做些什么了。

"放开我！"汉娜大声叫骂道。见到这一番场景，本吓得大气都不敢出了。

"我才不可能放开你呢。"我一边回着话，一边把自己的妹妹一级一级拽上楼梯。

"我说了，放开我！"她愈发生气了，开始用拳头击打我的胳膊。一下子过去，正打在我的伤口上。

我痛得大声尖叫，眼前一黑。不由自主之间，我放开了安娜，自己疼得紧紧扶住了楼梯护栏，免得一下子倒在楼梯上。

"米娜，你怎么了，米娜？"汉娜惊恐地对我喊道。

她的声音，在我这边听起来很遥远。

"我……我认……认……认为，你……你……你把她给弄疼……疼……疼了。"红头发的本这样说道。

"废话，我自己还看不出来啊！"

疼痛感渐渐过去，我放开了楼梯扶手，捏住我的胳膊。然后，微微张开眼睛，模模糊糊看见，我装了面包的袋子掉到了地上。汉娜赶过来扶了我一把，红头发的本帮我把袋子捡起来了。终于，疼痛感变得稍微能够忍耐了，只是觉得有点想吐。

"怎么了，发生什么事情了？"汉娜一边难以置信地看着我，一边指了指我衬衣上已经干掉了的血迹。刚才，因为吵架的缘故，她没有注意到它。现在，这块血迹彻底吓到她了。

"晚点再说。"我喘着粗气，努力忍耐，尽量不把刚才在阿摩司那里喝到的苹果汁给吐到楼梯上。

一想到阿摩司，我的眼前又是一黑。

汉娜转身恳求红头发的本道："好了，你现在离开的话，我没有什么意见了。"

显然，本也是这样想的。

他把装了面包的袋子递到汉娜手上，虽然要走，却还是问了一句："我们明……明……明天再……再……再见，好吗？"

"肯定的啊。"她回答得倒是爽快。

可惜我现在整个人都是晕晕沉沉的，自顾不暇，连打她一小下的力气都没有了。

红头发的本开心地笑了——这个口气的家伙，看来真的很喜欢我妹妹——笑完之后，他就赶紧离开了。

"来，我把你扶上楼。"汉娜体贴地对我说。

眼前出现的紧急状况，并没有令她感到太过尴尬，恰恰相反，她还试图去掌控状况。看起来，我的小妹妹当真是成熟了，比我想象的还要更成熟得多——不止是知道跟男孩子们鬼混而已。此时此刻，我真为她感到骄傲。

骄傲完之后，我直接吐在了楼梯上。

13

晚餐的时候，因为难忍的恶心，我根本没办法咽下锯末面包。于是，整块面包就被妈妈和汉娜分掉了。好吧，在目前状态下，"分"不过是个相对概念而已；汉娜一下子就掰掉了整块面包的三分之二，狼吞虎咽地吞了下去，还打了个嗝。在我看来，她明显是故意吃掉本该属于我的那份的——作为我干扰她之前在外面公然调情的事后抗议。不仅如此，她还感觉自己受到了欺负，因为我一直都不肯告诉她，自己是怎么在胳膊上弄出这么个伤口来的。好吧，打死我也不会告诉妈妈和汉娜，自己是有多么蠢，会为了一个叫阿摩司的男人，把自己弄到这步田地。

汉娜利用起我的虚弱，开始步步紧逼起来："米娜，你得搞清楚这点，你并不是我的妈妈！所以，不要表现得像个妈一样！"说完这句，就故意又打了个嗝。

唉，真是个小畜牲，我在心里想着。想着想着，胃里又涌起新的一阵恶心感来。

那之后的整个晚上，我们之间都没有再说一句话。原来，汉娜总是会给我讲一个晚安故事，但今天，她只是躲在一边，自言自语，偷偷跟自己讲。我还是能听到她讲的故事：这个故事是关于两个犹太居住区小孩的。一个男孩和一个女孩。男孩的头发是红色的。女孩很生气，因为没有人真正意识到她其实已经长大，长成了大人，不再是个小孩子了。

这个故事的意思不言自明，两个犹太居住区小孩指的是谁，也再清楚不过了。

汉娜接着自言自语道：这两个孩子，十分、十分喜欢相拥而吻。

唉，这部分也不难理解。

汉娜接着说：这两个孩子却不得不躲避一个坏女佣，以免被她发现他们之间火热的恋情。

嗯，这个坏女佣究竟指的是谁，我想也知道了。

无论如何，汉娜的故事接着讲了下去。汉娜，她看到这两个孩子，在旧书市场的某处找到了一本装帧了精美红色封面的古书。书上用绿色的字母烫印了书名：《777座岛屿》。除此之外，封面上再没有其他文字，没有作者署名，也没有出版商的名号。什么都没有。名叫本和汉娜的这两个孩子，马上就被这本神秘的古书给吸引住了。然而，那个卖书的商人——那个装了木腿的跛子，却提出了一个条件：要得到那本书的话，必须给他当一年的奴隶，任他摆布。这个条件实在太苛刻了，于是，两个孩子终于决定，要把这本书偷过来。他们偷了书后，就开始跑啊，跑啊，跑了好久之后，认为那个瘸子是肯定没办法追上他们了。哪里知道，回头一看，那跛子用一只假木腿，竟然跑得飞快，就仿佛他根本不是这世界上的人似的。撵上来后，书商在身后大叫，要他们马上还书，否则的话，将以死亡、堕落和诅咒来威胁他们——他们将会被书给吞下去，去到一个再也不能返回来的地狱。没错，他威胁他们，如果不还书的话，就会掉到一个再也回不来的地狱中去！

显然，这两个孩子对书商所说的话语，一个字儿都不相信。他们担心的事情，是他在抓住他们后，会殴打他们，或者用木腿踹他们。就这样，两个人跑着跑着，来到了一户人家的后院，看到院子里放了不少垃圾桶。短暂思考过后，因为没有其他选择，他们决定跳进垃圾桶里躲起来。两个人在垃圾桶里一动不动地躲了好久，直到那一条腿的书商放弃追赶，扭头回去之后，才敢稍微活动活动身子。他们听到渐行渐远的书商，正在模模糊糊地叫嚷着："镜子大师会来消灭你们的。镜子大师会来消灭你们的……"

叫嚷声完全听不到之后，两个孩子就从垃圾桶里爬了出来，开始得意洋洋地读起那本书来。这是本类似旅游指南的书，唯一的区别是，这本书里描述的世界，实际上并不存在。

这本书里一共描述了777座魔法岛屿，到处都充满了奇观、危险和恐惧。

比如说，有一个岛屿上就住着专吃人肉的树人。还有个岛上住着巨人，这些巨人，写诗从来都不用元音字母——Fff, grr, fff——如此念叨一番之后，又是另一番恐怖辅音字母龇牙咧嘴的排列组合。每个在巨人岛屿上迷路的旅行者，都会被残忍肢解，然后被用图钉摁在一本巨大无比的剪贴册上，当作照片来使用。

两个孩子一直在翻这本书，哪里知道，突然之间，书突然开始发光。一道红光包围了这两个人，然后，他们突然发现，自己已经不在犹太居住区，而是在一艘巨大的三桅帆船的甲板上了。这艘帆船正漂浮在某处一望无边的海洋上，朝着温暖的阳光航行。海风吹鼓了船帆，空气清冽，十分舒服。

汉娜和本不像其他童话故事里的孩子那么蠢，马上就意识到在自己的身上究竟发生了什么事——他们被传送到777座岛屿所在的世界来了。他们欢呼又欢呼，兴高采烈。尽管已经意识到，这个世界充满了危险——不得不再重申一遍，他们并不蠢——但是，最重要的是，他们终于不用再待在犹太居住区了！

就在这时，他们突然听到身后，传来了一个声音，问他们道："你们这两个不长眼的乘客，到我的船上来做什么啊？"

他们转过身来，眼前站着一个小小的、可爱的兔子。这只兔子戴着独眼眼罩，头上有顶大大的船长帽，手上拿着单管望远镜。

"我是胡萝卜船长！"小兔子船长自我介绍道。

面对这样一个古怪名字，两个孩子很难忍住不笑。于是，他们就直接笑了起来。

胡萝卜船长讨厌这些窃笑不停地孩子，他大叫道："你们给我死吧！"

"随便啦！"汉娜仍旧笑个不停，"由一只可爱的兔子来说这番话，实在是没什么说服力啊。"

"那么，由我来说的话，又是如何？"这时，他们突然听到一个震耳欲聋的声音。

他们同时转过身来。站在两个人面前的，是一只十分巨大的狼人。

他们看到，在它嘴边还悬挂着刚嚼碎的肉块，一眼看去，分辨不出这是什么动物——或者说，是从什么人身上撕咬下来的。

"好吧，这就很有说服力了。"汉娜不觉咽了口唾沫。

"我……我们……绝对没有偷拿那……那……那本书。"红头发的本结结巴巴地申辩道。

但是，汉娜却爽快地承认了："如果要我再在犹太居住区里待上一秒钟，还不如直接让我死在这片宽阔的海洋里得了。"

讲到这里，汉娜今晚自言自语讲故事的时间便停止了。她最后还说了一句："明天，我们的冒险故事还将继续。也有可能继续不了——如果我们不幸死掉了的话。"然后，她就闭上了双眼。一分钟不到，汉娜就睡熟了，发出响亮的鼾声。

我却在床垫上辗转反侧，为她刚刚所讲寓言故事中的一个情节感到震惊：我的妹妹宁愿死，也不愿意再在犹太人居住区生活了。

总是只顾着做自己的事，我其实并不太清楚，她在这儿到底受过了多少苦。而且，因为我这倔得跟牛似的脾气，还一定要禁止她跟别人接吻，这就使她的犹太居住区生活变得更加糟糕了。毫无疑问，我就是她故事开头提到的那个坏女佣。

"我知道，你为我们做了很多很多，米娜。"

听到这句话，我惊呆了——我的母亲，她突然开口跟我说话了。自从那件事后，她几乎从不主动开口跟我聊天。这种夜间谈话，可是一次都没有过。

汉娜并没有被母亲的说话声吵醒。她四仰八叉地睡在自己那张床垫上，打着呼噜，做着美梦——但愿不是跟她那位红头发的本在一起的美梦。如果真是跟他在一起的话，那就希望梦里不会有什么有伤风化的内容。

"你以为我傻了，什么都弄不清楚了吗？"妈妈继续对我说道："可实际上，我看得却比谁都要清楚。"

她睡在我身边的那张床垫上，说话声音响亮，并不刻意压低。因为，她很清楚，汉娜一旦睡着，即使是德国人的步枪枪声，也没办法把她吵醒。

"你真是个了不起的孩子。"妈妈表扬我道。

简直太难以置信了！她在这短短几秒时间里所说的话，甚至比过去好几天加起来的都要多。

感谢月光，此刻能够照在她的脸上，使我看得清她脸上绽放的微笑——这微笑并不是我这段时间来所熟知的、那种正在回忆过去和爸爸在一起的幸福时光时浮现在脸上的、恍然若失的笑容。不是那种，妈妈现在是在为我所做的事情而笑，完全是为了现在，此时此刻。她的赞扬对我而言，比什么事情都让我高兴，即使来得太过突然，也无所谓啦。

"你身体还好吗？"她关切地问我。

真是疯了，平时她根本不会过问我的情况。不过，话又说回来，我也从来没有带着一个用针缝合了的伤口回过家。

"一切都好，什么都好。"我敷衍她道。

"汉娜可真是忘恩负义。"妈妈说。

"为什么？"我被这句话搞糊涂了。

"你明明就是她的母亲。"

"什么？"

"因为，你才是那个处处照顾她，努力拼搏，把她拉扯长大的人。"

虽然听起来有点怪，但确实是事实。

"你是汉娜的母亲。"妈妈又说了一遍。

"不，我不是。"我反驳道。"只有你才是，你一直都是。"

"我早就配不上做一个母亲了。"妈妈悲伤地回应道。"这点你我都很清楚。"

我没有再去反驳什么。

"正因为你现在，对于汉娜而言，算是她的母亲，所以，我必须要谢谢你，全心全意。"

她根本不需要为此感谢我。她应该振作起来，再来当我们的母亲才是——真该死，怎么又这样啊！

"我觉得，你更应该负起作为母亲的责任来，这样才对。"

我叹了口气。她能够找回自我，恢复清醒，这当然是件好事，但此时此刻，却令我感到气恼。显而易见，现在这个时间点上，根本不适合母女畅谈——我还面对着其他各种问题。别的且不论，我绝对必须睡上一小会儿，补充点精力，好踏上稍后将要进行的爬墙之旅。

唉，筋疲力尽的我，可真希望能够在自己的被子里面舒舒服服睡一整天呐。但阿歇尔已经把我给算上了，如果走私行动因为某一个人的缺席而失败了的话，我肯定得付出惨痛的代价。还有露丝，我可是由她保荐给阿歇尔的，她也不可能明哲保身。还有我的家人，恐怕也危险——阿歇尔可是个相当喜欢杀鸡儆猴的人，他的惩罚总是很严厉，让他们不再敢有违抗他指令的想法。

选择待在家里睡觉的话，需要付出的代价也太大了。

为什么我不能跟自己的心上人一道，像汉娜说的那样，直接消失在一本魔法书中呢？或者，更厉害一点，和皮特爵士一道，进入到英国犯罪小说的场景中呢？

"我爱你。"这时候，妈妈突然对我说道。

我努力控制住自己的情绪，不为此发出感叹的声音。在经过了这么多事情之后，还能再一次从她那里听到这句话，简直没有比这更令人感叹的了，多么美好。现在，我觉得自己的身上，再次充满了力量。

"你的父亲也爱你。"

我控制不住，终究是叹息了一声。

"真的，我没有骗你。"妈妈强调道。

"他是爱我，但他更爱西蒙。"我尖锐地反驳道。

"爱是很复杂的。"妈妈这样回应我。

听到这话，我赌气地爬起来，坐在自己那软塌塌陷下去的床垫上，面带挖苦地笑了笑。

"每个人都有脆弱的一面。"妈妈解释道，"世上事大抵如此，你不应该苛责我们。"

我没有回话，只是盯着她看。

"别这么傲气。"妈妈突然发起了脾气，也和我一样坐了起来。"为了我们，爸爸可是想尽了一切办法，做尽了一切自己可以去做事情的。他只能做到那些了——始终是一个善良的人。只有那些残酷无情、自私自利的人，才会比他走得更远！"

看起来，她不止是理解了爸爸自杀的原因——她甚至还原谅了他。

但我不行。

"我知道。"她又开始轻言细语了，"爱并不能强迫。不过，如果有人对你说，他爱你的话……"

就像她曾经对父亲说过的那样，就像丹尼尔经常对我说的那样。

"与此同时，你也爱这个人——只有在这种情况下，你才能够说出一样的话。"

自从爸爸死后，她就再没有说过像今晚这么多的话了。我当然知道，她是期盼我对她说出那句"我也爱你"，希望能够以此来缓和自己心中的伤痛。

但我实在太为爸爸感到愤怒了——还有她，也是一样。我凭什么应该突然去安慰她？我马上要去爬墙了，为什么偏偏要选在这个时候？无论怎么想，她这个人，都太自我中心了！

妈妈突然笑了笑。那个笑容很悲伤，但确实是在笑。

"看起来，你说不出口。"她看透了我的想法，却在我的脸颊上关爱地抚摸了一下。然后，她重新躺倒在自己的床垫上，盖起那张淡灰色的毛毯，闭上自己的眼睛。

这下子，我反而觉得，自私的那个人其实是我了。

就算这样，我还是没办法对她说出那句"我爱你"。

14

显然，我是没办法闭眼的——我心里是越想越气。气妈妈，还有汉娜，以及阿摩司，连带他那个讨人厌的女朋友。他竟然在她面前，称呼我为"小家伙"，不仅如此，更糟糕的是，跟他在一起时，我确实觉得自己就是个需要人照顾的小家伙。甚至还有丹尼尔，我也对他感到气忿。虽然他是我的男朋友，我却不能够把自己正在做的事儿，对他和盘托出。

我觉得自己很孤独。

所有人里面最令我感到生气的，其实是我自己。是我主动去跟踪阿摩司的，所以才会被扎卡利亚（对于他，我倒是不怎么生气）用匕首刺伤。而现在，我正在下着濛濛细雨的犹太居住区街道上奔跑，违背了德国人颁布的戒严令——关于戒严令，它的意思其实很简单：一旦被卫兵看到，立即射杀，无需解释。

因此，我还是不要撞上卫兵为妙。

在空旷的大街上穿行，真让人感觉不习惯。白天的时候，这里到处都是人，甚至连立脚的位置都没有。此时此刻，路面在少数几盏还能照亮的街灯映衬下，显得太过空旷、宽广，实在太过怪异了点。

我如约接近支穆那的彻拉兹纳街拐角处，每一步都很小心。要知道，高墙的每一段——当然也包括这段——都是有人看守的。显而易见，这里的官员（管他们是德国人还是犹太人警察，都一样）已经被阿歇尔的人给重金买通了，没准，其中的一个警察，还是我的亲哥哥……哎，最好不是。五月的时候，露丝曾经在不列颠酒店里碰见过他。他跟露丝说，自己不用再做个小人物，每天在街道上巡逻了，他会去局里坐班，管理跟波兰人警察的沟通交流事宜。关于这番话，露丝其实搞不清楚，他说的究竟是真话，还是仅仅出于虚荣心的吹嘘——很多小情人都会这样做。还好，西蒙并没有跟露丝上床，而是跟她的一个同事做了那件事。事后，那个同事还在其他的姑娘们面前取笑西蒙，说他的技术实在是太缺乏了。

　　我观察了一下支穆那这段的围墙——记忆告诉我，围墙是由人力一点一点搭建起来的，然而，在犹太居住区路灯微弱灯光的映照下，配合濛濛细雨的浸润，这道围墙此刻看起来，跟一大片自然景观没什么两样——仿佛一道自地球诞生之日起就已存在的、固若金汤的石墙。不仅如此，还给人一种在人类灭绝之后，还会长久存在的暗示。不论犹太人，还是德国人，都不会比这道墙活得更久。

　　装置在围墙顶端的铁丝网，从我这个角度看过去，就跟汉娜所讲的"荆棘男人"那个故事里的多尔棱瓦尔德 ① 先生一样——他永远都没办法触碰自己的爱人侍女薇拉，因为，只要他敢碰她，她就会被他身上的荆棘给刺伤。

　　墙缘的碎玻璃片，从这里没办法辨认清楚，不过，我却能够想象得出，自己的双手被那些玻璃片割开时的惨状。光凭这一幕想象的画面，便足够让我站在马路正中止步不前了。仔细想想，我怎么可能用我那因为负伤而难以使用的手臂，去攀爬这么一道高墙呢？虽然伤口在缝合的

---

　　① Dornenwald，德语荆棘森林之意。

时候，经过阿摩司那瓶消毒水的消毒，避免了感染危险。但是，我那被
线缝合起来的皮肤，绷得太紧，每一次手臂向后拉伸活动时，都让我感
到担心，害怕伤口爆裂开来，那就完蛋了。虽然我穿了自己那件皮夹
克，就算轻轻推挤一下伤口，也不会有什么大问题，但我仍旧害怕，觉
得区区一件皮夹克，根本不足以保护这么大个伤口。

　　我藏身在一处房屋的入口处，保持安全距离，暗地观察阿歇尔所说
的街角位置。那儿一个人都没有——我决定耐心等待。

　　时间慢慢流逝，四点半，四点三十五，四点四十，仍旧没有任何一
个人现身——没有走私贩子，也没有犹太警察，什么人都没。再过不
久，太阳就要升起来了，我此刻无论如何都已是在冒着生命危险，爬墙
行动将会最终转变为彻彻底底的自杀行动。

　　现在，我应该马上回家吗？回去承受阿歇尔的愤怒？或者，我应该
直接去墙边，找找是否有其他"食人花"帮派的走私人员，正在某个阴
影处埋伏，等着我去碰头？

　　老实说，这并不算是个真正困难的选择。如果我毁约回家的话，不仅
我自己的生命会受到愤怒的阿歇尔的威胁，这还关系到露丝和我家人们的
安危。但是，如果我现在直接去墙边，那就只是我一个人的安危而已。

　　刚才，我还在为把事情搞到这步田地的自己而生气，但现在，我不
生气了——我已经被绝望感包围了。

　　从那个房屋入口处走出来，我直接去了墙边。每向前走一步，那堵
墙都显得更加高不可攀。

　　当我终于能够看清楚铁丝网下面的碎玻璃片时，我已经能够感觉到
自己手臂上的伤口发炎了——那位置就像火烧一样。好吧，恐怕那只是
出于我的想象，将注意力集中在伤口上了而已。恐惧之汗，开始从我额
头和脖子上的毛孔中冒出来，但我仍旧强迫自己继续往前走，一直走到
了约定的街角处。现在，那堵高墙离我只有不到五米的距离，但还是看

不到任何人。到底是怎么回事？卫兵们不在这里，可以理解，因为他们已经被人贿赂了。也不知道他们什么时候会折回来？毕竟，已经比约定时间晚了十分钟了。好吧，最关键的问题还是，其他的走私贩子们都在哪里？如果是让我一个人独自去完成走私任务的话，阿歇尔之前至少得给我些更详尽的指引才行啊。

墙边有腐臭的气味，什么东西烂掉了。汗水在我的脖子上，已经聚集成滴。我必须快点从这儿消失，阿歇尔没理由指责我；当我打算终止行动时，整个行动其实已经失败了——甚至都没来得及正式开始。

我决定先跑回之前的房屋，便赶紧转了个身，背朝着高墙。这时候，我看到面前几米远的地上，放着一条梯子。很难说清，为什么这里会出现一条梯子：或许只是某个人把梯子忘在了那里；又或者，它是故意被放在那里的。兴许，这就是专门为我所准备的——我应该把它架在墙边，顺着梯子爬上去，在墙上和波兰居住区那边的帮手碰面，那个帮手会告诉我下一步应该怎么做。但是，如果真需要这样去做的话，阿歇尔事前也应该告诉我才是。唔，或许他本来就不应该明说？以免我偷偷学去他的走私技巧？

如果事情真是这样，那么，根据现有线索来推理，我这次需要往犹太居住区走私的，肯定不会是食物——如果是食物的话，那些职业的走私贩子们肯定会直接用小拖车来运输。或许，我应该爬到墙头，接过一叠美钞；这玩意儿在犹太人居住区，在整个波兰，甚至在全世界都是硬通货。

如果我不把那条梯子架在墙上，爬上去看看的话，就没办法搞清楚这次的任务究竟是什么了。

我走到梯子前面，站在那里，犹豫不决。实际上，我已经没办法再继续站下去了。"食人花"帮派花钱从卫兵们那里买来的时间，正一分一秒地流逝。我那不停发抖的双手，在触碰到做梯子用的粗糙木料时，才稍微平静下来。我把梯子靠在高墙一处光线较暗的位置上，尽量远离街灯的光线范围。梯子大约能够到两米半左右的高度，剩下来的那一米，必须靠我自己来爬——用我那条受伤的手臂。好吧，还是有件很棒的事情的。至少刚才下着的小雨，现在已经停了。在如今这种情况下，哪怕是再微小的一点帮助，都应该心存感激。我开始爬了，一级一级地爬上去，速度尽可能快——既然我已经在做一件疯狂的事情了，那么，我希望它可以赶快结束。

爬到梯子的最上面一级后，我用没受伤的那只手撑住梯子的上柄，然后，把受伤的手臂举高，尽力拨开墙缘上自己稍后将要攀上部分的碎玻璃片。伤口剧烈拉扯，疼得要命，但我努力无视疼痛，做得还算是不错。碎玻璃片体积不小，我不止要当心自己的手不会被玻璃片尖端割开（我真是个傻瓜，应该戴副手套来的），还得提防玻璃片滑落下去，掉到地上。

玻璃片上面就是铁丝网了。我不觉想起那些在第一次世界大战时，因为绊在铁丝网上而死掉的士兵们的惨状。我是否应该十分小心地把铁丝网抬起来少许，从下面的缝隙里面钻过去呢？如果这样做的话，到了墙的那一边后，卡在铁丝网下面的我，又该怎样从墙上下去呢？我的联络人（如果真有这样一个人的话）会等在那边，迅速架好另一条梯子吗？没准我应该先喊一喊，以便确定那边是否真有人在。不不不，在高墙上喊叫，如果被不相关的人发现的话，就太危险了。

此刻，我正小心翼翼地用两只手抓住墙缘，摆出引体向上的姿势，努力让自己的脑袋越过墙缘，看看那边究竟是个什么情况。越过碎玻璃和铁丝网，我终于能够看到波兰人居住的那一边。才一探头我就发现，我这个彻头彻尾的大傻瓜，完全搞错了当前形势。需要在墙这边跟我接头的那些走私贩子们，确实曾经来过。不过，当他们爬到这里，看过我此刻所看到的景象之后，就直接把梯子扔掉，急匆匆离开了——波兰居住区这一边，到处都是全副武装的德国士兵，正在行军。跟所有我所见过的德国士兵一样，他们走路声音很轻，严守纪律，动作敏捷，组织高效。

在很多位置——比如说，离我不到两百米远的某个地方，都已经形成了德国军人的包围网。这些德国人，究竟为什么会来包围犹太人居住区，我并不清楚。不过，有一点是肯定的，我可一秒钟都不想再待在这里，把自己的脑袋贡献出来做活靶子。于是，我赶紧从梯子上爬下来，也不想着把梯子放回原位，就让它这样靠在墙上，转身飞奔而逃，穿过空荡荡的街道——在我身后，太阳已经从高墙上升起。悄悄回家肯定是办不到了，因此，我迅速躲进某处房屋的门廊，在一连串筋疲力尽的折腾之后，扎扎实实地睡了一觉。

几个小时之后，我被外面街上的喧闹声给吵醒。我爬起身来，打算出去看看发生了什么事，手臂伤口，还是火辣辣的疼。很快，我就明白过来，为什么犹太人居住区会被德国士兵们团团围住了——街上四处都贴满了印有以下内容的海报：

公　告

　　接德国相关机构的命令，一切在华沙居住的犹太人，无论男女老幼，将悉数迁往东部地区。……

读完这一段后，我脑袋里想的只有一个地方——切姆诺。

15

切姆诺。

切姆诺。

切姆诺！

在我的脑海中，出现了十分恐怖的画面：我、汉娜、妈妈，还有丹尼尔，跟很多不同的人一道，被赶上一辆军用卡车，由大喊大叫的士兵和狂吠着的军犬负责押送。车厢大门被紧紧锁住，我们全部人都跟牲畜一样，一个挨着一个，挤在狭小的车厢里，几乎连足够呼吸的空气都没有了。花了好长时间，我们的眼睛才逐渐适应了车厢里的昏暗。能够大致看得清车厢里的人们之后，我开始更多地观察他们。我听见他们的呼吸声，十分急促，满溢的恐惧感，甚至伸伸手就能握住。很多人都在心里暗问，我们将会被带向何方。只有我最清楚，我们会被这辆卡车带上一条不归路。

我们听见卡车引擎开启的声音，但车却似乎纹丝不动。这是为什么呢？这是因为，车根本不需要动。发动引擎，是为了制造毒气。而这些毒气，全部被导入了车厢内部。

气体进来时，人们先是感到目瞪口呆。聪明点的人们，马上就意识到这儿究竟发生了什么事。他们大声喊道："他们要杀死我们了！他们要杀我们了！"

我们同时开始咳嗽起来，我身边的汉娜，拼命挣扎，试图争取些新鲜空气。妈妈捂着肚子，弯腰蹲了下去。我自己也为了不马上死掉而乱动起来。一切都是徒劳。我开始呕吐，车厢里实在太拥挤，我吐到了旁边人的身上，因为挤，呕吐物甚至都没落到车厢地板上。

人们惊慌失措，一片黑暗中，顶着浓密的毒气烟雾，所有人都争先恐后地向着车厢大门的方向挤过去。显然，门是不会开的。站得离门最近的人，被后面涌过来的人踩在了脚下，反复践踏。那些被踩在下面的人的痛苦，其他人根本就不在乎。所以，当汉娜被推倒在地时，他们同样也不在乎——那些人，他们一个接一个地踩在小家伙身上。汉娜痛得大声喊叫，一声又一声，惨叫连绵不绝。

最后，她终于一声都喊不出来了。

我想把自己的妹妹从车厢地板上抱起来，但人实在太多，我压根儿没办法接近她，自己反而是被越挤越远。人们拼了命地吸气、呼气，可怜兮兮，企图将最后剩下的一点空气都折腾进自己的肺里。终于，第一批支撑不住的人倒下了，失去了意识。

我已经没办法找到汉娜了，也找不到妈妈。在充满了浓密毒气的黑暗车厢里，仅凭肉眼，几乎什么都看不见。丹尼尔用尽了最后的一点力气，紧紧抓住我的手——即便是死，他也要跟我在一起。但是，他已经说不出话来了，空气越来越少，他也必须得不停喘气，才能勉强撑住。

我的意识，正在逐渐丧失，连用力呼吸的力气都没有了。与此同时，丹尼尔也不行了，我们俩同时倒在了地上。或者，更准确点说，倒在了一大堆尸体上。在我们身上，又压上了其他的人——他们比我们撑得稍微久一点，仅此而已。我们被这些后来倒下的人们的重量给压坏了，我喘不上气了……喘不上气……不行了……

我站在海报前面大口呼气，就仿佛自己此刻真被关在一辆卡车里，接受毒气摧残似的。

"小姑娘，情况还没你想的那么糟。"我身后的一位老者轻轻拍了拍我的肩膀，安慰我道。这位老者，即使是在今天这个暖和的初夏天气里，也仍旧在衬衣外面套了件长外套——或许是因为他连一件西装外套都没有。"在乌克兰和白俄罗斯的战线上，德国人极度缺少负责种植粮食的劳工，所以才想到要把我们迁到那边去。"

就跟他所说的一样，丝毫不需要有未雨绸缪的顾虑，他是真的相信这种缺工人的谣言。阿摩司如果在这儿的话，肯定会用力摇着他的肩膀，大声冲他吼道："有没有搞错，你真的觉得德国人有那么蠢，会千辛万苦把你这个老东西给送到战场上去做苦工吗？"

现在想想，阿摩司倒真是不傻，他比我想的要聪明多了。

或许是个混账家伙，这没错。

而且，肯定是个搞运动狂热分子。

不过，首当其冲——他不是个傻子。

他和他那些朋友们，早就预见到这里将会发生的事情了。可当时，所有人都还蒙在鼓里——我也一样。

"说不定——"那位老者冲着我微微一笑，说道，"你到时也会跟我一样，不需要做工人，而是属于为数颇多的编外人员中的一员。"

编外人员？

没错啊，还是有编外人员的！

公告上也是这样说的，并不是所有人都必须运往东部地区，编外人员的可能性有：

> 所有在德意志第三帝国境内工厂、医院、工作的犹太人，所有服务消毒行业的犹太人，以及犹太人管理局成员、雇员和犹太警察成员……

所有这些身份，对于妈妈、汉娜、丹尼尔和我都不适用。

不过，在条款 2g 下面，还有一项编外人员可能：

> 在以上 A—F 条款提及的犹太编外人员可能性中的直系亲属……

有那么一小会儿，我的心中又燃起了希望。我的哥哥西蒙就是犹太人警察，而我们，正是他的直系亲属，所以，我们不需要去东部地区了，换句话说，我们不需要进那辆卡车了。

想到这里，我松了口气。

哪里知道，我接着读完 2g 这条，却发现了意料之外的转折：注意，直系亲属不包括妇女和儿童。

所以，对于德国人而言，我们根本不算是我哥哥的直系亲属——他的亲生母亲，并不是他的亲戚，我们这些姐妹也不是。

也就是说，编外人员的可能性，对我们家一点帮助都没有；我的父亲已经死了，我的母亲现在也不在工厂工作了。汉娜跟我，无论怎么看，都跟不需要搬迁的"犹太编外人员"扯不上一点关系。

我也不是哪个符合条件的人的妻子——或许，我应该尽快找个犹太教祭司，求他赶紧帮我张罗一场婚礼，嫁给某个符合条件的编外人员。我敢打赌，此时此刻，犹太居住区里肯定已经在四处举办婚礼了，虽然这种婚礼的唯一目的，只是将自己从被运上卡车的命运中解救出来——真爱什么的，跟这种婚礼根本全无关系。等等，或许恰恰相反，真爱其实是最重要的原因也说不定；毕竟，如果不是因为最了不起、最无私的爱情，谁又会想要以结婚为代价，来救某个人的性命呢？

不过，就算我找到一位愿意帮忙的犹太祭司，谁又可以和我结婚呢？这世界上唯一一个会娶我做妻子的人，就是丹尼尔。但他却并不属于不需要搬迁的编外人员。我的天呐，仔细想想，在现在这种状况下，他和孤儿院里的孩子们会遭遇怎样的命运？科扎克的名望能够保护他们吗？把这个举世闻名的老人，还有他那两百个孩子赶出犹太居住区——这种明显会引起舆论哗然的事情，德国人会不会心生畏惧，不敢去做呢？

在我旁边，有个女人哭了起来，但周围所有人都自顾不暇，根本就无视她。每个人都恨不得赶紧动用起自己脑袋里的全部脑细胞，绞尽脑汁，找到自己能够取得编外人员身份的可能性——即使很多人此刻仍旧被蒙在鼓里，不知道搬迁其实等同于死亡，也没有谁会愿意几乎什么都不带地投奔到一个前途未卜的未来中去——根据公告第三段的说明，在搬迁过程中，每个人只许带十五公斤的行李。要知道，犹太居住区里的恐怖，再怎么难捱，大家到底还是心里有数，如果搬迁到一个完全陌生的地方，而且那里的情况明显只会更糟，又有谁会想去。

跟周围人一样，我也对那个痛哭的女人毫不在乎。因为，我现在必须得去找我哥哥了——即便在 2g 条款的规则下，德国人已经认定我跟他之间没有直系亲缘关系，我也得试一试。现在西蒙已经是我们全家唯一的希望了，就算公告这样写，他也必须从一堆文件里翻找出某个能够保护我们的条文。

我快步走向俄格罗多瓦街 17 号，那里是犹太警察的根据地——在这栋屋子里，不止犹太警察，SS 师团也在里面办公。在街上赶路时，我突然想到，自己是不是应该先抄近路回趟家，给妹妹一个拥抱，告诉她，一切都会好起来；即便我自己心里隐隐知道，这绝非事实，所有情况都糟透了。

显而易见，汉娜此时肯定十分害怕。不止是她，还有她的男朋友，那个红头发的本——如果他的父母不是德国人规定的编外人员的话。除了我之外，还有谁能够安抚汉娜的恐惧呢？显然，妈妈是不会管她的。

这时候，我突然想起很久以前，寒冷 11 月的那天，在受到了德国士兵的羞辱之后，回家途中，爸爸也曾经给了我一个紧紧的拥抱。即使是在给西蒙处理伤口时，他也始终用一只胳膊搂住我，不停地用那只粗糙的手抚摸我的头发，说的也是那句："一切都会好起来的。"虽说，他悲伤的眼神早就出卖了他，告诉我，他自己也不相信这句话。之前的辱骂，已经让我感觉很糟了，可爸爸的无所作为，更令我觉得难受。不仅什么都做不到，他还对我说谎，哪怕他自己认为这样做是对的，对于我而言，那天简直就是我生命中最恐怖的一天。虽然这么说可能有点无情无义，但是，爸爸对我说的那句谎话，每次想起来都让我觉得愤怒。

仔细想想，对汉娜说出一模一样的谎话，并且产生同样多的愤怒……这件事完全不能容忍。所以，我决定，干脆不回家了。至少，也在我跟西蒙聊过之后，在他凭借犹太警察的身份能够起到的影响力确保之后，再回去交待不迟。此时此刻，我唯一希望的，就是他在不列颠酒店跟妓女所说的，不是虚构出来的吹牛话就好。

穿街越巷十分困难，到处都站着一群一群的人，都在讨论德国人所发公告的真实用意。在从这些人身边走过的时候，我零星听到了一些消息：从昨天开始，德国人已经逮捕了大约六十名犹太人。这次逮捕的大多数都是比较知名的人，其中甚至包括犹太人管理局的成员。这些人目前都被帕维亚克监狱收押。SS师团的人将他们作为人质，威胁民众，说如果不按照公告开始搬迁的话，就会将这些名人统统杀掉。

就算听闻了如此残暴的威胁流言，就我所听到的来看，也没有谁认为这次"行动"——他们这样称呼这次的搬迁——给我们每人发一张一去不返的死亡船票。主流的意见是，大约有六万名犹太人会被迁移到前线，强制做苦工。其余人还是能够留在犹太居住区。听见的基本都是这种看法，我最担心的那种情况，却几乎没人提及。因此，我的内心又开始动摇了，没准这里的人说的才是真相。我们兴许真的不会被集体灭绝，可能只有少数人会被送上毒气卡车。兴许，切姆诺也只是某个人异想天开的恐怖虚构而已——搞得我在读公告时，被这个恐怖故事迷惑了心智。

现在，在我的脑海中，已经出现汉娜、妈妈还有我，在东部广阔的田园中，顶着暖暖的阳光收割小麦的场景——那样的场景感觉挺不错。至少也比犹太居住区要好。

关于阳光和田园的想象，逐渐让我的心情平复下来。

人类重拾希望的速度，简直惊人。

我的思绪，在绝望和希望之间反复拉扯，不停战斗。

除了像阿摩司那样的人外，根本就没人相信种族灭绝这档子事。

或许是因为，选择不去相信阿摩司他们，心理上更好承受一些？

又或者，其实阿摩司那群人所说的"真相"，不过是他们的妄想而已？仔细考虑一下，把活人锁在大卡车里，再往车厢内输送毒气……就算是德国人，也不可能真正做出这么病态的事情的。

好吧，管它应不应该去相信种族灭绝这件事，对我而言，已经无所谓了——因为，现在的当务之急是活下去！为了活着，我可不能去带全家去未知的地方冒险。所以，我必须尽全力去争取，甚至不惜去找那个几乎算是断绝来往了的哥哥。如果情况需要的话，我甚至愿意跪下来求他：这一切，都是为了汉娜，为了妈妈。当然，也是为了我自己。相比做人的尊严，我更在乎活下去的可贵。

想着想着，我的步伐又加快了，在快要走到犹太警察们驻扎的那条街道的拐角处时，我又从周围人群那里获取了一些新的消息：犹太居住区两座天主教教堂——至圣所教堂和圣母玛丽亚教堂——的两位主祷神父，已经被允许逗留在这里，不用去新的犹太居住区了。犹太天主教徒们，都是到这两间教堂里去做祷告——这帮人从来不认为自己是犹太人，却因为德国人疯狂的人种辨别规则，而被迫在胳膊上戴着印有大卫王之星的袖章。几乎全部犹太居住区的住民，都很讨厌身边这些犹太天主教徒。我也一样。最令我感到讨厌的一点，并不是这些人在教堂组织的"明爱会"①那里能够得到额外的食物配给，而是在他们的教堂院子里，精心打理了好看的花园，却不许我们这些犹太教家庭的小孩进去玩。

在这整个该死的犹太人居住区里，仅仅只长有一棵大树，这棵大树就长在犹太人管理局的大楼前面。这也是汉娜为什么常常讲些和植物相

---

① Caritas，天主教慈善服务组织，1897 年成立于德国弗莱堡。

关故事的原因——在她的生活中，太缺乏绿树的滋润了。比如，在小女孩玛莎的故事里，床底下就藏着一棵会说人话的树。还有，毛孩汉斯的故事中，汉斯是由狼群养大，成年之后，他开始教导森林里的动物们，吃各种植物，要比吃小兔子更好些——这个新颖的观念，在森林里的兔子族群中倍受欢迎。

科扎克曾经给圣母玛利亚教堂的主祷神父写了一封亲笔信，请求他允许孤儿院的孩子们，在星期六能够去他们教堂的花园里玩。这样，孩子们就能暂时规避犹太居住区那令人感觉窒息的空气，亲近一下大自然——哪怕每周只有区区一个小时。毕竟，这些孤儿里年纪比较小的家伙，甚至自一出生起，就没有亲眼见过花园绿地。然而，那个神父并没有响应科扎克的请求。他的回应是：属于基督的花园，显然不能让犹太教的信徒踏足。说得更准确点，凡是没有天主教信仰的，都不准入内。

简直禽兽不如。

这样的人，为什么不用被运去东部？

不，应该说，这种没人性的玩意儿，根本就不该被任何人接纳！

连让犹太孤儿们闻闻鲜花香味的机会都不给，不该留下他们的啊。

犹太警察局的屋子前面，围着的人挤到难以想象，每个人都想要进去。我觉得这里至少围了有一百人，不过，实际上可能要少一点，大概只有六十到八十人吧。但是，就是这不到一百个人，发出的噪音，简直比一万人还多。其中有些人希望警察能把他们的亲属从监狱里放出来，还有人想要得到一张证明，能够使他们免于搬迁；像我这样，在犹太警察里有亲戚的人，也有不少。

警察局门口站了大约十个警察，阻隔门外喧嚷的人群。这些犹太警察，每个人身上穿的外套都不一样，不过，因为有统一的扁帽和长靴，看起来勉强还算是个制服严整的团体。只要有人胆敢靠近大门，警察就会用手里的警棍狠狠揍他们。

犹太人打犹太人，打的还是陷入绝境当中的犹太人。

看这情况，我是肯定不可能过去的，简直一目了然——走过去估计只会被大棒伺候。他们打得毫不留情，其中有几个挥棒子挥得跟机器一样用力，打同胞的脊背、膝盖骨，仿佛自己用棒子揍的不是人，而是桌子、椅子或者橱柜这类东西——他正准备把它们敲碎，取了木材好给壁炉生火。

于是，我不自觉地稍微躲远了人群，走到旁边停着的一排卡车旁边。这些卡车的车厢里看得见 SS 师团的士兵，或坐或站，大概正等待着被派往犹太居住区的各个区域，执行任务。

突然之间，警察局外聚着的人群当中，自动分开了一条道路——那场景，就像摩西穿越红海时，分开了大海一样。犹太警察也停止挥棒打人了。四周迅速弥漫起令人感觉恐慌的死寂。警察局的门开了，里面走出来的，并非摩西和他的信众——如果是摩西倒还好了——而是 SS 师团的士兵。

那些原本想要进到屋子里的人，现在开始奔逃了。每个人心里都很清楚，犹太警察最多拿棍子打打人，SS 士兵可是会直接射杀犹太人的，决不留情。

虽然其他人都在逃，我却像是尊石像似的，站在那里，一动都动不了。在大约二十个配备有步枪和手枪的武装 SS 师团士兵的后面，有一队犹太警察像是护卫一般地跟随着他们。这些犹太警察身穿统一的浅色外套、棕色鞣皮的长靴，扁帽上镀银的徽章在阳光底下闪闪发亮——西蒙就在这些人当中。

和其他犹太警察相比——尽管其他人估计也是二十多岁的年纪，甚至那些 SS 师团士兵，也一样是二十来岁，和他年龄相仿——西蒙看起来相当稚嫩。这一大群人当中，看上去明显年长的，只有那群德国人的头儿：那是个穿黑色制服的金发男人，脸上有数不清的细小坑洼，估计他年轻的时候，脸上生过不少的青春痘吧。这个 SS 师团的长官，目光如炬，像是视察一样，四下张望，皮带上插着一条马鞭。

显然，那条马鞭并不是为马准备的。

看上去，西蒙似乎正努力鼓起自己少得可怜的男子汉气概——他正试图使自己的目光也表现得坚毅一些。西蒙执勤的时候，会和他那些同事们一样，使劲儿地将警棍揍在犹太同胞们的身上吗？哼，这可真是个蠢问题——他当然会！我站在稍稍远的位置，想要大声喊他，却一点声音都发不出来。

那群人齐步走向了卡车，我成了唯一挡在德国人路上的人。我想要赶紧跑开，但双腿已经完全软了，根本没办法挪步。我的哥哥西蒙，正跟一大帮 SS 师团士兵一起，注视着我……

德国人开始向着我走来了，走在最前面的是那个插着马鞭的男人。德国士兵们的眼睛，压根儿不看我，仿佛我根本就不存在似的——他们直勾勾注视前方，简直跟雕像一样。不，说当我不存在也不太对，准确点说，他们把我看成路上偶尔出现的虫子，爬的速度不够快，随时会被他们给踩死，毫不在乎。

但是，我想要快点逃走。爬走都可以，我必须赶快逃命。

然而，我做不到。

士兵们直接朝着我走了过来，已经很近了。他们的沉重的长靴踏步声，整齐划一地在我的耳郭中回响。此时此刻，周围的其他一切声音，对我而言，都已不再真实。那个带着马鞭的长官，离我只有几步远了。他是少校，还是少尉，还是党卫军突击队队长？哈，我真傻，怎么会突然去在意这种问题——在这生死关头，他的军衔如何，不是完全无关紧要么？

在他身后走着的，是 SS 师团的德国士兵们，再后面就是犹太警察的成员了。那个长官看了我一眼，明显也了解到，我已经被吓傻了，没办法赶紧跑开。尽管这样，他却也并不改变自己行走的方向，只是无比冷酷地注视着我。那一瞬间，从他的眼神中，我知道了他的想法——德国人是不可能因为一个犹太女人，改变自己行进的方向的。此时此刻，我终于明白了过来，对这个德国长官而言，他确实没有把我当成人，而是把我看作"一只挡在路上的昆虫"。在他脑海中，估计整个犹太种族，也是挡在日耳曼人前进道路上的虫子吧。

越过犹太人之后，后面的将是什么？

我完全想象不到。莫非直接就是征服世界？一个纯粹的雅利安人社会体系？所有人都觉得幸福满满？或者仅仅是在没有犹太人这种"害群之马"的世界上生活下去而已？

对于德国人而言，我们全都是细菌，必须被彻底消灭干净。

没有任何价值。不引起任何人注意。也没有感情可言——显然没有感情，只是些包袱，亟待解决的包袱罢了。

直到此刻，在我看过那个 SS 长官漠然、冷酷的眼神之后，我才终于意识到：德国人确实要将我们种族灭绝，千真万确。

之前姑且怀抱着的希望，认为这次搬迁不过只是搬迁而已，并且试图将这个"好消息"传递给犹太居住区里所有认识的人们知道的想法，最终还是破灭了。

知道真相的我，更加挪不动步了。

我特别想喊西蒙一声，让他帮帮我：无论如何，他都是我的亲哥哥！

但是，自己却一丁点儿声音都发不出来。

德国长官把手伸向了皮带——他是打算抽出鞭子来吗？还是要拔枪呢？

用鞭子，用鞭子打我一下，用鞭子打我一下就好！此时此刻，我不知多盼望他用鞭子打我。

但是，他的手伸向了佩枪。

这时候，队伍后面突然有个犹太警察跑了出来，直接向着前面，跑了过来。

那是西蒙！

他是打算冲过来挡下那颗子弹吗？

替自己的妹妹而死？

难以置信。

不过，他并没有去挡长官的子弹，而是用力推了我一把，对我大声吼道："快滚，你这狗崽子！"

我的亲哥哥，竟然喊我狗崽子。

"你听不懂是吗？快滚，别挡路！"

他一边吼着，一边粗暴地将我推离士兵们行进的路线。我失去了平衡，倒在了地上，正好压住了受伤了胳膊——剧痛，令我声嘶力竭哀嚎起来。疼成这样，我不觉联想到，之前缝针的伤口，肯定已经崩开了。

躺在地上的我，眼睛里只能看到一排排黝黑、闪亮的军靴。这些靴子在我眼前不到二十厘米的地方，一排一排地掠过。

我惊慌失措地抬起头来。德国长官没有向前走，而是站在了我的面前——我就躺在他正前方的街面上。我看到，他已经把手枪拔出了枪套。

西蒙站在我的旁边，大声喊道："快走啊，快走！"

他是在为我的生命安全担心吗？又或者，也是在为自己担心？

他举起了手里的警棍，然后……

……直接打在了我的身上。

我的哥哥，他开始用棍子打我了！

他打在我的肩膀上。因为疼痛，还有难过，我又喊了出来。想想看吧，那可是我的亲哥哥，他正在用警棍揍我，一边打着，还一边喊道：

"动啊，你这混账玩意儿！"

又一下，警棍直直地打在了我的胸口上。

那一下让我的整个身体都跟着颤抖了。疼得简直难以想象。不过，正因为这疼痛，我的身体终于能动了，直接听了他的话，连滚带爬地躲到了一边，速度快得让人惊讶。可是，就算这样，西蒙仍旧不停地挥着警棍，我逃得还没有他撵得快。又一下，他打在了我的脚踝上。我痛得大喊，感觉整个身体都快疼爆炸了。哥哥最后还使劲踹了我一脚，把我踹得滚了好几圈，到了街边相对比较远的位置。

就这样，我总算是从行军的路上滚开了。SS 师团长官把西蒙推到一边，将手枪重新放回到枪套里，德国士兵和犹太警察们，从我身边径直而过。

西蒙狠狠揍了我一顿，救了我的命。

我整个人躺倒在脏兮兮的街面上，缩成一团，一只手扶着肩膀，另一只手捂住胸口，仿佛愿意相信，用手抚摸可以减轻疼痛似的。像个婴孩一样，哇哇哭个不停，有那么一小会儿，甚至还嚎啕大哭了起来。

在我前面不远处，站着我的哥哥，他刚刚救了我的命。

他喘着粗气，全身发抖，表情愤怒。

那样子，完全不像是自己妹妹的拯救者。恰恰相反，他看上去简直就像是要用警棍再揍我一顿似的。我身上实在是太疼了——相比他用狠揍一顿的方法，让我免去被射杀的厄运，现在的我，倒更愿意选择被一颗子弹直接崩掉得了。

士兵们从我们身边走过，犹太警察就跟在士兵后面。西蒙必须归队了，继续他的行程，去当纳粹们的走狗，完成某个见不得人的恐怖"行动"——这些事情，西蒙肯定不可能逃得掉。我想，他没准还得眼睁睁地看着小孩子被枪杀，却丝毫无能为力。

即使不需要西蒙亲自开枪，他和开枪者也是同罪。

我哥哥，这个纳粹的帮凶，刚刚用警棍狠揍的方式救了我的命，估计也会因为这件事而讨厌我。

我也一样，因为自己在他面前被揍得哇哇大哭，而莫名地恨他。一想到他在别人身上犯下的罪，以及他对我所做的事，我简直要对他恨到铭心刻骨。

就是这样一个哥哥，还在临归队之前，悄悄在我耳边说道："这边的事忙完了，我就去家里找你们，帮你们的忙。"

我压制住胸中的恨意，没有说出那句：滚开，不要来找我们。

因为我的求生意志，早已远远大过我作为人的自尊心。在现在这个情况下，唯一能够从死亡当中拯救我们全家的，就只有西蒙了。

恰恰因此，使我更加恨他。

他归队了，跟其他那些犹太警察们一道，进到了一辆卡车里。那辆卡车马上就开走了。毫无疑问，他们是要去把第一批必须搬迁的犹太人给抓起来。卡车排气管里排出的黑烟，直直地喷到我的脸上——我还在街面上躺着，身体虚弱，站都站不起来。

那股黑烟，令我感受到了切姆诺的气息。

16

虽然西蒙在我的肩膀和胸口打得很重，两个地方都已经淤青了，疼得超乎想象，幸运的是，胳膊上缝针的伤口，却并没有崩开来——此时最令我感到头疼的，却是脚踝上的伤。回到米拉街 70 号的屋子后，每往楼梯上走一步，我都必须付出巨大的努力。等到我终于到达家门口时，脚踝骨已经疼得不停颤动了，完全控制不住。我甚至有种感觉，这脚踝骨已经不属于我，而是变成了一只足球那么大的小生物，它心跳剧烈，抖个不停。

我打开门，看到来自克拉科夫的那群人正在忙着收拾东西。这些人里面，没有哪个是在犹太人管理局、犹太警察、或者帝国工厂里做事的，因此，他们都必须要按照公告，进行搬迁。男人们仍旧在祷告，女人们则开始收拾起他们的破落箱子，权衡再三，看看应该拿些什么东西，才能满足德国人规定的十五公斤重量要求。

如果可能的话，我真想冲着她们大喊一声："带什么完全都无所谓啦，反正你们是要被直接送去毒死的！"

同理，我甚至更想对那几个笃信宗教的男人们大吼道："祷告祷告，祷告又有什么用呢？根本就没有哪个神能够听到你们的祷告！现在这情况下，根本就没有值得去祷告的神了！"

然而，我这样费力吼叫一番，又能起什么作用呢？他们这帮人，从来就不曾相信过我哪怕一句话。即使我口才一流，能够说服他们相信自己即将面对的悲惨命运，相信纳粹们筹划已久的阴谋，他们又能够做什么呢？

奋起斗争吗？跟在马萨达时一样？就凭这几个女人？还有他们那几个除了祷告、什么都不会做的丈夫？以及帮他们整理箱子的勤劳小女儿？或者这个留着长长鬓角、头发卷卷、正在玩着小皮球的男孩？

一看即知，这些人都不是战士。更别提去当什么英雄了。这些就是普普通通的人，对于他们而言，相比直面死亡真相，还不如让他们保持幻想，这样就好。

需要的不是这些人，能够去斗争的，只有青年男女——比如阿摩司，还有他那位埃斯特。或者还有……

……我自己？

不不不，我还要管着汉娜呢！我必须得照料她，不可能去斗争的。

我最好也像这些男人们一样，蹲伏下来，诚心祈祷，求上天保佑我的妹妹能够成功存活下来。虽然我整个人是再也不信仰上帝了，但心中总还是有那么一部分，对未知的神祇怀抱着些许的期待。

这时候我才意识到，我连一句犹太教的祈祷词都不会，会的只有之前学过的天主教祷词——那都是为了应付走私而临时抱佛脚学会的。好吧，如果我真在他们旁边坐下，跟他们一道高声朗读《尊主颂》的话，这帮宗教狂热的男人，肯定会相当高兴的。想到这点，我不自觉地笑了笑，面带苦涩。

哪里知道，其中一个年龄很大的裹头巾女人，碰巧看到了我的笑容，脸上瞬间泛起了怒色。我像被人打了一拳似的，马上收起了笑容——对着这帮人笑，给他们的感觉，并不是友善，而是取笑。即使我的本意并非如此。为了避免麻烦，我赶紧低眉顺眼地从他们面前走过，那感觉，就好像我自己是个年老体衰的老妇一样——不单单是因为我那遍体鳞伤、举步维艰的身体。更重要的是，我没办法警告他们，在上卡车后将要面对的死亡命运。虽然我知道什么是真实，却根本无济于事。这点对我而言，实在是个十分沉重的负担。

我默默推开门，进了自己家的房间。就是这个房间——我突然之间由衷觉得，这里简直是我心灵的归宿，虽然破落窄小，却再也不愿意从这里离开了。

出人意料，妈妈竟然没有跟往常一样躺在床垫上，而是坐在桌子旁。没准她已经等我很久了，毕竟，我自从昨天晚上起，就不辞而别了。这么久不回来，她肯定会猜测，我是在走私的时候被人抓住了。看到我的那一瞬间，她长长地舒了一口气；并不是完全放松，而是因为我还活着，明显感到欣慰，但却并不能彻底放下心来——此时此刻，妈妈的心情，不知为何，我能够感同身受。

汉娜正在看我的一本英文书《爱丽丝漫游仙境》，见到我回来了，也赶紧抬起头来。她不止希望能够和我一样，通过读英文书来学英语，还打算从书中找出伟大作家们构筑童话故事的方法，即使她只能够读懂那么一点点外文内容，也还是坚持不懈地钻研着。

担心我的可不止他们两个。

"你终于回来了！"丹尼尔如释重负地喊了一声，那样子，看来是完全没留意到，我是在什么样的情况下"回来了"的。

"嗯，你的观察力不错，我是回来了。"我有气没力地跟他开着玩笑。此时此刻，我真想把心里所有的感受，一股脑儿地跟他们分享。想想看，一切也没那么糟糕嘛！

听到我的玩笑话，丹尼尔笑了。丹尼尔这个人的最大优点就是有自知之明，知道什么时候应该不再说话，保持沉默。他没有追问我任何问题，没问我去了哪里，和谁在一起，怎么会弄成这个样。即使这些问题已经惹得他心急火燎了，他也能够忍住。除此之外，他也不会说出"我早就警告过你，不要再去走私了"这种事后诸葛亮式的无用怨言——丹尼尔是绝对不会做这种事的。笑过之后，他就直接张开怀抱，紧紧抱住了我。

在他怀里，我忍不住开始哭了起来。

因为我的亲哥哥，他用警棍狠狠揍了我；因为外面那些来自克拉科夫的人，很快就会死了，而我根本没办法警告他们；因为我和那个德国长官四目对视，发现他们根本不把我当人看。不止我，我们犹太人全体——甚至包括汉娜。

想到这些，我简直没办法止住眼泪。

丹尼尔紧紧抱着我。幸好有他，如果不是他在的话，此时此刻，我整个人都会崩溃掉。

我不停哽咽着。直到他开始说起那句话："一切都会好起……"

"别说那句话。"我一边恳求，一边挣脱了他的拥抱——这样的谎言，我再也不想听了。这根本就是句完全没有任何用处的废话。我可不想对丹尼尔生气，就好像之前对我父亲那样。

汉娜放下书，走到我身边，故意说了句逗我笑的话："嘿，你看起来像是已经吃过了呢——有点长胖了，腮帮子都鼓起来了。"

这下子，我是不得不破涕为笑了。虽然笑得有点歇斯底里，但毕竟是笑了，不再哭泣。

"究竟发生了什么事？"妈妈虽然这样问着，脸上却浮现出不确定的表情——知道了真相，并不见得比不知道更好。

因此，我决定，把自己所经历的一系列事件美化过后，再讲给大家听。失败的走私事件，毫不隐瞒地讲了出来，一个细节都没有漏掉。讲着讲着，我不禁在脑海里自问，我应该怎样跟阿歇尔交代呢？不管犹太人是不是需要搬迁，那个流氓头子肯定还是想要弄清楚，他昨晚的那笔生意，究竟发生了什么状况。

显然，对于目前这种突发状况，他必须得谅解我才是。但转念一想，阿歇尔似乎也不属于那种能够经常谅解他人的类型。

好吧，阿歇尔的问题，还是暂时先策略性地搁到一边；相比当下的局势，这个流氓头子那边的麻烦，并不需要怎么操心。

仔细想想，如果连"给流氓头子办事办失败了"这件事都不需要操心，我们目前所处身的状况，该是有多么恐怖啊！

除这件事外，我还跟大家说，我去了犹太警察所在的那栋屋子，打算找到西蒙，向他寻求帮助。但是，却在那里碰到了SS师团士兵。被一个犹太警察用警棍揍趴下的事实，我也说了——如果不说的话，又怎么能解释自己遍体鳞伤的状态呢——独独隐瞒了我是被自己哥哥打，才弄成现在这样这件事。当然，隐瞒这点，也是理所应当。

"你见到西蒙了吗？"妈妈问道。

"见到了。"我用很低的声音回答道——没办法，满腔的怒气，根本没办法压抑。

丹尼尔察觉到了我的异样，他握住我的手，仿佛想要将我内心的伤口抚平。然而，即便这样，我也没办法平复下来。

"他会帮我们吗？"妈妈问。

"他说，他会帮我们的。"我如实转述了西蒙最后对我所说的话，心里想着的，却是自己倒在他面前，哇哇大哭的场景。因为难过，我使劲捏紧丹尼尔的手，指甲都要嵌进他的肉里面去。我肯定捏得他很疼，因为，虽然不太明显，他整个人都开始微微颤抖了起来。如果是其他人，一定会马上把我的手甩开，但丹尼尔，他很乐意跟我一起承担痛苦。

"如果西蒙说了，他会帮我们的话。"妈妈给出了自己的结论，"那么，他就一定会帮我们的。"

她还是跟以前一样，爱着自己的儿子，尽管他已经太久没来看过我们，也没有把他作为犹太警察多得的那份口粮，分给我们全家哪怕一点点。对于妈妈而言，无论西蒙做了什么，她都能够原谅他，就跟她能够原谅爸爸一样。

现在，我心中的痛处，已经从西蒙转到了妈妈身上。我的手指，把丹尼尔捏得更紧了。尽管这样，他也没有放开我。而且，正因为丹尼尔坚定不移的守护，我的心防慢慢松懈，竟然直接在他怀里睡着了——我最终只睡了一两个钟头，醒来之后，觉得自己的身体像整个散了架似的。

"你想喝点水吗？"丹尼尔见我醒了，赶紧问道。

"好的，请帮我弄点水吧。"

"你得先把我的手松开，这样我才能帮你拿东西过来。"他亲切地笑了。

这样的一个微笑，在如此的一个日子里，简直像是上天赐予的礼物。

"如果必须要放开你的手的话，我宁可不要喝水了。"我也回了他一个微笑，坐起身来，手一点也不放松。

"就算不放手也没关系，我可以给你拿水的。"我妹妹一边说着，一边拿起装水的白色瓷罐，给我倒了满满一杯。

"哈，你真是太好了。"我高兴地说。

"你胳膊上的伤口，昨天就已经有了。"汉娜冷不丁接上了这么一句。看起来，她是打算紧咬不放，一定要问出我昨天胳膊受伤的始末来。

"什么伤口？"丹尼尔问。他现在就站在桌子旁边，近在身边——我仍旧握着他的手。

"我们现在不需要聊那个伤口。"我这样答道。现在可不能把自己跟阿摩司，还有他那帮来自"青年卫士运动"组织家伙们的会面，讲给丹尼尔听。

"好吧，不提伤口了。"丹尼尔十分理解地笑了笑，不再追问了。

我松开了握住他的手，他开始温柔地按摩我的脖子。此时此刻，我终于感觉到，在这世间，除了恐怖之外，还是有其他一些美好东西的——丹尼尔无微不至的关心，他对我的爱。在如此糟糕的一个日子里，要是他不在我身边的话，光是超负荷的担心、憎恨和疲惫，就已经要把我整个压垮了，这简直太清楚不过。对了，这么说来，德国人发布的公告，对孤儿院而言，又意味着什么呢？

"科扎克是什么反应？"我赶紧问丹尼尔。

"他正在试着跟犹太人管理局的人交涉……"

"然后呢？"

"我不知道。我脑子里最先想到的，是你不见了的事，很早就到这边来了。"

"不过，科扎克肯定办得到的，孤儿院应该不会……"说到这里时，我突然有点犹疑了。这群由科扎克和丹尼尔亲手带大、日夜呵护的活泼孩子们，一想到他们全部都会被处死……哪怕是把这个想法说出来，都觉得实在太过恐怖，难以接受。于是，我决定，还是直接使用德国人对外公布的说法："……不会需要搬迁的。"

毫无疑问，德国人在遣词造句上是有一番考虑的。如果人们不去追究词语后面所隐藏着的恐怖含义的话，"搬迁"这个词，尚在可以忍受的范围之内。

"在这世界上，能够真正保护那群孩子们的人，也只有科扎克了。如果他做不到，就没有其他人做得到了。"丹尼尔说。

显然，他是对科扎克抱有极大的信任，才会说出这番话的。相比上帝，他更相信自己这位养父的能力。这种相信，比妈妈信任西蒙的那种，明显要坚定得多。类似于信徒们对全能神祇的那种相信，丹尼尔对科扎克的信仰，远胜于他对其他任何人的信任。

如果不是担心妈妈会出什么状况，我早就希望能够跟汉娜一道，去到孤儿院里，寻求这位心地善良、胡子长长的老爷爷庇护了——虽然他看起来十分疲惫，但始终很有办法。

丹尼尔不再给我做颈部按摩了。我马上明白过来，他打算做些什么："你想现在就回孤儿院去，对吗？"

"我必须回去。"他回答道。是必须，不过，他肯定也是主动想回去的。他爱我，但这份爱却并不由我所独享，而是需要跟孤儿院的孩子们共同分享。就算是现在这种状况下，也是一样——不以我喜欢不喜欢为转移。我承认，对此我感到很不高兴。与此同时，我也为自己不能像他那样无私感到惭愧。

我站起身来，同时吃了一惊。我原本受伤明显的脚踝，不过短短睡了一觉之后，竟然又能够正常活动了。然后，我在丹尼尔的脸颊上轻轻一吻。见我不强求他守在身边，愿意放他回孤儿院帮忙，丹尼尔对我笑了笑，表示感谢。我们俩紧紧拥抱，久久不愿分开，直到他开口说了那句："我们稍后再见。"

"嗯，稍后再见。"我重复道。

丹尼尔离开了我们住的房间。这时候，我才意识到，尽管确信会再见，我们俩却谁也没办法准确说出下次见面的时间。不是"今晚再见"，也不是"明天再见"——准确的时间，根本无法亲口说出。

还没来得及细想，这样回答的深层含义，究竟是什么，汉娜已经张口提问了："喂，你现在可以跟我讲讲，你胳膊上那个伤口，究竟是怎么回事了吧？"

是啊，那个伤口。想想看，和阿摩司相遇的事情，不过是在昨天，但给我的感觉，简直比永远还要远。阿摩司，这个男人在我生命中，已经没有什么意义了，丹尼尔才是遇到困难时会为我着想的那个人；而阿摩司，只会为"青年卫士运动"殚精竭虑。

"还是别讲了吧。"我选择这样回答妹妹的疑问，然后，瘫倒在自己的床垫上。

汉娜赌气地撅了撅嘴。显然，她并没有搞清楚，目前犹太居住区里正在发生些什么。可实际上，就连大部分成年人，也同样弄不清楚。虽然我自认为对真相了解得更为透彻，但转念一想，即便是我，离"全部真相"也相差甚远。

告诉汉娜我们即将面临什么，或许是件该做的事。我肯定会那样做的。不过，却必须得再等等——等到我确定哥哥西蒙兴许能够帮得上忙，我们全家还有生存希望的前提下，再告诉汉娜。还有，起码等到我再补补觉之后吧。

我闭上眼，向小家伙提了个要求："跟我讲个故事吧。"

"什么？"她用气愤的语调质问道。看起来，她是被我激得越来越不高兴了。

"就是那个，777 座岛屿的故事。"我用小孩子求听晚安故事的声音求汉娜道。好吧，并不是我刻意模仿孩子声音向她讨故事，而是我现在本来就跟个孩子差不多。

汉娜也察觉到了这点。因此，有那么一小会儿，我们都感觉到，彼此之间的角色互换了：现在，她是姐姐……甚至妈妈……不管是谁都好……总之，她继续讲起了 777 座岛屿的故事。

在那条摇摆不定的船上，狼人站在两个孩子面前，咧着嘴，露出满口尖牙。显然，它打算把本和汉娜撕成碎块。就在这时候，胡萝卜船长突然大喊一声："你不能吃掉他们！"

这句话让两个孩子感觉像是抓住了救命稻草。

"根据海上的规矩，必须得让他们走那个伸出去的厚木板，跳到海里，一命呜呼！"

孩子们不再觉得这是根救命稻草了。

"哼，如果简单溺死倒也还好，就怕那些苦鳐鱼们，赶在他们呛水之前，就已经吃得连骨头都不剩了。"

孩子们完全不知道这苦鳐鱼是怎么样的一种动物。但从描述听来，显然是在 777 座岛屿周围海域里四处游动的一种厉害货色，类似我们世界里的掠食鱼类——这种家伙，他们俩当然不愿意遇上。

听到胡萝卜船长的话，狼人显得有些没精打采；好好的一顿美味，就这样就从嘴巴边溜走了。它只能低声嗥叫，安慰自己道："哼，反正那两家伙也不过是皮包骨头，没什么肉，不吃也没关系。"

狼人搬来一块船上闲置的甲板木料，把它固定在甲板栏杆外面，充作跳板。然后，将孩子们赶到跳板朝外的那一端。跳板被两个人的重量压得微微弯曲，下面是温温吞吞、一起一伏的海浪，而海浪之下，潜伏着苦鳐鱼，或者溺水身亡的危险——汉娜和本都不会游泳。因为，游泳这种事，犹太居住区的孩子们根本没地方学。

他们俩互相抱住，抱得紧紧的，十分亲密。他们之间的对话是这样的："我爱你！""我……我……你……你……也……也……"然后是，"好的，我已经知道你要说什么了。"

接下来，他们就接吻了，吻得那么深情，就好像之前从来没有吻过似的。

听到这里，我真想马上睁开眼睛，再次强调我的意见：汉娜还太小了，不适合接吻。但我实在是太困了，眼睛怎么也睁不开。

胡萝卜船长取出自己的佩刀，驱赶木板上的两个孩子，想要把他们给赶下去。哪里知道，就在这时候，狼人突然大喊道："船长，快看呐！"大家当然就把目光移向狼人，看到它用两只肉爪子举着那本书，神情激动。"原来，他们是从外面的大陆到这儿来的。那个女孩，肯定是天选者！"

"两个不起眼的小东西，怎么可能是天选者？"船长气呼呼地回应道。"瞧瞧看，这么一个小女孩儿，怎么可能拯救我们全部人？怎么可能打败镜子大师？"

说完这句，胡萝卜船长又转回头来，面朝本和汉娜。就在这时候，汉娜突然喊道："你错了，我就是天选者！"

听到这句话，所有人都很惊讶，甚至也包括本在内。胡萝卜船长吓得连佩剑都掉了。

"真是个聪明的女孩。"在意识模糊、陷入梦境之前，我呢喃出了这句赞扬的话语。

"好好睡，米娜。"汉娜说完，轻轻抚摸了一下我的头发。

真是美好。

根据白天的经历判断，这个晚上我八成会做一堆噩梦：比如 SS 师团士兵把我赶进毒气卡车，或者被我哥哥用警棍揍死，又或者是被拿着佩剑的兔子船长刺死……但事实恰恰相反，晚上我什么梦都没有做。就算是做了，我也一个都不记得了。因为筋疲力尽的缘故，我睡得很沉，很沉，就仿佛是被 777 座岛屿周围的海洋包围住了一般。

17

"让米娜好好睡觉吧。"这是我自睡过去之后，听到的第一句话。那是西蒙的声音。

"你不想跟她说说话吗？"是妈妈在问话。

"我没有太多时间。"西蒙答道。

这可不是梦。我的哥哥真的到这个房间里来了。

此时此刻，我的眼皮十分沉重。睁开双眼，几乎要花去我全部的力气。如果可以，我情愿再度陷入无梦的深眠中去，也不想再看到西蒙。可惜，我必须搞清楚，他来这里打算要做些什么，以及——他是否真的有能力帮助我们。我强行命令自己的双眼，让它们死命睁圆。很可惜，它们对我的命令，并不怎么感兴趣，压根儿懒得执行。

"米娜肯定会很高兴的。"妈妈坚持道。

实际上，就连妈妈自己，也不相信这句话——即使不清楚西蒙就是那个把我揍成这样的人，她也知道，我对自己哥哥是个什么态度。

"不，米娜肯定不会高兴的。"汉娜反驳道。鉴于西蒙前几个月把我们全家彻底弃之不顾的情况，汉娜也不会原谅他。

"怎么可能，她肯定会很高兴。"妈妈仍旧坚持。"如果她知道你为我们做了什么事的话，一定高兴坏了。"

听到这句话，我一下子就把眼睛睁开了。我必须搞清楚，西蒙究竟为我们做了什么。

我看到，西蒙正好站在我的床垫前面，他的制服扁帽，就拿在自己手上。嗯，他估计已经来了很长时间，却连坐都没有坐下来过，就好像他的这整个家族，对他而言，每时每刻都是个巨大折磨似的。唉，我们究竟对他有什么不好，让他选择这样对待我们呢？或者，换个方向思考：正因为我们在需要他为我们办事时，才想起来去找他——就是这点，让他感到备受煎熬也说不定。

"米娜睁开眼睛了哦。"汉娜提醒大家道。

西蒙面带惊骇地看了我一眼。没准他是在担心，我马上就会把他狠狠打了自己亲妹妹这件事，跟屋子里的其他人一五一十说个清楚。显然，在他进到我们米拉街这个小房间里来的这一小段时间里，发现妈妈和汉娜还不知道，导致我身上绝大部分淤伤的罪魁祸首，其实就是他时，西蒙心里其实是稍微松了口气的。

我躺在床垫上，脸正好到对着他脚上靴子的高度。靴子的皮面上，到处都是血污痕迹。那些并不是我的血，西蒙"仅仅"只在我身上留下了蓝紫色的淤青和肿块而已，并没有把我打到浑身出血。我往上看，发现就连他的裤子上也到处都是血斑。嗯，他夹克衫的扣子扣错了一颗（哥哥从小时候起就不太会扣扣子），头发稀稀落落，披散在他苍白的脸上：所有这一切证据，都出卖了他，告诉我们他在之前的几个小时里，都做了些什么。这些血究竟属于谁？除了自己的亲妹妹外，他又为 SS 师团的人打了谁？哼，他倒是没有受什么伤——至少表面上没有。

我可不想躺在他面前的地板上——那样的惨状，怎么也不能再来一次了。我挣扎着爬起来，每动一下，全身上下所有地方都疼得要命。肩膀、胸骨……尤其是脚踝部分，之前短暂好了那么一会儿，现在却已经肿得吓人了。片刻之间，我眼前又是一黑，几乎要直接倒下去。不过，我还是硬挺了下来，直直站立。因为是站在自己床垫上的缘故，我现在可以跟西蒙视线平齐了。他真是个小男人——无论从哪个角度去看，结论都是一样。

"你好，米娜。"他小心翼翼地向我问好。面带踌躇，想看我接下来是什么反应。

"好啊，西蒙。"我压制住怒火，也跟他打了声招呼。

"跟米娜说说，你都为我们做了些什么。"妈妈相当踊跃地提议道。

如果有什么事情，是西蒙做过之后，就能让我跟他之间达成谅解的话——我想，除非他能一个人把纳粹全部赶出波兰，否则免谈。

"是啊，西蒙。"我故意刺激他，"就跟我米娜说说，你究竟为我们做了些什么吧。"

"我给妈妈在特本斯的工厂里弄了份工作许可。"

特本斯是个德国人，利用犹太居住区里廉价的劳动力，赚了大把的钞票。他的工厂，专门为德国妇女和孩子缝制高档大衣，还有各种精品服饰。甚至还使用裁剪衣服剩下的残余布料，制作布艺假花，以便装饰在衣服上。特本斯工厂和这里其他许多工厂一样，不支付任何工资。在工厂里，工人们能够领到一片面包，还有一杯淡得跟水一样的咖啡，作为早餐；晚上还能再领一片面包。虽然是这样的艰苦环境，却可以提供一个工作岗位，是不需要搬迁的了——奴隶般的工作意味着，按照公告上的最新指示，可以取得生存机会。而且，因为我们是妈妈的孩子，是直系亲属，根据公告条款 2g 的内容，我们全家都得救了。

就算这样，这项针对我们全家的救援计划，也还是有少许失败的可能性：妈妈或许没办法满足在特本斯工厂长时间工作的要求——每天十一个小时使用缝纫机的计件工作，对她而言，实在是有些过分。所以，我应该把想法说出来吗？不过，妈妈是不是明明知道会这样，却不便揭穿呢？从另一方面想，这份工作，可是跟我们全家人的性命紧密相关，工作强度大不大，感觉好不好倒在其次了。

西蒙显然留意到了我盯着妈妈看时、满怀忧虑的眼神，也猜中了我正在想些什么："其实，这份工作许可是伪造的。"

"什么？"这句话令我感到大吃一惊。

"是我的朋友马梅尔做的。"西蒙解释道。"他做这种事儿极具天赋——甚至还给德国人的指挥中心画过通行证。"

"这么说的话，他肯定对自己的技能感到相当自豪。"我不无讽刺地回应道。

西蒙当然听得出来，我这句话与其说是在讽刺他的朋友，倒不如说是直刺在他的心口上。他立即针锋相对地回应道："可以说，他用这张通行证救了你们的命，你们却不需要为此付出些什么。"听得出来，他说话的声音有些低沉，没说出口的潜台词想必是：我救了你们的命，却也不要求什么回报。

"通常情况下，他是要收钱的。"

"合情合理。"

"嗯，合情合理。"我冷淡地回应道。

"收得还并不便宜。"

"合情合理。"我的语气更加冷淡了。

"假使我没做这件事的话。"现在，西蒙有点沉不住气了，"我们所有人就会……"他匆匆瞥了一眼汉娜，还是选择了官方说法来描述这件事，"……就需要搬迁了。"

对于德国人把大批犹太人运往东部，只为了给战地农田里增加劳动力这件事，西蒙似乎也抱持怀疑态度。又或者，他其实是知道德国人比较详细计划的那类人？不，不可能，没有哪个犹太人能被允许参与到灭绝犹太人的计划中来。即便是犹太警察也不可能。收取贿赂、痛打同胞、执行纳粹们发出的丑恶命令——这些叛徒们每天所做的，就是这样的事儿。但是，即便这样，将同胞们种族灭绝，实在太过分了，和其他劣行之间，完全没有可比性。如果西蒙当真十分确定，德国人会把搬迁的人都杀死的话，他肯定早就脱下自己身上穿着的犹太警察制服，洗手不干了——至少，我自己是这样希望的。

"西蒙帮了我们。"妈妈再次强调道，还特地用手指了指桌子上放着的、那张伪造的工作证明。我知道，她想说的应该是，我们应该对他所做的表示感谢，而不应再有什么怨言。

她当然是对的。在这个非常时期，西蒙的犹太警察混蛋身份，无论对我，对汉娜，还是对我们所有人，都是很有好处的。爸爸之前选择将剩下的所有钱财交出去，为西蒙谋得一个警察差事，此刻看来，也是十分正确的。

有那么一会儿，我甚至觉得很内疚——自己的哥哥是个混蛋，是叛徒，但我却也从中受益了。如此想来，我是否也一样是混蛋，是叛徒呢？我为自己感到害臊，简直无地自容。这份羞耻，我甚至无法独自承担。因此，我希望西蒙至少也能够去承担和我相同分量的羞耻——毕竟，他顶着拯救我们全家，还有自救的名义，做了那么多的亏心事呢。这样想着，我便故意用挑衅的口气，向西蒙发问道："说吧，你之前跟德国人去了哪儿？"

听到这句问话，西蒙有些犹疑不决地看了妈妈和汉娜一眼——显然，他不愿意当着她们的面讲出来。

不论他做了些什么，我认为，妈妈和汉娜也应该了解才对。只有这样，我才能让他也感觉到羞耻。

"说啊，去了哪儿？"我对他紧咬不放。

"德国人把我所在的部门强行解散了。我们现在没办法再管理波兰警察那边的接洽事务了，而是被调去帮助搬迁工作……"

他语塞了。

我用要求他"接着讲下去"的眼神看着他；看起来，他还是没有实话实说，一到关键时刻，就欲言又止了。

"我们把无家可归的人们聚集到了一起。"西蒙轻声坦白道。

在我眼前浮现出这样的一幕场景：德国人和犹太警察一道，正在殴打那群弱者之中的最弱者们——动手的人之中，也看得到西蒙的身影。病人、老人、孩童……西蒙靴子上沾染的鲜血，就是来自这些人当中的某一个。

我在心里暗暗祈祷。没错，我确实是在祈祷，祈祷他靴子上的鲜血，不是来自某个无家可归的孩子。我是在为可怜的孩子祈祷，但同时也是为西蒙祈祷，不仅如此，这祈祷当中，还有那么一小部分，是为了我自己。

西蒙一连咽了好几口唾沫，这是他在感到羞耻时特有的反应——我成功了。

但即便这样，我也一点都不感到满意。

因为西蒙所承受的羞耻，还有痛苦，显然与他所犯下的恶行不相称。唉，实际上，他仍旧是个瘦弱的、胆小怕事的孩子。但就是这样一个孩子，纳粹却给他配上了一根打人用的警棍。

我的同情心，还没有泛滥到能够给可怜西蒙一个拥抱的地步。毕竟，我对自己哥哥的所作所为，自始至终都是十分鄙视的。但是，我也不能再生他的气了。

"那些无家可归的人，他们在东部地区会从事怎样的工作呢？"汉娜严肃认真地向西蒙提出了这么一个问题。"那些人的身体状况，难道不会太差了点吗？"

听到这个问题之后，坐在桌边的妈妈脸上，流露出惊骇的表情。看起来，她现在终于已经意识到，"搬迁"不过是德国人提出的一个天大谎言。

"他们……"西蒙搜肠刮肚，打算找出一个既能够保住自己的面子，也能让汉娜安心的理由。"他们，唔……"

"……他们会在那里安心种田。"我撒谎了。"在农场里，这些原本填不饱自己肚子的人们，也能够得到更多些的食物。"

"没错，那些人现在直接就去到食物生产地了。"西蒙顺着我的话说了下去。

我们两兄妹合力，一起对自己的妹妹撒谎，免得她察觉到事实真相之后，感到害怕和恐慌。我们对小孩子撒谎，就跟德国人对我们犹太人撒谎一样，想让我们跟孩子一样顺从、听话。

看起来，汉娜并没有完全接受我们的说法。毕竟，直到今天为止，我从未对她说过谎——最坏的情况，也只是隐瞒事实，选择性地讲出真相而已，但撒谎这件事，我是从未做过。因为，我平日里对各种成年人，已经是满口谎言了，所以才想在亲妹妹这儿，守住这块净土。但现在，因为德国人的缘故，却让我在她面前成为了一个撒谎者。而且，从她此刻的反应，我已经可以感觉到，这个善意的谎言，将我跟她之间拉开了距离——汉娜蜷起肩膀，避开了我的视线。

"我……我得走了。"西蒙一边说着，一边把手中的制服扁帽重新戴好。出门之前，他又转过身来，对妈妈说道："接下来的几天会很艰难，出门不太方便了。我会给你们带吃的过来的。"

"谢谢。"妈妈微笑着回应他，并且伸出手去，想要抚摸他的脸颊——就跟很久以前，西蒙还跟我们生活在一起时一样。哪里知道，妈妈的手还没碰到他，他就已经转身躲开了。然后，他冲汉娜招招手，做了个告别的手势，又匆匆看了我一眼。我看见他最后一瞥时的神情：悲伤、自责，显然是对在我身上做过的事情，感到十分内疚。或许不仅如此，他甚至也对之前几个月里，把我们全家抛下不管这件事情，感到悔恨了。看起来，他似乎想要赶紧避开我。因此，我也就遂他的心愿，回他的话道："嗯，你也别去得太远。"

哪里知道，听到这句话，他的眼神变得更加悲伤了，眼眶里甚至瞬间满溢了泪水。他的回应是："我已经去得太远了。"

18

当天晚上，我做了一个梦。意外的是，在这个梦里，并没有出现德国士兵，也没有出现恐怖的事情，也没有死人。这些统统没有，我梦到的是一些荒诞无稽的事情。之所以说它荒诞，是因为梦境实在太过美好了。我在这个梦里，过得十分幸福，这跟我其他所有的梦都全不一样。在梦里，我梦到丹尼尔亲吻我时的场景。怎么说呢，这就是那种，人明明已经醒过来了，却仍旧不愿意睁开眼睛，希望再朦胧睡去，让美梦继续下去的梦境。梦中的世界比现实美好太多了，正因为那种美好，这个梦的力量也格外强烈、显著。如果可能的话，我情愿永远待在丹尼尔的臂弯里，一直不停地吻他——实话实说，我已经不想再回到现实世界中，已经不想再见到犹太居住区里林林总总的恐怖真相了。正如刚刚所说，我闭紧了自己的眼睛，努力回味梦里那个美妙的吻，希望能够唤回其中每一个微小的细节：丹尼尔那略显粗糙的嘴唇，以及——我们两个赤身裸体、彼此偎依的画面……然而，梦的场景却渐渐消散，我越想努力挽留，它就消逝得更加快速，快到难以置信。

我周围仍旧很安静，只听到妈妈沉稳的呼吸声，还有汉娜略微夸张的鼾声。这两个人应该都睡得很深很沉。我还是努力不让自己睁开眼睛，因为，我希望最少也能够享受到片刻的宁静——只要四周仍旧安静，那感觉就相当不错。

可惜，安静却并不能持久。

我听到了沉重的脚步声。是靴子的声音。那声音一下又一下，进到了我们这栋屋子里面。不过，脚步声却没有上楼，而是在门厅里徘徊。

我屏住了呼吸，眼睛仍旧闭着，怀抱着不切实际的希望——只要我一心拒绝，不去看它们，那么，这些鬼魅般的脚步声便会自行消失，就仿佛从未响起过一般。

这时候，门厅里有个声音喊了出来："屋子里所有的住户，听好了！每个人只允许拿十五公斤的行李！"

听到这话，我的眼睛猛一下就睁开了。关于之前梦境的遐想，瞬间荡然无存。我从床垫上跳起来，跑向窗户——从那里可以看到屋子外面的情况。汉娜和妈妈看上去睡眼惺忪，完全不像是要起来的样子，因此，我也就没有告诉她们（实际上，拖着那具浑身疼痛的疲惫身躯，我对眼前景象压根儿没有任何真实感，感觉仍是在做梦），在屋子外面的院子里，整整齐齐站着十个犹太人警察。

这些犹太警察的头儿，是个蓄小胡子的矮个子男人，个子小到连蓄的小胡子看起来都比他个子大。如果没穿警察制服，他这个形象看起来就十分滑稽了；简直像是从劳瑞和哈迪滑稽电影①里走出来的人物似的。实话实说，此刻他这夸张又滑稽的外表，比院子里站着一个满脸刀疤的壮汉，还要更加骇人。

我几乎半裸着身子，跑出了我们的房间，来到住着克拉科夫大家庭的客厅。无论是我的突然现身，还是我此刻狼狈的样子，都没能干扰到他们。因为，他们此时正忙着收拾东西，考虑怎样才能按照德国人标准，尽可能多地把值钱东西带走。我趴在客厅的一扇窗户上朝外看——这里能够看到外面的米拉街，一群犹太警察用铁围栏把米拉街给封锁了起来。其中一些犹太警察，正把守着每栋建筑物的出入口，另一些则冲进了屋子里。毫无疑问，他们打算把住在房间、走道还有地下室里的所

---

① Laurel und Hardy，美国长期搭档演出滑稽片的两位演员。

有人都赶出来，赶到大街上停着的马车里去。这些马车将会把他们带到集合点，在那里，犹太人将会被装进开往东部地区的火车——诚如公告所言。

马车前面站着些德国 SS 师团的士兵，他们正悠闲地喂着马儿吃草。看起来，德国人把驱赶犹太人的任务，完全交给了犹太警察，至于他们自己，相比接触犹太人，倒更愿意照料、抚摸他们的爱马。这些畜生的每日伙食，肯定也比我们的要好。

我把视线从窗外场景中移开，再次跑回了我们自己的小房间。一走进门，我就看到了妈妈和汉娜满脸惊恐的表情——她们终于也弄清楚，外面究竟发生什么事了。楼下传来那个蓄两撇小胡子的男人的喊声："如果有人不愿意自觉走出屋子的话，就由我们直接过来接你！"

我短暂思考了一下此时全部的可能性。藏起来是不可能的，因为我们既没有提前准备好有夹层的大柜子，也没有可以用来藏身的地窖。屋顶并不是个好选择——犹太警察显然会搜遍这屋子的每一个角落。况且，就算我能够凭借自己受伤的胳膊和脚踝爬上屋顶，然后汉娜也勉强爬上去了，妈妈却是无论如何都没办法上去的。

已经没有其他选择了。于是，我对妈妈和汉娜说道："现在，是时候检验检验西蒙那张证件纸的价值了。"

隔壁房间传出了很大的声音，我们已经能够听得见，那个来自克拉科夫的大家庭是怎样被驱赶到院子里去的了；其中几个孩子哭出了声，那些大人们，也并没有安抚他们——几个身为人父的男人，只知道反反复复呢喃念叨他们的祷词。

汉娜此刻正站在我们所住小房间正中放着的那张床垫上，啃着自己的指甲——她之前从没这样做过。妈妈正慌慌张张地把衣服一件叠一件地穿到自己身上，以此腾出更多的重量，给那十五公斤的行李做准备。与此同时，因为没有行李箱的缘故，妈妈找出了一只大袋子，拼命往里面塞东西。

"你在干嘛呢？"我问她道。

"如果他们不肯承认我那张证明的话，我们还是必须为去东部地区做好准备。"她摸了摸汉娜的头："那边的冬天比较冷，你难道想让汉娜被冻成冰块吗？"

东部地区的寒冷，压根儿不是我们应该在意的问题。关于这点，妈妈肯定也是知道的。但她就是喜欢瞎忙。我放下不停打包的妈妈，还有一直咬着指甲的汉娜不管（即使她左手食指的指甲边缘，已经被她自己给咬出了血），伸出手来，触摸着桌子上一处翘起的木头，试着集中自己的注意力，以此来应付目前的紧急情况——我想要再次感受到一些跟恐惧不同的东西，让自己不至于被恐惧彻底包围。我还没来得及定神，住着克拉科夫一家人的客厅里，就已经传来了阵阵吼叫声，那声音是我之前从未听过的、陌生人的声音："快点，再快点，赶紧收拾！"

吼声的节奏越来越快。那声音，听起来不像是老年人的，没有那么沉稳，而是十分慌张，感觉有点虚张声势似的。客厅的女人们对此感到不满，你一句我一句地抱怨，说自己的东西都还没有全部打包好，你吵我嚷，乱成一团。相比之下，她们的丈夫们，却始终一言不发，这时候，那个应该是属于犹太警察的声音，给了女人们一个吼叫式的回答："打不打包好东西，对我而言根本就无所谓！听懂了吗，完完全全无所谓！"

听到这话，有几个女人开始哭了起来，与此同时——从我所听到的声音来判断——客厅里住着的所有人，终于不再清理东西，而是老老实实地走出去了。

妈妈也听到了外面的动静，她实在是太害怕了，怕到不再清理东西。因为克拉科夫大家庭离开时所制造出的各种噪音，我们已经没办法听见犹太警察的脚步声了，但实际上，我们都很清楚——那些人正在走近我们的房间，越来越近了。

这时候，我听到院子里传来一个陌生男人的恳求声："那可是我的父母啊！让我父母跟我在一起吧，求求你了！"对于德国人而言，亲生父母都不算是亲戚了。我们听到那男人的一声惨叫；显然，他是被警棍给揍倒了。

然后，又听到一个女人的喊声，盖过之前那男人的痛苦呻吟声："我的丈夫是在舒尔茨的工厂里工作的！"

"你手上有工作证明吗？"

"我丈夫拿着证明去工作了啊！"

"很好，那你还是跟我们走吧！"

"不要！不要！他是有证明的啊！"

我认得这女人的声音。这不就是那个住得比我们低两层、原来当过药剂师的女士吗？如果不是药剂师……莫非是那位每次看到汉娜都会给她塞些糖果吃的赛因德尔女士？只要她还能负担得起糖果，就不会忘记汉娜。

还没弄清楚那个声音到底属于哪位，我们房间的门就被人粗暴地推开了，两个拿着警棍的犹太人警察冲了进来。这两个人完全是年轻人，就跟西蒙一样，其中一个的头发是浅褐色的，因为激动的缘故，出了很多汗，头发都一缕一缕贴在脸上了；另一个的警察扁帽下面，是剃得很干净的光头——相信他在不久之前，还在饱受跳蚤的折磨。

"出来！"那个头发贴在脸上的警察对我们吼叫道。

我看了一眼妈妈，发现她像是被施了定身咒似的，一动也不动。该死，她为什么不赶快拿出自己的那张工作证明呢？

"出来，快点！"头发贴脸上的警察又吼了一声，剃光头的那人已经在挥舞警棍了。汉娜坐在地上，咬指甲咬得更厉害了。看起来，她似乎想通过某种方式，让自己隐身，不被其他任何人看见。

简直是白费工夫——这是现实，不是童话故事。

因为妈妈已经完全没办法说话了，我只好慌慌张张地接话道："她是在特本斯的工厂里工作的！"

"拿工作证明出来看看。"

妈妈还是没有动。我从桌子上找到那张纸条，递了过去，那个满身是汗的警察拿着证明仔细看了起来。上帝保佑，希望他不会发现这张证明其实是假造的才好。

突然之间，我意识到了一个问题：如果妈妈真是在特本斯的工厂里工作的话，她现在肯定早就去工厂缝大衣、粘假花，或者在做其他一些什么事儿了。这个警察显然会注意到这个问题的。

他还在仔细地看那张证件。不过，他似乎并没有真正去检查它的真伪，只是呆呆盯着那张证件而已——他的表情回复了正常，就好像在短短时间内，把自己的全部疯狂都收敛起来了似的。

"我们得快一点了。"他那个剃光头的同事催促道。

听到这话，满身是汗的警察瞬间从短暂的失神中回到了现实。他现在会说些什么呢？他会相信我们的谎话吗？又或者，他会直接把我们给带走？

他张了张嘴，但……什么话都没有说。

"快点啊！"他的同事催促得更厉害了。

"这张证明没有任何问题。"他终于开口了。然后，他把文件还给我。我发现，他之前用满是汗水的手指握过的地方，已经全部湿透了。他是不是已经发现，这张证明是假的了呢？而且，妈妈现在难道不应该是正在特本斯的工厂里才对吗？如果我的猜想是真的的话，也就是说，他故意放过了我们——他肯定感到松了口气，因为我们给出了一个很不错的理由，可以让他不用再赶更多的人到院子里去，这也同时减轻了他的负罪感。显然，我们被他仍旧保有的少许人性给救了。

警察们急匆匆地离开了屋子。我们留下来了。

这时候，我们听到楼下传来警察们对犹太同胞们下命令的声音、孩子们的哭声、女人的说话声，男人们被打了之后发出的哀嚎声。我们都不敢走向窗户，看看院子里究竟发生了什么。

妈妈蹲在自己的床垫上，看着她收拾了一半的袋子发呆。汉娜在地板上缩成了一团，继续咬指甲——她的另一个指甲也被咬出血了。我则把手平摊在桌子上，一遍又一遍地抚摸着桌面，以此来稍稍平复自己的心情。

19

大约一个小时之后——唔，也可能只是五分钟之后，又或者一年半之后吧，因为这时，我的时间感已经完全丧失了——我打开了门，走到之前克拉科夫一家人住着的客厅里。显然，他们再也不会回来了。从那个大家庭进到我们的住宅里、和我们共用同一个空间时开始，这两年的时间里，我都希望这帮陌生人能够快点搬走。现在，他们真的走了，我才觉得，这件事实在是太恐怖了。

房间里现在的样子，看起来就好像是被龙卷风侵袭过一样。大部分家具都翻倒在地，衣服丢得到处都是，甚至还有他们祈祷用的经书，也被撕开来，随便扔在地上。那些堪称狂信者的男人们，究竟是在多么恐慌、害怕的情况下，才会任由人们那样对待他们的经书啊——我无论如何都想象不出当时的场景来。

我像个梦游者一样，在房间里四处游荡，突然之间，我那受伤肿起的脚踝，被一只椅子给撞到了。很疼，不过，我甚至要感谢这种痛感，它一下子就把我从那种诡异的气氛中给拽了出来。

就算在厨房里，也能看到日常生活被强行中止的痕迹：在一个盘子里面还放着一块被咬了一口的面包。看到它，我的肚子不禁咕咕叫了起来。我上次吃东西，是在什么时候？昨天吗？不对，是在前天才是——在我喝过那瓶苹果汁之后，我就再也没有吃过任何东西了。

我目不转睛地盯着那块面包；我还从来没有偷过东西呢。不过，话又说回来，拿那些肯定再也不会回来的人留下来的东西，应该不能算偷吧？我这样也算是偷东西吗？

肯定不算的。

可是，不是小偷的话，看这情形，算是盗墓者了吧。那个称呼相比小偷，可能还要更糟些，不是吗？

对了，这块面包的所有者，可能也并没有死。那人现在估计正在被运往临时集合点。又或者，已经被装上开往东部地区的火车了——被运到切姆诺的毒气卡车，或者先在田地里工作一段时间。好吧，面包的主人究竟在哪儿，已经是无所谓的事情了，无论如何，如果我任由这块面包放在厨房的桌子上，它肯定就会变质，坏掉。面包坏掉之后，就没有任何价值了——这种浪费粮食的坏事，我可绝不允许。因此，我理所当然地拿起那块面包，开始吃了起来。

我慢慢嚼着面包，开始检查起厨房里的存货。这里剩下来的粮食，够我们支撑一段日子的了。我们不需要再去街上谋生活，不用面对外面的危险，不会被任何人抓住了。这真是太好了！我难掩心中的喜悦，脸上不自觉地浮现出了笑容。

手里拿着那块面包，我走到了楼梯间里——楼梯间里一个人都没有了，我还从不知道，这里竟然会有这么安静的时候。和客厅里一样，这里也四处散落着没来得及拿走的被褥和衣物，甚至还有书。

"这简直就像是在鬼屋里一样！"上面突然传来一声喊，吓得我手里的面包掉到了地上。我抬头一看，发现汉娜正倚在我们住的那一层楼的走廊扶栏上，朝下观赏着这一片狼藉。

"该死，你把我给吓了一跳。"我骂了她一句。但她并没有回我，而是略显惊恐地看着楼梯间里昏暗无光的地方，问我道："我们是不是唯一剩下来的？"

老实说，我自己都还没有想到过这个问题。在这栋屋子里住了很多的人，因此，肯定也有些其他的人，是拥有能够留下来的证明文件的。那些人现在应该正在德国人的工厂里干活，今晚下班就会回到这间鬼屋里来。他们回来之后，马上就会发现，自己心爱的家人们已经被运走了。我的耳边至今仍回响着刚才听到的那几句话："我的丈夫是在舒尔茨的工厂里工作的！""你手上有工作证明吗？""我丈夫拿着证明去工作了啊！""很好，那你还是跟我们走吧！"

我现在已经很确定了，被他们带走的，就是和蔼可亲的赛因德尔女士。

"我们肯定不是唯一剩下来的。"我对汉娜说道。

"但一下子少了那么多人，还是比之前更孤单了。"她小声地回应我。

在经历了这么恐怖的一起事件之后，我很想为妹妹打打气——作为姐姐，这是义不容辞的责任。不过，我并没有选择上去紧紧拥抱她，而是简单明了地说了一句："过来，我们一起来吃点东西吧。"

再没有比吃饭更能鼓舞人心的了——那群克拉科夫人不止剩下了一堆面包，还有黄油，甚至有些火腿肉。妈妈，汉娜，还有我，我们不顾一切地大吃大喝。在隔了不知道多长时间之后，我第一次看到汉娜真正填饱了肚子，露出满意的神情。那一瞬间，我内心里偷吃别人东西的愧疚感，马上一扫而空。

"德国人还会来吗？"妈妈一边问着，一边还跟往常一样，把手里更大的那半块面包递到汉娜手上。但实际上，我们现在已经有足够的面包，不需要谦让，每个人都够吃的了，甚至可以说是超量了。

"我觉得他们不会再来了。"我回应道。"毕竟，这里有太多的房子，需要他们来清空了。已经去过一次的房子，是没有理由再去一次的。"

我很确信，自己的看法并没有错，这也让我感到十分安心：我可以先静养一段，把伤养好。如果我们好好分配剩下来的食物的话，坚持一周应该是没有任何问题的。而且，如果我能够在这栋屋子里的另一间空屋里找到更多食物的话，没准还能坚持得更久些。当然，食物倒在其次，最好的事儿显然是，在很长的是一段时间里，我是既不用跟纳粹，也不必和施穆尔·阿歇尔打交道的了。

"现在，我能够有一间我自己的房间了吗？"汉娜嘴里塞得满满儿地问我道。

看到她这副模样，我不由得笑出了声。与此同时，我心里也跟着吼了一声：当然，我也想要一间！

"为什么不呢？"我这样回答汉娜。"你自己去找一间喜欢的吧。"

"好吧，那我就要我们一直住着的这间好了。"

看起来，她既想要属于自己的空间，又不希望有任何改变。

我用询问的目光，看了妈妈一眼。她知道我是什么意思，耸了耸肩，对汉娜说道："我没问题呀。"

"我也没问题！"汉娜哈哈大笑了起来。

"嗯，我可以直接把我的床垫搬到另一个房间去。"妈妈提了个建议。

"我检查过，有个房间里有张床，你可以用那个房间。"我对妈妈说。但她的回答却是："不用，我不睡其他人睡过的床。"

关于这点，我也能够理解。

"真是棒呆了！"汉娜显得很开心。

岂止棒呆了，简直是疯狂。我们现在既有吃的，也有很大的地方可以供我们居住。这样的好事，已经很久没有出现过了。

20

　　虽然次数并不算多，但每一次——只要丹尼尔过来拜访我们，告别的时候都会和我深深拥吻。这时候，汉娜总是会说类似"别在这儿呀，有孩子在呢！""你们湿答答舔来舔去，恶心死我了！"或者"你们能够停下来吗？不要互相咬脑袋了！"这样的话。

　　每当她看到我们如胶似漆时，就更加想念她那个红头发的本。此时此刻，汉娜已经没办法再见到那个男孩了：他已经被犹太警察抓走了吗？又或者，他此刻也正想着"唉，汉娜估计早就被运上了开往东部地区的火车"。因为我们住的这座屋子，是最早被纳粹和犹太警察们"清洗"的房子之一，显而易见。然后，他会不会因为再也见不到汉娜，而每天每天不停哭泣，魂不守舍呢？

　　尽管我的妹妹一天比一天不开心，心里难受，甚至偶尔都忘记了吃饭，她却也没有擅自离开屋子，去找那个红头发的本。

　　"我不会到街道上去的。"她跟我这样说，"我跟那些童话故事里的小孩子们不一样——他们总是会去一些伸手不见五指的森林，或者被诅咒过的屋子；尽管他们之前已经被人警告过，不要靠近那些地方的了。"

　　现在，已经不仅仅是由犹太警察来负责把居住区的居民们运往临时集合点了，SS 师团也会亲自上阵，还有他们那些来自拉脱维亚、乌克兰和白俄罗斯的帮凶部队——德国人占领这些地区后，展开了亲善政策，招募了当地的青壮年男人，作为己方的人员来使用。他们也领军饷，有制服，且拥有可以任意处置犹太人的权力。

　　现在，这帮从各个国家来的混蛋们，终于可以任意宣泄自己对犹太人的仇视了。他们一句德语都不会说，也不会说波兰语，当然更不会说意第绪语①。因此，对于这些人而言，来自官方的任何一种证明文件，都是毫无意义——他们连能够救人性命的一句"这张证明上说得很清楚，我和我的孩子们是不需要参与到搬迁行动中的！""我为犹太人管理局工作！"或者"你去问一下其他人吧！求你了！"都听不懂。而且，即便他们能够听明白我们说了些什么，也对挽救犹太人性命这件事全无兴趣。这就好比，德国人也对自己那群帮凶们开出来的各种证明全无兴趣一样——无论你拿出什么，只要是犹太人，他们一个也不会漏过。那些写在或者印在纸上的东西，在现如今的状况下，已经彻底变成了一出闹剧。

唯一能确定暂时安全的地方，只有工厂区域内的临时搭建的那些棚屋了。只要能够在那里面居住，就不需要"搬迁"。德国人开的工厂，比如特本斯或者舒尔茨这样的，愿意主动接受贿赂，让那些可怜人们花光自己的最后一点积蓄，换取在工厂里当牛做马做苦工的机会。在特本斯工厂大发慈悲的前提下，用九克拉的钻石，甚至可以让一大家子人都搬进工厂的棚屋里，保全性命。如果用现金支付的话，每保一个人，需要付十万兹罗提。这么大的一笔钱，我还从来没有亲眼见过，更别提拥有了。特本斯——这个令人感到厌恶的工厂主，我从未遇到过他本人。不过，如果有机会站在这个大奴隶主面前的话……我在脑海中描绘出了这么样的一幅画面：我绝对不会把自己的毕生积蓄交给他，不仅如此，我还会往他的脸上吐口水。唉，那都是想象了。如果我真有机会站在特本斯面前，我肯定会匍匐在他的脚下，拼了命地求他，请他留我在他的工厂里当奴隶，以换取我们全家人的性命安全。

那些没办法弄到奴隶位置的人，只好想办法把自己藏好，或者绝望地祈祷，恳求神明保佑，保佑自己不属于每天被从这里运走的上千犹太

---

① 大部分德国犹太人使用的语言。

人之一。孤儿院里的孩子们走上"搬迁"的绝路，也只是时间问题了。尽管这样，我仍旧希望，科扎克可以不被打扰，继续保护孩子们——毕竟，全世界都在紧密关注着科扎克的动向。好吧，我当然知道，这种希望其实是很荒唐的。实际情况是，整个世界都不关心我们犹太人的命运。为什么科扎克这区区一个人，受到的关注比我们整个群体还多？就因为他声名显赫，善良正直，又充满智慧吗？

白俄罗斯佬跟拉脱维亚人估计都不认识这位老人。就算认识，估计对他在教育改革上所做出的成就，也提不起半点兴趣。

"自从捷尼亚科夫死后，科扎克再也没跟犹太人管理局的人联系过。"我跟丹尼尔互相偎依着，躺在属于我的那张床垫上。在这个难得的、平和又安详的时刻，丹尼尔突然说了这么一句话——看他说话时的样子，显然十分忧虑。

这位犹太人管理局的主席，早在搬迁行动开始时，就已经吞氰化物自杀了。人们盛传，他是因为不愿意帮纳粹处死儿童，而自愿主动赴死的。这种说法证明，老朱瑞克之前对我说的一点不错，捷尼亚科夫当初确实是真心实意想为犹太同胞们做贡献的。当他意识到，自己所做的一切事情都是徒劳无功之后，发现自己活着也失去了意义，就干脆自杀了。

"一直以来，都有人给科扎克提建议。"丹尼尔继续说道，"希望能通过非法渠道，把他偷运到犹太居住区外面去。那些逃亡海外的犹太人，对他确实是真心诚意，无论需要多少钱，都已经为他准备好了。但是，科扎克却说，他会陪着他那些孤儿院的孩子们，一同赴死……"

"嘘，别说了。"我赶紧用手指摁在他的嘴唇上，阻止他继续说下去。

我不想听到哪怕一丁点儿和死亡相关的事情。

如果可能，我情愿一直睡在这张床垫上，待在这个房间里，在丹尼尔的臂弯中，跟整个世界隔绝开来。

但是，这显然是不可能的。只要我的家人们还在一天天走向濒临饿死的绝境，就无论如何都不可能。

我略微估算了一下，房子里剩下的食物，无论如何都是不够的。因为，我们显然不是唯一能够搜刮那些已经无人居住房间里的食物的人：一方面，那些和我们一样，仍旧可以留在屋子里的人，是会主动去找剩下来的食物的；另一方面，还有来自外面的流浪汉，他们甚至会四处翻箱倒柜，寻找哪怕任何一点点食物残渣。这帮流浪汉什么顾虑都没有，不请自来。我甚至还得想方设法把他们从我们住的屋子里赶出去。这样的情况，出现了两次。

在这段时间里，西蒙一次都没有在这里露面。或许他觉得，为我们所做的事情，已经足够了。又或者，他现在正忙着用警棍揍自己的犹太同胞，把他们往死里打。当然，最大的可能性是——两者皆是。于是，就跟之前的情况一样，我必须亲自去找自己的哥哥，让他为我们多少张罗些吃的。

在搬迁行动开始后的第十一天，我首次走上了街道。我身上所受的伤，已经好得差不多了，脚踝也消了肿。开门离开这栋屋子，站在门外的楼梯上时，我感到十分惊讶，发了好一会儿呆——外面竟然会这么热。八月的太阳像火焰一样在天上燃烧，就算犹太居住区里栽种了树木，被这样的太阳一晒，也得统统枯萎。

不仅仅是因为这股热浪，让犹太居住区看上去和前几天的样子截然不同。搬迁行动开始之前，这里曾经笼罩着令人窒息的绝望和抑郁感；而现在，这里只剩下了恐怖。街上的人们全都慌慌张张，脸上的表情，像是被不停追捕着的逃犯，走路的时候脚步不停，匆匆忙忙——找事儿做，找栖身地，逃避被迫搬迁的命运……无论为哪种目的，都得拼尽全力。

我看到，在离我们屋子不到二十米远的地方，有个顶着一头不太自然的金发的老人，正在急匆匆地赶路。看那个人的样子，十分面熟。我想了好一会儿，才意识到那个人究竟是谁。

"朱瑞克，是你吗？"我隔着老远喊道。

听到我的声音，老人停下了脚步。真的是朱瑞克。但是，他的头发不再是灰白色的了，估计是染了色。除此之外，他还剃了胡子，头发也仔细梳过了。折腾完这一切后，他的样子看起来简直年轻了十岁。不，不止十岁，他现在看上去简直跟个年轻人差不多了。

朱瑞克显然也认出了我，但他明显不想搭理我，又开始快步走起路来。

我赶紧跑过去，挡在他的面前。我没有跟他打招呼，而是直截了当地问了他一句："你……你是把头发给染成了金色吗？"

"商店必须得关门，所以，我需要做些活儿——十分、十分紧急的活儿。"他的声音听起来多少有些垂头丧气。"德国人只打算留下有用的犹太人。老人是没办法得到工作的，所以……"

他的眼睛里闪动着泪光。对于这位老人而言，除了期待一场称得上寿终正寝的死亡之外，再没有别的东西值得去期待了——过去的日子，过得算是既美好，又充实，弥足留恋，这就够了。

我终于明白过来，朱瑞克其实还是怕死。面对逐渐逼近的死亡阴影，没有任何人可以做到从容以对。

"所以，你就把头发染成了金色。"我对他的实际做法，感到有些摸不着头脑。因为走得比较近，我看到朱瑞克为了让自己显得更年轻些，甚至在脸上涂了胭脂，这可让我结结实实吃了一惊。

"嗯，我并不是唯一一个这样做的人。你四周看看，就知道了。"他对我说道。我仔细看了看周围快步走着的人，发现确实如此。有些老妇人也跟朱瑞克一样，把头发给染成了金色。

"你看，看那边那两个人……"他指了指不远处，两个跟他们的父母一起在路上走着的孩子。那两个孩子看上去比汉娜大不了多少，但却穿着西装，打着领带，装扮出少年老成的样子，使他们看上去比实际年龄更大些——大到足以在某间工厂里取得可以救命的劳工位置。

这实在是太怪异了，就像是在参加一场恐怖的面具舞会一般——为了对抗死亡，人们纷纷戴上了面具。

还有更怪异的事呢。有个老妇人，正朝着我们的方向，颤颤巍巍地走过来。跟朱瑞克的情况完全不一样，她一点儿妆都没化，完全不打算让自己显得年轻些。她越走越近了，我看到，她的手上拿着一个护身符，而且，明显是朝着我来的。

"守护魔法，只要一点点钱就好。守护魔法，只要一点点钱……"她用古怪的声音吟唱道。从某种角度看来，那声音听起来甚至有点滑稽。

面对眼前光怪陆离的场景，我简直目瞪口呆，都不知道应该怎么应对了。朱瑞克则冲着她猛挥胳膊，大声呵斥道："滚开，你这个女巫！"

那老妇人笑了笑，把护身符直直举到朱瑞克的面前，对他说道："如果不付钱的话，我也很乐意免费诅咒你们。"

朱瑞克针锋相对地回应道："哈，我们全部人，难道不是已经受过诅咒了吗？"

"噢，你说得对。"她又笑了，笑完之后，就蹒跚着走远了。

朱瑞克那双属于老年人的手，正在不停颤抖。手上凸出的、老人们特有的深色血管，即使用再厚的脂粉，也没办法完全遮住。这时候，我听到他喃喃自语道："上帝谁也不帮，所以，人们重新开始相信魔法了。"

我目送那个向行人们兜售守护魔法，只为赚几个兹罗提吃饭钱的老妇人远去。

"你现在还相信什么呢，朱瑞克？"

"我相信果酱。"

"相信什么？"我惊呆了，怀疑自己是不是听错了词。

"如果我马上就要死了的话，至少让我在死前，能够有些果酱陪葬。"朱瑞克十分伤感地低吟出了这句话后，便抛下不知道该如何回话的我，径自离去了。

我看着他逐渐走远，人还处在惊讶的状态，没办法再走上去多问他些什么了。

过了好几分钟之后，我才弄明白朱瑞克最后说的那些话是什么意思——在前去找西蒙的路上，我碰到了疯子鲁宾斯坦，他正站在一张公告旁手舞足蹈，嘴里嚷着："用蜂蜜可以逮到熊，用果酱可以逮到犹太人！"

他看起来比以前还要脏得多，隔着十米远，都能闻到他身上的臭味。因为天热，他只穿了内衣和鞋子，不过，就算只穿这些，情况也未见得有多大改善。在他身边，围了一大群人，似乎正在看他的疯人表演，以此取乐。显然，鲁宾斯坦在现在这个时局下，仍旧混得很不错。

直到那时，我还不知道为什么所有人都提到果酱。然后，我开始读起疯子旁边贴着的那张公告来。

公　告

我在此谨向大众发起通知，所有符合当局要求，需要搬迁的人们，若能自愿在今年 7 月 29、30 和 31 日到本局进行登记，承诺搬迁，每人都将得到 3 公斤面包和 1 公斤果酱，作为奖励。

犹太安全保卫局局长　谨致

1942 年 7 月 29 日　华沙

每个人都能分到整整一公斤果酱！

我们中的大部分人，恐怕有好几年都没见过一次这么多果酱了。

朱瑞克甚至打算用这些果酱来陪葬。

"刽子手的果酱，真是美味极了！"鲁宾斯坦一边高声喊叫，一边做出从一个并不存在的大果酱罐子里舔舐果酱的滑稽样子。看他那动作，跟上次威胁朱瑞克给他果酱吃时一模一样。唯一的区别只是，他这次并没有真吃到果酱。

"嘻，谁能想得到啊！"疯子继续哇哇大叫，听他说了这么多话，我仍旧没办法搞清楚，他究竟是真疯，还是智慧超群。"谁想得到，大家从搬迁的第一天开始，就都过上跟以前一样的好日子啦！"

听到这话，几个围观的路人哈哈大笑。

鲁宾斯坦再次喊起他那句大家已经听惯了的箴言："人人平等！人人平等！"

喊完之后，他开怀大笑，疯得不能再疯。那些围观的路人，本身也已经接近崩溃边缘，半疯不疯地，跟着他一起大笑起来。我觉察到，这整个犹太人居住区——虽然速度很慢，却很明显地在步入癫狂。

所有人都在开怀大笑，我却感到十分愤怒。因为我看出来了，鲁宾斯坦才不是什么智者。他完全就是个疯子。

我们绝不是人人平等。犹太人不可能跟德国人一样。即使是犹太人之间，也彼此不同。

所以，这一切都只是疯子的妄语罢了。

正准备转身离开时，那个疯子却远远认出了我，他对我喊道："小家伙，你打算去哪里？我还以为，你是打算过来跟我再学一课的，不是吗？"

我完全不想接他的话——我已经不是那种有足够闲暇时间，可以跟他你来我往讲笑话的人了。现在，我必须快点去找我那个身份高贵的哥哥，让他给我们搞点吃的。

所以，我没有理会鲁宾斯坦，而是加快了脚步，横穿犹太人居住区，走过一条又一条街道，打算尽快到达犹太人警察局。在某一次拐弯的时候，我听到有人正在大声喊道："他们要清洗孤儿院了！他们要清洗孤儿院了！"

The big move

大搬迁

米拉街上足足有一万名犹太人，

沐浴在九月温暖的阳光下，

一步一步，缓缓走向那道由德国人建造的闸门。

队伍走得很慢，很慢，

因为在闸门那里，纳粹和工厂主们需要通过标记牌来判断，

人们接下来应该走哪个方向。

其中一扇门意味着死亡，另一扇门则意味着生存。

21

那个大声喊叫的人是谁，我完全没有兴趣去了解，也并没有打算要
走近他，去询问一下他所指的究竟是哪间孤儿院——我没有做这些平时
或许会去做的事，而是选择了快步跑开。因为跑得太快，我一路撞上了
不少人，甚至还在拐弯的时候，一不小心撞倒了一位老妇人。那个老人
摔倒在大街上，开始哭了起来，但我也没有停下脚步——我根本就不在
乎，因为，现在有更重要的事要做——我要改道去科扎克的孤儿院。

现在去科扎克的孤儿院，显然不是什么好主意。如果他的孤儿院
正在被清洗的话，因为我的年纪看起来很小，很可能也会被当作是孤儿
院里住着的孩子，被运往东部地区——尽管有这样的危险，我也毫不在
乎。因为，我只想快点去到丹尼尔的身边，看到他，确定他安然无恙。
毕竟，科扎克那些住在海外的资助人们，已经筹措了足够多的资金，或
许，不止能把科扎克一个人从纳粹的魔爪下救出来，还能把孩子们也一
起救出来。

跑到孤儿院时，我已经累得喘不上气来了。四下一看，却并没有发
现有警察或者军队出没的迹象。这是不是意味着，我已经来晚了……

不要啊！虽然没有人在，但千万不要是这个结果！

孩子们肯定还没被送往临时集合点。

丹尼尔肯定不在集合点！

在走向孤儿院大门前，我反反复复地在心里念叨着上面的话。每走
一步，我的步速都会变得更慢一点。此时此刻，我的心里有种难以言明
的恐惧，害怕自己在打开门之后，一个人都看不见，只能看到一些翻倒

在地的家具、摔得粉碎的碗碟，还有丢得到处都是的儿童玩具……或许还能看到一个被扯开了线的泰迪熊，里面的填充物都露了出来，像个受了致命伤的小生命一样。

我在心里不停给自己催眠，希望自己能够相信，丹尼尔此时就在孤儿院里，而不是在临时集合点那儿。但是，我心里的恐惧，仍旧比希望要大得多。

我用颤抖不止的手抓住门把手，慢慢打开那扇吱吱嘎嘎响的孤儿院大门。当大门不再吱吱嘎嘎响时，我听见了……

……我什么也没听见！

孤儿院里一片死寂。

死寂，就像是人全都死绝了一样——在经历此刻之前，我还从来不知道，"死寂"这个词，竟然会这么恐怖。

我深吸了一口气，屏住呼吸，心里抱着不切实际的期待——或许，是因为我刚才跑得太快，喘气不停，呼吸的声音盖过了屋子里的响动，才导致暂时听不见任何声音的。然而，当我屏住呼吸之后，却还是什么声音都听不见。我十分绝望地长呼一口气，甚至打算直接把那扇门关上，跑到大街上坐下，开始放声哭泣。就在这时候，我听到屋子里传来一个年轻男孩的声音："啊，她就快死了。"

我赶紧推门进去，三步并作两步地跑上楼。果然，屋子里至少还剩下两个孩子。其中的一个女孩，估计正躺在地板上，濒临死亡——莫非，这里还有更多的孩子在，只是藏起来了，不想被其他人看见？或许，他们是跟丹尼尔在一起？

继续往里走，循着刚才的声音，我推开了大厅的门。出乎意料，我看到孤儿院所有的孩子们都背对着我，像是着了迷似的，盯着一处临时搭建的室内剧舞台，看得正起劲。负责上课的老师们，也站在孩子们身边。还有科扎克。还有丹尼尔！丹尼尔！丹尼尔！

看到这样一幕，我真的开始放声大哭了。

站在我旁边的几个孩子，纷纷转过头来，迷惑不解地看着我。这其中就有上次曾经冲着我吐舌头的、穿红色波点裙的小女孩——她竟然又冲着我吐了吐舌头。我失态了好一会儿，才重新振作起精神，对着她狠狠地把舌头吐了回去。

舞台上，有个小女孩正躺在床上，表演一个因为患上流感行将死去的少女。刚才被我碰巧听见一句台词的男孩，身上穿着犹太教祭司的衣服；黑色的祭衣，白色的圣带，还专门贴了假胡子。在犹太祭司和将死者周围，站着一群身高、年龄各不相同的孩子，他们正在表演向女孩送别的场景。那位犹太祭司说："从此以后，她不需要再承受苦难了，再也不用担惊受怕，再也没有疼痛难熬。她会比以往任何时候过得都好。"

伤心的人们，从祭司的话语中得到了些许安慰；将死的女孩，听到这些话，也安然阖上双眼，进入永远的安眠。这时候，所有围在床榻周围的孩子们，每个人都走近她，在她的脸颊，或者眼帘，或者甚至在嘴唇上亲吻下去，向她做最后的告别——要我说，这帮小家伙里面，肯定有那么一两个小子，很享受这次借表演之利一亲芳泽的机会。

怎样都好吧。在这套哀悼的仪式结束之后，科扎克首先鼓起了掌，然后，现场的所有人都鼓掌了，一时间掌声雷动。丹尼尔比较特殊，他直接走上舞台，当着演员们的面鼓掌，以此来表扬那些参加演出的孩子们。在孤儿院里，他的表扬是具有特别意义的。孩子们做成某件事后，只要得到了丹尼尔的表扬，就会自觉更加努力地去提高技巧，做得更好。

我用衬衣的袖口擦了擦脸上挂着的泪水，穿过不停鼓掌的孩子们，走向我的男朋友。他看见我时，明显吃了一惊。搬迁行动开始之后，我们只在属于我的那间小小的、仿佛是受到某种妥善保护的小房间里见过面，从未在有很多其他人在的公众场合相会过。仔细想想，我们上一次在公众场合见面时，犹太人还不曾像牲畜一样，被人用火车、卡车或者马车运来运去呢——那不过是在十一天以前，却仿佛已经相隔永远了。

丹尼尔还在继续鼓掌，直到演员们第五还是第六次鞠躬谢幕时，才停了下来。科扎克早在前一次谢幕时，就已经停止了鼓掌，转过身来看着我——他看上去似乎又老了好几岁。不过，他的眼神仍旧十分和蔼、友好，他冲着我微笑，并且开口说道："看到你很高兴，米娜。"这句话翻译过来的意思自然是："太好了，你还活着，米娜。"

"您也是。"我客气地回应道。"您也是。"

这时候，一个小女孩突然喊了起来："科扎克博士，科扎克博士！伊莱亚斯 ① 偷拿了我的毛驴布偶！"

这个上门牙和下门牙各缺了一块的女孩，一边大声哭喊，一边跑了过来。

听过她的申诉，科扎克微笑着回应道："嗯，有头蠢驴想要弄一头驴子来玩玩。"

听到这个笑话，女孩不由得破涕为笑了。

科扎克用自己那只苍老的手，握住了女孩的小手，继续说道："好吧，我们现在去会会那两头驴子吧。"说完，他就跟那个女孩走了。

现在，只剩下我跟丹尼尔了。在我们周围，有几个孩子开始收拾桌椅，为稍后的午饭做准备：不需要任何人指挥他们，这些孩子十分清楚自己应该做些什么，他们会主动为自己的小集体做贡献。

"你来这儿做什么？"丹尼尔问道。他的表情犹豫不决，显然是搞不清楚我来这里究竟是一时兴起，还是出于担心。

我也不知道应该怎样回答他。孩子们已经聚到我们周围来了，如果

_____

① Elias。这个名字在发音上和"蠢驴（Esel）"比较相似，和科扎克给女孩讲的笑话，一语双关。

我现在马上对丹尼尔说孤儿院将会被清洗的话，肯定会吓到他们的。况且，我究竟是从谁那里听来这个消息的？其实我自己也并不清楚。没准这只是那些数也数不清的犹太居住区谣言中的一则，我的反应完全过激了。

"去屋顶，我在那儿跟你讲。"我还是决定把前因后果告诉他。

丹尼尔仍旧有些犹豫不决。实际上，帮孩子们收拾桌椅是他此时需要完成的任务。要他马上离去，恐怕不太好办。

"放心，不需要多长时间。"我向他保证道。听到这句话后，他对我点了点头。

在前往屋顶的路上，我仔细考虑了一下，自己应该跟丹尼尔说些什么。如果孤儿院确实会被清洗的话——即便不是今天，也会是不久后的某一天——丹尼尔就不应该再跟这些人待在一起。他应该想办法活下去，应该选择跟我待在一起。但是，他会舍得离开孩子们么？反正，科扎克是肯定不会离开他们的——他早就拒绝了只救他一个人的建议，誓与孩子们共存亡了。而丹尼尔，简直是把这个人当作神明来崇拜。想想看吧，当他实质上的父亲，还有实质上的家庭登上运牲畜的火车时，他怎么可能独自远远逃开呢？我究竟需要用什么方法，才能够说服丹尼尔，让他留在我的身边呢？

对了，我们的爱情。我们之间的爱情，应该比他对科扎克的亲情更加重要，不是吗？

"今天演的这出戏——"打开通往小平台的那扇窗户时，丹尼尔对我说道。"它的名字叫做《告别萨拉》。"

这句话一下子把我从思考中拉回了现实。

"剧本是科扎克写的。他希望孩子们能够提前为死亡做好准备——不应该害怕死亡，而应该将生命的终结，看成是一种解脱，全盘接受。"

这是我所听过的，最最悲伤的事情了。

丹尼尔爬出了窗户，我也跟着他出去了。在属于我们的那个小平台上，正午的阳光，像火焰一般无情照耀、燃烧着。幸亏我们都穿着鞋。否则，如果赤脚踩在那些滚烫的砖块上的话，就能够直接烹制一道咸肉煎蛋来吃了——当然，前提是有人能够给我们提供些鸡蛋。坐在地上显然是不可能的，最好是先从头顶上抽一块木板下来，垫在地上坐。那些是丹尼尔在搬迁行动开始之前的日子里，一点一点搭建起来的——他原本是想为我们的小平台上，造一间遮雨用的简易棚屋。

"说吧，你来这里是为了什么事情？"热浪一阵一阵袭来，几乎要把我们给烤化了。他却还是选择赶快问出这个问题。

"搬来米拉街，和我们一起住吧。"我竟然开口求他了——我为自己说出这些话感到吃惊。不过，丹尼尔却显得并不吃惊。他没有说话，只是盯着我看，那样子，仿佛我是丧失了理智，才会提出这样的要求。

"他们将会清洗所有的孤儿院。"我绝望地解释道。虽然丹尼尔并没有答话，我却已经知道，他的回答将会是什么——我属于这里。我应该跟孩子们在一起，跟科扎克在一起。

丹尼尔也清楚，我已经知道他想要说的话了，所以，他什么也没有说。

"居住区里已经有人在四处呼告了。"我继续说道。"他们说，SS师团的人很快就会过来，把你们全都抓起来。"

我这样说，是为了警告丹尼尔，危险近在眼前。他固然能够为了孩子，舍弃自身的安危，但这却并不意味着，他自己就一定要傻乎乎地去送死。这里的一切都已经失控了，是时候多为自己考虑一点了。

"跟我走吧。"我恳求道。

"你是知道的，我不能跟你走。"

我愤怒地看着他，歇斯底里地回击他道：

"不，我根本就不知道！"我承认，我的要求对丹尼尔而言，确实是有些苛刻了。但是，我的愤怒也不是没有理由——他给我的拒绝，完全没有一丁点儿犹豫，而且，态度还十分客气，简直像是在回答某个陌生人的问题一样。"你告诉我，你跟他们一起去送死，对他们而言，又能带来什么好处？"

"我是站在他们那一边的。"

"这根本算不上是什么回答。"我的态度更加咄咄逼人了。"我的问题是，如果你跟他们一起去送死，对他们而言，又能带来什么好处呢？"

"他们是我的兄弟姐妹啊。他们需要我！"这下可好，就连丹尼尔也生气了。虽然不像我气得这么厉害，但以丹尼尔一贯待人处事的态度来衡量，已经是非常非常生气了。

"我也需要你啊！"

听到这句话，他的怒气瞬间消散了——丹尼尔终于意识到，我此刻是有多么绝望。于是，他走近我，打算紧紧抱住我。不过，在我看来，虽然这分明是个"我会在你身边"的信号，可他刚才所表明的态度，却是始终会守护在孩子们身边，绝对不会和我在一起的。

"不要……"我挡住了他的手，不让他抱住我。

他只得呆呆地站在那里。

"除非，你能够跟我一起走……"

他还是一动不动。

泪水，不知不觉就已经积满了我的眼眶——我可不想让它们随便流下来，于是，我干脆大声冲着丹尼尔吼道："科扎克已经老了！可以安详地面对死亡了。但你还年轻，你不能跟着去死啊！"

他所崇拜的父亲一般的人物，现在已经可以直接去死了——丹尼尔显然不可能同意我的这个观点。不同意也罢，我才不在乎呢。"他没有任何权力，把你拖着陪葬！"

"这是我的决定！"

"我可不要！"

我们互相对望着，僵持着。我的嘴唇在不停颤抖，因为我正用尽全力，努力控制住自己的脸部肌肉，坚决不让眼泪流下来，不在他面前哭泣。

"唉，这确实是你的决定，对吧。"我说话的声音缓和下来，"你还是决定要……"

我本来应该说"决定要献出生命"。

但我还是小声说出了自己内心的愿望："决定要和我在一起。"

哪怕这并非事实。

丹尼尔没有回话。

他的内心，分明正在经受着撕扯一般的煎熬。

但这煎熬却并不太激烈，因为这个决定，对他而言，其实并不太难做。想想看，科扎克几乎等于是从他出生开始，就已经认识他了。孤儿院里大部分的孩子，他也基本都用心照顾了很多年。而我，不过跟他认识了相比之下不算太长的一段时间而已。丹尼尔，科扎克，还有那些孩子，他们是一个两百人的大家庭。而我，只是他的女朋友罢了。对我的爱意，就算再怎么炽烈，大概也不可能比得上他跟他们之间的羁绊吧？

在丹尼尔说出那句"决定还是不和你在一起"之前，在我的眼泪最终决堤之前，我们同时听到了军用卡车的声音。

我们马上跑到小平台的边缘位置，看看下面究竟发生了什么事情。两辆军用卡车，在孤儿院的门口停住了。犹太警察、SS 师团士兵，还有来自乌克兰的那些野兽，一个接一个地从后车厢里跳出来，冲进了孤儿院里。

"我必须回到孩子们身边！"丹尼尔决心已下，没有哪怕一秒钟的迟疑。

说完这句话，他就想马上去到天台的那扇窗户那里，爬进孤儿院内。不过，我挡在了他的面前："别去！那帮家伙没准不会检查这上面的！如果那样的话，我们就不会被抓走了！"

丹尼尔一言不发，双手用力，想要把我推开。但我却使劲抓住他的胳膊不放，并且冲着他的耳朵大声喊道："他们会杀了你的！"

关于这点，即使我不说，他也是知道的。

"我是站在他们那一边的。"他又重复了一遍这句我现在已经恨死了的话。然后，使劲挣脱了我的手，打开了天台的窗户。而我……

我的眼前瞬间一片血红。

是的，此刻，我已经失去了理智，心里反复念叨的只有——丹尼尔不能下去。丹尼尔不能死！

于是，我直接从地上拿起一块还没来得及搭在棚屋上的木板，狠狠地往丹尼尔的后脑勺上打去。

22

过了好一会儿，我才意识到，自己刚刚究竟做了些什么：丹尼尔毫无知觉地躺在我的面前，躺在天台滚烫的石砖地上。他的后脑勺上全都是血。

上帝啊，我是不是一不小心，把他给拍死了？

我走近去，跪在他的身边，想要检查看看，他是否还活着。还好，他还有呼吸。因为丹尼尔还没死，我瞬间觉得十分开心，认为我把他给打晕是个十分正确的选择。这样一来，他就没办法下去，到那些孩子们中间了——他会从这次灾难中幸存下来。当然，前提条件是，德国人不会找到我们。

想到这点，我赶紧把那扇天台窗户给关掉了。关好窗子之后，即使SS师团的人会沿着楼梯走到顶楼，想要找到那些可能会偷偷藏起来的孩子，也不会注意到这里了。

为了保险，我也卧倒在了地上。虽然那些被晒得滚烫的石砖，烫得我皮肤火辣辣地疼，我还是努力爬到了小平台的边缘位置，希望能够暗中观察街上的动静。我原本以为，会看到孩子们和科扎克被他们粗暴地赶出屋子。但是，这样的事儿却并没有发生。德国人和他们的帮凶独自出来了，科扎克不在，孩子们也一个都没出来。

就这样？他们什么都没干就回去了吗？我就这样白白地把丹尼尔给打晕了吗？

这些原本应该是负责清洗的人，什么都没有干，就又出来了。不过，倒是没有任何一个进到那些卡车车厢里，他们全都站在孤儿院的屋子前面，静静等待。士兵们一个接一个地点燃了香烟，开始聊起天来。因为天热，犹太警察纷纷用手擦拭额头上流下的汗水。此时此刻，我什么都不能做，只能待在这儿，静静观察，看看我的哥哥西蒙，是否也在这群犹太警察里面。看了好一会儿之后，我松了一口气——他并不在下面。

我扭过头去，看了一眼丹尼尔。他仍旧躺在那儿，并没有恢复意识。我估计，他大概还会再这么躺好一会儿才会醒来——希望他不会有脑震荡才好。我活这么大，还从来没有打过人。哪里知道，我打的第一个人，却偏偏是丹尼尔。

反正现在也没办法为丹尼尔做些什么，因此，我索性继续躺在屋顶的小平台上，小心隐藏，同时耐心观察下面的动静。犹太警察们看起来个个都已经筋疲力尽了，每个人的表情似乎都很绝望。相比之下，SS师团的人们只是无聊而已，一边聊天，一边四处张望。有个SS师团的人讲了一个笑话，三四个人跟着笑了起来。他们笑起来的样子，十分下流，可见讲的显然不是什么上得了台面的笑话。

该死，他们究竟在等待什么？为什么不直接回去呢？这也太奇怪了吧。德国人如果行为异常，就肯定不会有什么好事。

大约等了一刻钟左右，孤儿院的门再次开启。科扎克出来了，他穿着波兰军队的制服——这是他原来参军时穿过的。他的左右手上，各牵着一个年龄很小的孩子：左手牵着的是个男孩，男孩用另一只手，紧紧地将一只脏兮兮的泰迪熊搂在怀里。右手牵着一个金色头发的小女孩，头发很多，编成了麻花辫子。她的另一只手上拿着一个少了条腿的洋娃娃。女孩正对着洋娃娃说悄悄话——显然，是在安慰那个洋娃娃，让她不要害怕，平静面对接下来将要发生的事情。

在科扎克的身后，有一个年龄稍大些的男孩，跟着他走到了大街上。那个男孩看起来大约十三岁，用双手握着一柄旗杆，撑起了一整面大旗。这面旗是科扎克以前所创造的儿童文学角色——小国王马特一世的专属旗帜。旗面颜色是绿色，其中的一面上，印有一个白底的蓝色大卫王之星。我们每个犹太人都必须佩戴的大卫王之星，是耻辱的象征；而这枚旗帜上的大卫王之星，却是骄傲的符号。

在其他任何一种情况下，现场的士兵们必定会马上把那个举旗的男孩给撕碎。但是，在这里，他们却不能动他分毫。科扎克身上所散发出来的威严，甚至让德国人都肃然起敬。

就这样，每个人都跟在科扎克身后，慢慢从孤儿院里走出来。一会儿工夫，两百个孩子们全部都走出来了。每个人都穿着自己最好的衣服。有些孩子背后，还背着一个小书包，就好像他们现在是要集体出去远足似的。

很明显，科扎克刚才在孤儿院里跟 SS 师团的人们谈判过了，他为孩子们多争取了一些时间，让他们有机会准备好一切，不至于被吼叫着的士兵们强行拖到大街上——要是那样的话，肯定会让孩子们怕得要命。

孤儿们站成了四个纵队，彼此之间都紧紧牵着手，每一队都由一个小队长来带领，走得整整齐齐。最前面走着的是科扎克，他牵着的那个小男孩，现在正用那个脏兮兮的泰迪熊，遮住自己的半张脸；另一只手牵着的金发小女孩，还在跟手上的洋娃娃说话。不止说话，每说一会儿，还会在洋娃娃的脸上亲上一口。

看到这么一番场面，SS 师团的士兵，还有那些犹太警察们都自觉退后了。通常情况下，这些人是会冲着他们大喊大叫，想方设法地把他们尽快往卡车上赶的。如果走得不快的话，他们还会用警棍打人——准确点说，只要他们心情不好，就算你什么都没做错，他们也会打人。

但现在，却没人敢过来驱赶这些小大人们。在科扎克的带领下，孩子们秩序井然，在犹太居住区的正午骄阳照耀之下，一步一步地走在街道上。

小国王马特一世的大旗，正微微迎风飘扬。

这使我想起科扎克写的那本小说。在书中，小国王骄傲地昂着头，一步一步朝着处刑台前进，坦然面对自己将死的命运。

楼下的这些孩子们，此刻是否也想起了那本小说中的情节呢？

不管怎样，他们的头都是高昂着的——我看得一清二楚。

不仅昂着头，他们的嘴里，还唱着同样的一首歌：

> "哪怕风暴将我们彻底吞没，
>
> 我们也要——勇敢地挺直胸膛。"

面对这一幕，有几个犹太警察，甚至当场哭了起来。

听到孩子们的歌声时，我也流下了滚烫的泪水。

23

　　下午稍晚些的时候，丹尼尔终于醒过来了。我感到很害怕，害怕丹尼尔。虽然我很清楚，自己之前所做的事情，肯定是对的。没错，我做得明明很对！不过，丹尼尔会不会也这样看呢？

　　他坐起身来，用手摸了摸自己后脑勺上的伤口——那个伤口现在肯定还疼得要命，但丹尼尔还是努力压制住了疼痛感，面无表情地观察自己摸过伤口的手指，上面沾着他自己的血。

　　就这样呆呆看了好一会儿，他才把目光移向了我。他的眼神出卖了他，我瞬间发现，他其实并不清楚，我之前对他做了些什么。不过，他似乎也并不打算听我说出对自己所做所为的解释，取而代之的是——以完全意料不到的速度，一下子蹦了起来。对于现在后脑受伤、刚刚清醒的状态而言，丹尼尔起得实在是太快了点儿，因此，明显有些站不稳，身体开始东摇西晃。我赶紧走上前去，打算搀扶他。哪里知道，他竟然十分粗鲁地甩开了我的手。我感到震惊，不觉就往旁边后退了一步。

　　丹尼尔努力抖擞精神，走到天台窗户那里，想要把窗户打开，回到那些孩子们的身边。很明显，他完全不知道，在自己被我打晕之后，已经过去了多少个小时了。此时的太阳，已经快要落山，丹尼尔却完全没有发现。

　　"他们已经走了。"我轻声说道。

　　就算我这样说，丹尼尔还是打开了那扇窗户。他大概并没有听到我在说些什么。又或者，他根本就不想再听我说话了。

　　"他们走了。"我又用稍大的声音重复了一遍。接着，为了防止他继续无视我的话语，我补充道："他们……他们现在估计已经上了火车。"

听到这话，丹尼尔不再着急开窗户，而是缓缓转过身来，面朝着我。一开始，他的表情只是略微吃惊。然后，突然之间，他的情绪爆发，恸哭起来，脸上挂满了愤怒的泪水。

"你没有权力这样对我！"

"我……"我结结巴巴地想要告诉他，正是因为他当时的举动，让我别无选择，只好把他打晕了。

"你没有权力这样对我……"

"如果不是我，你现在可能已经死了……"我轻声反驳道。

"我是站在他们一边的！"

"可是，我一个人根本承受不了……"我的声音，小得快要听不见了。

他的双眼里，迸发出仇恨的火花。对他而言，我简直就是将科扎克还有孩子们送上死路的罪魁祸首，SS 师团反而不是。我必须对他负责——因为我的缘故，他必须在整个大家庭都不复存在的情况下，继续生活下去，而不是陪着他们一起去另一个没准更好些的世界；就像科扎克在他那部舞台剧里所描述的一样。

"我爱你。"我对他说道。

这是我第一次，完整地对丹尼尔说这句话。

但是，此时此刻，世界上却再没有比丹尼尔更恨我的人了。

24

我像个梦游者一般，穿行在犹太居住区的大街小巷之中。身边发生了些什么，一概不闻不问。盛夏的炎热，口中的干渴，还有我那被阳光晒得似乎正在燃烧的皮肤——全都无所谓了。我对周遭一切全不在意，甚至连前面街角处，是否正埋伏着一个随时会射杀犹太人的 SS 师团士兵，或者任何足以让我陷入大麻烦的情况，都已经不关心了。我的灵魂已丢失了一大半，只剩下一个显眼的空洞。

当一个人永远失去另一个人的时候，是可以自己察觉得到的。我很清楚这点，因为，我已经永远失去丹尼尔了。

直到走到我们家那栋屋子的大门前时，我才意识到，我此行的目的原本是要去找哥哥西蒙的。我之所以能够意识到这点，是因为我的哥哥，他正从这条街的另一个方向，向着我们家走过来。他的手上拿着一个篮子，里面装满了面包、火腿和奶酪。食物，不过，我却一点食欲都没有，尽管我的身体本身，肯定是饥肠辘辘的了。

"我们得聊一聊。"在大门口碰面后，西蒙恳求我道。

我什么也没有回答。

"我们必须聊一聊！"他重复道。

"你不是已经在说了吗？"我有气无力地回答了他，就势坐在了门口的台阶上。我看到，太阳正从街对面一排房屋的屋顶上消失。夕阳的颜色，红得像火一样。如果可能，我真希望自己能永远迷失在这样一番美丽景致当中，再也不要醒来。

"我们必须得给自己找个藏身处才行。"西蒙急匆匆地对我说道。

我没有答话，只是自顾自地看着天边的火烧云发呆。

"我的天呐，米娜！"西蒙把双手放在我的肩膀上，狠命一拉，直接把我的脸给扭了过来："现在，没有任何人的生命是安全的了。他们将会把所有人都带走，每一个人！"

我闻到他嘴里的烟臭味。他从什么时候开始抽烟了？好吧，反正怎么随便吧。

"他们会搜查每一栋房子，一次又一次，循环往复地搜查，抓人。"

他接着对我说道。"因为，自愿去临时集合点的人不多，没多少人愿意去领那些果酱。所以，他们便威胁我们警察说，如果不能每天带来五个犹太人的话，自己就要被送上火车，运去东部地区了。"

这句话终于引起了我的注意："你……每天都把你的同胞送去送死？"

"除了这样做，我还能怎么办？"西蒙绝望地反问道。

与其苟且偷生，丹尼尔更愿意跟他那些孤儿院的亲友们一起去死，而我的哥哥，却主动把同胞们抓去送死，只为自己苟且偷生。

面临抉择，究竟应该选择成为怎样的人呢？

"尽管这样——"他试着为自己辩护道，"我只把自己不认识的陌生人送上火车。"

他说这句话，是个什么意思呢？带陌生人上火车——莫非这样就足以为他的劣行开脱吗？

"有些警察找不到人带走，在极端绝望的情况下，甚至把自己的亲生父母带去了集合点……"

"你说什么？"

"那些混蛋们，是这样说的。"西蒙继续说道，"父母已经活得差不多了，但我自己还有大好未来呢，可不能就这样死掉。"

西蒙称呼自己的同事"混蛋"，搞得自己好像比同事们要崇高得多似的。

"我绝对不会让自己的家人去送死。"西蒙用近乎绝望的声音向我解释道。"你必须得相信我。"

他真的不会把我们领去送死吗？不过，换个角度去想，怀疑自己的亲哥哥会谋害自己，又是否恰当呢？

"你相信我吗，米娜？你相信我吗？"西蒙逼问着我，不停地摇动我的肩膀，弄得我晕头转向。

必须先让他冷静下来，这是当务之急——对于这点，只要我说出他想听的话，就能够办到。

"我相信你。"

听到这话，他马上放开了我，并且，又重申了一遍最开始的主张："所以，我们必须得给自己找个藏身处。"

西蒙想要通过帮助我们逃生的方式来证明，他自己并不是个跟其他同事一样的混蛋。因此，他终于在隔了很长时间之后，再次回到了这里，回到了自己家人身边。以此来减轻心中的负罪感，向自己证明，他其实还是一个好人，只不过是受到邪恶力量的逼迫，被迫去做了坏事而已。

我们一起进了屋，在上楼梯的时候，他对我说道："以后，我每天都会给你们带吃的过来的。我能够搞到不少东西，不止够吃，还能预备好存粮。"

"你有那么多钱吗？"我一开口提问就后悔了。这种问题，根本就不需要问，我自己也能够想到，这些钱是来自哪里：那些绝望的犹太同胞，将自己的积蓄交给西蒙，只为了求他放他们一条生路。

"我结婚了。"西蒙答道。

这句话倒让我完全搞不懂了。

"蕾亚，一个有钱犹太人的女儿。因为娶了他的女儿，他给了我很多钱。多到花不完的钱。"

做一个犹太警察的妻子，就不需要被运走了。换句话说，在犹太居住区里，根本就不存在什么真爱。

进到我们住的公寓里之后，西蒙把装满了食物的篮子放到桌子上。妈妈想要通过拥抱的方式，向西蒙表示感谢，但西蒙却拒绝了她。看起来，他似乎并不想跟妈妈说话，也不希望她对他提什么问题，比如"这些美味的食物都是从哪儿来的"？如果她问了西蒙的话，他或许就不得不对妈妈解释说，她现在有了一个还没见过面的儿媳妇了。

不止妈妈，西蒙也不想跟汉娜讲话，因为，她可能会问他，他每天做警察都在干些什么。毕竟，他既然想要当我们全家的救世主，就不得不对这些关键性问题撒谎，以此来粉饰自己所做的那些肮脏事。与此同时，作为家人，他十分清楚地知道，汉娜是个很聪明的孩子，没准一下子就会揭穿他的谎言，如果那样就麻烦了。

所以，为了避免跟我们讲话，西蒙直接去了厨房。准确点说，他是去了那间小小的食品储藏间——看着那些空空如也的储藏架，很难联想到当年这里满满当当放满了各种各样食物时的盛况。

"这里就是适合你们藏身的地方了！"西蒙说。

"可是，这里太小了，我们甚至不能全部站进来。"我回应道。

"如果我把这些架子都拆掉的话，应该就能站得下了。你们三个人可以一起蹲伏在里面，估计很难被人发现。"

"蹲伏在里面估计不太可能，占的位置太大，最多抱住膝盖，屈脚躲在角落位置。"

"不管什么姿势，反正是可以躲在里面的。"

"德国人如果搜查的话，肯定会打开食品储藏间看一看的啊。"我提意见道。

"不会的，如果准备一些大东西，堵在食品储藏间入口前面的话，如果不仔细找，根本就看不见这个储藏间。"

说完这句话，他就跑进了起居室。我跟在他的身后，一起走到一个巨大的餐具柜前面。这个柜子的柜门玻璃很脏，有一块甚至已经裂开了。隔着玻璃，能够看到里面放着一大堆不怎么干净的餐具，这些都是克拉科夫那家人留下来的。

"如果用这个柜子的话，应该可以挡住储藏间的入口。"西蒙说。"你们需要在每天日出之前，先进到储藏间里躲好。我会过来，用这个柜子堵住入口。日落之后，德国人休息了，我会再回来，把柜子推开，你们就可以出来了。"

"氧气问题怎么办？我们会在储藏间里因为缺氧窒息而死吗？"

"嗯，我会把储藏间的门也拆掉，在柜子和储藏室之间留一条缝。这样，就会有足够的氧气，供你们呼吸的了。"

"如果德国人在这里发现了储藏间拆下的门，还有里面那些架子上的木板，又该怎么办？"我依旧不太相信这整套手法。

"我会找些工具，把它们全都打碎打烂。这样一来，就算有人找到了木头残渣，也不会知道这些原本是什么东西。不仅如此，我还会把碎木头都给拖运到地下室里，他们根本不会联想到，找到的碎木头是来自这间公寓的。"

"如果你晚上不回来推开柜子，我们又该怎么办呢？"

"就算我不来，你们自己也能够推开那个柜子。出来并不是什么难事。实际上，只有在你们全部进到储藏间里，需要有人过来封住入口时，才会需要我在场。"

我还是不太赞成这个方案。因为，首先，我目前其实也并不清楚，弄一个这么复杂的藏身处究竟有没有必要。而且，对于我们全家必须日复一日地躲藏在一处又窄又暗的狭小空间里这件事，我也感到难于接受。除此之外，还有其他各种原因……我左思右想，琢磨得自己肚子都开始疼了起来。

"我们能够把自己的生命托付给你吗？"

"我每天晚上都会给你们送吃的喝的过来。"

"我在问你话呢。"

"除了这样做，你还有什么其他更好的选择吗？"西蒙的反应，反而像是在责怪我顾虑太多、不识抬举了。

确实，我是没有别的什么办法了。但是，我却不肯对西蒙服软，所以便赌气地答道："总归会有些其他办法的。"

"登上那辆火车。"西蒙针锋相对道。"那就是唯一剩下的'其他办法'了。"

我找不到任何可以反驳他的话。但就算这样，我也仍旧很不甘心，不想任他摆布。

"如果有一天，你每天应该带上火车的人数达不到了。"我反问他道，"我怎么知道，你是否会出卖我们全家的藏身地，来保全自己的性命呢？"

听到这话，西蒙瞬间气得火冒三丈："竟然说出这样的话，你这叫相信我吗？"

"也不是不相信你……"

"这样的事情，是绝对不会发生的！"西蒙整个人都气急了。

"谁知道呢，毕竟世事难料。"我继续冷嘲热讽。

"对此，我可以发誓。"西蒙转而用颤抖的声音说道。听到他的话，我有种难以解释的感觉。这句誓言，与其说是说给我听，倒不如说是打算先用来说服自己。不过，我没有继续反驳他了。因为，再反驳下去也没有任何意义。毕竟，我现在确实没有其他办法了。对西蒙而言，我不再多说话，表示我已经彻底信任他了。于是，他松了一口气，开始动手收拾起食品储藏间来。既然这样，我也过去帮他的忙，一起收拾。隔了不知道多久之后，我们兄妹俩又开始一起忙同一件事了。记得上一次，我跟他一起张罗一件事，还是为了给妈妈庆祝四十岁生日：我们一起演了一出家庭剧。剧本是当时刚满十岁的汉娜写的，剧的名字，却是西蒙取的：《没有人能分开我们兄妹，哪怕生活再艰难，哪怕里面有谁变成了傻瓜》。

一语成谶。

我们一起把食物储藏室里的架子一点一点拆开，搬出来，中途没有多说哪怕一句话。西蒙的态度十分坚决，做事很卖力，力图展现自己好的一面。而我，不管手上怎样忙活，心里想着的却始终是丹尼尔。

我救了他的命，关于这点，我认为是确凿无误的。正因为我救了他的命，他就应该继续做我生命的港湾、人生的停靠站才对。然而，我现在却永远失去了这个依靠。过去，丹尼尔一直都是我的港湾，如果没有他，在我爸爸自杀的时候，我恐怕都要放弃人生了。现在，再没有丹尼尔在，我究竟还能够挺多久？挺多久才会完全放弃？没准，我甚至会主动去领一公斤果酱，坐上那辆通往死亡的火车？如果连一个值得托付的人都没有，我的力量，我的生存意志，可以到达哪一步呢？

我们花了几个小时时间，才把食物储藏室处理好。储藏室的房门，还有那些架子，被我们一点一点拆开、劈碎成了木头片，运到了地下室里。还有那个巨大的餐具柜，也被我们一起推到了厨房里。忙完这一切，已经是半夜时分了。直到这时，我跟西蒙才再次开始交谈。

"我今晚可以睡在哪儿？"他问我道。即使是犹太警察，深夜在犹太居住区里走动，也是十分危险的事情。

"就睡我的床垫吧。"我建议道。对于我自己而言，也不想再待在这个曾经和丹尼尔一起享受过温馨浪漫时光的小空间里。对西蒙道晚安后，我去了妈妈的房间，睡在了她的身边。在睡梦中，她翻了个身，用背对着我，继续沉睡。我闭上了眼睛，所有的心思都放在同一个念头上：丹尼尔，他还活着。即便我已经永远失去他了，他却依旧活着。只要有这个念头在，就可以聊以慰藉，哪怕只是一点点而已。

大约几个钟头之后，西蒙过来叫醒了我们。当然，天还是黑的。我们起身，带着些食物和水，进了食品储藏间，在脏兮兮的木地板上蹲坐下来。躺下来是肯定不可能的，因为空间实在是太小了，我们必须把膝盖尽量弯曲，才能勉强坐下来。把我们安置好后，西蒙用餐具柜堵住了储藏间的入口。为了避免蹲在完全的黑暗中会感到害怕，我们点了一支很小的蜡烛——显然，一旦发现有哪怕一点点陌生人进入公寓的迹象，我们就必须马上把蜡烛弄熄。

"我晚上再过来，把你们放出来。"我们听到西蒙在外面对我们说道。"我会带吃的过来的。"

"你真是个好人。"妈妈回应道。

听到这句赞扬，我不禁冷笑了一声。

妈妈和哥哥对我的冷笑，完全无动于衷。

西蒙的脚步声渐渐远去了。这时候，汉娜叹了口气，说道："看起来，现在这里就是我们的新家。作为笼子而言，这里还是很不错的。"

烛光映衬在她悲伤的小脸上，我们"新家"的其余部分，全部笼罩在黑暗之中。

"我会想念能够看到太阳光的日子的。"

我很想安慰一下汉娜，让她能承受住在这又窄又暗小空间里的时光，但此刻的自己，却实在是办不到——我已经失去足以去鼓舞别人的力量了。

不仅如此，在接下来的数周时间里，帮助我从失魂落魄的状态中坚持下来的，也是汉娜。与此同时，在外面，犹太居住区的情况每况愈下——这是每晚过来时，西蒙对我们说的。现在，任何人都不再安全了，不管是工厂里的人，还是犹太人管理局的工作人员。还好，在食品储藏间里，汉娜带着我们逃离现实，到了777座岛屿的世界里。好吧，准确点说，她只把我一个人带去了那里——妈妈再次陷入到了自己的内心世界，开始不停追忆和爸爸在一起时的往事。一开始时，她说个不停。时间一天一天过去，我们在她心里变得越来越不重要。到了在黑暗储藏间里待着的第五天，她终于什么也不说了。

老实说，有时候我还挺羡慕她的。如果让我在纯粹的、和丹尼尔一起的幸福回忆中生活，而不需要时时刻刻提醒自己，自己正蹲坐在一处狭小黑暗的藏身处，随时都有可能被SS师团的人发现的话，日子过得将会是多么美好啊。

在汉娜那 777 座岛屿的世界里，每天都上演着最狂野的剧情。汉娜和胡萝卜船长，还有她最喜欢的男孩——红头发的本一道，四处寻找三块魔镜的下落。只有使用那三块魔镜，才能最终战胜邪恶的镜子大师。根据目前的情报，镜子大师已经控制了 777 座岛屿中的 333 座。他对待自己的敌人们，总是十分残忍，他会把他们放逐到哈哈镜的世界中去。在那里，他们将不得不以变形、滑稽、丑陋的镜中形象，永远痛苦地生活下去。不止敌人，很多完全无辜的人，或者神奇生物，也被迫承受了这种惩罚：其中包括小孩子、活灯笼，还有会唱歌的小独角兽——那个专横的独裁者，他根本没有任何怜悯之心可言。

在前前后后的各种讲述中，汉娜把 777 座岛屿的美丽景致描绘得活灵活现——大海广阔无垠，日落如永恒般壮观，繁花的色彩，充满喜悦活力——这一切都让我魂牵梦绕，希望能够在那里生活。唉，为什么那个如此美好的世界，却并不是现实世界；我们这边的现实世界，为什么不能是假的呢？为什么这整个犹太人居住区，不可以是某个说书人虚构出来的？没准，这个说书人正住在其中一个岛屿上，和一群部落原住民一道，围坐在一堆篝火周围。他讲的这个关于犹太居住区的故事，只是因为当地人想听一个血腥暴力、令人感到毛骨悚然的恐怖睡前故事而已？如果事实真是这样，没准说书人会给我们编出一个美满幸福的结局，让我们在承受了这么多的苦难之后，终于能够快乐地一起生活下去，直到永远。

又或许，美好结局其实并不真实存在——毕竟我们只是被虚构出来的人物，会随着故事结束，完成自己的使命。况且，我们那位说书人，本身也可能是个大坏蛋，不会让我们在这边好受的。

经过好一番周折，汉娜创造的英雄们终于在恐惧之岛遇到了恐惧稻草人——他们希望能从他的手上，偷到第一块魔镜。恐惧稻草人手上拿着魔力强大的稻草护身符。这个护身符，能够让人们看到自己内心最大的恐惧。要知道，人一旦亲眼见识到自己最大的恐惧，通常就会丧失斗志，任人宰割了。

在护身符的作用下，胡萝卜船长看见，自己心爱的旗舰"长耳朵号"在惊涛骇浪中沉没了。狼人则看到自己满口的尖牙，一个一个脱落的过程。不止他们，汉娜，还有红头发的本，也面对了自己最害怕的事情：在汉娜的眼中，红头发的本死了；而在红头发的本眼中，死掉的则是汉娜。在爱人死掉的那一瞬间，这两个孩子明白了同样的一个道理——爱和恐惧之间的距离，竟然是如此接近。

尽管如此，他们却是有史以来，第一次能够成功对抗稻草护身符的人。因为，世界上的有些事情，是稻草人之前根本不曾预料到的——有情人之间所拥有的真爱，比任何一种恐惧都更有力量。

25

某天中午——或者已经是下午了，要知道，伸手不见五指小空间里的生活，很容易让人失去对时间流逝快慢的直观感觉——我突然听到一声咳嗽，声音很轻。

"胡萝卜船长拔出了他的佩剑……"汉娜的故事正讲到这一句。这时候，我又听到了一声咳嗽，声音更近些了。

"……那个骷髅兵大声喊道……"汉娜还在继续讲着。

"嘘。"我让自己的妹妹赶紧噤声。但是，汉娜正讲得起劲，根本没理会我的嘘声，继续讲了下去："腐烂吧，胡萝卜船长！"

"嘘！"我又重复了一遍，同时吹灭了蜡烛。烛光消逝的同时，汉娜像是被人打了一拳似的，瞬间沉默了下来。我们两个开始偷偷倾听，关注外面的动静。不知道妈妈现在是否也在偷听呢？

希望这只是虚惊一场吧。哈，肯定只是虚惊一场。之前也有过几次类似这样的情况。有一次，听到门开的声音，我们推测，外面的房门已经被人打开，有很多人悄悄进到了屋子里面来。可实际上，那个开门的声音，是因为前一天晚上，我们开了一扇窗户，打算通风换气，早上进储藏间时忘了关窗，风从窗户里面吹进来，推开了房门而已。还有其他的一些原因不明的声音，估计是老鼠所为，反正，至今为止都并未造成什么太多麻烦。

又是一声咳嗽声。

我们听到，进厨房的那扇门，被人打开了。

这时候，我听到了自己心脏狂跳的声音。不止自己的，我觉得自己甚至都听见了汉娜的心跳声。一瞬之间，我突然感到十分害怕，担心此刻身在外面的那个人，隔着我们俩的胸腔，还有那个沉重的餐具柜，同样也能听到我们俩的心跳声。那就麻烦了。

脚步声越来越近了。但细听那脚步声，并不像是军靴踩在木地板上的声音。唉，希望外面那人，只是个到处寻找残余食物的流浪汉才好。在这里搜寻一番之后，他就会走掉了。

如果这个流浪汉意外找到了我们，他会为我们保守秘密吗？假以时日，如果他被 SS 师团的人逮住，是否会出卖我们呢？

肯定不会的，不管说与不说，德国人都会把他送去受死。在这种说和不说全无差别的情况下，如果还要出卖别人，那实在是太丧心病狂了。我猜，就算他找到了我们，也肯定不会太当一回事儿，至多找我们讨要一大块面包，在前往集合点送死的路上，能够有东西大嚼特嚼，填饱肚子。

咳嗽声更近了。

听那声音判断，不像是来自老年人，没准是个年轻男人，女人也有可能。不管是男人还是女人，有一点可以确定：这个人肯定是生病了。莫非是丹尼尔？我试图从那咳嗽声的细节里，找到跟丹尼尔的声音相似的地方——那种咳嗽声，听起来像是丹尼尔之前在厨房里偶尔咳嗽时的声音吗？

不不不，一点都不像。这咳嗽声听起来，完全是另外一个人。况且，期待丹尼尔这么快就忘掉对我的恨意，主动跑到家里来找我，这想法也有点太疯狂了。

外面那人究竟会是谁呢？从声音来判断，他或者她，现在正站在餐具柜前面，不再四处走动了。莫非，这个人其实知道，我们藏身在这个柜子后面吗？如果他知道的话，为什么不直接推开柜子呢？没准，他是打算先在这儿守着，等德国人过来，把我们给一网打尽？

汉娜和我吓得连大气都不敢出，只有妈妈淡定自若，呼吸如常。她完完全全地沉浸在自己的世界里了，连我们熄灭了蜡烛，陷入到彻底黑暗之中这件事都没有留意到。或许，我现在应该伸手过去，捂住她的嘴，阻止她一不小心发出声音，造成无可挽回的后果。

"米娜。"突然之间，我听到外面传来一声可怜兮兮的叫喊声。

简直令人感到难以置信。那绝对是女人的声音，而且——这个女人竟然认识我。

"米娜，你在这里吗？"

如果她认识我的话，我肯定也认识她。

她不再喊叫了，但与此同时，餐具柜却晃动了起来。我们的藏身处就这样被人发现了么？那个女人，她会把餐具柜推开吗？

不过，接下来，我们又听到了她坐在地板上的声音。据我估计，她是先用背靠在了餐具柜上，然后，又顺着餐具柜滑坐到了地上。因此，之前餐具柜才会那样晃动。

外面的女人，索性坐在那儿不动了。她不停地咳嗽，却再也不说哪怕一句话。不过，在我的脑海中，刚才那句话的余音，却依旧在不停地回响："米娜，你在这里吗？"刹那之间，我终于想明白，这个声音是属于谁的了——是那个人，她在外面，斜靠着餐具柜，坐在地板上，奄奄一息。

我突然站起身来。本来一直憋着气的汉娜，看到我此时的举动，结结实实吃了一惊。她故意发出十分明显的吸气声，但却什么话都没有说。直到我试着搬开挡住储藏室入口的餐具柜时，小家伙才小声地问我道："你在做什么啊？"我很想回答她，但是，现在却不是如往常一般气呼呼地反问一句"你觉得我在做什么？"的时候。

用尽全身力气，我终于把挡住出入口的餐具柜给推开了少许。这样一来，我就可以通过那被遮住了一半的出入口，勉强挤出去，来到厨房里。外面日光强烈——到现在为止，除了晚上离开藏身处时，能够看到的月光和星光之外，我已经有足足两个礼拜，没有见过太阳光了。适应了好一会儿，我才终于能够睁开眼睛，看清楚我面前坐着的、那个女人的脸。我没有认错——那是露丝。

她形如枯槁，头发被剪光了，衣服也破破烂烂的。这跟她之前在不列颠酒店里的打扮，反差已经大到不能再大了。

我转过身去，对汉娜喊道："没事，一切正常。你可以出来了，注意不要发出太大响动。"

于是，我妹妹也小心翼翼地从储藏间里爬了出来，同样眯眼了好一会儿，才适应了外面明亮刺眼的阳光。她看了一眼露丝，明显被她那憔悴落魄的样子吓了一大跳，但却什么话都没有多说。

露丝慢慢地从地板上站起来，问我们道："你们有什么东西可以吃吗？"

我马上帮她从储藏间里拿来一块面包。进去的时候，我发现妈妈仍旧在那里蹲坐着，一动不动。

汉娜小声问我道："如果现在德国人来了的话，我们应该怎么办？"

"如果德国人来了，你就马上跑回储藏间里，由我来把餐具柜推回去，这样，他们就只会把我一个人带走。"

汉娜对我提的这个办法一点也不满意。不过，如果真出现她所说的那种情况，这也是我唯一能为她做的事情了。

露丝恨不得一口就把那块面包给吞下去了，吃东西的速度实在太快，噎住也是理所应当。她开始不停咳嗽、干呕，吐了些嚼碎的面包糊到厨房的地板上。我赶紧把它们打扫干净了——如果德国人来了的话，这些食物残渣肯定会出卖我们的。

我又去给露丝拿了些水喝，汉娜则回到了储藏间里，帮助妈妈站起身，扶她到外面来待一会儿——虽然妈妈现在对任何现实中的东西都没有太多反应，最喜欢做的事情，就是在又窄又暗的储藏间里一动不动地蹲坐着，即便这样，也应该出来晒晒太阳。汉娜打算把妈妈引到窗边，我看到后，马上警告她，让她小心。万一被街上的人看到我们，就糟糕了。所以，她们俩最终选择站在厨房的正中间位置。汉娜远远看向太阳，现在，太阳对她而言，已经不是每日习以为常的东西了；妈妈却并不去看太阳，而是选择低头注视着地面，发呆。

与此同时，我带着露丝去了隔壁的房间。我想要搞清楚，在她身上究竟发生了些什么，但又不想让汉娜听到。当我向露丝提问后，她却像没听到我说话似的，完全保持沉默。我想，她肯定是经历了一些太过恐怖的事情，恐怖到不打算告诉我了。现在，她又坐到了地上，靠着一面墙，而我，则选择坐在她的身边。露丝不停地咳嗽，不过，仔细听起来，那又不像是人生病时咳嗽的声音——那种声音，听上去就好像要把自己的五脏六腑都给咳出来一样，十分吓人。直觉告诉我，那不是病，而是比疾病还要更可怕得多的某种东西，它正紧拽着露丝，缠着她，不肯放手。

在她终于稍微平复下来，停止咳嗽之后，露丝轻声地对我说道：
"卢雷……"

"你说什么？"我有些吃惊地反问道。

她却直接唱起了一首摇篮曲，以此来回答我。

那真是一首恐怖的摇篮曲。

> 卢雷啊，卢雷，我的儿子……
> 卢雷啊，卢雷，我的儿子……

"这歌词，是什么意思？"我向露丝提问，希望她能跟我解释解释，
这歌词究竟是什么涵义。

> 耀目的、颤抖的炉火，
> 地狱之门，堆得拥挤不堪的尸体……

她是不是疯了？好吧，真是太好了，这么一来，她就是这处宅子
里，继妈妈之后的第二个疯子了。

> 这儿，躺着我的儿子，我可怜的小儿子，
> 他正用那张小嘴，吮吸着自己的小手指头，
> 我怎么能够把你，丢进那火炉当中，
> 啊，你那美丽的，金黄色的头发……

这歌词，无论怎么看，都只有疯子才能唱得出来。如果她再这样
唱下去，会不会把德国人给引过来？像这样一个人，我究竟应不应该冒
险，让她跟我们一起躲进食品储藏间里？但是，如果不让她躲，难道让

我现在就把她送走吗？完全不去在乎我那多年好友露丝的生死——我怎么能够这样冷酷无情？

　　你用那双宁静的眼睛，看向天空

　　眼泪凝聚在眼眶中，哇哇大哭……

　　我再也受不了这首病态的摇篮曲了，只得开口求她道："别唱了，求你了。"

　　儿子啊。到处，到处都是你的鲜血！

　　你才活了三年——只活了短短三年呐……

　　"求你了。"

　　卢雷啊，卢雷，我的儿子

　　你，是你，我的儿子……

　　"马上给我停下来！" 我不得不冲着她大叫了。

　　露丝被我吓了一跳，瞬间安静了下来。

　　我松了口气，见她似乎恢复了理智，便赶紧问她道："这首鬼歌是个什么鬼意思？"

　　"这首歌，是我在特雷布林卡 ① 学会的。"

　　"特雷布林卡？"

　　露丝又是一阵咳嗽，以此作为给我的回答。

―――――――

　　①　Treblinka，臭名昭著的纳粹灭绝营之一。

又等了好一会儿，露丝才再次平复下来，开始跟我说起她所遭遇的事情。早在搬迁行动开始的第二天，她就在一处封锁街区里被人抓住，用运牲口的卡车带走了。车厢是密封的，空气严重不足，在运输过程中，就有很多人因为窒息身亡。卡车车厢的地上堆满了尸体，她的身体极度虚弱，躺在一大堆尸体上，晕睡了过去。

只是想一想都觉得太恐怖了。

"最后，我们到了一个叫做特雷布林卡的地方……"

"那是个做苦力的地方吗？"我问道。

露丝笑了。笑得相当恐怖。笑完之后，她又开始剧烈咳嗽起来。

"那到底是做什么的地方？"虽然隐隐约约觉得，真相会很恐怖，我还是坚持追问了下去。

"在到达之后，所有人都必须脱光衣服。谁的动作不够快，就会被人用鞭子抽打。然后，我们赤身裸体地从一堆堆的尸体旁边走过——尸体很多，应该有几千具，而且很多都已经腐烂发臭了，尸身肿胀、变大，十分吓人。他们用毒气杀人的速度实在太快，尸体来不及焚烧，也来不及大批量掩埋，只能这样简单堆放着。"

我不太能理解这种说法。德国人再怎么有效率，也没办法在毒气卡车里一次毒死一万人吧。怎么可能那么快呢？

"他们会把光着身子的犹太人，一批一批地赶进毒气室……"

毒气室？他们竟然为了高效率杀人，专门建造了毒气室？

"用毒气杀人之后，他们让焚尸炉全力运转，焚烧尽可能多的尸体。烧不完的，就直接埋进大坑里。我们能够看到焚尸炉烟囱升起的烟气，时刻不停地在风中消散，我们在那里呼吸的，也是这种烟气……米娜，我们把死人给吸进去了……数不清的死人！"

露丝又开始咳了起来。

我终于明白了。她会这样咳嗽，是因为她觉得，那些焚烧尸体所产生的灰尘，已经填满了她的两片肺叶。

她想把那些死人灰烬，从自己的身体里咳出来，但却根本没办法做到。不管她怎样用力地咳嗽、喘气，都做不到。实际上，死人并不在她的肺里，而是驻留在她的脑袋里了。永远都不会离去。这些死人里面，也包括科扎克和孩子们。我把丹尼尔从死亡的命运中救了出来，他应该感谢我才是，而不是像现在这样蔑视我。

"这首摇篮曲。"露丝接着说道，"是由一个钟表匠最开始唱起来了——为了纪念他死掉的小儿子。"

德国人竟然会把活生生的小孩儿丢进焚烧炉里，这些怪物，简直比我之前想的还要更加恐怖。不止怪物，他们肯定是恶魔的化身，直接从地狱来到人间的。在现世里，他们扮演着征服者的角色，企图把整个世界，都转化为跟地狱一样恐怖的地方。

"那你……你是怎么幸存下来的呢？"我问道。

"我的运气很好。在特雷布林卡，几乎没有哪个女人能够幸存超过二十四个小时。那些强壮的男人，被抓去做苦工了；他们需要负责掩埋尸体，并将已死之人留下的各种东西归类……但对于女人们，却只剩下唯一一种工作；尤其是，像我这种多少有点姿色的年轻女人。"

即使到了现在，她还对自己的容貌感到骄傲，实际上，这种骄傲已经完全没有必要了。

"在那里，我们为 SS 师团的人提供服务。"

这竟然被她认为是运气很好。

与其让那些野兽糟蹋我的身体，我倒宁愿被直接送进毒气室。不过，话说回来，可能正因为我现在相对安全，才会这样去想。谁知道我在面对成堆的尸体时，想法会不会有天翻地覆的改变？到那时候，我说不定会对像露丝这种、能够通过当妓女而幸存下来的人，怀抱嫉妒之心也说不定。

"整整三天的时间里，我都是洋娃娃的最爱。"露丝接着说道。

"洋娃娃？"

"是个 SS 师团的男人。因为他的脸长得十分精致好看，所以犹太人给他起了个外号，叫做洋娃娃。洋娃娃每天都用枪射杀犹太人取乐，或者干脆用鞭子，直接把人给活活抽死。"

真是够了。够了！我一点也不想再听在这个恐怖地方发生的各种事情了。只有一点，我还是想知道的："你到底是怎么逃出来的呢？"

在我看来，SS 师团的人会把某人从地狱里放出来，简直是太难以置信了。

"施穆尔给集中营长官送了很多钱来赎我，很多很多钱。"

原来，是犹太居住区的流氓头子把她给保出来的。对此，我感到很惊讶，原来露丝对他而言，竟是如此重要。

"我不是跟你说过吗，"她虚弱地一笑，"他是真心爱我的。"

我之前还一直都不敢相信这点。

"但是，你现在为什么没有跟施穆尔在一起呢？"我问。

"他和帮派里的其他五个人，被送进了帕维亚克监狱。"

她又开始咳嗽起来。

露丝咳嗽的声音不小，我在内心里恳求上天保佑，不要让我们被这些咳嗽声出卖，直接送去特雷布林卡。因为，我是绝对没办法，绝对绝对没有办法把我最好的朋友给拒之门外的。

26

就这样，每天白天，露丝也跟我们一道，蹲坐在食品储藏间里了。

空间有限，我们必须缩得更紧——不过半个钟头，我的膝盖就已经疼得厉害了。到了晚上，我们从储藏间里出来时，一开始都没办法直接站立，只能爬行。

露丝还是一直咳嗽，我没办法阻止她咳。不管我好心好意地劝她，还是声色俱厉地警告她，甚至直接冲着她大喊大叫，告诉她，再咳下去就会让我们统统送命，也都一样。是的，我承认，对于她，我完全失去了耐心。这不仅仅是因为我担心咳嗽声会让人听到，而且，每次听到这种咳嗽声，我都会联想到随之而来的一系列场景：一下接一下的鞭打，狂吠的军犬，最后还有毒气室。

卢雷，卢雷……

我们之中唯一一个还没有完全丧失理智，也没有慢慢变疯的人，只有汉娜了。她一直都在继续给我们讲 777 座岛屿的故事——当然，肯定不是连续不断地讲十个小时，但却始终都在断断续续地讲着。有时是半个钟头，有时只讲五分钟，就告一段落。当她讲故事的时候，甚至连露丝的咳嗽声都会停止。汉娜和红头发的本，从天气魔法师那里偷来三块魔镜中的第二块那段，露丝听得简直如痴如醉。与第一块类似，两个小英雄也是用爱的力量战胜天气魔法师的；无论倾盆暴雨、雾气冰雹，还是电闪雷鸣，不管天气魔法师在他们身上使用哪种魔法，这两个人的意志，始终都坚定不移——只有爱情，能够饱经风雨还满不在乎。

露丝在听这段故事时，肯定想到了她的施穆尔。而我，想到的自然是丹尼尔。因为我之前所做下的事情，使他对我的爱意，永永远远地消失了。唉，也不知丹尼尔现在身在何处。他现在还活着吗？

他现在肯定还活着，肯定！

汉娜和本到达了围巾岛。在这里，每个居民都必须系一条围巾，如果不系围巾，就会被吊死。红头发的本没有围巾，因此结结巴巴地感慨道："在这个岛上，我觉得我自己就是一条围巾。"听到这句话，露丝竟然忍不住笑了。

在隔了不知道多长时间没有笑过之后，就连我也跟着笑了。在这个开心时刻，我根本就不在乎，SS 师团的人是否会听到我们的笑声。

27

就跟之前约定好的一样，西蒙每天晚上都会过来看我们。每次见到他来，我都感到十分害怕，怕他抓不到足够份额的犹太人，最后不得不出卖我们的那天到来。

如果真有那么一天，会是怎样的一种形式？没准他不会亲自过来，把我们抓出来，只会给德国士兵们一些暗示，让他们过来找我们。这样一来，在德国人抓住我们的时候，他就不必面对我们。而且，我们到死也不能完全肯定，其实是他把我们出卖给德国人的。

可是，西蒙每天都能抓到足够的犹太人，送去特雷布林卡——这些人，简直是在代替我们前往毒气室送死。

卢雷，卢雷……

这样的疯狂，还会持续多久？到现在为止，已经有成千上万的同胞被谋杀了。犹太人真的会完全灭绝吗？

日复一日，我渐渐感到，我们能够最终幸存下来的机会，越来越渺茫了。就连我自己，甚至也因为神经过敏而开始咳嗽起来，就好像我的两片肺叶里，也早已经塞满了死人之灰似的。

两周半过后，西蒙给藏身处的我们带来了一则消息，让我内心的希望死灰复燃：犹太警察局局长斯彻林斯基被人行刺，目前仍处在生命危险中……而且，是犹太人下手暗杀的。

是的，没错，就是被犹太人。

同胞们在巨大的压力下，开始奋起反抗了。

这还是头一次呢。

在所有犹太警察当中，没有哪一个能像约瑟夫·斯彻林斯基那样，敬忠职守地为死神卖命。这个混蛋早在战争开始很久之前，就已经皈依了天主教，跟犹太人几乎扯不上任何关系了。不过，纳粹对这点显然并不关心，他们同样也把他抓进了犹太人居住区。犹太人就是犹太人，不管是不是信奉天主教，对德国人而言，都是一样。不过，那之后，德国人却被斯彻林斯基优秀的组织才能，还有他对犹太人（即使他自己也是犹太人出身）的深深恨意所折服，让他当了犹太人警察局的局长。他对此感恩戴德，全心全意地执行自己接到的每一个命令。即便在搬迁行动开始之后，也没有丝毫的犹豫——他日复一日地守在临时集合点，亲自演讲，劝说过来的同胞，让足够的人登上那辆一去不返的火车。其余的时间，他都会坐在一辆带遮阳顶的人力车上，手里拿着一根军官短鞭，一边略显无聊地用鞭子轻轻抽打自己的皮靴，一边监督整个运输过程。仿佛对同胞们进行灭绝，是一件麻烦的、官僚主义的繁琐任务似的。

现在，他那辆人力车，终于没人坐了。

"开枪暗杀斯彻林斯基的，也是一个犹太警察。"西蒙有些犹豫不决地接着说道。

我不太清楚，西蒙的犹豫从何而来。他是在为他们的同事当中出了一个敢于谋杀最高官员的人物感到骄傲，但又不想轻易显露出来吗？没准他只是觉得现在的局势更加紧张了，因为，作为犹太警察，现在也必须时刻提防自己的同事，否则，一不小心就可能会被谋杀掉。

"今天早上，刺客去敲了斯彻林斯基家的房门。"西蒙接着说道。"是女佣开的门，然后，那个家伙对她说，他有一封需要亲手交给斯彻林斯基的信件……"

西蒙用"那个家伙"来描述刺客——显而易见，对于这刺客是来自犹太警察这件事，他肯定没有感到丝毫骄傲。

"女佣就去叫了斯彻林斯基，他来到门前，那家伙突然掏出了手枪，摁下扳机，但手枪卡壳了。他马上重新上膛，又开了一枪，子弹打中了斯彻林斯基的脸颊。刺客见斯彻林斯基满脸是血地倒在地上，认为他已经死了，就跳上外面停着的一辆摩托车，呼啸着离开了现场。虽然斯彻林斯基还没有死，但刺客的目的，很可能已经完成了。毕竟，斯彻林斯基现在和死了也没什么两样。"

听到这个消息，简直太振奋人心了。

我很激动，心情很震撼，从某种全新的、到目前为止还从未经历过的角度来讲，我甚至觉得很幸福。

为一次未遂的谋杀尝试感到开心，没准是件不太对的事，但我却是真心这样觉得。在遭受了这么久的苦难之后，终于有人反击了！

"有人知道，那个刺客究竟是谁吗？"我问道。"人们抓住他了吗？"

"目前还没有。"

我更开心了。

西蒙却明显有些闷闷不乐："听说，他也曾经是犹太警察中的一员，在搬迁行动开始之后，就加入了地下组织……"

……这就证明，这个人显然比我哥哥更有良知些。

"你知道他具体是属于哪个地下组织的吗？"我一边问，一边希望哥哥的回答会是"青年卫士运动"——也就是阿摩司所在的那个组织。如果是"青年卫士运动"的话，那么，我跟这次伟大的行动之间，或多或少也有了一些联系。那些反抗暴政的英雄们，我也认识一个——我甚至还跟他接过吻。

"是一个叫做 ZOB 的组织。"西蒙用轻蔑又贬低的语气答道。

"ZOB？"

"犹太人战斗组织。"他恶狠狠地说出了这个词。突然之间，我明白了，实际上，西蒙是跟恶魔之间达成了协议的，以此来保证自己的生命安全。他之前认为，只要能够很好地完成恶魔给出的任务，向外传播足够多的害怕和恐惧之后，自己就不必再害怕了。但现在，恶魔的行为越来越难以估计，只要做事做得不够好，甚至连自己的仆人都会直接送进毒气室。另一方面，以往几乎是任人宰割的牺牲者们那边，现在也变得危险起来，也对他们构成了威胁。想想看吧，一个犹太人，把犹太警察局局长给枪杀了。连局长都保不了自己，像西蒙这样的普通警察，又怎么可能安全呢？

"ZOB 是个总称。"西蒙接着说道，"是由德诺尔、阿奇巴①，还有青年卫士运动这三个青年组织的名字里，各取一个字母组成的。"

青年卫士运动——阿摩司就是这个组织里面的！

"这些混账东西。"西蒙的声音里满是愤怒和恐惧，"会把我们全部人都害死的。"

"什么？"我不太明白他这样讲的原因。

"上面有命令下来，如果这些人杀了哪怕一个德国人，这里的所有犹太人就都会被杀死，一个不留。"

"现在不已经是这种情况了吗？"

"但并不是所有人。"

---

① Akiba，历史上与哈德良皇帝对抗的著名犹太祭司之一，是当时犹太人的精神领袖。

"你难道不知道，在特雷布林卡那里发生的事情吗？"

"我当然知道！"他的声音，因为愤怒而颤抖了。"不过，只要不去刻意刺激德国人，他们就不会杀死所有人。搬迁行动并不会长久执行下去，我们会活下来的。我们有机会成为华沙最后剩下的五万犹太人中的一员，直到战争结束，我们都可以给德国人干活，不至于死掉！"

从他的语气中，可以很清楚地听出来，他不仅仅是对此抱有希望，而是完全坚信不疑。他不信上帝，不信自己的力量，却把希望完全放在了恶魔们许下的赦免状上。就是这样一个人，和他争辩，又有什么意义呢？我决定保持沉默，只在心里偷偷高兴就好——因为，阿摩司此刻正在为我们所有人奋斗呢。不，高兴这个词，已经不足以形容我此刻的心情了。我的心里，满满的都是自豪感。

就在这天深夜，苏联人的飞机第一次飞越了华沙的上空，向市区投掷了炸弹。多么充实的一天！

28

接下来的一周时间，我们那窄小、伸手不见五指的储藏间，变得比以前容易忍受些了：虽然膝盖和脚一天比一天疼，但我的心里，又有了希望。盟军显然不可能允许德国人将屠杀犹太人的暴行永远匿藏。他们将会……不，他们肯定会来帮助我们。没准，他们会派飞机轰炸前往特雷布林卡的铁路线路，这样一来，就不会再有人被送去毒气室了。

每天晚上，当西蒙过来的时候，我都会问他，是否有关于抵抗组织的最新消息。据他所说，抵抗组织的行动越来越多，活动也越来越频繁，这些都令我哥哥感到十分恐慌。现在，ZOB 的人甚至会直接把空房子一把烧掉，避免这些已被谋杀掉的犹太人的财产，落入德国人之手。在西蒙万分懊恼、焦虑地对我大叫"你们千万要小心点，不要让那些人把你们的房子给点着了"时，我感到十分高兴。

仅仅是这些事实，还不足以承载我的喜悦之情。我甚至已经开始想象，自己加入阿摩司组织时的场景。我会跟组织里的其他战士们一起，商讨新的暗杀计划。不止暗杀犹太警察，我们还会直接杀死 SS 师团的人。我会带着一把手枪，去找弗兰肯斯坦，在拔枪时对他说："以犹太民族的名义，为你谋杀数不清的孩子所犯下的罪孽，我在此宣判并执行你的死刑！"然后，我会慢慢欣赏弗兰肯斯坦眼睛里流露出来的恐惧，并且扣动扳机，为这个混蛋的额头位置，送上一枚子弹。德国人也应该领教一下恐惧的滋味，应该跟我们领教得一样多。相比盟军的轰炸机，他们更必须在我们犹太人面前，尝到怕得发抖的恐怖感觉。

我继续想象，想着自己正式成为青年卫士运动的成员，和其他的抵抗者们一起，同吃同睡的画面。我将是他们当中最勇敢的战士之一，不惧死亡，不怕酷刑，一个接一个地设计并执行对抗德国人的任务。我会和阿摩司一起，把犹太警察的根据地夷为平地，向德国人的军用卡车扔出莫洛托夫鸡尾酒炸弹①，甚至直接杀死纳粹的高级军官。阿摩司将会真正弄清楚，我究竟是怎样的一个厉害角色，会为我着迷，离开他之前那个女朋友，我们会更加忘情地深吻，比之前在周末露天集市的那次，还要更加深入、激烈——热情似火。

好吧，这一切就跟汉娜断断续续讲了好久的胡萝卜船长故事一样，只是想象罢了。胡萝卜船长会用佩剑跟发疯了的芭蕾舞舞者决斗，并且冲着他大声喊叫："你这老家伙，可真会惹人生气啊！"

如果真去加入抵抗组织的话，我肯定没办法带妈妈、露丝和汉娜一

---

① 一种简易的土制燃烧弹。

起去。而且，我相当怕死，也更怕德国人在帕维亚克监狱里安排的刑讯室。实际上，我连一点抵抗折磨的力量都没有。纳粹们拿个戒尺，在我光着的脚底板上随便打上那么几下，我就会马上缴械投降，把抵抗组织的全部秘密，还有我所有同志的名字一个不漏地招供出来。没办法，只消在我那被刀刺过的伤口上轻轻打上一拳，我整个人就会痛得瞬间不省人事。

不仅如此，我根本没办法去暗杀什么人，不管对方如何臭名昭著，我都没办法做到。放火烧烧房子，我应该可以完成，没什么问题。但是，如果让我直接用枪杀人，完全不可能，我没那么残忍。也不能说是残忍吧，想要杀人的话，是需要熊熊燃烧的恨意的——恨意要大到足以掩埋对被杀者的全部同情，丝毫不剩。

29

轰炸机再次到访，已经是两个礼拜之后的事情了。听到飞机引擎的轰鸣声，我的小心脏不禁雀跃不止。我站在窗边，亲眼看着华沙市的上空，怎样被轰炸的火光，映成一片血红。看着眼前的这番场景，我一点也不觉得，自己正身处危险当中。苏联人怎么可能轰炸犹太居住区呢？我们可是有着相同的敌人呢。

我希望苏联人能投下更多的炸弹，成百上千，恶魔们应该被炸弹引起的烈火焚烧殆尽才是……就在我这样想着时，有一个炸弹投进了犹太居住区。一开始，我还感到难以置信。这不可能，不应该这样的，这可是我们的同盟军啊！嗯，这显然是个低级错误，飞行员投错了地方，是失误而已。

然后，炸弹接二连三地命中犹太居住区。

我赶紧跑到家人身边，和他们聚在一起。所有人都很无助，不知如何是好。在这种情况下，我们怎样才能保护自己，不被炸弹给炸死呢？跑出屋子显然是不可能的，因为我们现在已经是不存在的人了，不能够让别人看到。

绝望无援之中，我张开双臂，紧紧搂住汉娜，还有妈妈——即便她现在根本就搞不清楚，外面究竟发生了些什么。露丝蜷缩在房间另一角的餐桌底下，仿佛就那么张木头桌子，可以帮她抵御炸弹似的。其实，我们的拥抱也是一回事，除了自我安慰，什么用都没有。

就这样，熬过了漫长的几分钟时间后，飞机终于飞走了，同时也带走了我心中所怀抱的希望。

在这世界上，根本就没有任何人关心我们犹太人的安危。通往特雷布林卡的铁路，并没有被轰炸，我们反而被轰炸了。

9月6日，搬迁行动开始后的第八周，那天，西蒙凌晨五点就已经到我们这里来了。但这次，他并没有把藏身处门口堵着的餐具柜朝一侧推开，而是直接把它向外蛮横地拉开了。一开始，他甚至连一句完整的话都说不出来。我们等了好一会儿，西蒙才稍微冷静了些，结结巴巴地说了一长串古怪的话："所有还居住在犹太居住区的犹太人，必须在今天早晨六点之前，全体到街道上集合。有标记牌的人，可以继续留在这里工作，没有的人，将会被运上火车……"

"标记牌是什么？"我问道。

"就是标记牌啊！"西蒙那态度，搞得好像他早就跟我解释过"标记牌"是什么似的。而我现在却迷迷糊糊的，竟然把这么重要的概念给忘记了——这令他感到十分生气。

"到底什么是标记牌啊？"我继续追问道。这下子，西蒙终于明白过来，我是确实不知道那是什么玩意儿。"标记牌，就是一张黄色的卡片，上面写有一个号码，是由各大工厂，还有犹太人组织限量分发的。由各机构的领导亲自决定谁去谁留。其中包括医院、警察局、犹太人管理局……"

犹太人必须亲自决定，他们当中谁更有生存价值。

纳粹总是在构思一些灭绝人性的计划。而且，每次都一样，会给人们留下少许希望，让人们多少可以看到曙光，有机会成为最后幸存的那四十五万犹太人之一。只要有门路搞到一张标记牌，就可以换回自己的性命了，即使身边的其他同胞们会被运去送死，终究是事不关己，高高挂起。

要不是还有这最后一点微小的希望之光存在，犹太人肯定早就暴动了。然而，现在的情况却是，全部的犹太居住区居民，都在利用这所剩不多的时间，向他们的领导求情、献媚、乞求，只为了得到一张可以暂且偷生的标记牌。

恶魔们知道，怎样在反抗意识觉醒之前，就把它给彻底扑灭。但是，阿摩司这样的人，却并不会上他们的当。

"我没有拿到标记牌。"西蒙哭了起来。"一共两千五百名犹太警察，只有五百张标记牌。"

此时此刻，站在哥哥面前，我不知所措，不知道应该做什么才好。按理说，我应该张开双臂，紧紧拥抱他，安慰他才是。即便这来自亲人的安慰，什么实际作用都起不了，我也应该这样做。但我却根本不想去安慰他。恶魔忠诚的仆人们，亲手把自己的同胞逼入了现在的境地。事到如今，连这些仆人自己，都要被送进毒气室了。我的哥哥，他从一开始就不应该相信恶魔的——没有人应该去相信恶魔，但现在一切都晚了。

"你可以跟我们一起，躲在藏身处里。"我向他建议道。

虽然这样说，但我其实也不清楚，他具体应该怎么躲；储藏间里没有足够的空间，不可能容下我们所有人。必须有一个人离开，躲在房子里才行。如果要躲在房子里的话，我又不知道躲在哪里才算是安全。

"不要！"西蒙拒绝了我的提议。

"不要吗？"我对他的回答感到震惊。

"他们已经给出了最新命令：一旦发现犹太人，无需任何批准，可以就地射杀。"

就地射杀，没准这还比进毒气室要稍微好上那么一点。但是，一想到自己可能会被当场枪毙，我心里还是打了个寒战。

"我会直接向上头申诉的。"西蒙对我说。"那样，德国人就会意识到，我是一个既年轻，又强壮的警察，很有使用价值。没准，即使没有标记牌，我也能够活下去。"

都这样了，他还坚信恶魔们会赦免他。

简直就是个无可救药的傻瓜。

西蒙挺直了腰，深深地吸了一口气，又重重地呼气，然后，就直接离开了屋子，没有跟我们任何人道别。他抛弃了我们，投奔死亡，我完全没办法阻止他。我看着他远去，连一句道别的话都说不出来。既然他已经对我们不再关心了，我也就懒得去管他接下来会如何。现在，我必须仔细考虑，我们接下来应该怎么做才好……看起来，我也用我自己的方式，抛弃了我的亲哥哥。

但是，我现在已经没有时间再去细想，以后我们能够从哪里取得食物了，因为，我突然听到了军靴的声音。

士兵们冲进了楼梯间，一扇一扇踢开每间公寓的门。惊慌失措之下，我把汉娜、露丝和妈妈一个一个地推进了食品储藏间。

"你怎么办？"汉娜从漆黑的门洞里探出头来，焦急地问我道。

"必须有个人把餐具柜扶起来，堵住洞口。"

听到这话，汉娜整个人都战栗了起来。

"没事，别担心，我已经找到了另外一个藏身处。"

"在哪里？"

我其实根本就是在随口安慰安娜，哪知道她会这样细问，只好如实答道："我会找到的。"正当我准备着手把餐具柜扶起来时，汉娜突然喊了一声我的名字："米娜。"

"怎么了？"我问道。

我的妹妹，她猛一下子从储藏间里探出身来，在我的脸颊上深深吻了一口。哎，我真是爱死我妹妹了。

楼下已经传来了士兵们的叫喊声，他们说的似乎是乌克兰语。

我赶紧把餐具柜用力推到储藏间前面，挡好那唯一的出入口。并且不断嘱咐露丝道："记住，不要咳嗽了。看在老天的份上，不要咳了。"

做完这一切后，我赶紧逃出厨房，心里反复问自己，我究竟应该藏到哪里去。最后，我决定直接跑去阁楼——没准我能够从那里爬上屋顶。

哪里知道，我才刚想出门，就听到了士兵们上到我们这一层楼来了的声音。看起来，去屋顶是不指望了。没时间了，我没办法再找地方藏身了。很快，他们就会找到我，然后将我当场击毙。

除非，除非……

脑袋里面猛一激灵，我飞奔到客厅里，抓住一个克拉科夫大家庭遗留下来的大行李箱，打开它，胡乱塞了些四处散放的衣服进去，又马上把箱子给合了起来。这时候，我听到有人粗暴砸门的声音。SS 的人大声喊着德语命令，作为波兰犹太人，我连一句话都没办法听懂，但是，我却能够理解他这些命令的具体含义。

我拿着大箱子，跑到走廊上，正要开门，手里拿着枪的士兵们已经冲了进来。一共是三个人，全是金发，尖下巴，看起来都是二十出头的年纪。迎面看到我，让他们结结实实吃了一惊。

"我刚准备下去集合呢。"我说谎道。

　　乌克兰人完全听不懂我说了些什么。站在我面前的那个士兵，用手枪指了指我。其他两个人马上跟着举起了枪。那架势，仿佛打死一个犹太女人，用一颗子弹还嫌不够似的。

　　我指了指手上拿着的箱子，字正腔圆地将刚刚说过的话又重复了一遍，额头上同时沁出了豆大的汗珠："我刚准备下去集合呢。"

　　三个乌克兰人依旧用枪指着我。看起来，我现在的样子没有任何说服力。如果再不采取什么新的举措，他们恐怕马上就要枪毙我了。要命的是，我完全不知道自己还能做些什么，因为恐惧，我现在整个人都已经快懵掉了。

　　我看到，站在最前面的那个人，已经把手指放在了扳机上。

　　"临时集合点！"情急之下，我惊慌失措地大叫道。"临时集合点！"区区一个词，他们肯定知道是什么意思！

　　果然，最前面的士兵把手指从扳机上放下了，手枪也跟着放了下来，后面的两个人同样跟着照做了——他们听懂我所说的是什么意思了。直到此刻，我才意识到，我全身都在不停发抖，像个筛子似的。现在，我唯一指望的就是，露丝不要突然咳嗽。仔细一听，万幸，什么声音都没有——谢谢你，露丝。

　　士兵们示意我跟着他们走，于是，我就跟他们一道，出了屋子。好吧，我终究还是踏上了前往毒气室的旅程。不过，汉娜、妈妈和露丝总算是可以得救了。

30

　　真是一个美好的早晨。

217

也同样是个恐怖的早晨。

米拉街上足足有一万名犹太人，沐浴在9月温暖的阳光下，一步一步，缓缓走向那道由德国人建造的闸门。队伍走得很慢，很慢，因为在闸门那里，纳粹和工厂主们需要通过标记牌来判断，人们接下来应该走哪个方向。其中一扇门意味着死亡，另一扇门则意味着生存。

这层层叠叠人潮中的每一个人，都因恐惧而显得麻木不仁，简直像是行尸走肉一般。即便是那些拥有标记牌的犹太人也一样。了解德国人行事风格的人都很清楚，他们常常随意变更自己定下来的规则，区区一张由他们给出的标记牌，过不了多久，肯定也会失效，再也保证不了任何人的安全。

两旁的人行道上站着拉脱维亚人、乌克兰人，还有德国人。他们时不时会用警棍或者皮鞭，抽打一下正在缓缓行进的犹太人。这些士兵丝毫不会担心，在这如宗教游行队伍一般的恐怖人流中，会突然出来那么一两个人，勇敢反抗他们的暴行。因为，这里聚集起来的人，都是惊弓之鸟，已经完全丧失了反抗的力量。就在这时，从闸门的方向，我听到一个男人的声音，正在大喊："我不要做苦工！我说过了，我不要做苦工！"

这样的说法，倒令我感到大吃一惊。莫非，这个男人竟然自觉自愿地想要登上一去不返的火车？

"我要跟我的孩子们一起走！"

听完这句话后，我就再也没听见那男人说话的声音了。或许，他的愿望已经被满足了。对纳粹而言，不过是多了一个要被送去毒气室里送死的犹太佬罢了。至于跟不跟他的孩子们在一起，谁在乎呢？

在我旁边走着的，是一个怀里抱着熟睡婴儿的女人。我注意到，在她的脖子上，挂着一张珍贵的标记牌，这就意味着，她是可以幸存下来的。但是，婴儿身上却并没有标记牌。那女人发现我正盯着她看——显然，她也听到了刚刚那个打算跟自己孩子一起进毒气室的男人的喊叫声——便轻声对我说道："以后还可以再要个新孩子的。"

我不太明白这句话是什么意思。

"如果我跟孩子一起死掉的话，就不可能再重新生一个孩子了。"

看起来，她已经做好了准备，要跟自己的孩子分开了——她的理由相当充分，专门为求生而准备，与寻死毫无关系。

我的感觉简直糟透了。

将目光从女人身上移开之后，我开始四处张望，看看是否能在人潮中找到汉娜、妈妈或者是露丝的身影。还好，无论我怎样仔细搜寻，都看不到她们。这样，我的心里仍旧有希望在：虽然我会死掉，但她们却能够继续活下去。不管怎样艰难，但必定能够活下去。

我并没有在人群中找寻我哥哥的身影。毫无疑问，他现在肯定跟我一样，正走在前往临时集合点的路上了。纳粹不可能允许一个没有标记牌的人偷生，那样的情景，我根本想象不出来。在谋杀犹太人这项事业上，他们只会遵守自己亲手定下的游戏规则，不可能为任何人网开一面。

就这样走了大约两个小时之后，我终于来到了分流点。此刻，我的面前站着 SS 师团的军人，但我一点都不紧张，也不害怕。因为，他会给出怎样的决定，我早就已经知道了。我完全没有生存希望的，只感到晕晕沉沉，脚步像灌了铅一般沉重。我甚至都没能看清那个 SS 军人的脸，他也只是默默用手给我指了指方向，让我走那边那扇门——那扇象征着死亡的门。

走进那扇门时，我看到了之前那个打算抛弃自己孩子的女人，她也正在排队，等待审判。SS 的人看过她的标记牌后，她终于可以走属于幸存者的那扇门了。她什么都没说，直接把怀里抱着的婴儿塞给了我。我不得不代替她，带着这个孩子踏上死亡征程。

我还没来得及说一句话，她就已经消失在另外的一道门中了。现在，我面临两个选择，带着一个完全陌生的婴儿上火车，在生命的最后十几个小时时间里，负责守护着它，不管这件事对我而言，有多么困难；又或者，直接把婴儿放在地上，径直离去，士兵们待会儿是用手枪射杀它，还是直接用皮靴踩死，都跟我无关。

我打算成为哪种人呢？

31

我跟其他成百上千人一道，步行前往临时集合点，怀里抱着之前那个婴儿。之前提着的那个蠢笨手提箱，我早就扔掉了——反正里面什么有用的东西都没有。况且，都要进毒气室了，拿什么都没用了。

小家伙在我怀里睡得很香，甚至都没有发现，自己的亲生母亲已经不要它了。那个女人，做出了这样残忍的决定，怎么能够安心活下去呢？她真的坚信，自己可以在战争中幸免于难，未来还能再生下孩子吗？新生下来的孩子，会使她感到宽慰吗？毕竟，她可是把之前的孩子送到毒气室去毒死之后，才换来生存机会的啊！

卢雷，卢雷……

我肯定不会给怀里的婴儿唱这首恐怖的摇篮曲的。

在我思考关于那个女人的种种事情的同时，也让我意识到一个残酷的真相：我永远都不可能成为一名母亲了。并不是因为我现在还年轻，没那个意愿，而是因为我很快就要死了。除了怀里抱着的这个、要跟我一起赴死的婴儿之外，我这辈子恐怕都不再可能怀抱另外一个婴儿了——我自己生下来的小甜心，是绝对不可能存在的了。

这或许就是死亡最坏的一面——没有任何未来可言。

到达集合点之后，我把怀里的婴儿抱得紧紧的，让它贴在我的胸口上。集合点设在犹太居住区的最边缘位置，被一圈高高的围墙单独隔离出来，只有一个很小的入口。我们所有人，都从那个入口被赶进来。因为入口太小，人们不得不互相推搡，混乱至极，有很多人都被揍了。

这里面简直人满为患，到处都坐着绝望的人，身边放着自己仅有的家当。他们当着众人的面，直接蹲下来拉屎撒尿——就算这里有厕所，也肯定没办法供这么多人使用。恶臭味在空气中弥漫，令人恶心、眩晕。如果可能，我真希望自己随身带了一块手帕，可以用来遮住口鼻。很可惜，身上并没有这样的东西。

在这恶劣的环境下，几乎没人还有余裕去关心、安慰其他人。孩子们站在亲生父母身边放声大哭，没有人管；夫妻间彼此坐得老远，也没人在乎。到处都是用小刀或者剃须刀片割脉自杀的死人。这个集合点，即便说它是地狱也不为过。很可惜，这里顶多只是地狱的入口罢了——地狱入口的营地。

人群挤来挤去，把我一直挤到集合点的正中央位置。怀里抱着的婴儿被吵醒了，开始轻声哭泣。希望它不是饿了。

我试着轻轻摇晃它："嘘，一切都会好的……乖乖儿的……一切都会好的……"

简直可笑。如果是科扎克，现在肯定会对小孩子说："你很快就能去一个更好的世界了……"但是，这样的谎言，我根本没办法说出口。

我再也不信上帝了。怎么可能再去信他？这个婴儿、我，还有在场的全部其他人，很快就要白白送死。在死之前，还要被打，被吓，最后还有毒气……

现在想起来，让那三个乌克兰士兵用手枪把我当场击毙，或许还更好一点。刚才在闸门口时，如果我能狠下心来，直接把婴儿杀掉，它也就少受点罪了。现在，小家伙终于又安静了下来，甜甜地进入了梦乡。在地狱里，这简直是个小小的奇迹。我把全部的注意力，都集中在婴儿的身上，观察它一起一伏的呼吸，希望能够以此分散、化解我的恐惧。我试着让自己的呼吸，跟小家伙保持同步。不知道它是个男孩，还是女孩？我不敢去看，害怕动作太大，会把它给吵醒。尽管如此，我却已经决定，在死之前，一定要给这个婴儿取个名字。如果是男孩的话，我会叫它什么呢？

丹尼尔？

阿摩司？

胡萝卜船长？

想到最后那个名字时，我一下子笑出了声。与此同时，脸颊上也流下了两行眼泪——我再也没办法见到汉娜了。

这时候，我看到一位穿白大褂的女医生，在给那些奄奄一息的孩子们喂水喝。虽然是在给其他人喂水，但这个医生自己——从她那干涸、慌乱的眼神来看——估计也是渴得要命。一开始，我还不觉得有什么，但是，过了一会儿，当我仔细看时（之前为汉娜流的眼泪已经风干，看东西清楚了些，头脑也稍微清醒了一点），我才意识到，那个女医生根本不是大发善心，在给孩子们喂水。喝过她喂的液体的孩子，全都直挺挺地倒在了地上，再也没有任何生命迹象，其中一个甚至直接倒在了一大摊尿液里。女医生给孩子们喂的，明显是毒药，是氰化物。

唉，这个女医生，其实算是在温柔地让孩子们长眠，不让他们再在特雷布林卡多受一次折磨。这样想来，她甚至比我之前所想的，还要更加善良。

如果我有机会再遇到她，肯定会求她也给我一份氰化物：为孩子，也为我自己。

我紧紧抱着阿摩司——没错，我已经决定了，要给这个婴儿取名为阿摩司，如果是女孩的话，我就叫她阿玛——逐渐被挤到了集合点的边缘位置。在那里，我重新把注意力集中在了婴儿的呼吸上，通过这个方式，尽可能地让自己远离所受的灾难，让心情平复下来。

最后，我被挤到了墙边。在那里，我发现地上有一块小小的污渍。因为实在太累了，我一屁股坐在了那块污渍上，甚至连旁边堆满了粪便都满不在乎。下午的阳光，十分温暖地照在这里所有人身上，那感觉讽刺极了。

小家伙又开始哭闹了起来。不管我怎么摇晃它，哄它，它都不愿意安静下来。估计它已经意识到，我不是它的亲生母亲了吧。不仅如此，它的肚子肯定也饿了。

在我旁边，坐着一个面黄肌瘦的男人，年纪应该不会超过三十岁。他正坐在一摊尿液里，冲着我咆哮道："赶快想办法让那个拉风箱的玩意儿安静下来，否则，我就直接把它摔死在墙上。"

这个人是认真的。

我赶紧站起来，远远躲开了这个人。与此同时，我还将自己的小手指，轻轻塞进了婴儿的嘴里，成功让小家伙安静了好一会儿。最后，它终于发现，这根手指并不是妈妈的乳头，马上又开始哭闹起来。不仅如此，它的身上开始发臭了，我必须给它换尿布，擦洗干净才行。现在最大的问题是，我应该拿什么给它做尿布，又该去哪里找点稍微干净点儿的水？

婴儿的哭喊声搅得我头晕脑涨，我没办法再将注意力集中在它的呼吸上了。转瞬之间，周遭的各种噪音再度袭来，几乎要把我整个人淹没。我听到有人正在发出恐怖的哀嚎声："我要渴死了，渴死了！"还有绝望的自责声："我为什么要离开他？为什么啊？"以及白费工夫的祷告："以色列啊，你要听；耶和华我们神，是独一的主。①"有人大声

① 原文为希伯来语，出自《申命记 6:4》。

喊着："妈妈！""扎卡利亚，快回答我！请快回答我！""米娜，是你吗？……米娜……米娜！"

米娜？

那是在叫我！

声音是从身后传来的，我转过身，身后站着的，正是阿摩司。他穿着犹太人警察的制服。当然，他并不是警察，不过是装扮成警察的样子，而且——他的脖子上，挂着一张可以救命的标记牌。哈，那肯定是伪造的。不过，阿摩司为什么要冒险来这里呢？如果那张标记牌是真的的话，他为什么还会千辛万苦进到这里来，等着被扔进火车车厢？

"你有孩子了？"阿摩司十分吃惊地问我。

我们现在正站在地狱的入口处。而他，遇到我的第一个问题，竟然是关于我是不是有孩子了？

"这不是我的孩子。"我答道。

他点了点头，不再追问，开始左右张望，观察周围的情况。他是在找可能会逮捕他的士兵吗？还是在找什么其他人呢？

"你来这儿干什么？"我问道。

"来这儿找扎卡利亚。"

扎卡利亚，就是那个用匕首把我的胳膊刺伤的人。这么说，他也到这个大牢笼里来了。

"你打算把他偷运出去吗？"我问他道。与此同时，希望也在我心中死灰复燃：阿摩司肯定也有办法把我给弄出去。噢，不对，我们——还有那个婴儿。

"是的，但我现在已经找不到他了。"阿摩司向我解释道。说完，他就继续四处寻找起他的朋友来。时间一分一秒地过去，他的表情，变得越来越焦急。

"把我也带上吧！"我勇敢地说出了自己的要求。

"我只带了足够支付一个人出去的赎金。"他这样答复道。"因此，我只能把扎卡利亚带到 SS 的人那里，然后离开。"

"可是，你不是还没找到他吗？"我反驳道。

阿摩司有些嫌弃地看了我一眼。看起来，他显然不会为了我，而抛下抵抗组织里的同志。不过，我也不是那么好对付的："别找了，说不定你的那位朋友，现在已经上了火车了。"

"你又不知道！"

"你也同样不知道啊！而且，你在这里待着的时间越长，不仅救不到你的朋友，甚至连你自己都要被送进毒气室了！"

阿摩司当然也清楚这点，他的内心开始有些动摇了。

"你必须赶快离开这里。"我继续怂恿他道。

他没有再反驳我。

"你难道真打算就这样空手离开，连一个人都不救走吗？"

"你说的那'一个人'，就是指你自己吧。"阿摩司略显轻蔑地反问道。他千辛万苦来到这里，是为了救朋友出去，而不是一个他之前吻过一次的、几近萍水相逢的女孩。

"你说对了。"

他看着我，没有再说什么。似乎有些迟疑不决——他究竟在迟疑什么？

婴儿开始哇哇大哭起来，声音十分刺耳。

我赶紧伸出双臂，让它离自己远点，不至于把我的耳朵给哭聋。

"对于抵抗组织而言，这笔钱是十分重要的。"

"比一条命还重要吗？"

"你的意思是说，比你的命还重要，对吧？"他稍微修正了一下我提出的问题。

"好吧——那笔钱，比我的命还重要吗？"我顺着他的话说了下去。

"我们可以用这笔钱来买武器。"

"武器，比我的命还重要，是吗？"

阿摩司开始咬起自己的嘴唇，他在思考，想要做个决定。看得出来，他咬得很用力，嘴唇下面都青掉了。最后，他的决定是："好吧，我把你从这儿带出去。"

简直难以置信——我竟然从毒气室死里逃生了。

"不过，那个鬼叫不停的小孩，必须得留在这儿。"

听到这话，我惊恐不安地看了怀里抱着的小家伙一眼。它还在不停哭，哭得脑袋都已经整个涨红了。

"没办法的，我不是说过嘛，钱只够带出去一个人的。"

现在，需要犹豫一番的人换成了我。孩子仍旧在大声哭喊，声音十分悲戚，仿佛知道将会发生什么事一般。

"快跟我来吧。"阿摩司催促道。"在我改变主意之前。"

我想要成为怎样的一个人呢？

一个能够随时保护自己妹妹的人！一个可以继续活下去的人。

主意已定，我开始焦急地寻找那个女医生——她肯定还在附近。我必须找到她，让她送走这个孩子。但是，在这重要时刻，我却找不到她了，哪儿都看不到。没办法，我只好把哭喊不停的婴儿塞到了身边一个女人的怀里，就跟之前她母亲对我做过的一样。那女人大惊失色地问我："这是在干吗？"

"抱着她，等那个女医生过来。然后，找她要一剂氰化物。"

我没有再跟她解释更多，说完这些，我就和阿摩司一道，踏上了逃离地狱的路。

"别走啊！"那女人尖叫起来，迈开脚步，想要追上我们，但我们很快就消失在了茫茫人海中，她再也没办法找到我们了。她的尖叫声，还有婴儿的哭喊声，渐渐离得越来越远，声音也越来越小，很快，我就再也听不到任何声音了。

就这样，我抛弃了一个婴儿。直到最后，我也没有机会去看一下，它究竟是个男孩，还是女孩。

32

门口的 SS 军官收了阿摩司十万兹罗提。十万，这是一条命的价格——我的命的价格。就这样，阿摩司已经救了我两次。

我们出去之后，阿摩司咬嘴唇咬得更凶了；他的下嘴唇已经出血了。

"扎卡利亚的事情，我感到很抱歉。"我安慰他道。

然而，阿摩司却并不接受我的安慰，一言不发，只顾前行。兴许是我的表达方式不对，没有真心实意地去安慰他，没有让他感受到我的歉意。如果我没猜错的话，我们现在正走在回他们组织据点的路上，而这条路，本来应该是在他找到、并且赎回他的同志之后，和那个同志一起走的。况且，我现在内心同样十分痛苦，完全没有余暇去对扎卡利亚的事情表示同情。我把一个婴儿留在了那里，让它等着被人注射氰化物，或者被送进毒气室。活到现在，这是我第一次产生真正的愧疚感。这种愧疚，我一辈子都没办法赎清。

我们俩一言不发地在路上走着，走了好久，阿摩司才开口问道："你现在，是打算要加入我们了？"与其说这是个问题，倒不如说是在向我确认。

即便是之前待在我们家那个黑暗狭窄的小储藏间里时，我也在幻想有朝一日能够加入青年卫士运动，跟阿摩司一起，让这整个世界好好瞧瞧，我们犹太人并不是待宰的羔羊。然而，现实却跟想象大不一样：刚才在集合点，我们全部人都是待宰的羔羊，我也包括在内。我并不是个女战士，也压根儿不想成为女战士，因为，我还有汉娜和妈妈需要守护。

我没有及时回答，阿摩司居然生气了："我们可是为你付了不少钱的！"

"付了不少钱，所以就算是把我的命给买下来了，对吗？"我反唇相讥道。

听到我这样说，阿摩司才意识到，他说得有些太过分了，便又沉默了下来。过了好一会儿，他才平复了情绪，向我认真解释道："你懂吗，向德国人复仇，是我们神圣又光荣的任务。"说这番话时，他的眼睛里，同时迸发出坚定和仇恨的光芒。

我仔细想了想，发现自己心里既不坚定，也没仇恨。我杀不了人，就算是德国人也不可能。"对我而言，最神圣最光荣的任务就是——照顾我的家人们。"我这样回答阿摩司道。

阿摩司无言以对，别过脸去，不再看我了。面前这个男人，连续两次救了我的命，而我，竟然就是这样回报他的。

"我……我感到很抱歉。"我道歉的声音，小得连我自己都听不见。

阿摩司并没有再回答我些什么，他独自离开，把我留在了空空荡荡的大街上。

33

我走进我们的厨房。

餐具柜已经被人推开了。

在那个狭小的食品储藏间里——

露丝。

妈妈。

汉娜。

她们全都瘫倒在地。

死在她们自己的血泊里。

34

我像受了伤的野兽一般，放声哀嚎。不停嚎叫，直到泪流满面。渐渐地，恸哭变成了呜咽。等到泪水哭干，我便呆呆坐在那里，盯着她们的尸体看，看了整整一晚。

仇恨，随之而来。

我太恨了，恨得想要杀人。

想杀死我自己。

35

我没有跟她们在一起，我没有跟她们在一起，没跟她们在一起。我应该跟她们一起死的——我必须跟她们一起死！

我走向了窗边，外面天已经黑了，犹太居住区的路灯，早已不再亮——已经没有人在，又何必再点灯呢？我看到，有一处窗格上的玻璃，微微向外突了出来。在脑海中，我想象自己是怎样把这块玻璃整个敲碎，从满地的玻璃碎片中挑出一块比较大的，用力往自己的动脉上划过去。然后，我会回到食品储藏间里，在她们的尸体里躺下，把已经死透了的汉娜的身体，抱在怀里，陪着她，慢慢地流血，直到死去。

和她在一起，对我而言，看来是唯一正确的事情了。

心意已决，我开始寻找一样合适的东西，打算用它来敲碎那块窗玻璃。或许，应该用餐具柜里放着的那个旧铁锅？要不，厨房门上松动了的门把手？只消用力把它拔出来就可以了。当然，我也可以直接用我的手肘。既然我已经决定要用玻璃片划动脉了，先被玻璃割伤手肘，其实也无所谓。

我摆动手臂，将手肘用力往玻璃上撞去，但它却并没有碎。我又撞了一次，这次更用力了些，但它还是不碎，简直纹丝不动。我的手肘却因为两次撞击，开始火辣辣地疼。没办法，我去到餐具柜那里，拿起那个旧铁锅，回到床边，用尽全身力气，使劲砸那块玻璃。玻璃粉碎了，但碎块全部掉到了街上。唉，我早该想到会是这样。碎块掉到地上，原本不会很响。可是街道上完全寂寥无声，所以声音听起来还是很大。

如果德国人听到这声音，肯定会过来的，他们会发现地上的碎块，然后抬头，看到缺了一块的窗户。然后，他们就会冲进这间公寓，将我射杀掉。

他们应该这样做。

如果是被手枪击毙，甚至比割脉自杀更快些。我会预先进到食品储藏间里，坐在汉娜旁边，等着被杀——这样一来，我就死得跟她们一样了；我早就应该这样死掉。

然而，一个德国人都没有来。

没办法，我又打碎了另外一块更大些的玻璃。因为动作太大，我一不小心，割破了自己的手掌心。手破的那一瞬间，我并没有想到死去的汉娜，或者自杀这档子事，反而赶紧扔掉铁锅，条件反射般地将伤口含在嘴里，不停吮吸，试图止血。血的味道令人作呕，但那吮吸的动作，却让我意识到，自己现在真是渴坏了。

我看了一眼窗户，它已经快被我毁掉一半了。一阵清爽的凉风，透过空洞的窗格，吹拂在我的脸上。现在的夜晚，比上个礼拜更凉快些了——秋天来了，但实际上，属于犹太人的寒冬，早就来临了。

我干脆把窗户全部打开，让更多的新鲜空气进来，仿佛这样能够解渴似的。开窗户时，因为窗户已整个支离破碎，更多的玻璃掉到了街上。即便这样，德国人还是没有来。

我把头探出窗外，打算看一眼那些玻璃碎片，可是，外面实在太黑了，玻璃碎片其实并不好辨认。或许，我现在应该直接跳下去。就跟我父亲之前做过的一样。现在，我总算理解了他的做法，也真正原谅了他。

但是，如果我像他那样，跳楼自杀的话，就没办法跟汉娜死在一起了。

刚才划破的手掌还在流血。我继续吮吸起伤口；口里实在是太干了，已经有整整一天没有喝过水。时间一点点流逝，我觉得自己的意识，渐渐变得不清醒起来。我想死，但同时也想喝水。我的灵魂想死，我的心早就死了，但我那皮包骨头的身体，却希望能够继续活下去。

食品储藏间里应该还有一罐水，如果德国人在开枪时，没有把罐子一起打碎的话，我还可以喝上一口。于是，我便离开了窗边，进到食品储藏室里，面对那三具死掉的躯壳。她们现在看起来十分不真实，仿佛这些被机关枪子弹扯碎了的身体，不再是汉娜、露丝和妈妈了一般。她们的灵魂已经远去了，现在瘫倒在那里的，仅仅是放在一大摊鲜血上的死肉而已。

尸体后面的地上，放着盛满了水的陶罐。漆黑一片的储藏室里，我向前走了一步，想要把罐子取出来。一不小心，竟然踩到了妈妈的胳膊——我赶紧把脚收回来，不再往前，只是呆呆地看着她的尸体。看了好久。

我从没跟她说过，我爱她。

接下来，我的目光转向汉娜曾经待过的、那个已经被扯碎了的、没有灵魂的躯壳。她的死亡，完全没有任何道理，即便她那短短的一生，也是全无意义。

就跟我的一生一样。

我的死也一样。

我弯下腰去，摸到了那个罐子，把它取了过来。在黑暗中，我无法分辨，水里面是否混有鲜血——血可能会溅到水罐里面去。我把水罐放到嘴边，让一点点水滑过自己干涸的嘴唇。这是放陈了的水的味道，但却没有血味。于是，我再次把水罐举高，又喝了一些水：我没有喝太快，以防把自己给噎着。然后，我又喝了一口，接下来又是一口，一口接一口，直到水罐里的水，全部被我喝光为止。

这时候，我终于想清楚了。

阻止我此刻自杀的，并不是干渴——我还是想死，这点是确凿无疑的。不仅如此，想死的意愿，甚至比之前更加强烈。不过，我却不打算简单割开自己的血管，或者跳楼了。我必须以别的方式赴死——完全不同的方式。而且，也不是现在。不是今天。自杀，完全没有任何意义。我的死，必须有点意义才行。只有这样，汉娜的死才会具有意义——包括她的生命，也是一样。

以及我余下的生命。

Born to die

向死而生

我必须以别的方式赴死
——完全不同的方式。
而且，也不是现在。不是今天。
自杀，完全没有任何意义。
我的死，必须有点意义才行。

36

"这些是武器。"埃斯特用手指着一个棕色的旅行袋，公事公办地向我介绍道。旅行袋放在印刷机的残骸旁边；扎卡利亚被 SS 师团的人抓住时，印刷机就被顺道毁掉了。袋子里面放着五把手枪——这是抵抗组织的宝物，也是犹太人的宝贝。但是，对波兰人来说，这种武器却实在是太可笑了。它们全部都是一战时期遗留下来的淘汰货，花大价钱从波兰黑市贩子那里淘回来的。那些黑心的贩子，估计一想到每一把破手枪都卖了一万五千兹罗提，就会病态地窃笑吧。我甚至认为，这些手枪中的一把，乃至好几把，都是从不便说明的地方偷来的。

"你把这些带去给布诺伊尔的小组，位置是卡玛丽卡街。"她对我下令道。"你可以得到手榴弹作为回报。"

"我一个人去吗？"我有些吃惊地问她。

"没错。"

我并不喜欢这样，但也不打算反对她。这是我加入我们小组之后的第一个任务。我终于有机会向他们证明，抵抗组织在临时集合点为我所花的巨款没有白费，我对他们是有用处的了。

我拿起旅行袋，离开了厨房，埃斯特也并没有向我道别。实话实说，她并不怎么看好我，完全不认为我拥有当一个女战士的才能。她怎么想我，我都觉得无所谓。我对什么都无所谓，除了一件事——在没把德国人送到死神那儿去之前，我不想死。德国人对汉娜下了那样的毒手，我想亲眼看到他们被地狱之火焚烧。

正因为此，我一点也不喜欢这送东西的差事。因为把武器从 A 地送到 B 地而死——这可跟我之前所设想的，在一次轰轰烈烈的英勇行动献身大不一样。

出门之前，我有些紧张地把自己的冬装整理好。这套冬装，是我一周之前，从一间废弃了的公寓里找到的：包括一件厚夹克，还有一条男式棉裤。棉裤太大，根本裹不住我细瘦的双腿，因此显得松松垮垮的。整理好衣服后，我打开门，走到大街上，街上一个人都没有。自从两个月之前，搬迁行动结束之后，白天在犹太居住区就看不到任何人了。据我们估计，德国人一共让三万人幸存了下来，另外还有两万人，想尽办法躲了起来。这样算下来，整个犹太居住区里只有九分之一的人存活；九个人里面，仅有一个活了下来。

从德国人那里取得暂时生存权的犹太人，只在大清早时出现在街上。他们要去工厂做那些奴隶般的苦活，或者去华沙市的波兰人居住区，直到傍晚才返回来。其他时间，如果犹太人在大街上遇到 SS 师团的人，不管白天还是深夜，都会被当场击毙。

11 月的冷风，卷着白色的鸟类绒毛，从我的面前呼啸而过，就像是雪一样。这些绒毛飞散得犹太居住区里到处都是，它们之前是填充在枕头或者被褥里的，德国人让他们的犹太奴隶把这些绒毛一点点收集起来，就跟其他许多东西一样，统统放到仓库里，打算稍后变卖掉，为帝国换些资金回来：首饰、家具、乐器……所有东西。这些犹太居住区里的掠尸人，被德国人称作"搜刮者"。

现在，我住在一座正下着绒毛雪的鬼城里。城市里住着的鬼，就是我们犹太人。我们还没有死绝，但是也差不多了。像我们这样的人，全凭仇恨活下去。其他人则依靠奴隶般的劳作，换来一小点面包，还有淡得跟水一样的清汤，赖此生存。任何人都没有希望。德国人虽然终止了搬迁计划，但每个人都很清楚，就连我们这些少得可怜的幸存者，最终也会被杀死的。最多一个月，或者两个月，甚至可能会是明天。

这时，我听到不远处传来汽车的声音，SS 的人正开着车，在犹太居住区的另一侧巡逻，因此，我觉得，应该暂时没有危险。不过，在犹太居住区里觉得自己没有危险，绝对是个错误。

走到街角时，突然有人从身后抓住了我的双肩。我大吃一惊，想要赶紧挣脱开来，但却徒劳无功。虽然能够感觉到袭击我的那个人的粗重呼吸，却没办法看到脸——是德国人吗？还是某个绝望的犹太人呢？我想要得到更多线索，但他却一句话都不说。直到我用脚猛踹他的膝盖，想要让他疼得放开我后，他才破口大骂道：

"你这泼妇！"

但是，他却没有松手，而是把手臂更往前伸，勒住我的胸口，压得我快要喘不上气来了。当我拼命挣扎，想要挣脱那双手，重新呼上气时，无意之间看到了那人的衣袖——我认识这种蓝色的制服，这个人，是一个波兰警察。还好，他不是德国士兵，不会立即杀死我。

我放弃了抵抗，因此，那个波兰人也就稍稍松开了手臂，但仍旧不肯放开我。现在，我又能呼吸了，但胸口却疼得厉害，估计是肋骨被压得裂开了。

"你的旅行袋里，装的是什么？"波兰警察问道。他的口气很重，就好像吃过腐尸肉一样，令人作呕。

说谎是没有任何意义的。光是我一个人，兴许可以突然挣脱他的束缚，然后逃之夭夭。然而，那些我们花大价钱买下来的武器，却没有办法带走了——这是绝对不能允许的。思前想后，我只有一个可能的机会。这个波兰警察，肯定比我更怕死。在他看来，我的命是没有多少价值的——而这点，正是我可以利用的地方。

"我是犹太抵抗组织的人。"我说道。

听到这话，那个口气臭到跟吃了尸体似的人，不禁吸了一口冷气。他对此感到吃惊吗？无论如何，这句话都给了他足够的警示。但是，很可惜，他还是不愿意放开我。

"旅行袋里放着的全是武器，如果我没有把它们按时送到的话，我们的人就会赶过来，把你给杀了。"我用尽可能冷静的口吻接着说道。

这番威胁并非完全是空穴来风。抵抗组织已经对好几个对犹太人造成了重大损失的恶人执行了喋血令，可惜的是，我们至今还没有杀过德国人，对于这点，我感到很遗憾——德国人应该统统倒在他们自己的血泊当中，命丧九泉。就跟妈妈、露丝、汉娜一样……

不止德国人，到目前为止，也没有波兰警察被我们杀死。所以，虽然我的威胁听起来并不像是在开玩笑，实际上也没有太多的说服力——至少不如我此刻期待的那么大。身后的波兰警察会退缩吗？没准他是个十分贪生怕死的人，害怕会超过他的贪欲，迫使他放我离开？或者，他会直接用警棍把我给活活打死，开开心心地抢走旅行袋？

哪里知道，这食尸客选择了不同以上两者的第三个选项。他用警察常用的反手擒拿术，把我的右手反拧到了身后。因为剧痛，我整个人向下蹲了下来。我强忍着不发出任何声音——他所期待的呻吟或者尖叫，我绝不会给他。

"你敢反抗的话，我就马上掰断你那瘦弱的小胳膊！"

他押着我，沿街前行。一会儿工夫，我们走到了犹太银行。犹太银行是由犹太人管理局（是的，他们现在还存在着）负责经营的，在那里，犹太人跟纳粹合作，负责打理他们那些见不得人的肮脏财产。至于犹太银行平日里的安保工作，显然是由这些波兰警察来完成。身后这个警察，对猎捕犹太人没有任何兴趣，我对于他而言，只是个傻瓜而已。实话实说，我也确实是个傻瓜，否则就不会被人反拧着胳膊押着走了。

"帕维尔！"食尸客喊道。"过来帮帮我，帕维尔！"

我看到，从银行所在的那栋建筑物里，走出来了另外一个警察。这是个大块头，蓄着大胡子。看到我，他显得十分惊讶。食尸客忙向他解释道："看这儿，我发现了一小笔横财——哈，我说的可不是这姑娘娃。"

"这娘们儿我用不上，太瘦小了。"大胡子男人回应道——出人意料，他的声音竟然很尖。大胡子一把将旅行袋从我手上扯过去，几乎要把我的手指都给扯断。我疼得咬紧牙关，直喘粗气。

尖嗓大胡子看了一眼袋子里的东西，说道："这些玩意儿，也只有犹太人才会付大价钱买。"·

食尸客把我推倒在地，说道："你回去，跟你那些朋友们说——带二十万兹罗提来，我们就把袋子还给你们。"

我抬起头来看他，这还是我第一次看到他那张令人憎恶的脸，不愧是食尸客，长了一嘴的烂牙。他一边很夸张地笑着，一边对我发令道："快去！"

我赶紧爬起身来，飞也似地跑走了。不过，我只是跑过了街角，到他们看不到的位置，就停了下来。我不能这样回去见埃斯特、阿摩司，还有其他许多同志。不能以一个搞砸了如此简单运输任务的失败者的身份回去，还厚颜无耻地请求组织为此支付更多的钱。所以，我得想办法向他们证明，自己在他们的小组里，是有益无害的。

但是，究竟应该怎么办呢？我绝望地靠在了一栋屋子的外墙上。一阵强风吹过，刮了我满脸的绒毛飞絮。在这些绒毛上，或许曾经枕着某个犹太人的头，伴他安眠，而现在，这个人的尸体，恐怕都已经被烧成灰烬了吧。想到与死亡相关的事情时，我不觉闭上了眼睛，眼前再次出现汉娜倒在血泊中的画面。她再也没办法讲故事了。此时此刻，如果我打算把那些武器重新拿回来的话，必须得靠自己编出一个好故事来才行。

37

　　我站在那里，又等了好一会儿——如果我过早现身的话，特地为那两个波兰人准备好的故事，就没那么可信了。

　　等了大约半小时之后，我走了回去。银行大门的门环已经坏掉了，那是个铸铁制的狮子头，直接掉在门前的地上。因此，我用拳头使劲捶击那扇厚重的木门。大胡子警察给我开了门，在他还没来得及用尖细的声音问我"钱拿来了没？"时，我已经从他身边闪了过去，走到了银行里面。里面很暗，窗户全部都用木条给钉了起来，因为窗玻璃早在很久以前——或许是在搬迁行动时——就已经被人全部打破了，之后再也没有补起来过。在这鬼城一般的犹太居住区里，把坏掉的东西修好，又有什么意义呢？

　　收银处基本是由两个没人值守的柜台组成的。犹太叛徒们装钱和其他财物用的柜子不在这里，而是放在后面某个单独的房间里。装武器的旅行袋，就在面前脏兮兮的地板上。袋子旁边落满尘灰的地上，散放着一堆扑克牌——这两个家伙，刚才估计是坐在武器袋旁打牌来着。他们肯定已经下了不少兹罗提了——不是现金，而是口头预支——预支的当然是那笔将要从我们这些抵抗组织成员那里敲诈来的巨款。

　　食尸客和尖嗓子两个人都很吃惊，因为，我竟然大摇大摆地溜到了银行里面，就好像这家银行是我开的似的。更令他们感到吃惊的是，我居然用十分平淡、冷静的声音对他们说道："你们现在马上把袋子交给我，快点！"

　　"二十万兹罗提呢？"食尸客问。

"你们拿不到了。"

听到这句话，那两个人顿时不知道该怎么接话了。僵持了好几秒钟后，尖嗓大胡子才首先开口，问了一句："你说什么？"

"你们拿不到了。"我笑道。我的态度，就好像是在跟两个不太听得懂大人说话的小孩子讲话似的。

食尸客把皮带上挂着的警棍取下来了。

"你们赶紧把袋子给我，换自己的命吧。"我向他们解释道。我控制住自己的语速，不快，但总算是赶在他的棍子打下来之前，把话说完了。"ZOB 的人已经把银行包围了。如果我五分钟之内，不能拿着袋子出去，我们的人就会直接进来，毙了你们。"

这两个人并不能确定，我究竟是在胡掰，还是认认真真地向他们交代事实。但是，他们肯定也知道，ZOB 的人不久前确实杀死过犹太叛徒，显然也没什么理由会放过波兰警察。

在他们心中的疑惑陡增的同时，我逮准时机，用居高临下的口气又接了一句："所以，你们最好还是快点把袋子给我吧。"就好像我确实有力量左右他们的生死似的。

食尸客并没有照我的话做，他飞也似的跑向窗户，试图从木条的缝隙之间，观察大街上的情况。当然，他一个抵抗组织的战士都没看到——不过，战士们肯定也不会像童话里会说话的兔子一样，傻呆呆地站在银行外面。我正在讲一个故事，就像汉娜经常做的那样；只不过，这次的故事讲得是好是坏，关系到我的生命。

"我什么人也没看见。"食尸客对尖嗓子说道。不过，他也不敢就这样贸贸然地冲出去——如果我所说的是真的的话，估计刚一开门，他就会被当场击毙。

"你们有五分钟。"我一点儿也不退缩，话语声咄咄逼人。"你们最好在那之前，老老实实地把袋子放在门口。"

说完，我转过身去，向着门口走去；我打算马上离开银行，因为，我的演技还没有那么了不起，能够在这里撑上五分钟。但是，我也不能只给这两个警察一分钟。如果那样，时间就太短了，没办法造成煎熬的效果，最终逼他们投降。

就在我握住大门把手，打算出去的时候，食尸客拽住了我的肩膀，说道："你得留在这儿！"

我转过身去，盯着他。现在正是关键时刻，一丁点儿弱点都不能暴露。绝对不能让他看出来，我其实是在说谎。

"你们真打算让我留在这里吗？"我冷静地反问道。双眼直勾勾地盯着他的眼睛看。

"是啊，留在这里当人质！"他的喊声，大得仿佛雷鸣一般。那股难闻的口气，冲我扑面而来，直直地灌进我的鼻腔里。

"而且，我们释放人质的开价是——"尖嗓大胡子补充了一句。"四十万兹罗提。包括你，还有那包手枪一起。"

"好吧。"我的回复很平静。拂开他拽我肩膀的手，重新走回到大厅的中央位置。"那我现在就当你们的人质好了。"

我竟然如此从容地接受了他们的建议，这让他们感到很不放心。

"不过，与此同时。"我补充道。"你们也成了我们的人质。"

听到这话，那两个家伙马上转头看向窗户。当然，除了木条，他们什么也没看到。食尸客回过头来，把手里的警棍举高，大声喊道："如果你们不把钱给我们的话，我现在就让你脑袋开花！"

在我还没成为如现在这般的行尸走肉之前，遇到眼前这种情况，肯定会感到十分害怕。因为，如果我死了，汉娜和妈妈也没办法继续生存下去；同时，也因为过去那个我的生存愿望，本就十分强烈。但现在，作为一具空空如也的躯壳，其实我根本就不能算是活着，要说有什么害怕的事，也只是那些需要被运走的武器而已——那些手枪，它们虽然很旧、很破，甚至有些零件还是坏的，但却是我们所拥有的、最先进的武器了。只要有它们，我们抵抗组织就有机会杀死德国人。杀死五个，或者十个，甚至可能杀死更多。每颗击出的子弹，都能为我们犹太人挣回一些尊严。这些旧手枪，比我的命要有价值得多了。

"如果你们杀了我，你们自己也死定了。"我继续胡掰道。

听到这话，食尸客把原本高举着的警棍，打在了自己手心里。原本是想要起些威慑作用，到头来，却反而增加了他自己的恐惧。尖嗓子的额头上，甚至已经流下了恐惧之汗。即使我实际上并不拥有掌管他们两人生死的力量，他们也害怕极了，因为实在没办法排除掉那种可能性。仅凭故事的力量，以及单纯的想象，我竟然在他们身上成功加诸了实实在在的压力。这些混蛋在我面前感到心慌害怕，还是头一次呢。

这种感觉，实在是太妙了。

在汉娜死后，我头一次感到自己再度充满了活力。而且，还是那种之前从来没有经历过的生命力，那感觉，就好像我以前从来就不曾活过。

"你们有孩子吗？"我开口问道。

我真希望这两头野兽有孩子，因为这样一来，他们就会更加怕死。

他们没有答话。这当然意味着，回答是肯定的。

我伸出手，直接命令他们道："给我袋子……"

两个人呆在那里，谁都没有主动过去，把袋子拎起来交给我。

"请快点吧。"我微笑道。

食尸客一言不发地从地上拎起袋子，交给了我。我成功带着武器走出了银行，一个兹罗提都没出。也没有被警棍揍上哪怕一下。

不管怎样的对抗，最后都是恐惧更少的那方获胜。经过这件事之后，我懂得了这个道理。正是因为这个道理，德国人才能赢过我们犹太人。

那只不过是到目前为止罢了。

我们现在可是一点恐惧感都没有了。

因为，我们早就已经死了。

38

当我顺利回到我们小组的根据地时，虽然我自己感觉并不怎么太好，但毕竟还是比之前要更受重视了些；我已经完成了我的第一个任务。

当然，我并没有跟埃斯特、阿摩司，还有其他任何人讲我所经历的事情；他们不需要了解，我在处理这件事的时候，有多么的不小心。我仅仅报告了一句，自己已经把武器交给了另一个战斗小组，埃斯特就跟之前约好的一样，把作为报酬的手榴弹给了我。我把它们藏在根据地里一个相对安全的小角落里。说到根据地——战士们早在搬迁行动开始之前，就已经在那些破败房屋的地下室里，精心搭建好了这个隐蔽的藏身处。扎卡利亚用匕首刺伤我手臂的那次，他们提到的"地下室"，指的就是这里。不过，当时我还不是组织成员，所以并不被允许了解关于它的任何信息。

而现在，这个散发着泥土和汗臭味的根据地，就是我，还有另外十个一同战斗的同志们的家。"战士"这个词，其实描述得并不太贴切，因为我们小组里还没有任何一个人真正跟敌人交手过；处决犹太叛徒，是 ZOB 里其他小组的成员执行的，跟我们基本没有关系。

在根据地里，大家彼此之间很少交谈。在犹太居住区里，我们每一个人都失去了自己挚爱的人。聊这些悲惨事情的细节，又有什么意义呢？这里的每个人，都肩负着各自的命运，只管做好该做的事情就好。夜深人静时，有时能听到同伴们在睡梦中哭泣的声音。有一次，我甚至听到了埃斯特的哭声；即便是像埃斯特那样坚强的人，也不能完全压抑住自己内心的伤痛。

某天夜里，我突然被一阵抽泣声惊醒，睁开眼睛，扫了一眼仅凭一根蜡烛的微弱烛光照亮的根据地。我看到，埃斯特的身体蜷缩成一团，哭声就是从她那里传来。不过，过去拥抱她，安慰她，让她脱离梦魇，却不是我应该做的事情。从噩梦中醒来，只能进入到眼前的现实世界，而这里，岂不同样也是噩梦？况且，就算要安慰，也是阿摩司的事情。每天晚上，他都会躺在她的身边，但却从来不曾互相拥抱。就目前为止我所观察到的情况看，这两个人也不会睡到一起。他们虽然会接吻，但那感觉，一点儿都不热情，甚至可以说是毫无感情。说不定，他们不会在根据地里做这种事情，而是会在某处房子里，但是，我却并不相信会发生这样的事。阿摩司和埃斯特之间的关系，就好像两个因为要执行某项任务而被迫结婚的人似的；彼此之间并不相爱。

虽然我是这样想，但实际上也不过是自己一厢情愿罢了。在波兰集市上，和阿摩司之间创下的那个忘情一吻，没准早在很久以前，另外哪个女孩就已经尝试过了。

除了埃斯特和阿摩司之外，在我们的根据地里有且仅有另外一对情侣：米乔和米瑞安。曼妙窈窕的米瑞安，十八岁大，身材粗壮的米乔，是我们当中最年长的，二十四岁。这两个人，怎么看都不像是一对儿。米乔曾经是泥瓦匠——说得好听点——并不算是个正统知识分子。性感迷人的米瑞安却恰恰相反，不仅聪明伶俐，而且饱览群书。她是我认识的所有人当中，唯一能令我联想到"她将来或许会成为一名大学教授"的人物：可能是教哲学，或者历史，又或医学……一切皆有可能。

米乔像是崇拜偶像一般地爱着米瑞安，对于米乔而言，米瑞安就是活着的全部意义。在他的脑袋里面，想的并不是如何向那些屠夫们复仇，而是怎样向米瑞安献殷勤，怎样为她鼓舞士气，怎样减轻她在犹太居住区里失去了双亲的悲痛。

至于米瑞安嘛……好吧，看起来她确实挺喜欢米乔——谁会不喜欢这个热心肠、淳朴又善良的好人呢？实话实说，她甚至比我们其他人都更喜欢他。不过，喜欢而已，是不是爱呢？在我看来，她显然是不可能爱他的。世界这么大，在外面肯定有大把的好男人，比米乔更配得上这个妙女，毋庸置疑。米瑞安当然也清楚这点，不过，她还是选择和米乔在一起。

他们就这样相处了一段时间，直到迎来那个牵手之夜。

那天晚上，当着根据地众人的面，米乔在米瑞安面前单膝跪下，将一枚造型朴素的金戒指递到了她的眼前。这枚戒指，可不是抢在德国人四处为帝国搜刮财物之前，从某个废弃的公寓里偷拿出来的——实际上，这曾是米乔祖母的戒指，她在死之前，将这枚戒指托付给了自己的孙子。

"你……你愿意……愿意嫁给我吗？"米乔低声问米瑞安道。他实在是太激动，连话都说不利索了。

米瑞安一秒钟都没有犹豫，直接回答他道："是的，我愿意！"

米乔用自己强壮的胳膊搂住了米瑞安，将她紧紧揽入怀中。在场的所有人，集体为他们的结合欢呼。那狂欢场面，简直就像我们已经把德国人赶出了波兰——或者甚至已经赶出了地球一般热闹。我们好久没有这样快乐过了，不停地鼓掌、尖叫。直到米瑞安悄悄跟米乔示意，自己已经快要被他抱到窒息过去时，他才赶紧放开了她。

在我们的根据地里，竟然迎来了如此幸福的时刻，我简直不敢相信这件事会成真。尽管米乔自己恐怕也能够察觉得到，她对他其实没有那种感觉。但是，因为他实在是太爱她了，所以才最终鼓起勇气，向她求婚。不过，米瑞安竟然会答应他，这也太奇怪了——在我看来，他其实是完全配不上她的，小组里的其他人，应该也很清楚。就算米瑞安拒绝，也不会有任何麻烦。

两天后，当我们一起在废弃的住宅里搜寻值钱东西，以便稍后让ZOB接头人员在波兰人的黑市上变卖，然后购买武器时。我终于还是忍不住，开口向米瑞安提了这个我始终都不能理解的问题："米乔向你求婚，你为什么会同意呢？"

听到我的问题，米瑞安笑了，她把面前垂下的一缕发卷理顺，十分坦率地回答我道："除了米乔之外，我再没有其他亲人了。我的父母已经死了，自己很可能也活不长。对于所剩不多的生命，我有两个选择，要么孤独一个人一直到死；要么跟一个虽然我不爱他，但他却挚爱着我的男人结婚。米乔就是那个有幸能够得到我的好男人，有他在，总比没有任何人在强。"

她这样说，我就懂了。不过，如果把我换作她，我肯定不会像她那样来处理。至于米乔，我同样不会和他一样，付出那么多的爱意。等等，没准我已经做到了呢？他爱米瑞安，难道比我之前爱丹尼尔还要更多得多吗？

只有一个地方，能够让我给出和接收爱意，那就是777座岛屿的世界。

这段时间里，几乎每天晚上，当我在根据地里躺下，闭上眼睛，准备睡觉但却没办法睡着的时候，就会想起之前在犹太银行的经历。如果那一天，我没有想到汉娜，还有她给我讲的那些故事的话，脑袋里肯定不可能蹦出对两个警察大讲"抵抗组织战士已经把银行给包围了"故事的点子。尽管汉娜已经死了，但她却救了我的命。

银行事件之前，每当我想起汉娜时，浮现在眼前的都是她那具被机枪扫射得面目全非的尸体。但现在，我已经能看到活生生的汉娜了——是她蹲坐在仅由一根蜡烛照亮的食品储藏间里，给我们讲着故事时的画面。不仅如此，我还能够回忆起她给我们讲的、关于777座岛屿的最后一小段故事。

镜子大师派出了他的帮凶恐怖沙人来杀死天选者。汉娜和长耳朵号的水手们，对正在逼近的危险一无所知——他们此刻正躺在由围巾王一世所统治的围巾岛的沙滩上，悠闲自得地呼呼大睡。当红头发的本、汉娜和胡萝卜船长正在努力比赛打鼾时，狼人则尽忠职守地负责守卫工作。忽然之间，一阵沙雾卷过，悄无声息地化成了一个人形——那正是身体惨白、全无血色的沙人。

狼人吃了一惊。说时迟那时快，在他还没来得及拔出佩剑来的时候，沙人已经把沙砾打进了他的眼睛里。狼人的嘴里不停嘟囔着"我一定要宰了你……"，但他已经做不到了；沙里面有魔法，狼人以站立的姿势，瞬间睡着了，整个人栽倒在地上。

回忆到这部分时，我意识到，在777座岛屿的故事之前，汉娜从来没有讲过这么长的故事。现在，我逐渐把汉娜所讲的这些碎片般的故事，根据她的一贯逻辑，组合在了一起。突然之间，我惊讶地发现，脑海中那个777座岛屿的世界，竟然变得栩栩如真了。

我也不知道为什么会这样，不过，此时的我，却有了一个激动人心的想法：没准我自己也可以在这个世界里任意遨游。这样一来，我就能够再次见到我可爱的妹妹了。

显然，我不能让自己凭空出现在围巾岛上——如果那样的话，这就不再是个好故事了。所以，我在脑海里构筑了这样的情节。当我在一处废弃的犹太居住区住宅里四处搜寻东西时，无意之间，发现了另外一本能够用来前往777座岛屿的古书。这本书，跟汉娜和本之前从跛子书商那里偷来的一模一样。与此同时，跛子书商也到了这间住宅里，想要把我找到的这本书给抢走。和跛子书商一起过来的，还有两个 SS 师团的人，这两个人同样希望得到这本书——德国人不仅打算征服我们此刻所在的世界，甚至还要征服 777 座岛屿的世界。不，没准还有其他一切世界：爱丽丝梦游的那个仙境，维尼熊所在的森林，皮特爵士的世界……对了，还有卓别林《城市之光》的世界——这帮恶魔的贪欲无穷无尽，什么都不会放过。

在 SS 师团的人拔出武器之前，我已经从自己的大衣口袋里拿出了一把枪，对准了眼前这些混蛋。他们胆怯了，开始一步一步往后退。我想要当场击毙他们——绝对必须这样做！然而，我终究还是没能摁下扳机，这是我的幻想世界，我做不到。

我举着枪，命令 SS 师团的人，还有那个跛子书商离开这间住宅。在走出去的时候，书商不停地用最毒辣的话语诅咒我，他说："777 座岛屿的世界就是你的末日。镜子大师将会彻底摧毁掉你的心智，走着瞧吧！"

听到这句话，我不由得放声大笑："哈，我横竖都是个快死的人，怎么可能会怕那个什么镜子大师。"

我翻开那本古书，开始寻找描写围巾岛的那部分。一不小心，我已被卷进了书中，离开了我们现有的世界，直接来到了围巾岛，光脚踩在了沙滩上。狼人已经睡熟，蜷成一团，躺在篝火旁边，而沙人，他正打算用一把紫色的匕首杀死鼾声如雷的汉娜。我立即掏出手枪，朝着天空开了一枪。枪声把沙人吓了一跳，惊慌失措之下，他把匕首掉到了地上。

汉娜、红头发的本，还有胡萝卜船长都被那声响亮刺耳的枪声给吓了一跳。只有狼人，因为眼睛中了睡沙的缘故，睡得还是很熟。沙人呆呆地望着我的手枪，脸色比刚才还要更加苍白，突然，他用低沉、哀怨的声音问我道："这是哪种魔法烟火，我怎么从来没有听说过？"

"这种魔法很特别，如果你不马上消失的话，我就用它把你打个粉碎！"

听到这话，不消一秒钟功夫，沙人就把自己变回一团沙雾，消失在大海上了。

"米娜？"汉娜有些不敢相信地问了我一句，用手擦了擦自己的眼睛。"米娜，真的是你吗？"

"不是我还是谁？"我笑道。

我可爱的妹妹向我飞奔过来，把我抱啊、抱啊、抱个没完。而我，当然也紧紧拥抱了她。我实在是太幸福了。至少在这里，我能够救回汉娜的性命。

39

在 1943 年 1 月 8 日这天，德国军人开始在犹太居住区里进行彻底清洗，企图把我们全部消灭。外面的温度是零下二十度，大街上积满了厚厚的雪。阿摩司、埃斯特，还有我，我们早早就站在了没有暖气的厨房间里——那台我们一连花了好几天时间维修的印刷机前，印刷一份传单。在这份传单里，我们向居住区里的全体犹太人呼吁，让大家不要向德国人屈服，誓死抵抗。说得更准确点，埃斯特和阿摩司正在负责印刷工作，而我则不停摩擦双手，试图取暖。就在这时候，莫迪凯·阿涅莱维奇 ① 突然冲了进来。我们全部人都吃了一惊，这位 ZOB 的领袖人物，从来不会在未经通知的情况下过来拜访我们。而且，我们马上发现，今

---

① Mordechai Anielewicz，史实人物，华沙犹太区起义领导人之一，犹太人传奇英雄。

天，他那张窄瘦的脸庞看上去十分苍白，毫无血色。在通常情况下，这个男人是十分冷静的，无论什么大事都不能使他惊慌失措。他可是抵抗组织里面资格最老的大约二十个人中的一个，负责组织我们这些战士，指挥我们执行任务，鼓舞我们的士气，使我们认识到自己的伟大之处，变得稳重成熟，远超我们的实际年龄——莫迪凯十分善于演讲，他的演说，能够让我们踏踏实实地相信，用我们手上的老旧武器，确实能够做成一些事，为犹太民族赢回一些已经失去太多的尊严来。

虽然要负责指挥我们，莫迪凯却根本不需要穿制服来显示自己的身份。他每天穿的就是一条破破烂烂的灯笼裤，还有一件灰色的夹克衫。相比我们其他人，他的精力明显旺盛许多——甚至比埃斯特还厉害。就算是埃斯特，我也一直感到很好奇，她究竟得有多忙，忙到只能在睡着了之后，才有机会哭一会儿。

"你来这儿做什么？"埃斯特问莫迪凯。

我根本就不敢跟莫迪凯搭话。即便他对待我们所有人都是一视同仁，面对这样一个男人，我还是不敢简单认为，他跟我之间，确实是完全平等的。

埃斯特却不一样，她不仅是少数几个能够领导战斗小组的女人之一，而且，她跟莫迪凯早在战争开始之前就已经认识了；他们俩以前也都是青年卫士运动的成员，一起去湖边——甚至海边参加过夏季集训，为了稍后在巴勒斯坦英国托管区进行地下活动做准备。

在还没有抵抗组织存在的那个时期，这两个人是不是曾经在一起过？现在，抵抗组织对于他们而言，已经比任何其他东西都重要了。或许，甚至比爱情还要重要？

"我这儿有一个新任务。"莫迪凯直截了当地向我们说道。"最新得到的消息，德国人已经封锁了这边的好几条街道了。"

这句话对我们而言，无疑是个晴天霹雳。根据之前的信息，SS 师团的人目前正在华沙市的波兰人居住区里四处搜寻躲藏起来的犹太人。
由此推断，他们短时间内大概都会专注于此，不会在犹太人居住区内有
什么新的动作。换句话说，我们以为自己还有一些时间，可以把大部分
能够动员起来的人都动员起来。

"按照德国人的说法，有工作许可的人，都是可以活命的。不过，
这个陷阱已经没有人再去跳了——所有人都躲起来了。"

现在，已经没有人会疯到再去相信德国人，还有他们的许诺了。

"德国人正在彻底搜查每一栋房屋。一旦找到人，就直接送去集合
点。如果反抗，或者只是走得稍微慢点的话，直接枪毙。"

"你现在打算怎么办？"埃斯特问道。她比我更快意识到，莫迪凯
绝对不仅仅是过来给我们汇报一则最新消息的。我们是战斗小组，是首
先会被动员起来的人。莫迪凯·阿涅莱维奇心里已经有打算了，而且，
他希望能够尽快实行他的计划。

"马上拿起你们的武器。"

"你说什么？"出于惊讶，我忍不住开口问了一句。

埃斯特用责备的眼神狠狠瞪了我一眼。我立即噤声了。

莫迪凯向我们解释道："我们需要混入被赶往集合点的人群当中。
一旦我发出信号，就马上拿出武器，举枪射击。"

对于这个计划，阿摩司意志坚决地点了点头。

埃斯特平静地说了一句："我去通知其他人。"

我……我什么也没做，只是呆呆地站在那里。

马萨达要塞的传说，马上要降临到我的身上了。

我今天就会死。

被人杀死。

我感到十分害怕。

不过，当我们小组的全部成员在印刷机旁集合时，我还是努力掩饰好了自己的恐惧之心。这时，莫迪凯问了一句："谁打算跟我一起走？"

所有人都举手了。我也一样。这句话并不是真在提问，而是在鼓舞士气，提醒大家做好准备，要跟德国人正面开战了。莫迪凯的问题，跟民族荣耀感紧密相关，我们必须参与进来。对此，我只有一个愿望：请不要让其他人发现，我举起来的手，正在不停颤抖。

"有一件麻烦事。"埃斯特的话语声很冷静，就好像她现在说的"麻烦事"，是在讨论维修印刷机时发现的某个小故障似的。她怎么能够这样镇定？我们两个不是都没有东西可以失去了吗？我怎么跟她不一样呢？

"什么麻烦？"阿摩司有点不耐烦地问道。面前站着莫迪凯，他都敢表现出不耐烦的样子来，那是因为，阿摩司实在太想参加战斗了。他的战意高昂——领袖那个计划的真正用意，他完全就不在意。好吧，如果这个计划真有一个"真正用意"的话。

"我们只有五把手枪，一个手雷。从布诺伊尔小组那里拿来的其他手雷，全部都不能用。"埃斯特接着说道。

"就算这样，我也要去！"不带武器参加战斗，明显是毫无意义的。所以，我们当中需要选出五个人参与行动——对于这项事实，阿摩司以最快的速度给出了自己的答复。

"我也是。"莫迪凯响应道。他不是那种会把别人推去送死的领袖——他会带头率领他们，用绝对英雄主义的方式自杀。

米乔举起了手，米瑞安也一样。

"不要啊……"米乔求她，但米瑞安的态度很坚决："我的丈夫去哪里，我就跟着他去哪里。"

这样的话，就只剩下一把手枪了。我们小组中还需要再加入一个人就好。按照常理考虑，这个人应该是埃斯特。她是我们小组的头儿。如果我是她的话，都不需要开口表示自己是第五个了，而是直接进入下一个环节："好了，具体计划是怎样的？"

想到这里，我姑且松了口气——从目前的情况看，我不用加入这次战斗了。我还可以继续活下去：无论是几个钟头，还是短短几天。

转眼之间，我又为自己居然产生了这样的想法感到无地自容；同伴们都愿意舍生取义，我却站到了他们的对立面上。不过，我同时也站到了死亡的对立面上。唉，我都已经是行尸走肉了，怎么还想要赖在世间不走呢？莫非，是因为眷恋每晚睡觉之前，能够在脑袋里幻想会说话的兔子，还有汉娜的那少许美好时光？

此时此刻，眼前正是一个绝好的机会，可以在现实当中与历史产生互动和共鸣，进而赋予我跟汉娜的死以意义。可惜，我实在是太懦弱了，没办法像阿摩司、米乔和米瑞安那样毫不犹豫、自告奋勇地报名参加敢死队。现在，他们很快就要和莫迪凯还有埃斯特一道，去参加那场战斗了。

哪里知道，这时莫迪凯突然说道："埃斯特，你留下来。"

"可是……"她想要表示抗议。

"这个战斗小组还要继续下去，它需要你的领导。"莫迪凯用无可置喙的权威语气，打断了埃斯特的申辩。听莫迪凯的口气，他其实很清楚，这次跟他一起去的人，都会牺牲掉。在莫迪凯还没有开口问出"谁还想加入？"之前，我已经高高举起了手——我可不想再像刚才那样，觉得羞愧难当了。

40

我们五人同行，来到了寒冷的大街上。每个人都在夹克衫或者大衣里藏了一把手枪。在阿摩司的坚持下，那枚唯一能用的手榴弹，交给了他保管。

我的武器放在厚夹克衫的内袋里。那块死沉的金属块，隔着毛衣和内衣，压在我的左胸口上。待会儿，我将用右手拔出这柄手枪，射杀德国士兵。

我们走过了好几条街，才碰到一群被SS士兵们驱赶着前往集合点的犹太同胞，人数很多，大约有上百人。这些等待死亡的同胞们的脸上，没有任何表情。求生的渴望，在很久以前就已经消失殆尽了。他们十分顺从服帖地走在德国人为他们安排好的命运之路上。

就这样，我们高举双手，走向人群，让SS的人以为，我们是普普通通的、放弃了生存希望的犹太人。德国士兵看到我们走过来，马上用手势示意我们，赶紧进到赴死的队伍当中去，我们照做了。我不想看那些自己几分钟后就将举枪射杀的士兵们的脸——不想看那些想要杀死我的男人们的样子，所以便将目光投向了地面。

按照之前说好的计划，我们各自走散，分散在了人群当中。莫迪凯走到了前面，阿摩司则留在队伍的差不多正中间位置。我也在中间，但跟阿摩司之间，隔开了几米远的距离。米乔和米瑞安则去到了队伍的末尾处。

我们和赴死的队伍一道，在凛冽寒风中行走。此刻，我的双腿不再像之前独自向着集合点的巨大牢笼前进时那样沉重无力了，而是被紧张感所包裹——很快我就要杀人了，然后就会死掉。太阳穴两侧的血管不停跳动，几乎能够听到血液迅猛流动的声音。那声音使我担心，自己的血管大概马上就要爆开了。

我一边走，一边紧盯着队伍最前方、莫迪凯的动向，希望他赶快发出进攻的信号。我尝试着让自己的动作和表情显得自然点儿，但实际上，样子自不自然完全就无所谓，SS负责羁押的人压根儿就懒得看我们。他们肯定想不到，这帮待宰的牲畜，竟然会对他们的生命构成威胁。到目前为止，已经有数十万计的犹太人被送进了毒气室，却没有任何人一个人奋起抵抗，有什么理由相信这犹太居住区里最后剩下来的几千个居民会有什么不同呢？

当我们走到兹斯卡街和柴门霍夫①街的拐角处时，莫迪凯转头望向阿摩司，对他点了点头。我当即屏住了呼吸——我看到——阿摩司把手伸进了自己的夹克口袋，以迅雷不及掩耳的速度，取出了他的手榴弹，拔掉保险拉环，将它投向了两名德国士兵。在德国人还没有弄清楚发生了什么事情之前——在现场任何一个人都没意识到情况有变之前，手榴弹爆炸了，把 SS 师团的人炸了个粉身碎骨。

巨大的爆炸声把我给吓坏了，虽然已经提前为手榴弹爆炸做好了准备，还是条件反射般地闭起了双眼。在我再次睁开眼睛之后，马上看向阿摩司，发现他正在看着死掉士兵的尸体。就算是他，也需要一些时间，才能确认自己刚刚所做的事情——他成功杀死了 SS 师团的人！

这时候，我听到莫迪凯那边传来了枪声。我顺着声音看过去，看到他已经把手枪握在手中，向着德国士兵开火了——两个德国士兵应声倒在了雪地里。

人群惊慌失措，四下奔逃。现在，阿摩司那边又传来了枪响声。德国士兵开始大喊："那些犹太佬有武器！那些该死的犹太猪有武器！"

在我身后，米乔和米瑞安也开始朝着 SS 师团的人开枪了。

德国人也开火还击了！

"米瑞安！"是米乔的尖叫声。

米瑞安没有回应他的呼唤。

我转过头，朝着他们的方向看去。然而，奔逃的人群挡住了我的

---

①　Zamenhof，此街名是为纪念世界语创始人、波兰籍犹太人柴门霍夫而设。

视线，我既看不见米乔，也看不到米瑞安。然后，我又听到另外几声枪响，还有米乔发出来的惨叫声——德国人也打中他了。

两个人都死了。两个人都死了。两个人都死了……除了这句话在不停回响外，我的脑中一片空白——两个人都死了。

我又将目光移向莫迪凯。他视死如归，手臂伸直，手枪直接瞄向三个士兵，不停射击、射击、射击。子弹用光之后，他干净利落地将手里的枪扔掉，弯腰搜索死掉的 SS 师团士兵的尸体，拿来德国人的枪，继续射击。

到现在为止，我一枪都没有开。甚至都还没把自己的武器拔出来。一旦我那样做了，肯定瞬间就会成为士兵们开枪的目标——他们此刻正慌慌张张地在人群中找寻开枪攻击他们的人。

阿摩司突然哀嚎了一声。

我赶紧望向他——他的手臂受伤了。还好没死。没死！

于是，我也把自己的手枪拔了出来。但是，我却完全不知道应该朝哪儿开枪。在我和德国士兵们之间，是完全绝望、慌张溃逃的犹太同胞们——我可不能打中他们。

我只好跑向路边，那儿横七竖八地躺着几具被莫迪凯射杀的 SS 师团士兵的尸体。他们的血与地上的白雪混融在一起，成了一大摊红酒色的雪泞。在我面前，有个受重伤的年轻士兵正在费力爬行。我搞不清楚他究竟是拉脱维亚人、德国人，还是乌克兰人，不过，他的脸看起来特别稚嫩，就仿佛是天使的脸庞一般。我看见，他的嘴里正在说着些什么，具体意思，我却完全听不懂。他是在求救吗？又或者，是在祈祷些什么呢？

我把自己手中的枪对准了他。他抬头望向我，样子像是在乞求——他不想死。

他为什么会想到要从我这里寻求赦免？他们之前也根本没有赦免过

我们啊。这个混账。长着天使面孔的混账！扣住扳机的手指正在颤抖，我想要开枪——我必须开枪。

那个士兵开始哭了，他在用德语说着些什么，我只听懂了一个人名："玛琳……"

玛琳，就跟拍美国电影的玛琳·黛德丽①的名字一样。这是他女朋友的名字，还是他妻子的名字呢？或许，是他女儿的名字？不过，从他的样子来看，实在是太年轻的，应该没机会成为父亲吧？想到这些，我的手抖得更厉害了。士兵哭得很凶，我用尽全身力气，控制住自己的手指，想要扣下扳机。就在这时，我听到莫迪凯大叫道："米娜，小心后面！"

我转过身，看到一个大块头、强壮如牛的男人正站在离我三米开外的地方，用手枪指着我。

我毫不犹豫地开枪了。

那男人缩成一团，死在了雪地上。

那一瞬间，我觉得自己都要吐了。

莫迪凯过来拍了拍我的肩膀，冲着我的耳朵大喊了一声："快跑啊！"

说时迟那时快，我们俩一起奔跑了起来。受伤的阿摩司也一起跑了起来。这两位男士一边跑，一边不停开枪射杀那些因为极度恐惧而四散逃开的 SS 师团士兵。我们一直跑过了两条街，莫迪凯突然喊道："这儿！快进这栋房子！"

我们马上跑了进去，顺着楼梯往上爬。我快要呼不上气了，阿摩司血流如注，像被抹了脖子的牲口似的——他夹克衫的袖子都已经快要被鲜血浸透了。就算这样，莫迪凯还是不停催促着我们向前奔跑。到屋

---

① Marlene Dietrich，德裔著名美国演员。出生于德国柏林。

顶之后，我们爬过一个木头梯子，从一个墙洞里钻到了另外一栋屋子的屋顶上。原始街道上的通道系统——抵抗组织已经开始在建筑物之间创造这种特殊的逃生秘道了。尽管如此，屋顶却绝非安全的藏身地，因此，我们继续奔跑。进了屋子，从楼梯下去，直到进到一处秘密的地下室里。因为筋疲力尽，我们一进去就瘫倒在了地上，谁也不再多说话。休息了好半天之后，我们三个几乎同时坐了起来。我听见，阿摩司开始笑了——那是种有些歇斯底里的笑声。莫迪凯也跟着笑了起来，声音同样像发了疯一样。我也跟着笑了，眼睛里同时流着泪——为了米瑞安和米乔。

我们三个紧紧拥抱在了一起，悲喜交加。感到悲伤，是因为我们失去了好同志、好朋友。感到高兴，则是因为我们还活着。而且，我们还成功杀死了 SS 师团的人——犹太人杀死了德国人。过去可从来没有发生过这种事情！

41

为了纪念死者，埃斯特在根据地做了一番讲话。这番讲话原本应该是由莫迪凯来做的，她代替了他，是因为莫迪凯此刻正在犹太居住区的另一个区域和 ZOB 的高层见面，商讨目前的最新局势。多亏我们（没错，我们！）那天的行动，德国人从犹太居住区里撤走了。

埃斯特在她简短的演讲中表示，米瑞安和米乔石为了崇高的事业而献出了自己的生命，他们的死将会鼓舞其他犹太人，我们应该为他们感到自豪。埃斯特真的十分会演讲，遣词造句恰如其分，声音冷静又坚定，并没有掺杂进过多的、不必要的悲怆气息。死者们——她这样对我们解释道——并非简简单单死掉而已，他们是烈士，是英雄。而且，即使埃斯特并没有亲口说出，有一点同样也是很清楚的；我们其他这些向德国人开过枪的同志，都是英雄。

在演讲快结束时，埃斯特出乎意料地讲了一段个人回忆。在一次夏季集训时，围着篝火，米瑞安唱过一首十分好听的、悲伤的民谣。所有听过这首歌的孩子，无一例外地流下了眼泪——即使是埃斯特这种年龄比较大的女孩子也一样。当时，她们完全没弄明白为什么要哭，就是情不自禁。

这件事使我感到很吃惊。之前我并不知道，埃斯特和米瑞安竟然早就认识了。但是，就算这样，我也没办法被埃斯特讲的这段故事打动；我并不知道米瑞安拥有一副令人惊艳的歌喉。在我认识她之后的那段时间里，从没听她唱过歌。一次也没有。根据地里的我们，几乎都对同伴们过去的经历完全不了解。

在埃斯特的简短演讲结束之后，我们全部人围坐在一起，开始吃起晚餐份的面包来。说得更确切一点，其他人都在吃，只有我，一点都吃不下去。直到现在，我仍然觉得恶心反胃。因为，我真的杀了一个人。这件事发生得如此之快，我甚至都没看清楚那人长什么样子。在我的记忆中，那个牺牲者（我不知道，称呼一个正打算杀死别人的人"牺牲者"是否恰当）的模样，十分抽象。相比之下，那个长着天使面孔的年轻士兵的样子，却还历历在目；他是怎样向我乞求宽恕，又是怎样不停说着他那位"玛琳"的。不知不觉间，那位天使脸士兵，和那个被我射杀的男人粗壮的身形，渐渐融合在一起，成为了一个人。随着这个男人的形象，在我的脑海中越来越清晰，我的感觉也就越来越糟。这个单纯是幻想出来的男人，同样一直呼唤着"玛琳"。

即便我完全不愿意再去想关于这个男人的事，也没办法控制住自己。我在脑海中不停拷问自己，这个被我杀死的男人，是否有一个会为他的死感到万分悲痛的女友或者妻子，没准还会有一个孩子，需要在没有父亲的情况下，孤零零地长大成人。

一想到这点，我又想吐了。

不过还好，我马上又振作了精神。毕竟，这个被我杀掉的男人，对于由他赶往集合点的那一大群犹太人，是否有自己的爱人，或者是否被人爱着，同样毫不关心。事实情况是——德国人压根儿不把我们当人看待。因为，一旦把我们当人看待的话，他们就没那么容易杀死我们了。所以，如果我真打算跟德国人对抗，就必须同样不把他们当人来对待。我杀掉的那个人，才不是什么牺牲者，而是从地狱里爬出来的恶魔中的一员。要知道，恶魔也是可以长出一张天使面孔来的。

我将那个 SS 师团士兵的面孔从我的脑海中驱逐出去，更换成一个毫无人性的地狱怪兽的丑态。如此这般，终于让我觉得稍微好受了一些——至少，也不能让我再觉得恶心想吐了吧。不过，吃东西这件事，恐怕在很长的一段时间里，我还是没办法做到。

我睡下了，比平常在床垫上躺下的时间要更早一些。那天过后，不知道因为什么原因，我总是感觉十分疲累，一些作为战士而言不该出现的情绪，不断地在我脑海中浮现，软弱、恐惧，或者更糟糕些的——怀疑。我开始怀疑，我们所做的这一切，究竟有没有意义。

在我闭上眼睛之前，又看了一眼角落位置的床垫；米乔和米瑞安之前一直都睡在那里。少了米乔，说明这世界上能够全心全意爱着他人的家伙，又减少了一个。而米瑞安，则再也没有可能成为一名大学里的女教授了——如果她没死，未来能够教育、扶持多少人呐？又会有多少人被她的歌声所感动，进而改变人生的轨迹？想想看，有那么多的民谣，再也不可能被米瑞安吟唱。有那么多的故事，再也不可能被汉娜讲起。如此多的梦想，如此多的爱意，永永远远地消逝无痕了。

这时，从我已经闭上的眼帘旁，滑落了第一滴泪水。我努力控制住自己，不让自己泣不成声，千万不能让别人听见，我在这胜利纪念日里是多么伤心。尽管能够憋住声音，却没办法完全止住眼泪。于是，我干脆就让眼泪顺着脸颊，尽情流淌。

在通常情况下，我今晚应该跟之前许多夜晚一样，再一次前往777座岛屿的世界，在那里寻求些许安慰。可现在，我开始犹疑不决了。我是否应该向妹妹说清楚，自己在这边世界已经杀过人了的事情呢？是一个真真正正的人，而不是像冰龙法夫尼尔①那种幻想出来的生物——那条龙原本是在小地精岛的永冻冰上躺着的，不过，在火精灵们的帮助下，我们最终还是把它给收拾掉了。

身材圆滚滚的小地精们，为了向杀死巨龙的我们表示敬意，送给了我们一座巨大的要塞。我们整夜都在这座要塞里跳舞，直到脚疼得不能再疼才停下来——当然，对于胡萝卜船长而言，疼的是兔爪子。

在汉娜跟身形巨大又滚圆的地精国王一起跳地精舞时，她开心得哈哈大笑："在这里，我们可是英雄。但是，在问号岛时，他们却都十分讨厌我们。"

听到这话，正搂着一位地精美女不停打转儿的胡萝卜船长回应道："还说呢，你把他们那儿那群最高主教——'问题狂人'给整垮了，岛上从此再也没有问号下面的那个点，怎么可能不讨厌你？"

英雄也不过是个相对概念。主要取决于人们身在何处；在小地精岛上，在问号岛，或者是在犹太居住区里。在犹太居住区的战友们眼里，我是个英雄。虽然是英雄，我却感到凄惨无比。

知道我用手枪当场击毙了一个人之后，汉娜肯定会觉得害怕的。

又或许，在我向汉娜解释清楚，她已经死了，而我的所作所为，实际上是在为她报仇之后，她会接受我的说法？因为，我所做的这一切事

---

①　北欧神话中的龙形巨人。在本书中是出现在777座岛屿世界的怪兽。

情，是在为她的死亡和我的生存，同时找到某个说得过去的意义？

可是，当汉娜知道自己在真实世界里已经死掉了之后，会不会也在我的幻想中死去呢？究竟有什么理由，能够让她甘愿接受，自己竟然只是一个脑中幻象的事实？

不，不行，她不应该知道自己已经死了。如果那样的话，我就会永远失去她了。

不过，我也不能够对她撒谎……所以，在经过了数周时间后，今天，我在睡前第一次主动选择不再进入777座岛屿的世界。取而代之的是，在半梦半醒之间，独自轻声哭泣。然后，又模模糊糊地被各种噩梦折磨。很奇怪的是，在我的这些噩梦中，并没有出现那个寻求宽恕的年轻德国士兵形象——我看到地上有人在痛苦地爬行，不是穿SS师团制服的德国人，而是我的哥哥西蒙。而我，正对他举着枪。

我的手又开始颤抖了。我不知道，自己此刻究竟应该开枪，还是放过他。

过了一会儿，西蒙不再向我恳求宽恕，而是突然掏出一把手枪，枪口指向了我。如果我此刻不马上击毙他的话，他就会杀死我——情况一目了然。所以，我马上扣下了扳机，西蒙也立即瘫软在了地上。就跟那个被我杀死的SS师团士兵一样。

我跑了过去，趴在自己死掉的哥哥身上，他的尸体在我面前幻化成了之前在集合点那里被我抛弃的婴儿。

受不了了，我开始尖声尖叫起来。在梦里，我不停尖叫，尖叫，然后终于醒了过了。心脏狂跳，几乎要把我整个人给吞没。

在黑暗之中，我赶紧环顾了一遍根据地里的情况——所有人都睡得好好的。谢天谢地，我只是在梦中尖叫，并没有延伸到现实当中。

我呆坐着，盯着黑乎乎的土墙发呆，看见的只有无穷无尽的虚无。在这个世界上，除了汉娜，我再没有一个可以真正亲近的人。即便是汉娜，也不过是活在我幻想中的岛屿上而已。而这些岛屿，我现在已经不想再继续踏足了。正因为此，我的脑海中开始出现哥哥——我已经有好几个礼拜没有梦到过他了。还有那个小婴儿，还有那个士兵……想到这里，我不禁问自己，自己是否正在慢慢变疯。

42

今天是我的十七岁生日。对我而言，生日太不重要了，所以就谁也没告诉。在枪击事件之后的第四天，SS师团的人终止了搬迁行动。犹太人竟然开枪杀死了羁押他们的士兵，对于这件事，德国人感到十分震惊。即使埃斯特在她的演讲中，并没有明说我和其他两位幸存者与德国士兵之间的持枪对射是英雄行为，抵抗组织的小报上还是这样做了："在犹太民族历史上最黑暗的时刻，我们的英雄们仍旧没有失去勇气——他们勇敢还击了。"

我们就是通过这种，或者其他类似的方式来欢庆胜利的。理所当然，没有任何地方提到，我在这次行动中表现得是有多么差劲。米乔再也没办法继续履行他对米瑞安的深爱，米瑞安再也没办法歌唱——这些也没人提。在关于英雄们的传说当中，是容不下这些内容的。

接下来的一周时间里，我却越来越为这次行动感到自豪。倒不是因为自己成为了英雄，而是因为我所在的抵抗组织，确确实实地改变了犹太居住区的状况。之前，差不多所有的犹太人都是意志消沉，将自己的命运拱手让出，任人摆布——但现在，整个民族的精神却为之一振。每个人都很清楚，德国人还会来的，他们会带来更多的恐怖。不过，我们却也用事实证明，犹太人也是懂得反抗的。每天，都有很多年轻犹太人自愿加入到 ZOB 组织里来。即便是不愿意战斗的人，也表示不会再像待宰牲畜一般，被德国人直接送去送死。几乎每一处地下室里都在建造秘密根据地，人们可以躲在里面，不被德国人发现。即便是在战争开始之前只读过区区一个学期建筑学的建筑系学生，也很抢手，会有很多人向他请教相关知识。有些根据地还拥有自来水、电力供应，甚至还有电话。在城市的地下，诞生了一座新的城市。

德国人的走狗再也不敢在街上探头了，就算是夜幕降临之后，也不敢。他们对目前状况感到胆战心惊，丝毫不敢造次——这帮懦夫。

ZOB，或者说"抵抗党"（现在，到处都这样称呼我们的战斗组织——这两种称呼都只是称呼而已，实质上没有任何区别），现在已经取得了整个犹太居住区的实际控制权。犹太人管理局的那帮傀儡们，只好不停向他们的德国主子汇报诉苦，告诉他们，不管他们现在扯动哪根线，怎样指挥这群傀儡，都是无济于事，对住在这里的民众起不了任何影响。

枪毙叛徒成了每日日常，SS 士兵和犹太警察再也没办法罩住他们了。不过，类似这样的死亡审判，我却从来都不参与。我这样做，是有理由的。毕竟，我是个英雄，是最开始杀死德国士兵的人之一，没必要再在处理叛徒上亲力亲为。我很清楚，当德国人卷土重来，试图对犹太居住区进行史无前例的大清洗时，我肯定还需要再杀人。在那之前，我必须学会彻底认清一项事实，他们不是人，而是来自地狱的恶魔，不能把他们当作人来对待。为什么到现在为止，我都还一直做不到这点呢？

我们的战斗小组，跟其他许多小组一样，也都做好了最后决战的准备。在所住房屋的地下室里，我们每天都在进行射击练习。或者，说得更准确一些是瞄准练习。因为我们不能随意挥霍对我们而言价值连城的子弹。除了瞄准练习外，我们还训练了近战，以及怎样将炸药灌入瓶中或者灯泡中的方法。老实说，这可跟我们父母当初希望我们学习的专业相去甚远。

我们的小组也有新的成员加入。新加入的人当中，有一个是我之前就已经认识了的——红头发的本。很凑巧，有一次当我排在队列里，等待参加射击训练时，他就站在我的旁边。他的样子，和我在每次前往777座岛屿时所幻想出来的模样，完全不一样了——在我脑中的，还是之前他跟汉娜接吻时的样子。因为隔得很久，见面不多，老实说，我对他长相的记忆已经不太可靠。在没见过面的这段时间里，他的身体已经长得壮实得多，像是个成年男子汉的样子了——尽管现在他也不过才十六岁大而已。想当年，他站立时还微微有些驼背，而现在，他的腰杆已经挺得笔直。

"红头发本！"我忍不住笑了。

他还活着，这可真好。我再去岛屿世界拜访时，会告诉汉娜这个消息——她知道之后，肯定也会觉得开心。汉娜仍旧在岛屿世界生活着，即使是我不在那里、不在她身边的时候，也是一样。日子一天一天过去，这个想法在我心里已经根深蒂固。唉，看起来，我真的是疯了。

"红……红……红头发吗？"本吃了一惊，说话开始结结巴巴起来。果然，还是有些东西，是完全不会随着身体长高长壮而改变的。

本当然不可能知道，在777座岛屿的世界里，他的名字是"红头发的本"。可是，一旦我跟他讲了那个幻想领域的事情。那么，他就将会是这世界上第一个知道，我其实已经疯了的人了。因此，我完全忽略掉了他对"红头发"的疑惑，转而问他，他是怎样幸存下来的。本老实对我说，他的父亲在犹太人管理局里做事，时间慢慢过去，他一天比一天更加憎恶自己父亲的所为，终于在大吵一架后，跟父亲脱离关系，加入了ZOB。相比在德国人的赦免下活着，他更愿意为荣耀而死，即使跟自己的家庭决裂，他也满不在乎。

据我估计，在去年夏天的搬迁行动开始之后，阻止本和汉娜见面的，也是他的父亲。但我并不打算对此追问一番。哪里知道，本自己反而鼓起了全部勇气，问了那个他显然十分害怕听到答案的问题："汉……汉……汉……汉娜她……莫……莫非……"

"是的，汉娜没能活下来。"我干脆利落地回答了他。

话声未落，本的眼泪已经流了下来，完全没办法控制住。尽情宣泄自己的情绪。我们这些战士现在已经做不到了，但本还可以做到。

他的哭声，理所当然地引来了周围其他人的注意力。那些真实的泪水，也使得他们纷纷回忆起了属于自己的那份伤痛——可惜，这份伤痛没有什么实际用处，即使在面临最终大战前的射击练习上，也是全无用武之地。

此时此刻，我完全不知道自己应该如何反应。他的眼泪，令我感到十分愤怒。另一方面讲，本已经很像是我的家人了。我们对汉娜深切的爱意，为我们两个之间建立起了某种深厚的联系。想到这点，我张开双臂，紧紧拥抱了他。而他，则弯下腰来，将壮实高大的身体，靠在我的肩膀上，任我温柔地抚摸他的红头发。

"只要我们一直都想着她。"我轻声对本说，"她就永远都不会死。"

虽然这句安慰的话语，既无力又生硬，还是在他身上起了反应——本不再哭了。他放开了我，用衣袖擦了擦眼泪。

"我……每……每……每天都想……想着汉……汉……汉娜。"他对我说道。"我……我……我一定会一直想……想……想着她的。"

"我也是。"我回应道。"我也是。"

这时候，我的脑海中却突然生出了一个可怕的念头：如果我们两个很快就都死掉了（显然，这确实是将会发生的事情——只希望是在战斗中，而不是在毒气室里），那样一来，有关汉娜的记忆，便会从这世界上彻底抹去。到那时候，汉娜就真的死了。

266

43

"等你安慰够了那孩子后，我得跟你简单聊两句。"埃斯特跟我这样说——她故意把"安慰"这个词说得特别冷淡，简直有点看不起的意思在。悲伤这种情绪，对埃斯特而言，不过是毫无用处、浪费时间罢了——和革命理想完全南辕北辙。在我成为英雄之后，她对我略微尊敬了些，但随之而来的（至少在我看来），也有些许妒忌。因为，我取代了她的位置，参加了那场战斗；相比我而言，她连一个德国人都没有杀死过。可事实上，如果可能，我还情愿跟她做个交换。如果我跟赫伯特·乔治·威尔斯 ① 小说里的英雄一样，拥有一台时间机器，我肯定会拉上埃斯特一起坐它飞回到过去，让她去杀死那个德国人。这样一来，她就能够拥有我的英雄名号，我也不必在事情发生整整四周之后，还每晚噩梦缠身了。不过，更好的办法显然是，让我坐时间机器到更远些的过去，去救汉娜、妈妈……还有爸爸。而且，还要想办法让西蒙不要加入犹太警察。对了，还有个最好的方法：坐时间机器去再久远些的地方，趁希特勒还是个小孩子的时候，直接杀掉他——希特勒，这是我最想、最想杀掉的人了。我敢保证，杀了这个人之后，我绝对不会做噩梦。

　　于是，我对红头发的本（我会一直叫他红头发的本，至少在我脑海中）说道："我们晚点再聊。"

　　说是这样说，实际上我却并不知道，下一次和他见面时，我们会

---

　　① 　H.G.Wells，英国著名小说家，《时间机器》作者。

聊些什么。聊汉娜的死吗？我是否应该向他仔细叙述，汉娜倒在自己血泊当中的惨状呢？如果那样的话，他肯定又会嚎啕大哭，我甚至也会跟着他哭。虽然……将我内心藏着的痛楚，跟某个相关的人分摊一下，或许会是件不错的事情——或许我能从中得到些许慰藉。哪怕只有一点点也好。

我和埃斯特一道，从地下室的楼梯往上走，一直走到屋子里面。这时，她对我说道："我不觉得，像他那样的年轻人能够帮上我们什么忙。"

"你之前不也是这样说我的？"我轻描淡写地反驳道。

埃斯特没有回话。

"况且，我还花了组织十万兹罗提的贿金，才赎回了自己的性命。"我顽皮地补充道。

"那些钱，本来是给扎卡利亚准备的。"她说话了。我在她的眼睛中，分别看出了一丝闪动的恨意。

看起来，我不能再说下去了。阿摩司从集合点那里救出了我，而不是她的同志。对于这件事，埃斯特直到现在为止都还不能完全原谅。我现在应该说些什么来回应她呢？莫非我应该说，如果让我代替扎卡利亚进焚化炉，我其实觉得也不错吗？

不过，我终究还是没有说这样的话，而是转而维护起红头发的本来："他以后战斗起来，将会比很多其他人都厉害的。本其实也可以舒舒服服活下去，待在他那个在犹太人管理局工作的父亲身边，但他还是选择和父亲脱离关系。由此可见，他的决心和意志有多么强。"

埃斯特却明显不愿意和我聊这些，她似乎觉得，再跟我说关于那个男孩的事情，对她而言，完全是浪费时间。不仅如此，据我估计，她似乎也已经清楚地意识到，我跟本之间其实是存在某种联系的，如果继续怀疑那个年轻人的能力，可能会伤害到我的感情，那样就不太好了。

她推开了进到某间公寓的门。我开始考虑，是否需要直接问埃斯特，她想要跟我谈些什么，但终究还是没有开口。其实，我早就应该想到这点，只要我们互相不说话，虽然没办法得到什么新的信息，至少也不会陷入争吵的境地。

我们走进了厨房里，我看到，在印刷机旁边的一张餐桌旁，坐着阿摩司——他胳膊上所受的伤已经好了——还有莫迪凯。见到我走进来，这位 ZOB 的领袖立即站起身来，热情拥抱了我，仿佛我是跟他共同战斗过多年的老同志似的。不过，严格来讲，我也确实算是他的老同志了——毕竟，我们曾经一起组织过对德国人的第一次进攻。可是，被他当作完全平等的同志来对待，那种感觉仍旧十分奇怪。尽管在他看来是一样，但我自己清楚，情况其实大不一样，在那次击杀行动中，莫迪凯比我要勇敢、坚决得多。我的脑海中，再次浮现出他直接举起手枪，向着德国士兵冲去，将他们一个一个击毙时的英姿。这可真是一个意志坚强的男人，行动起来果敢无比，说起话来也十分鼓舞人心。像他这样一号人物，我是无论怎样都不可望其项背的。

要知道，在几个星期之前，我还完全不曾想过，自己竟然能够见上莫迪凯一面。至于跟他说话，就更不可能了。而现在，我竟然必须要花心思来回应他的拥抱，以免显得不够礼貌。在莫迪凯终于放开我之后，马上就直入主题了："我们需要更多的武器。"

"少一点儿都不行哦。"阿摩司开起了玩笑。

莫迪凯也轻笑了一声，埃斯特仍旧面无表情，而我的心却咯噔一跳，想着我们的这位领袖，究竟有什么打算？

"我们需要有人去华沙的波兰居住区，弄些武器回来，可以长住在那边，与波兰的抵抗组织进行交易。"

所以，这就是我在这儿的有原因了——我需要离开犹太居住区，到高墙的那一边去。

"因此，我需要一些手段过硬的好手。"莫迪凯解释道。说完之后，他先看了一眼阿摩司，又看了一眼我，然后微笑道："但是，很可惜，想来想去，我也就只有你们两个能够派出去了。"

典型的犹太人式幽默。好吧，还蛮好笑的。

"你们两个——"笑过之后，他的表情瞬间变得严肃起来，"拥有在那边工作的丰富经验。不仅如此，你们在外表上，也跟普通波兰人没有什么区别。可以作为波兰人在那边生活，不会使人产生怀疑。"

关于这点，我却觉得有些许疑惑。我上次去华沙市的波兰人居住区，至今已经过去快一年的时间了。虽然我的外表看起来不太像埃斯特这种典型的犹太人模样，但我也不像阿摩司那样拥有金色的头发，而仅有一对绿色的瞳孔。

况且，我感觉自己也并不太向往在华沙市的波兰人居住区常驻——家就是家，即便这个家是犹太人居住区，也是一样。搬迁行动开始之后，我就再也没有梦想着要去《城市之光》里的那个纽约了。我很清楚，那并不是属于今生的梦想，需要来世再说。到了来世，再跟丹尼尔一起去完成。

对了，丹尼尔。既然红头发的本能够活下来，丹尼尔或许也……

"米娜和我，可以扮演一对波兰夫妇。"阿摩司的一番话，打断了我的胡思乱想。"对于这件事，我们可是有不少经验的，不是吗？"他冲着我笑道。

现在突然说这话是什么意思？——这句话瞬间从我脑海中掠过。从埃斯特此刻的眼神来判断，她恐怕在心中问了一个和我同样的问题。

"很好。"莫迪凯笑了。"不妨给我说说看，你们会成为一对怎样的夫妻吧？"

"一对极其恩爱的夫妻。"阿摩司继续口无遮拦。

"根本不可能是什么夫妻。"我忍不住，把心里的话说出了口。他们说的这些话，令我感到十分生气——比我自己想的还要更加生气。

莫迪凯被我们两个截然不同的反应给逗乐了。而埃斯特，则跟以往遭遇到会造成自己情绪波动事态时的处理方式一样，公事公办，开始将话题引向具体安排方面："我会想办法，把他们俩安全送到墙那边的。"

"很好。"莫迪凯对此感到十分满意。他给了我们每个人一个热情的拥抱，然后就离开了。莫迪凯走后，埃斯特、阿摩司、我——我们三个人站在厨房间里，一言不发，发了好半天呆。最后，埃斯特开口，轻声说了一句："他应该派我去才对。"

她可终于说出口了！这个女强人，恐怕是觉得自己竟然会被我这样一个黄毛丫头给踢出局，为此感到忿忿不平吧。

"米娜的眼睛是绿色的，但你的不是。"阿摩司一边温柔地向埃斯特解释，一边想要给她一个拥抱。哪里知道，埃斯特竟然推开了他，还说了一句对他们俩之间的关系而言，十分有破坏力的气话："我可真是吃了一惊——你竟然还知道，我的眼睛是什么颜色的。"

她才刚说完，便为自己不理智的行为感到羞耻，马上转身离开了厨房。

现在，只剩下我们两个人了——阿摩司，还有我——两人独处。

"埃斯特是爱我的。"阿摩司这样对我说。他的这番话，包含着两层含义。首先，他把我当成了彻头彻尾的傻瓜，连他跟埃斯特之间这么明显的关系都看不出来，需要亲自告诉我。还有，他自己其实是不爱埃斯特的，否则，他就会说"我们彼此相爱"了。

这样看来，阿摩司就跟米瑞安一模一样；米瑞安会跟自己不爱的人在一起，甚至跟他结婚。因为，就算那样，也比孤孤单单一个人去死要好一些。

可是，尽管我还算能够理解米瑞安的做法，同样的事情放在阿摩司身上，却令我感到十分讨厌——毕竟他跟米瑞安对米乔的态度，完全不一样。通过事实，我能够分辨得出来，阿摩司对埃斯特一点真正的爱意都没有，他分明是在利用埃斯特。知道这点之后，我再也不会觉得自己低埃斯特一等了。恰恰相反，我还觉得埃斯特十分可怜。

于是，我也想离开厨房了。不过，在离开之前，我还是回过头来，对阿摩司说了一句："如果埃斯特爱你这种人的话，我还真同情她呢。"

在推门出去的时候，我还来得及听到阿摩司一声心不在焉的"哎哟！"——以此作为对我挑衅话语的回击和嘲讽。

One wall

一墙之隔

我静静看向窗外：

在黯淡阴沉的冬天，犹太居住区的月亮，

大部分时间都是被密云遮蔽住的。

可今天，我们头顶的这弯月亮，

却在努力播洒华丽璀璨的光线，

周围繁星也同样闪耀。

唉，即便是夜空，相比照亮犹太人居住区而言，

也还是更愿意去照耀、装点这世界上的其他地方呢。

44

埃斯特为我们精心张罗好了一切——不过，这并不意味着，离开犹太居住区这件事，对现在的我们而言，一点也不危险。阿摩司和我需要跟一群犹太工人一道离开居住区。这些工人是在华沙波兰人居住区的奥克切①机场工作的，他们通常都是住在机场的附近的营地旁边。不过，每隔两个礼拜，这些工人会被允许放一天假，回犹太居住区里过一天。因此，他们会利用这个机会，将食物走私到犹太居住区里，并且将值钱的东西偷运出来。这群工人里的一个工头，亨里克·塔克纳——这个被机场的繁重劳动折磨得形如枯槁、顶着两个大大黑眼圈的年轻人，是ZOB 的成员。他把我们两个的名字，添加到了工人名单里。又趁着清晨无人的时间，把伪造的工作许可递到了我们手上。我们紧跟着他，穿过无人的街道，前往目的地。在路上，我们偶然看到，有只饿得半死不活的猫，横在了我们面前——那是一只黑猫。

"哈，它会给我们带来好运的。"阿摩司冲我笑道。

"白痴。"我毫不留情地回应了他。

"我承认。"他笑得更夸张了。

接下来，我们不再说话，一直前行，一直走到有大约三十个工人的大队伍里——工人们都在某个街道拐角处等我们。看到我们之后，他们的样子并不怎么开心。因为，有我们这些人在场，对他们而言，可是天大的危险。走私点小东西，只要能够送上一笔钱作为贿赂，德国士兵们

---

① Okecie，距华沙市区 11 公里。

还能睁一只眼闭一只眼。但是，一旦偷运犹太战士的事情败露，不止战士和负责偷运的人会被当场枪毙，连原本无辜的其他工人，也可能会马上死掉——子弹可是不长眼睛的。

就算这样，这些男人们也不敢背叛我们。因为，他们实在太害怕来自 ZOB 的报复了。相比这些，我更担心的是可能会遭遇搜身——莫迪凯交给我一份重要的文件，托我带给波兰抵抗组织。在文件中，他以 ZOB 领袖的身份，向波兰同志们详细提出了在武器和资金方面的要求。我把这份文件塞进袜子，藏在了自己的脚掌下面。今天凌晨，在我塞文件的时候，阿摩司还笑话我说："读这份文件时，估计咱们的波兰同志们都会闻到奶酪味。"

这句话实在是太蠢了，我都懒得再回他一句"白痴"了。

这群工人是每月定时前往华沙市的波兰人居住区，并且，我们伪造的工作证明印制得极其高明，所以，被德国人发现的可能性并不是太大。可是，就算这样，我还是感到十分紧张。谁处在这种状况下会不紧张呢？

好吧，阿摩司显然算是一个。

他甚至还冲着其他工人们友善微笑，这多少化解了他们因为我们强行加入而产生的紧张与刻薄。我们一起来到彻拉兹纳大门，在这里，我们被四个 SS 师团的人给拦了下来。一个胖胖的、长着张在他家乡没准会被人认为是和蔼可亲脸庞的德国人，开始念起那张先前已经被我们的好伙伴塔克纳篡改过的工人名单来："朱瑞克·波乐希，西蒙·拉宾，阿摩司·罗森温克尔，米娜·韦斯……"

喊到名字时，我们都报了到。但是，在其他工人们一个一个通过大门时，那个胖士兵却向着我挥了挥手。毫无疑问，我没有开口询问，他挥手找我打算做什么——犹太人开口跟德国人说话，这是十分愚蠢的行为。既愚蠢，又危险。出现这种情况，一记耳光算是最轻的惩罚了，被鞭子抽打是最有可能出现的情况，当然，吃上一颗子弹也不稀罕。

胖士兵指了指岗亭，命令我道："进去！"

我看了一眼阿摩司。四周都是德国人，他已经没有办法直接给我一个鼓励的眼神，让我鼓起勇气了。没办法，我只好顺从命令，走到了岗亭里面。胖男人显然嫌我进去的速度不够快，因为，他从后面推了我一把。这一推的力气并不是很大，并没有使我失去平衡，使我摔倒在地，只是加快了我走路的速度而已。

我快步走进那个破落的岗亭，看到里面有一张桌子，一把椅子，还有一个文件柜。现在是三月，室外温度约摸在零度上下，这里面的温度，也跟外面差不多。我们才刚刚进去，那个胖男人就把门给反锁了，皮鞭拿在手上，用德语命令我道："脱衣服！"

我实在太害怕了，脑子发麻，没有马上响应他的要求。那男人举高了皮鞭，做出马上要打下来的样子，威胁我，又说了一遍："脱衣服！"

我脱掉了夹克衫。

还有裤子。

就这样，我仅穿着内衣和袜子，站在胖男人的面前，心里祈盼他不要再让我脱下去了——毕竟，这样他就已经可以看清楚，我并没有走私什么货物。我不停祈祷，不止是因为半裸着站在这个混蛋面前挨冻，已经让我觉得备受侮辱——最关键的是，如果如果被他发现藏在我左边袜子里的、准备呈交给波兰抵抗组织的信件，那就糟了。

如果我是一个十分优秀的女战士，肯定会将全部的心思都放在脚底的这封信上，因为，这封信对于我们的抵抗事业而言，简直太重要了。如果让它落在德国人手里，他们就会知道，我们这些抵抗组织成员手里的武器装备有多么差劲，那样一来，他们就不会再对我们心怀恐惧——通过之前行动，好不容易在德国人心里造成的震慑感，也会烟消云散。但是，我并不是什么优秀女战士，对于我而言，此时此刻，心里只有对自己将会被扔进德国人监狱、接受 SS 师团的人进一步审讯逼供的恐惧之心而已。在寒冷和害怕的双重逼迫之下，我全身像筛子一样，抖得厉害。

这个 SS 师团的男人，正从各个方向仔细打量着我。我为什么还不能穿上衣服呢？他应该已经看到，我身上并没有藏什么值钱的东西才对啊。即使我在内衣里藏了些什么，隔着衣服也应该可以看得出来才是。

"脱衣服，我都说了几遍了！"他怒吼道。

他已经开始怀疑我了吗，又或者，这个混蛋只是想看看年轻女孩的裸体而已？甚至，还想从我身上得到更多？我把上身穿着的汗衫脱掉，仅穿着内裤和袜子，用手臂遮住自己裸露在外的胸部，瑟瑟发抖。

"全部！"他一边狂吠，一边举高鞭子，做出要打我的样子。在他打下来之前，我赶紧脱掉了内裤。现在，我正用手臂和手掌同时遮住身体，让他尽可能少地看到我的胸部，还有下面露出来的阴毛——可是，尽管我十分努力地遮挡，还是被他看去了太多的地方。那个胖男人，他欣赏着我的裸体，脸上露出了猥琐的笑容。

这混蛋，他还想要更多。

就跟之前在露丝那里寻欢作乐的 SS 士兵们一样。就跟那个被大家称呼为"洋娃娃"的、冷酷残忍的 SS 师团成员一样。露丝会陪他睡觉，还会被迫去做很多更糟糕的事情。

此刻，我的心中涌起了更深的恐惧感——比进纳粹监狱受刑讯之苦，还要更加令我感到害怕。

这个浑身脂肪的胖男人，像一块黏兮兮的肥肉一样，在我面前、身后不停晃来晃去，从各个角度，观察、玩弄着我。没错，这简直就是一团有自我意识的肥肉。即使我努力遮挡，让他尽可能少地看到我的敏感部位，但手只有两只，遮住了前面，就没办法阻止他去盯着我那完全暴露在外面的屁股看了。我还从来没有像现在这样无助过，也从来没有受到过这样的侮辱——不仅如此，心里还全是恐惧，害怕会受到更多、更难以忍受的侮辱。

他用湿漉漉的嘴，在我的脸颊上亲了一口。

现在，我已经不止是因为寒冷和恐惧而发抖了——为了努力压制住自己，不让绝望的眼泪流淌下来，我的身体为此抖个不停。

"你不是还穿着袜子吗。"他注意到了我脚上的袜子。为了避免我听不太懂他所说的德语，他还特地指了指我的脚。

听到这话，我十分惶恐，赶紧在这房间里搜寻，希望能够找到什么东西，可以用来跟这头肥猪对抗一下。桌子上的烟灰缸？或许，我可以拿到它，然后往他脑袋上砸下去。但是，就算我能够拿到，并且可以把这肥猪打倒在地，他外面那三个同伙，也会把我就地枪毙——如果他们足够仁慈的话。

为什么阿摩司不来帮帮我呢？

"我好冷。"我试着用波兰语向他解释，自己不愿意脱下袜子来的原因。并且，为了让他信服，还故意颤抖得更明显了一些。

SS 的人笑了。对他而言，我就是一个穿着袜子的犹太裸女，好笑得很。

"你已经让我觉得很热了。"

他笑得如此猥琐，我看得几乎要吐出来了。

"袜子脱掉。"

我犹豫不决，迟迟不愿意动手。

"快把袜子脱掉！"

为了让身体不至于彻底裸露在他面前太久，我用最快的速度脱掉了右边的袜子（因为那封信没有藏在这边），然后马上回复了刚刚的站姿。

"你在耍我吗？"他怒吼道。"两只袜子都脱掉！"

这时候，我正在考虑，是否应该坚决不听他的命令，这样，他或许只会狠狠揍我一顿，而不会注意到我另一只袜子里藏着的信件。然后，因为我已经被他打得浑身是血，躺在岗亭那满是污泥的地上——他也就不会再坚持要在施暴之前，脱下一个脏兮兮犹太女人身上的袜子了吧。

不仅如此，或许当我像一团沾满血污的烂肉一样，躺在污泥里时，他就会失了兴致，不打算再强暴我了。

"另一只袜子！"他开始尖叫了。"我要你脱光！"

对于一个真正的英雄而言，抵抗组织是比自己生命还重要的存在。即使是在现在这样的生死关头，也是一样。但是，我却并不是什么英雄，只是一个满怀恐惧、浑身颤抖的小东西而已——浑身赤裸，只穿着一只袜子，开始嚎啕大哭，乞求宽恕："求求你了！"我哭泣道，"请……不要……"

我没有机会接着说下去了，SS 的男人给了我一记响亮的耳光。他打得那样重，打得我整个人几乎都要倒下去，疼得脑袋里面嗡嗡直响。我的手臂乱摆，想要保持住平衡，同时努力顽抗，不让最后剩下的那只袜子，被那个男人强行脱下来。现在，因为手已经去做别的事情了的缘故，我的整个身体都暴露在了这个男人面前——我的乳房，还有私处。

我哭得很厉害，但却不敢再去开口乞求，因为害怕再被他打上那么一下。

我看到，SS 的家伙解开了自己的皮带。

我的热泪，一直往下流，流到了自己颤抖不停的裸体上。

他拉开了拉链。

我开始嚎叫，不停嚎叫，哀嚎。如此无助，如此凄惨。

那男人已经把裤子整个褪了下来，又开始命令道："全部脱光！"

我没办法反抗他的命令。恐惧感侵蚀了我的全部意志。于是，我弯下腰，开始慢慢脱下左脚上穿着的袜子。

"你总算是识相了，蠢货。"那男人评论道。

我没有看他，只是仔细听着——我听到他的裤子，还有裤子上系着的那条沉甸甸皮带，被急匆匆扔到地上的声音。

我已经把袜子脱到了脚踝处，信马上就会露出来了，他会看到这封信，然后，就会把我暴打一顿，送进监狱里……想到这里时，原本反锁着的门，突然被人打开了。

"该死，你在干嘛呢，夏珀？"我听到身后有个低沉的声音，正在问话。

即使我听不懂多少德语，我也能够从语调里听出来，这个声音的主人，对这里发生的事情，感到十分不满。

"没事，没事……"那个胖士兵结结巴巴地回应道。

"没什么事的话，你把裤子脱了干什么，夏珀？"

我保持着半脱袜子的动作，既不敢转身，也不敢大口喘气，甚至不敢妄生哪怕一点点希望。然后，我听到胖男人重新穿好裤子、系上皮带的声音——直到这时，我的心里才重又燃起了希望。我不再哭泣，开始慢慢地、不引人注意地穿上自己的袜子。

"出去。"那个低沉的声音命令胖子道。

那头死猪赶紧从我身边逃开了。我用余光瞟了他一眼，发现他在逃离岗亭时，还没来得及完全系好皮带。他前脚跨出大门，外面便同时传来他几个士兵同僚的哄笑声。

门又关上了，我站了起来，但仍旧不敢回头看眼前的这个刚刚拯救了我的男人。因为，到现在为止，我还并不清楚，他是否真的救了我；或许，他只是想把我占为已有罢了。

"你可以转过身来了。"那个男人用蹩脚的波兰语说道。显然，他属于占领军中极少数愿意花功夫系统学习我们当地语言的人之一。

我并不想转过身去面对他。但是，因为怕被揍，还是照他的话做了。跟之前一样，我依旧用手臂和手，遮住了自己身体的隐私部位。

面前站着的，是一个大约四十来岁、穿着军官制服的男人。带有SS师团骷髅标志的军帽下面，是剪得十分整齐的金色短发。他的样子，看起来十分疲惫，这反而使我感到安心——这样一个疲惫的中年男人，是不会对我产生什么兴趣的。我在心里暗暗祈盼着。

"你跟我女儿差不多年纪。"他开口说话了。与其说是说给我听，倒不如说是正在自言自语。说出这句话后，他的样子看起来更疲惫了些。

"把衣服穿上吧。"军官说。这不是命令，听上去更像是请求。他不想看到我赤身裸体的模样。

我用最快的速度穿起了衣服。当我重新穿上内衣，把身体遮盖住时，算是大大地松了一口气；等到我穿好鞋，把藏起信件的袜子完美遮挡住时，我就更放心了——这封写给波兰抵抗组织的急件，总算不会被德国人发现了。

军官没有再说什么，转身从简陋的柜子里取出一瓶伏特加还是玉米酒（没办法，瓶子上是用德语写的酒标，我没办法分辨清楚），打开了瓶子。他根本没打算去找一个杯子来装酒，而是直接举起瓶子，喝了起来。

如果有机会让我对自己提问，德国人中的一小部分人，为什么还会把我们这些犹太人当作人来对待，忍住不屠杀我们。此时此刻，我的回答是：因为醉了。

当然，我可不会真对自己提这么个问题。而且，是否有些杀人犯还有少许良知，需要借酒浇愁，我也根本不在乎。

军官又喝了一大口酒，然后，对我下令道："走吧。"

我赶紧冲向岗亭大门——到目前为止，这扇门已经是我所见过的、世上最恐怖的地狱大门了。就在我握住门把手，打算推门出去时，那个男人又开口了："站住！"

我整个人都吓傻了，甚至有点期待他能够马上把我击毙，不用再受这种煎熬。这个男人，看他的样子、态度、表现，虽然跟前一个混蛋完全沾不上边，可他到底还是个德国人。而且，他还酗酒——这个世界上，再没有比"喝醉了酒的德国人"更难以预料的人了。

我胆战心惊地转过身来，看到那个军官正斜靠在破桌子旁，桌子上放着那只酒瓶。军官把有骷髅标记的军帽取了下来，同样放在了桌上。然后，他用十分疲惫无力的眼神看着我，轻声对我说了句："对不起。"

为什么要对我说对不起？莫非，是为了之前那个 SS 士兵在我身上施之未遂的暴行？还是因为那头肥猪已经在这个岗亭里糟蹋了很多犹太女孩，他要为她们全部人道歉？或者，是为这个军官自己杀死的所有人致歉？又或者，他看到我之后，想起了自己的女儿——他不能跟她待在一起，所以要向我道歉，也是同时向女儿道歉。因为，他的所作所为，已经让自己的子孙背负了太多的罪孽，需要花费好几代人的时间来偿还？

显然，他是不可能从我这里让自己的良心得到些许慰藉的。即使他救了我的命，情况也一样——不，哪怕他救了我一百次，也不可能补偿。要知道，汉娜就是被他们杀死的。我一句话都没有说，他也没有。就这样沉默了好一会儿，直到他意识到，自己是不可能在我这里找到任何慰藉的，才用更轻的声音又说了一遍："走吧。"

于是，我又回转身来，摁下门把，打开了门，从这扇门里走了出去，来到外面，从 SS 士兵们身边路过，又从那头肥猪的身边路过——他正怒气冲冲地看着我，我马上就将自己的目光移开了。没错，我仍旧很怕他，而且，因为之前的事，我感觉十分羞耻。不过，令我感觉更耻辱的，还是我自己。刚才，我竟然会乞求这种人，让他放过我。这种耻辱感，让我感到十分愤怒。如果可能，我恨不得现在就杀了他。或者直接自杀。

终于，我和工人队伍汇合了——他们等了我好久。看到我平安归来，阿摩司明显松了口气。不知道他究竟是担心我，还是担心那封信？

SS 的人对我们下了令，允许我们离开了。当我们一起走过那扇大门时，阿摩司轻声问我："你没什么事吧？"

　　我真是发生了太多事。而且，还是那种永远都无法释怀的事情。幸好，这次又一次化险为夷了，我的运气真的很好。不仅如此，眼下我还十分清楚地意识到，我的好运有很大一部分，也是凭我自己争取来的：如果在脱衣服时，我没有故意拖延时间的话；如果我没有十分倔强地坚持己见，不脱下最后那只袜子，并因此赢来一记耳光的话——如果那样，早在德国军官进来之前，那个混蛋就已经得手了，藏在袜子里的莫迪凯的信也会曝光。然后，德国军官进来时，肯定不会计较那头肥猪之前的暴行，因为，他的注意力将会集中在地上的那封信上。看过那封信后，他们就会把我送进监狱，折磨到死。正因为我将很大程度上不可避免的事件努力延迟了，不放弃每一个微小希望，才最终成功从困境中脱身，并避免了随之而来的、最糟糕的情况。我还活着，四肢健全，那封信也还完好无损地在我的脚底板下面藏着。此时此刻，这封信对我而言，又多了一重意义。抵抗组织在我心中，比以前更重要了——这些把我在世间全部所爱的东西都无情夺走，还几乎将我所有的尊严都残忍抹煞的男人们，应该彻底死绝！

　　"米娜？"因为我一直没有回答他的提问，阿摩司有些担心了。

　　"没事。"我回答道。"没发生什么事。"

　　"那就太好了。"听到这个回答，阿摩司笑了。明显看得出来，他是发自内心地松了口气。所以，他并不是在为那封信担心，而是切切实实为我而担心——不是为了抵抗组织，而是为我。

45

　　在门的另一边，等待着我们的是一个几乎完全陌生的世界。我们已经在"鬼城"里一连住了好几个月，本来都已经习惯了，而这里，却到处都洋溢着生命的活力。在士兵们的押送下，我们和那群工人一道，走过那些刚刚开张的商店、还有咖啡馆——在咖啡馆里，赶时间的人们正大口喝着自己的早餐咖啡，担心迟到。在经过一间学校时，我看到波兰裔的孩子们在门前拼命奔跑，为了赶在上课铃响之前，冲进教室。显然，孩子们并没有意识到，他们现在能够正常上学是一件多么幸福的事情。在德国人过来强行关闭我们学校之前，我也从来没有想到过。

到处都是赶着去上班的波兰人。他们大多数对我们这帮犹太人都是不屑一顾，有几个人甚至还对我们投来了蔑视的眼神。没有任何人怜悯、同情我们，或者试图用什么行动给我们打打气。阿摩司和我马上察觉到，我们犹太人对波兰居民们而言，是多么无足轻重，即便我们都有"德国人"这个共同的敌人，情况也没有任何区别——他们觉得无所谓，甚至相比德国人，还更讨厌我们一些。

突然之间，我们头顶的乌云散开了，好几周没能见到的阳光，头一次晒到我们身上。这简直就像是，连太阳都打算要讽刺我们：阳光只愿意洒在华沙市的波兰人部分，相比我们这些犹太居住区的行尸走肉，太阳更喜欢波兰人和德国人。

周围各种各样的诱惑几乎要将我淹没。街上的喧闹声、四面八方的人群、晴朗的天空——这就像是，我从一个漆黑、空无一物又死气沉沉，好比之前那间食品储藏间一样的房间里，一下子来到亮堂堂的地方一样。

这时，阿摩司悄悄对我说道："米娜，请稍微……集中点注意力吧。"

他的这句劝诫，说得十分客气。虽然目前我们正在执行攸关生死的任务，阿摩司还是能够理解，我此刻见到华沙的另一面后恍然若失的心情的。他用一个微笑，给了我鼓励，希望我能够提起干劲来。与此同时，这也是在给他自己打气。我深吸一口气，努力把眼前看起来全然陌生，但过去实际上相当熟悉的花花世界挡在外面，将注意力放在押送我们的士兵身上。之前那头肥猪没有来押送我们，取而代之的是另外两个SS士兵，他们看起来相当无聊——这些犹太工人们里面，竟然会有人正在打算逃跑，这对他们而言，完全是不可思议的事情；在华沙市内作为逃亡者生存的几率，差不多可以忽略不计。况且，像我们这群在机场工作的犹太工人，因为多少可以走私些东西，平时日子过得相对来说也不错，根本没有突然逃亡的理由。

我们跟着大队，沿着主街走了一会儿。就在这时，我看到右边开来了一辆有轨电车。凭我对这个城市的熟悉程度，我马上意识到，这辆电车正好是驶往我和阿摩司的新家——组织在华沙波兰人区为我们安排的秘密住宅的。于是，我轻轻抬了抬下巴，指向那辆有轨电车，阿摩司立刻心领神会；只要我们在电车过来时，迅速跳上去，就可以成功脱身了。

即使我们的动作不够麻利，被士兵们发现了，因为坐在电车上，他们也没办法追上我们——两个身形蠢笨的男人，是不可能跑得比电车还快的。况且，他们也不可能抛下剩下的那群工人，让他们在原地等着。最危险的情况，就是士兵们可能会朝着我们举枪射击。

想着想着，电车已经开近了。我们把胳膊上的大卫王之星袖章悄悄扯下来，扔在地上，离开了队伍。

SS的人根本没注意到。

我对阿摩司点头示意，发出了奔跑的信号。然后，我们一起发力，突然向着电车飞奔过去。跑的时候，我没有回头看。如果士兵们打算开枪，就算我回头去看，也没有办法躲开子弹，还可能因此浪费宝贵的半秒钟时间。要知道，我之前进大门那里的岗亭时，最多只在里面待了二十分钟——知道这点后，我不禁反复自问：真的只有二十分钟，难道不比那更长得多吗？——所以，经过这件事后，我已经比谁都更清楚，时间有多么宝贵。哪怕只是半秒钟，争取下来，没准就能救下自己的性命。

这时，我已经跳上了电车尾部的平台。阿摩司紧紧跟在我的后面——我果然比他要快一些。他肯定回了不止一次头，如果不是这样的话，他是没理由比我还慢的。

就这样，我们坐着电车逐渐驶远了。在车上，我看到有个士兵把肩膀上的步枪取了下来，看样子像是要准备开枪，但另一个士兵却阻止了他。他不愿意冒险，担心子弹会击中波兰市民。毕竟，他们两个的任务是将这队工人带去机场，仅此而已。其他士兵自然会去追捕逃脱的犹太人——他们知道，逃跑的人是活不久的。

阿摩司和我走进了电车里。里面几乎没什么人，三五个坐在位置上的波兰人连看都不看我们一眼。虽然我们穿得十分破落，像乞丐一样，但波兰穷人的穿着，其实比我们好不了多少。为了不至于引人注目，我赶紧坐了下来。阿摩司也扑通一下坐在了我旁边的木头座椅上，十分赞许地来了一句："你可真聪明呀。"

这句赞扬还真让我受用。

46

实际上，有轨电车的速度并不算快，但如果某人长久以来都是靠走路来移动的话，就会发现，坐有轨电车快得令人难以置信，甚至快到有些不自然了。我必须努力调整情绪，让自己的举止表情和这些无论何时何地都会选择坐电车的乘客们保持一致——这很困难，至少眼前这些乘客，不必担心在坐电车时被德国士兵们突然逮捕。

几分钟之后，我总算是能够稍微放松些了；担心自己被捕的顾虑逐渐散去，脑袋里也不再去想之前岗亭里遇到的那头肥猪的事情。哪里知道，就在电车靠站的短短时间里，两个 SS 士兵上了车。阿摩司和我很清楚，哪怕是稍微一点点慌张的反应，都会将我们彻底出卖。有趣的是，我们却并不确定身边坐着的这另外一位是不是了解这点，于是，我们俩不约而同地轻声向着对方说了句："冷静点，没问题的。"因为同时说出了一模一样的话，我们忍不住笑了。

就在这时，两个刚上车的德国士兵朝我们这边看了一眼。他们眼中看到的，是两个虽然穿着很破烂，但明显很开心的波兰夫妇。没什么值得怀疑的，他们不再看我们，走到了电车的前端——那部分只有德国人能坐。士兵们坐下，直到我们继续坐了三站路，在哥洛斯拉斯卡街下车时，他们一次都没有回头看我们。我们完全没有被他们打扰。

下车之后，我们走向一栋五层楼高的房子。我们需要在这里按芝诺维克家的门铃，然后，按照之前的计划，会有一个波兰抵抗组织这边的接头人给我们开门。

我按了门铃，没有人给开门。我们等了半天，一点反应都没有。没办法，我只好又按了一次。同样没有反应。

这时候，我开始觉得有点紧张了：如果我们大白天的这门外停留太久，可能会激起周围人的怀疑，去通知德国人。但是，我们又不能就这样简单离开——我们单枪匹马地能够去哪里？以犹太人的身份，能在华沙生活吗？

有个穿汗衫的老头儿，正站在对面一栋住宅开着的窗子后面，观察我们的动静。他的脸上，写满了不信任：两个衣着破烂的年轻人，在那儿鬼鬼祟祟待了半天，是打算要做些什么？想要撬门抢劫？还是做些更糟糕的事情？

"我们还是先在街上转转吧。"我向阿摩司建议道。

"好主意。"他点了点头。

正当我们要离开时，有个个子矮小、肚皮滚圆、头戴扁帽的男人向着我们走了过来，十分开心地喊道："啊，这不是我的外甥，还有新娶的老婆嘛！"

这句话平息了窗口那老头子的疑心，他打了个哈欠，转身回了自己的屋子。

"外甥，看起来，你果然还是喜欢瘦得皮包骨头的女人啊。"戴扁帽的男人继续演着戏，阿摩司也参与了进去："小舅，话不能这样讲——我喜欢的，其实是妖媚窈窕的女人来的。"

妖媚窈窕吗。

为什么阿摩司给我的每一句赞扬，都令我觉得很高兴？莫非我想听他说的，其实原本就是这个答案？

"进来吧，我给你们泡杯热茶。"这位"小舅"对我们热情应酬道。虽然说是泡茶，不过，就我从他身上闻到的味道来判断，他平日里经常喝的显然不是茶——而且，他可是从一大早就开始喝那玩意儿了。这个酒鬼……没准，这也正是他会迟到、没能在约好的时间从屋子里面走出来迎接我们的原因。

我们随他进了屋子，沿着干净整洁的楼道往上走——我已经差不多快要完全忘掉，那些十分普通但又很温馨的租屋应该是什么样子的了——小舅把我们领到一间面积不大的两居室。里面几乎没有家具，但对我来说，这已经是十分豪华的房间了；因为，在卧室里居然有一张真正的床。

小舅取下扁帽，样子变得严肃起来："房东还以为，这套房子是租给我刚从乡下搬到华沙城里来的外甥和他老婆的；希望到城里来碰碰运气。"

说完，他递给我们一人一只金戒指。

"从现在开始，你们就是罗伯特和加布里埃拉·斯策拉赫夫妇了。明天，我会给你们带来与名字相符的证件的。"

阿摩司马上就把戒指戴到了自己手上，在我面前晃了一下，笑着说道："新婚愉快。"

我一半尴尬一半甜蜜地回以微笑。

"把我也算上。"小舅加了一句："我也要向你祝贺——因为你十分幸运，竟然白白摊上了一位这么俊美的丈夫。"

听到这话，我马上拉下脸来回了句："白痴。"

"哪里哪里，我老婆也是最漂亮的。"

这都是些什么话啊，我的脸已经红得不能再红了。

"简直美若天仙。"

"白痴透了。"我又说了一遍，脸红得跟柿子似的。

"你怎么又说了一遍。"阿摩司一边笑着，一边挽起我的手，温柔地将戒指戴到了我的无名指上。

"这可是我曾经梦想着下辈子才能拥有的婚礼场景。"我在心里默默念着："没想到今生竟然能够实现。"

"现在，我们是不是应该进入主题了？"小舅坏笑着逗我们。

"当然。"我马上答道。

"如果现在需要的话。"阿摩司也笑着说。

"你们不能离开这间屋子，一秒钟也不行。我们的人会过来通知你们，什么时候可以去见波兰抵抗组织领袖们的。"

"我们必须尽快和他们见面。"阿摩司立即回应道——他的态度，一转眼就重新变得严肃起来，完完全全就是一个积极、果断、奋不顾身的战士。难以置信，他的情绪转换竟然能够这么快。想想看，如果我真的坐时间机器飞到了过去，把希特勒给暗杀掉了之后，阿摩司又会是怎样的一个人呢？如果那样的话，他肯定就不会再有严肃认真的一面，而是仅仅满足于去做个魅力十足的花花公子，把无数女性踩在脚下，毫不留情。当然，被他踩在脚下的女性当中，显然不会有我——否则，在杀死希特勒之后，我恐怕很快就会拿着枪口还在冒烟的手枪，从时间机器上走下来，在阿摩司的面前出现了。

"什么时候跟我们的领袖见面——"小舅针锋相对地回复阿摩司道："是由领袖们说了算的事，而不是你们。他们愿意见你们，你们应该感到高兴才是。"

面前男人的这句话，马上使我们看清了现实：我们犹太人对波兰抵抗组织战士们而言，是多么无足轻重。

我把自己左脚的鞋子脱下来，然后再脱下左脚的袜子，拿出了那封亲笔信，把它交给了小舅："这是莫迪凯·阿涅莱维奇的信。"

"唔，这信好臭。"小舅赶紧把信扔进了自己的口袋里。

既没有笑，也没有用挖苦的话顶回去——说过"读这份文件时，估计咱们的波兰同志们都会闻到奶酪味"这条金句的阿摩司，十分严肃地对眼前这个波兰人说道："你不应该评价这封信，直接把它转交上去就好。"

"别得寸进尺，犹太佬！"小舅怒冲冲地抛下一句，戴好扁帽之后，就直接开门走掉了。

门关上之后，阿摩司叹了口气，说道："看到了吗，这就是我们盟友的态度。"

在接下来的半个小时时间里，他一直在不停责骂他们：波兰抵抗组织压根儿没怎么帮助我们，他们给我们的是怎样糟糕的武器，组织里面当权的都是些讨厌犹太人的人等等。他还说，尽管德国人是波兰抵抗组织的敌人，占领了他们深爱的祖国波兰，但对于纳粹将犹太人从波兰大地上赶尽杀绝这件事，他们那些人——无论明里暗里，都还是觉得十分高兴的。

　　我只是听着，什么都没说。因为，虽然我现在身处安全的地方，但之前被那个肥胖 SS 男人侵犯的恐惧感，又渐渐侵袭了过来。此时此刻，我想做的事情只有一件——使劲洗干净之前被那头肥猪啃过的地方。哪怕用钢刷子去刷，也要弄得干干净净。

　　于是，我撇下阿摩司，让他继续留在房间里骂那些波兰人，说我们犹太人只能相信自己云云。我则一溜烟去了浴室，把浴缸的水龙头拧到最大——果然有水，直接就是热水！

　　没准这世上真的有上帝！

　　我隔着门，大声对阿摩司喊道："下个钟头，请勿打扰！"

47

　　我躺在放满热水的浴缸里，直到自己整个放松下来，再仔仔细细地把全身的污垢都洗得干干净净，感觉相当不错。那个 SS 的胖男人，或许他以后还会在我的梦境和潜意识里不停纠缠我。但是，至少现在，在浴缸蒸腾的热气中，我能够暂时不去想那个人。不止他，我也不用去想犹太居住区，或者我们的任务，或者其他任何事情——我将整个世界抛在了脑后。再没有比"什么都不去想"更惬意难得的事情了。

　　我不停放掉浴缸里的水，并一直让新的热水加入到浴缸里。如果可能的话，我真想一辈子都待在这浴缸里，再也不出去，把这个浴缸当成是我的新家。哪里知道，顺着门缝，从浴室外面飘进来一股喷香的气味。闻起来像是刚烤好的熏肉，不对，不止熏肉，还有其他食物的香味，那莫非是……？

对了，是烤土豆和烤豆子的味道！

恍若隔世。

虽然我那早已精疲力竭的灵魂，仍旧情愿待在浴缸里面不出来，可我那饥肠辘辘的肚子，却显然有着完全不同的看法——它咕咕叫着，展开抗议，灵魂的需求，霎时间便显得没那么重要了。我赶紧从新家浴缸里爬出来，并且向我的灵魂保证，很快就会回到这里。我把自己已经泡得皱巴巴的皮肤擦干，并为自己仍旧得穿上那身已经发臭的破衣烂衫感到气恼。好吧，至少我的身体本身，在经过了不知道多长、多长时间之后，闻起来终于很舒服了——既然情况已经有些进步，又何必再去抱怨呢？

衣服穿好了，但我仍旧光着脚。因为，一看到那双袜子，就使我不觉想起之前在岗亭里发生的事情。我走出了浴室，顺着香味来到厨房，眼前的美景让我目瞪口呆：阿摩司已经张罗好了一顿大餐——有熏肉、烤豆子、烤土豆、面包和清煎鸡蛋。看到桌上摆满这么多食物的一瞬间，我突然感到有些担心，怕阿摩司一时激动，把之前那个小舅为我们提前张罗的所有储备食物全部用完了。还好，阿摩司显然已经猜出了我的顾虑，他对我说道："别担心，小傻瓜，食物还多着呢。"

我笑了，赶紧坐到桌子前面，对他说道："哎，你可真是个好丈夫。"

"别急，我们的新婚生活才刚刚开场呢。"阿摩司笑道。

这一次，我不止吃到填饱肚子为止——而是肚子都开始痛了起来，还不罢休，又往嘴里硬塞了几口，才勉强作罢。

阿摩司打了个饱嗝。我马上打了个比他还响的。

听到我响亮的嗝声，他可坐不住了，马上还给我一个跟狮子似的饱嗝。不过，他可万万意想不到，我可是一名货真价实的打饱嗝大师……

一番你来我往的打嗝大赛结束之后，阿摩司半带微笑半显忧郁地对我说道："你看，有时生活也挺美好的。"

这个念头，如果不是阿摩司突然提起，我恐怕都已经要淡忘掉了。

"实际上，不应该仅仅是'有时美好'而已。"我这样回应他，然后，看了一眼窗外的斜阳。看起来，太阳确实更眷顾华沙市的波兰人区。

"来吧，我们一起洗碗。"阿摩司建议道。这可真是个厉害又实际的决定，连一点感伤的余地都不给人留。

我点点头，站起身来，走向洗碗槽，打开了水龙头，问他道："在见到那些波兰人之前，我们应该做些什么？"

"啊哈，这个我早就想过了；就像一对真正的夫妻那样，张罗夫妻生活呗。"他有些顽皮地笑了。难道，他是想要……？

如果那样的话，他就是在跟我一起，欺骗埃斯特了！

也罢，反正他也不喜欢她。不过，如果我允许他做那样的事（当然，实际上，我是绝对不会这样做的），他就会伤害到埃斯特了。而我，自然也成了他的帮凶。虽然我也不是特别喜欢埃斯特，但做这样的事情，仍旧是不可以的！

况且，这样一来，我也同样欺骗了丹尼尔。还有，我还是处女，如果是要将第一次交给像阿摩司这样的人的话，我是肯定不会……

"你怎么看起来这么惊恐，出什么事了吗？"阿摩司这家伙，表情十分无辜地打断了我的胡思乱想。

"你……你打算具体怎么做？"我结结巴巴地问他，担心他马上要说出来的那个答案会令我吃惊得连下巴都合不上。

"我们可以一起玩洛梅 ①。"

"什么？"

"洛梅牌，唔……是一种纸牌游戏。"

_____

① Rommé，德奥十分流行的一种传统扑克游戏，紧张刺激，可同时让二至六人玩。

"这……这我知道。"

"你知道还问个什么？"

"你……你怎么会想到要玩洛梅的？"我问他，心里同时松了口气。看起来，他心里压根没什么邪念。

隔着厨房的门，阿摩司用手指了指走道一侧：那里放着一个五斗橱，在一个插着半干不干鲜花的花瓶旁边，有一副扑克牌。我一看到那副牌，就忍不住大笑起来。

就这样，我们开始打起牌来，一直打到深夜。每次阿摩司企图作弊，我都气得大嚷大叫；与此同时，当我在洗牌时偷偷动手脚，而阿摩司没有发现时，我也会暗自窃喜。这是个完全无忧无虑的夜晚，我有很久没度过这样欢乐的夜晚了。时不时地，我会有这样的错觉，觉得自己实际上正在过着完全普通的平常人生活：有独立的家、好吃的食物、扑克之夜，甚至还有一个丈夫。

在连赢了阿摩司七盘洛梅之后，阿摩司伸了个大大的懒腰，向我隆重宣布，他要去泡澡，把身上的熏肉味给洗掉了。

他宣布去洗澡的发言是如此煽情，说得我忍不住又笑了起来——"洗完澡后，我或许就能和你闻起来一样香了，米娜。"

阿摩司去洗澡了，我则抓紧利用这个机会，开始思考起一些没羞没臊的问题：卧室里只有一张床。一张真正的床！我想要独霸这张床。

我走进那间并不宽敞的卧室。一张床，一个橡木衣柜，已经快把房间挤得满满当当。我让手指轻轻滑过床上的羽绒被，脱得只剩下内衣，心里充满了期待——希望能在衣柜里找到一件长睡衣。或者，更理想的情况是找到一整套睡裙。不过，在好莱坞的电影中，女英雄们可都是穿着大一号的男士睡衣的（这睡衣一般都是属于她偷偷爱着的那个男人的）——看上去简直帅极了。

很可惜，衣柜里只有一套为阿摩司准备的西装，一件为我准备的女式衬衫，还有一条长裙；这些应该也都是之前那个小舅张罗来的，以便把我们打扮得体面些，方便在华沙市的大街上行走。等到我们跟波兰抵抗组织的人接过头，和他们商量买卖武器的事情时，需要穿这些衣服。像是睡衣或者睡裙这样的东西，我们的接头人压根儿没有考虑到。

没办法，我只好穿着内衣睡到了床上，摆出了一个很漂亮的倚靠姿势——像这样靠在床上，对于实现我心中完美的"普通生活"系列幻象而言，显然是必要的。

可惜，好时光总是太短，因为阿摩司冒冒失失地闯了进来。他只穿着内裤和衬衫，半开玩笑半认真地消遣我道："莫非，我们两个要一起睡在这张床上吗？"

"你是从哪里得出这种结论的？"我问道。

"因为，你已经睡在床上了啊。"

"你睡地板。"我向他下了最后通牒。

"你又是从哪里得出这种结论的？"他问我。

"因为你是个绅士。"我正色答道。

"我才不是什么绅士，我可是丈夫的角色。"

"没错，这位丈夫绝对不会让他的妻子在地板上睡觉的。"我坏笑道。

"他会和她一起，睡在床上。"他也坏笑了回来。说完之后，就爬到了床上。我还没来得及说"快下去！"，他就已经钻进了被子里面。身上穿着衬衣和内裤。

我对此感到十分震惊。此时此刻，我们俩竟然睡在了同一床被子下面。除了震惊，还有一点点惊讶，因为阿摩司竟然直接穿着他那件带着煎肉油脂味的衬衣上了床。他为什么不把衬衣脱掉，只穿一条内裤上床呢？是因为礼貌吗？这样的家伙，竟然还会讲礼貌？

我挪到了床的边缘位置，以便在我跟他之间空出尽可能多的位置出来，尽管这样，我跟他还是同躺在一床被子里，身上几乎半裸。他身上的味道，除了那件带着熏肉味的衬衣外，都十分不错——有香皂的香味，还有阿摩司独特的味道。关于那种独特的味道，直到今天为止，我还从来没有注意过——我能很好地分辨出他的味道。

不知道，他的身体，触碰起来是否也很不错呢？是否跟他之前的那个吻一样，如此销魂？想到这里，隔了差不多一年之后，关于我们在集市上的那个吻的回忆，霎时变得再度鲜活起来。阿摩司此刻是否也想起了那个吻呢？我刚这样想着时，突然听到旁边传来了鼾声。

显然，他完全没有想起那个吻。

但我却完全睡不着。首先，因为我对自己感到十分生气，为什么我竟会对阿摩司的气味，感到如此在意？然后，今天早上那段糟糕的回忆，再度侵袭了我的脑海。不管我怎样努力，想要把它从大脑里驱逐出去，也都是以失败告终。为了逃避它，我甚至试着将注意力集中到阿摩司的味道上，可最终还是没能成功。

我害怕睡着之后，会梦到那头肥猪。只要我还醒着，就能够反复提醒自己，虽然发生了那样的事情，但到最后，实际上是什么都没有发生的。可是，在梦里，那个SS的男人显然会继续骚扰我，到时候，我就没办法再一次阻止他了——我不想单独承担自己的恐惧，可是，我又不希望吵醒阿摩司，不想让他看到我的脆弱面。像他或者埃斯特那样的战士，对敌人都是无所畏惧的。一旦阿摩司试图安慰我，将我紧紧抱在怀中的话，我一定会哭的。因为那头死肥猪，因为侵扰我长达数周的噩梦，因为汉娜。只要我一开始哭泣，我到现在为止所做出的努力就会烟消云散，这点我十分清楚；如果哭了，我就再也没办法像以前一样，再也不能把握住足以完成抵抗组织任务的力量。

所以，我用尽一切办法，跟睡魔进行殊死搏斗。可惜，怎么做都是徒劳无功。不过，在睡梦中，我倒是没有遇见那个SS的胖男人。如果是这头肥猪出现，或许比现在的情况还要好点儿。因为，在我面前出现的是镜子大师本人。

之前，在我的想象中，我一直把这个坏人头子想象成一个样子滑稽的家伙。他全身上下都是由镜子构成的，就跟《绿野仙踪》里的稻草人一样，是用稻草扎成的。可是，在梦中，镜子大师却是个扭曲变形的、浑身凹凸不平的大怪兽，由上千块边缘锋利的哈哈镜拼凑而成。

我在每块哈哈镜里都看到了十分恐怖的画面：比如我哥哥打我的场景，被洋娃娃强暴的场景，送进毒气室的场景。还有我被当作尸体，活生生地送进焚尸炉的场景，以及……我听到镜子大师的尖啸声："你将受到惩罚！你必会受到惩罚！"

"为什么？我为什么要受到惩罚？"我绝望地尖叫。与此同时，那个怪兽的身形极具增大，身上不停出现新的镜子。在那些新出现的镜子中，我看到犹太居住区高墙上的铁丝网变成了活物，缠住了我的脖子，令我窒息而死。我还看到，我的父亲把我从窗户里推了出去。我还看到，露丝在不停咳嗽，咳出了大量的灰尘，这些灰尘把我给活活埋葬了。

"你很清楚，你应该因为什么而受罚！"镜子大师继续尖叫。

这时，在他脸部的镜子上，浮现出了许多眼睛：有汉娜的、爸爸的、妈妈的、露丝的、丹尼尔的和德国士兵的。突然之间，这些眼睛开始流血，甚至开始尖叫（尽管它们并不是嘴巴，不是，而是流着鲜血的眼睛）："我们都死了，只有你还活着！"

我大叫着从梦中惊醒。身边的阿摩司被我的叫声吓醒，万分震惊地问我道："怎么了，米娜，怎么了？"

我想答他，但现在，我除了不停流泪，什么都不能做。即使这哭泣意味着我的坚强已经在眼泪中土崩瓦解，我已经彻彻底底失败了——怎样都好，我只能不停哭下去。因为，我现在已经弄清楚，自己必须接受惩罚的原因：只因为我还活着。

哪里知道，在我对阿摩司说出那句"我应该跟他们一起去死"之前，阿摩司突然说出了一句令我惊讶万分、瞬间止住了哭泣的魔法妙语："你知道我刚刚想到什么了么，米娜？——明天我们一起去电影院看电影吧。"

48

我们换上了那位小舅在衣柜里为我们挂上的漂亮衣服，在这个阳光明媚的天气里，走在了华沙市的大路上；我穿的是漂亮时髦的连衣裙，阿摩司不止穿了西装，还戴了礼帽。我们一路前行，来到了肖布克电影院，排到了等待买票的队伍里面——跟少数几个波兰人，还有一大堆德国士兵一起。这些德国士兵几乎都挽着自己的波兰女伴。他们恐怕连做梦都想不到，在这个队伍里面，竟然还混进了两个犹太人。这些德国士兵，瞧都不愿意瞧上我们一眼，这也跟他们的身份相符。不过，倒是有这么一两个士兵，会偷偷瞟一眼我的屁股，在心里衡量一番，我在床上会不会是个水平很高的情人，比他们胳膊里此刻挽着的那个更有魅力。但显然，我是不符合他们评判标准的——我太瘦了。

只有阿摩司一个人把我当女王来看待。这当然不是因为他爱我（虽然他口口声声说我是他最爱的妻子），而是因为他想要给我打气。况且，他也不是那种会老老实实在屋子里枯坐，等那个小舅主动过来见我们，自己什么也不做，傻乎乎苦守着的人。

然而，仔细思考一下，就会发现阿摩司其实早就已经在做傻乎乎的事情了：和我一起去看电影，对他而言简直是犯错了。当然，对我而言，却是一件天大的好事儿。

我们坐在靠近走道的两个并排位置上，方便有什么事时能够赶快逃跑（就算是疯子，也没办法对可能的危险完全弃之不顾）。灯光熄灭时，我的心扑扑跳得厉害。大银幕上放映的并不是好莱坞电影——即便是对德国人和波兰人，好莱坞电影也是完全禁止放映的。现在放映的是一部叫做《飞行员夸克斯》[1]的喜剧电影，由海因茨·吕曼[2]饰演主角。片子当然全是德语的，但我还是能够听个半懂，知道剧情进展是怎么一回事。

这部电影里有不少歌舞场面，英雄形象也跟德国人平常爱看的那类不一样——刚开始时，主角是一个讨人喜欢又胆小怕事的街头骗子。显然，在看完电影之后，如果观众们对电影的内容多加思考的话，大概就会意识到这整个故事有多么鼓舞人心。主动参军，去当一名战斗机飞行员该是多么光荣的事情。很可惜，我根本不打算思考。我来看电影，只是想要开怀大笑而已。阿摩司也一样——绝对是要笑个痛快。

看到大约电影中段时，阿摩司握住了我的手，然后再没有松开过。从阿摩司握住我手的时候起，大银幕上究竟在放些什么，对我而言已经没有那么重要了。至于埃斯特将来会说些什么，或者我的这种行为对于丹尼尔（反正他现在横竖都已经死掉了）而言，究竟意味着什么，我已经完全不在乎了。在电影院里跟阿摩司十指紧扣这件事，使我彻底弄清楚了自己最想要成为一个什么样的人——一个过着平凡得不能再平凡的生活的平凡人。

电影散场之后，我们仍旧手牵着手，散步回家。阿摩司对我开玩笑道："别在意，这可是我们冒充新婚夫妻的适当伪装。"虽然他这样

---

[1]　Quax, der Bruchpilot，1941 年上映的德国电影。
[2]　Heinz Rühmann，德国著名演员。

说，不过在我看来，阿摩司现在显然也很享受普通人的生活，就跟我一样——或者，也有可能是我想多了？

我简直太享受两个人一起散步的时光了。因为，我把透过眼角余光观察四周、警惕是否有德国人或者施马措乌尼克们会给我们带来危险的工作，全部交给了我的丈夫。我们俩就这样一直牵着小手，走啊走啊，直到那个小舅迎面走过来，看上去兴高采烈地冲着我们喊道"你们原来在这儿啊！"为止。当然啦，他的高兴都是装的；之前曾经那样叮嘱过我们，必须待在住所里，不要出来，我们却还是把他的嘱咐，丢到了九霄云外。"太巧了，我正好想把你们接去奥嘉那儿呢，她特地为你们准备了不少吃的——你们认识她的，不是吗？"他哈哈大笑，嘴里散发出刺鼻的酒臭味，熏得我们直往后退。

"噢，是啊……奥嘉嘛，认识认识！"阿摩司也跟着他一起笑了起来。

小舅领着我们到了一辆汽车旁边，我们上了车，并排坐在后座上。然后，他发动了引擎，开着车走了。虽然他到现在为止都一言不发，但开车的架势却已出卖了他：显然，他对我们擅自离开的行为感到十分生气。

不过，他确实应该生气才是——不告而别，错在我们。这段美好的回忆，我最好是就此忘却了事。

"我们开去哪儿？"阿摩司问。

"去接头点。"小舅不客气地回答道。

"这可比我们想象的要快得多。"我对此感到略微吃惊。

"你们那封臭烘烘的信，起到了足够的警示作用。"

无论如何，我都希望这会是个好兆头。

"我们具体在哪里接头？"阿摩司继续追问道。

"这是秘密，不能说。待会儿我们出城之后，我会把你们的眼睛给蒙上的。"

"原来，你们并不相信我们。"阿摩司说道。从他的脸上，可以很明显地看出，他的自尊心受到了伤害。

"当然不相信。"如此令人感到难受的回答，小舅竟然脱口而出："你们这两个该死的犹太佬，居然就那样大摇大摆地在街上晃悠。知道吗，你们随时都会被人逮捕！你们被逮捕之后，也会连累到我，给我造成危险——不过，看起来你们对此完全就无所谓。"

"你叫谁犹太佬，你这臭酒鬼！"阿摩司已经忍无可忍了。

"我叫你们犹太佬，你们就是——犹太佬！"小舅毫不留情地回击了他。

阿摩司马上起身，打算直接出手揍他。如果在车上动手的话，小舅绝对会出事故。看阿摩司那样子，是根本不在乎，但我可一点儿都不想汽车出事。于是，我赶紧用手拉住阿摩司的肩膀，把他死命往座椅上摁，并且轻声对他说："不要这样。"

阿摩司怒气冲冲地扭头看了我一眼，稍稍平静了些，终于老老实实地坐回到了位置上。

"这小姑娘可比你聪明多了。"小舅嘲讽道："不要这样——不要让事情变得难堪，不可收拾。"

听到这话之后，我伸出手来，打算握住阿摩司的手。我想让他知道，我们的心是紧密相连的，并非弄虚作假的夫妻这么简单，还是真正的同志——哪里知道，我的手指才刚刚触碰到他的手，他就马上把手移开，插进了裤子口袋里。同时扭过头去，看着窗外风景，发起呆来。

在汽车驶离城市之后，小舅扔给我们一人一个眼罩，指示道："自己把眼罩戴上。"

"好啊，实在是太愿意了。"阿摩司辛辣地回应道："戴上眼罩之后，我们就不用再看你了。"

遮住眼睛大约半小时后，汽车停了下来，然后，我们听到了小舅的笑声："可以把眼罩拿下来了。"

我们马上取下眼罩，发现自己身处一处树林当中。下车之后，我深深呼吸了一口林间的新鲜空气。我已经有好几年没有到森林里来了——鲜花、大树和苔藓的气味，彻底征服了我。

可我还是赶紧振作起了精神；我可不是那些同丈夫一起出外郊游的波兰女人，单纯过来享受大自然的。现在可没工夫去幻想正常人的生活，必须得办正事了——我们组织的事情。

我们一起走向一处看起来没有住人、甚至给人以快要倒塌印象的猎人小屋。两个中年波兰人，已经在门口等候着我们了。其中一个蓄着一把灰胡子，另一个的额头很高，脸刮得干干净净。

"犹太人竟然派小孩子过来见我们。"灰胡子的话语间不乏贬低之意。和他一起的那个男人却反驳他道："勇气跟年龄没有关系。"

这两个男人都穿着皮夹克，对我们更和气些的那个男人，向我们自我介绍道："我是陆军的伊万斯基上尉，这位是我的上司，洛维克基上校。"介绍完后，他转头对小舅下令道："你守在外面，等我们这两位客人出来。"

小舅没多说什么，老老实实地点了点头，就走到旁边去了。可以在树荫底下斜靠着小寐一会儿，他肯定觉得很高兴。

"请进吧。"客气的上尉对我们说。

我们跟着他进了小屋，坐在了桌子旁边。上尉在几个杯子里倒上了玉米酒，对我们说道："正式谈话之前，我们先碰个杯吧。"

照他的意思，我们每个人都高高举起了酒杯。脸色阴沉的灰胡子上校虽然举了杯，态度却是勉勉强强，不情不愿的。

"敬自由的波兰！"上尉以此作为祝酒词。

"敬自由的波兰。"我们其他人也跟着重复了一遍，狠狠撞杯，一饮而尽。因为不习惯喝玉米酒的缘故，我马上就感到头晕，身子也略微有些站不稳了。阿摩司看起来却一点儿事都没有，至于那两个波兰军官，喝这么点小酒，就跟其他人平常喝水似的。

"我们开始聊聊正事吧。"上校有点着急地说。看上去，他觉得这次碰面十分麻烦，压根儿不想参加。"你们可以从我们这里拿到二十把手枪。"

"二十把手枪？"阿摩司脸上的表情，明显是感到有些难以置信。

这个数量也太少了点。老实说，这个上校也可以直接说：你们可以从我们这里拿到二十个奶嘴。

"没错，二十把手枪。"上校再次确定了数量。

"我们得把目光放得长远点。"伊万斯基友好地补充道。

"这个数量远远不够。"阿摩司抗议道。

伊万斯基没有说话，不过，他用眼神向我们回答道："我知道。"但他的上司却开口解释道："我们自己也需要武器，为了我们的波兰同胞们。"

"我们也是波兰人啊。"我这样说。

伊万斯基对此也表示同意："是的，你们也是波兰人。"

可是，从上校看我们的目光中，我却清楚认识到，他的看法是不一样的。这个军官和我们有着相同的敌人，而且，他也同样在地下组织里工作，赌上生命，跟德国人对抗。尽管这样，他却并不认为我们是真正的波兰人。

总是有这样的时刻，令我觉得自己并不是个波兰女孩——即便我很希望自己是。波兰人永远都不会认同我们犹太人，把我们看成他们民族中的一部分。

"如果同意这点的话，就直截了当地帮助我们啊。"阿摩司继续向伊万斯基恳求道。

上尉还没来得及说话，蓄着灰胡子的上校就已经开口了："我们已经给了你们很多帮助了，甚至慷慨得都有些不理智了。"

"理智？"这下子，阿摩司的怒火是真的被撩拨上来了。

"不是吗，我们自己的战斗也需要武器啊。"

"你们的战斗，同时也是我们的战斗！"阿摩司反驳道。

"如果打算进行武装起义的话，现在还不到时候。"上校十分冷静地说。"我们必须耐心等待，等到苏联人打到波兰这边来再开始行动。如果一小撮犹太人急于起义，进而让华沙市陷入战火之中，我们是不能同意的——那样一来，我们就没有机会战胜德国人了。"

"一小撮犹太人？"阿摩司站起身来，手撑着桌子，冲上校质疑道。

上校却对阿摩司的愤怒之情置若罔闻，仍旧尖刻地自说自话："是啊，支持你们，对我们而言无异于自杀。"

伊万斯基已经觉察到，阿摩司马上就要彻底爆发了，他赶紧开口，试图安抚阿摩司的情绪："不要误会，这并非我们单方面的立场，而是目前位于伦敦的波兰流亡政府的意见，我们也没办法违抗。"

"你们难道不知道吗，德国人要把我们犹太人赶尽杀绝！"阿摩司咆哮道。

"我们知道。"伊万斯基回答道。

阿摩司不知道应该再说些什么了。而我——我十分清楚，如果波兰政府本身也是持这种态度的话，阿摩司是无论如何都不可能找到不顾自身安危，愿意帮助我们进行起义，让抵抗行动进一步升级的伙伴了。我抓住这个短暂沉默的机会，发言道："等待，对于我们犹太人而言是十分奢侈的行为，我们做不到。"

两个军官十分惊讶地看着我。显然，他们对于我竟然也会发言这件事，感到十分意外。

"我们的民族正在灭亡。"我恳切地劝说道。把犹太人称为"我们的民族"，这在我生命当中还是第一次——毕竟我们同样也不属于波兰人。"我们必须奋起抗争，一分钟都不能等！如果不战斗的话，我们就会被纳粹种族灭绝了。"

从这两个军官此刻看我的眼神看，我所说的话，他们实际上是十分清楚的。伊万斯基不说话，自斟自饮，喝了一杯闷酒。而上校却被我的话给激怒了：一个犹太女孩，居然敢这样跟他说话。

"把这二十把手枪拿走，或者干脆不要拿，随你们便。"

"如果你们坚持不愿意帮我们的话，以后你们的手上，也算是沾上了我们的鲜血！"我丝毫不愿示弱。

伊万斯基又喝了一杯。

上校毫不留情地回应道："年轻的女士，我想，你们现在应该离开了。"

阿摩司生气地说："我觉得，还有时间再做一些沟通……"

虽然他那么说，我却很清楚，即使阿摩司对上校动手，也不会改变任何事情。再谈下去，已经没有意义了。所以，我干脆直接站起身来，一边拉阿摩司离开桌子，一边对他说道："该说的话，恐怕是都说完了。走吧。"

我们离开了小屋。阿摩司难以抑制胸中的愤懑之情，攥紧拳头，死命捶打一棵大树。大树岿然不动，这些捶击对它而言，就仿佛这个世界对犹太人命运的关注度一样，微不足道。波兰抵抗组织帮不了我们，盟军也从没想到要去轰炸通往集中营的火车运输路线。

我垂头丧气地靠在另一棵大树上发呆，这时候，我看到伊万斯基向着我们走了过来。

"你还想做些什么？"阿摩司冲着他咆哮道。

"这位年轻小姐说得不错。如果我们不帮你们的话，我们的手上也会沾上你们的鲜血的。"

"但是，你们那个上校刚刚不是……"阿摩司还想说些什么，伊万斯基打断了他："没事，组织里有一些同志……还有我，仍旧打算帮助你们。"

看来，我们犹太人也并不是完全在孤军奋战的。

49

差不多日落时分，阿摩司和我回到了住所。门在身后关上之后，阿摩司过来握住了我的手，称赞我道："你可真厉害，比我的水平高多了。"

我感到有些尴尬，不止因为这句赞扬，还因为阿摩司再次握住了我的手——这一次，不再需要扮演一对相亲相爱的波兰夫妻，以此来掩饰彼此的身份才会十指紧扣。如果只是为了掩饰，那样的身体接触，就像是站在一处剧场舞台上演戏一般，并不真实。此时此刻，我们完全是我们自己：米娜和阿摩司。

"你是个大胆的女人。"他十分诚恳地说。

这句话，让我更加尴尬了。

"我……我不知道，你说出这样的话，埃斯特会不会不高兴。"我一边看着我们紧紧握在一起的手，一面回应他道。

"不会的，她肯定不会不高兴。"阿摩司的回答十分认真，脸上看不到一丝多余的、如以往一般漫不经心的讪笑。不过，他说完后，立即就把手松开了。我在心里暗暗叫着"该死"——提谁不好，我竟然在这样的时候说起了埃斯特。

然后，我们一起去了厨房，打算做些东西晚上吃。我们一边做着晚饭，一面随意聊着今天发生的事情：谈的主要是跟波兰人见面的事，对于结伴偷溜出去看电影的事情，我们俩很守默契，只字不提——因为，那是一次神奇又轻率的出逃，面对的是那个与我们平常生活完全不一样的、正常人的世界。那样的世界，根本不属于我们，我们再也不想第二次踏入了。吃完晚饭之后，我们一起洗了碗，开始为睡觉做准备。

"如果你坚持的话，今晚我可以睡在地板上的。"在走进卧室，看到我早已经钻进被子里去了之后，阿摩司这样对我建议道。

"没事，没关系的。"我努力调整自己回答时的语调，试图传递这样的暗示：即使我们已经像那样握过手，彼此之间的关系，实际上并没有任何改变，因此，今晚也可以像昨晚一样，两人同卧一榻，共褥而眠。

阿摩司仍旧站在那儿，显得有点儿犹豫。不过，最后，他还是走到了床边，把衣服脱得只剩衬衫和内裤，然后关上了灯，睡到了属于他那一侧的床上。

就这样，我们并排躺了好一会儿，保持沉默状态，也不多看一眼对方。我静静看向窗外，在黯淡阴沉的冬天，犹太居住区的月亮，大部分时间都是被密云遮蔽住的。可今天，我们头顶的这弯月亮，却在努力播洒华丽璀璨的光线，周围的繁星也同样闪耀。唉，即便是夜空，相比照亮犹太人居住区而言，也还是更愿意去照耀、装点这世界上的其他地方呢。

我转过头去，看着阿摩司，他没有睡着，所以我便开口问道："你睡觉的时候，为什么不把衬衫脱掉呢？"

听到我的这个问题，阿摩司的表情简直像是被雷击中了一般。显然，他万万没有想到，我竟然会问出这么个问题来——而我也一样，在开口说话之前，根本没去多想，这个问题实际上正在暗示着什么。

"其实，你……你可以不用回答我的。"我赶紧补上了一句。

"穿就穿吧，穿就穿吧。我们毕竟是夫妻嘛，这样也挺合理的。"他一边说着，一边想要在嘴角挤出一抹微笑。但是，那个硬挤出来的微笑，最终却变成了一个混杂了痛苦和难堪神情的鬼脸。

阿摩司可不想这样尴尬，他直接坐起了身，三下两下脱掉了衬衫——灯没有开，真是万幸。不过，即便是在月光下面，阿摩司身体上的恐怖景象，我也能够看得足够清楚了：他的背上密密麻麻地布满了伤疤，就仿佛背上的皮肉曾经被完全扯开过一样。

"德国人干的吗？"我也坐起了身。

"是的，德国人干的。"阿摩司点头确认道，然后，又把衬衫穿上了。

我不确定，自己是否应该继续问下去，但阿摩司已经接着说了下去："两年前，因为走私，我被他们给抓住了——他们拷问我，想从我口中问出与我合作的人的情报。"

即使月光并不如电灯灯光那般明亮，我还是能够感觉得到，阿摩司的双眼里面有泪珠正在滚动。

"我……我最终还是出卖了我的朋友。"阿摩司结结巴巴地说。这时，我终于能够清楚地看到，眼泪顺着阿摩司的脸颊流了下来。

不仅仅是合作的人而已，还是阿摩司的朋友。遇到这种情况，我应该怎么安慰他才好？

"四个人都被枪毙了。"说到这里，阿摩司感到喘不上气来了。他开始尝试大口呼吸，但那份愧疚感压在他的胸口，限制着空气进出肺部。他用衬衫的衣袖擦掉脸上的泪水，然后，目光移到我的脸上，想要看清楚我脸上的表情；看我现在是否会瞧不起他，蔑视他，就好像他自己对自己所做的一样。现在，我终于了解到，他一直以来玩世不恭的态度，其实是极端自我厌恶的对外体现。

可是，从阿摩司背上那些伤疤来判断，他当时所受的苦根本就不是普通人所能够承受的——究竟是怎么样的人，才可能拥有那样强韧的意志力，能够忍受如此残忍的皮鞭抽打？莫迪凯·阿涅莱维奇或许可以，其他哪个甚至哪几个更勇敢些的战士，可能也做得到。可是，这少数的几个人除外，对于其他人而言，根本没办法抵抗这样的酷刑。比如我——我肯定不行。即便是之前在岗亭里时，那头肥猪的一个耳光就足以让我倒在地上哀嚎了。

"这……这件事，我还从来没有对任何人说过。"阿摩司说这句话的声音，小到几乎听不见——连他自己都吃了一惊。

"连埃斯特都没告诉？"我有点吃惊地问他。

"是的，连埃斯特都没告诉。"

他肯定是怕埃斯特知道这些事之后看不起他。

"那样的话，你为什么……为什么要告诉我呢？"我问他。

"嗯，或许是因为，你是我的妻子吧……"阿摩司这样回答道。他努力调整脸上的表情，挤出了一个比较像真正微笑的笑容。

我没有多说什么，为了回应他，我又紧紧握住了他的手。并且，用自己无名指上戴着的婚戒，有意无意地在他的手上摩挲。这样，他就能感受到，我绝对不会因为这件事而看不起他。

阿摩司也不想再多说话了，他重新躺下来，缩回了被子里，我也跟他一起，缩回到了被子里。阿摩司的内心，一直都在惩罚自己，已经惩罚得足够多了，甚至比之前受刑折磨时还要多得多。对他而言，能够像现在这样活着，重新对自己建立信心，已经是付出了超越常人的努力了。

在被子里静静躺了一会儿后，我十分小心地说了一声："阿摩司，你睡了吗？"

"怎么了？"

"用丧尽天良的手段算计了你朋友的，不是你，而是德国人。你已经尽力了，这不是你的责任。"

"如果真是这样就好了。"他轻声回应道。"真是太好，太好了。"

他不相信我，我也不好再说什么了。在被子里，我再次握住了他的手——他没有任何抗拒，就那样让我握着。那种感觉，就像是一对结婚多年的老夫妻似的。又或者，像是两个不经世事的小孩子。总之，两个受伤的灵魂，彼此都给了对方一个依靠。我和阿摩司，手握着手，渐渐进入了梦乡。

握着手的这天晚上，我没有再做噩梦，也没有再梦见镜子大师。

50

伊万斯基信守了他的诺言，和他几个波兰地下组织的伙伴们一道，拖着装满武器的箱子，硬生生穿过了只有靠着内行人引路才可能不会迷路的下水道迷宫，进到了犹太人居住区里。在居住区内，有位母亲恳求他，让他把两个小女孩带回到波兰人那边去。尽管这个过程十分困难——在恶臭扑鼻的狭窄下水道里，人不能直立，只能弯着腰往前走。在一些水位比较高的地方，为了让小女孩不至于淹死，他们不得不把小女孩驮在背上，自己屈膝爬行——就算这样，伊万斯基还是把小女孩们给带回去了。他把她们藏在自己的住所里，让妻子负责照料她们。

在上尉把这一切，在我们住所的餐桌上，说给我们听过之后，阿摩司问了这样的一个问题："下水道里具体是什么样子的，能跟我们说说吗？"

"屎——这个词就是最准确的描述了。"上尉的回答言简意赅。

"闻得出来。"阿摩司大笑道。

他说得一点没错，面前这个男人的身上，真是臭得要命。虽然他已经洗过澡，换过新衣服了，身上那股下水道味道，还是挥之不去。

"谢谢夸奖。"现在连伊万斯基也跟着笑了。笑过之后，他便站起身来，向我们郑重道别："我还会想办法，继续给你们张罗武器的。"

我们对他道了谢。在说谢谢的时候，我突然产生了一个想法，打算上前一步给他一个同志之间的拥抱。不过，我最终也只是想想而已，因为，在我看来，拥抱还是太过亲昵了点儿。上尉离去之后，阿摩司用十分粗俗的方式，说出了我心里正想着的一件事："真好，世上竟然还有这样的波兰人，能够随时为了我们去淌屎。"

"伊万斯基送过去的武器，还有我们原本就有的——你觉得，凭着这些武器，在和德国人对抗时，我们能够撑得了多久？"

阿摩司十分严肃地答道："如果一切进展顺利的话，应该能撑几个小时。"

唉，我真不该提出这么个问题。

"这么说的话，不管我们做什么，最终结果都是徒劳的。"我沮丧地说。

"才不是徒劳。"阿摩司对此十分不认同。"你不妨回忆一下，一月份时，当我们在行动中首次杀死了那些德国人之后，居住区里的犹太人们有多么自豪。所以，如果我们直接对德国人发起战争，那样一来，世世代代的犹太人都会为我们感到骄傲的——就跟为上千年前在马萨达舍身拼搏过的犹太英雄们感到骄傲一样。所以，我们能够撑得了多久，根本就不重要，不管是一天、一个月，还是区区几个小时。最关键的问题在于，我们没有放弃抵抗，任人宰割！"

很可惜，他这番激情洋溢的演说，并没有使我感到精神一振。我仍旧消沉郁闷地回应他道："你说这些话的前提得是——以后真还会有'世世代代的犹太人'。"

阿摩司不气不恼，温柔地用手抚摸我的脸颊；那种感觉，十分美妙。然后，他这样说道："会有的，我的妻子，会有的。"

这回答实在是太妙了，我的脸上，不由得露出了会心的微笑。

"米娜，有没有人跟你说过，你笑起来的样子，特别特别美丽？"

这可不是刻意讨好的奉承话，而是水到渠成的赞扬，而且，是为了给我打气才说的。自从阿摩司告诉了我他的秘密之后，整个人都发生了改变。一方面，他处理事情变得比以前更加严肃、认真。另一方面，他也变得更加热情、真诚了。因为阿摩司知道，现在，当我们俩独处的时候，他已经不再需要任何伪装了。

"从来没有人这样说过。"我如实回答道。就算是丹尼尔，也从来没有说过这样的话——老实说，丹尼尔从来都没怎么赞扬过我。仔细想想，他究竟认为我是个怎样的人呢？我在他眼中算不算是漂亮呢？关于这类话题，跟丹尼尔在一起时，从来没有聊到过。我跟丹尼尔在一起时，还都是小孩子呢。所以，我们俩的感情，也不过是小孩子之间的那种爱慕，即便亲吻，也并不觉得有多心潮澎湃。

跟去年夏天相比，我已经是个完全不一样的人了。我已经以令人感觉十分悲伤的方式，逐渐成长了起来。

尽管十分不现实，不过，如果丹尼尔现在也还活着，他肯定也变得完全不一样了。如果我运气好，他可能不会再憎恨我了，可就算这样，我们两个人之间再谈爱意，也已经是不可能的事情了。

"如果真的没有人这样跟你说过的话——"阿摩司表情十分可爱地对我说道，"那么，只有一种可能性：你认识的人都是瞎子、傻子，或者哑巴。"

我被他的话给逗笑了。他又用手抚摸起我的脸颊来，对此，我感到十分享受。

"你对我真好。"我想也没想，就说出了这么样的一句话。

"谢谢，你对我也一样好。"他真诚地回应道。

然后，我们彼此注视着对方的眼睛，拥抱，接吻。那感觉，跟第一次接吻时完全不一样。这次的吻是坦白、真诚的，而且更甜蜜，更炽烈；吻过之后，我们两个人都激动得浑身颤抖。因为太过激动，我们都没有继续再吻一次的勇气，而是默默地掉头走开，各自为一会儿睡觉休息做准备。躺到床上之后，我们还是跟往常一样，在被子里紧紧握住对方的手，一句话也不多说，等待入睡。直到阿摩司小心翼翼地喊了我一声："米娜，你睡着了吗？"

"怎么了？"

"我……我还想再吻你一次。"

这次，轮到我真诚地回应他了："谢谢，我想的和你一样。"

51

那天晚上，我们并没有真正滚床单，之后一晚也没有。我们彼此之间，都有一种十分神奇的感觉，隐隐约约，觉得我们之间的爱情是受到上天眷顾和保护的。不管外界如何变化，如何反对，拥有这份爱，我们便拥有整个世界。待在华沙，给伊万斯基担任波兰人与犹太人之间接头人的这段日子，是我活到现在为止所度过最幸福的一段时光了。我再也没有做噩梦了——兴许，那些噩梦真的再也不会出现了？现在，我甚至敢再次回到 777 座岛屿的世界了——

长耳朵号乘风破浪，迎着太阳前行。波涛托住这艘海盗船，温柔地带着它，左右摇摆。此时此刻，甲板上正载歌载舞，举办一场狂欢盛宴——在这个世界里，人们喜欢狂欢。好吧，实话实说，水手们有几段唱得实在是太差劲了，糟糕到连偶尔游过的海豚，听到声音都要加速逃离的地步。不过，船员们倒个个都是乐在其中。

我和汉娜，在甲板上随着狼人正拉着的手风琴乐声，翩翩起舞。这时候，汉娜突然问我道："这段时间，你都去哪儿了呀？"

"我……我在家呢。"我有些心虚地回答道。

"犹太居住区里现在是个什么样子？"汉娜十分激动地问我："和我之前在的时候相比，有什么变化吗？"

我应该怎么回答她呢？告诉她，妈妈已经死了吗？甚至跟她说，她自己也已经死掉了吗？

汉娜有权知道现实中发生的一切事情，可是，如果真让我把一切真相都对她和盘托出，我又觉得有些于心不忍。所以，我选择这样回答她

313

道："情况比较复杂，我以后会跟你详细说的，但不是现在。"

"具体什么时候呢？"汉娜有些怀疑地问我。

"等到……"我努力想出了一个挡箭牌："等到我们打败了镜子大师之后。"

"嗯，那应该不需要太久就能等到。"汉娜高兴地说。"从沙人那里，我们忽悠来了第三块魔镜。现在，已经能够直接前往镜子岛了。"

听到汉娜的话，我不觉咽了一口唾沫，脑袋里面浮现出那只怪物的样貌。同时，心里也感到十分愧疚，因为当时，我没有随着汉娜一同死去。不过，我还是压抑住了这些纷繁的感觉，继续和汉娜一道在甲板上跳舞——至少此时此刻，我感到十分享受。在 777 座岛屿的世界里，生活真是相当美好、舒适、安宁。当然，在我跟阿摩司一起住着的那个家，也是一样。

直到我们得到消息，德国人将再次向华沙的犹太人居住区派兵为止。

52

"我想回到犹太人居住区去。"晚饭时候，阿摩司向我提出了我早就担心他会提出的要求。"战争开始的时候，我希望能够跟自己的同志们在一起。"

"可是，这里必须有人留下来负责跟波兰抵抗组织接头，维持彼此之间的联系啊。"我马上反对道。

在我心里，其实打着自己的小算盘；如果我们选择留在波兰人居住区这边，就不会被德国人杀死了。无论如何，至少暂时不会。实际上，我一点儿也不担心自己的生命，虽然在最近这段日子里，我总算是发现了一些活着的美好之处，但就算让我马上去死，也不会有任何遗憾。我担心的是阿摩司——如果再失去一个自己所爱的人，我会承受不住的。

"这样的话，就让你留下来好了。"阿摩司说。我看到，他的眼睛里面正闪动着怒火。

这句话就像一根刺一样，扎在我的心口上。与此同时，我对自己的想法也感到愧疚；不止阿摩司，我也应该把抵抗组织的事业，看得比我们的爱情更重要才是。可现在，我说出这种话，证明在我心中，并不是这样想的。

"我不能一个人留在这里……"我开始狡辩了。

"莫迪凯会派其他人过来的。"阿摩司直接打断了我的话。显然，他对我逃避责任的态度，感到十分生气。这就跟我对他打算把我一个人抛下这件事感到生气是一回事。

"莫迪凯也会派其他人过来代替我。"我针锋相对地说道："别多想了，我跟你一起回去。"

与其好些天之后，在波兰人这边得到阿摩司已经死掉的消息，倒不如跟他一道，在战斗中死去更好。

"那就这样。"阿摩司说道——他紧皱的眉头稍微舒展开了。

"嗯，就这样。"我也说了一样的话。

然后，我们开始默默地收拾餐桌——这是最后一次了。最后一次默默洗碗，最后一次关掉灯，同样最后一次，躺在我们的"婚床"上。

阿摩司没有睡觉，他睁着眼睛，看着漆黑一片的天花板。我则略偏着头，望向窗外天空；明月半弯。满月那天的场景，我是没办法看到了。

"对不起。"阿摩司突然开口说道。

"因为什么？"我转过头去问他。

"因为一切事情。"他也转过头来看着我。我们的脸靠得很近，近到不能再近。

"一切事情吗？"

"嗯，实际上，也不为什么。"

"既为一切事情，又不为什么事情——你这样说，是不是有点微妙啊？"我问道。

阿摩司稍微沉默了一会儿，然后，他突然对我说道："米娜，我相信，我是爱你的。"

"你相信吗？"

"是的，这是我活到现在唯一真正相信的事情。"

他说完这句话后，我们做了那件本该在婚床上做的事情。

53

当我们一起出现在米拉街29号的楼梯间里时，莫迪凯的样子看起来很轻松。实际上，他心里肯定跟我们一样紧张：还有几分钟时间，德国人就要正式向犹太居住区进军了。这是他们最后的一次行动，SS师团的人显然是故意选在犹太人逾越节开始的这天展开进攻。

"我们一直以来都期待着的时刻，终于要来临了。"莫迪凯对我们说道："我们将让敌人疲于奔命——我们要一直不停地进攻，躲在门后，躲在窗后，从废墟里出击，夜以继日，昼夜不停。"

我旁边站着阿摩司，他的双眼炯炯有神，迸发出难以想象的光彩，连埃斯特看起来也相当激动、坚定：对于阿摩司和我现在成了一对这件事，她的反应十分冷淡。毕竟，在这个世界上，有很多事情比爱情更重要。对她如此，对阿摩司如此，甚至对我也是如此。

"那些德国人。"莫迪凯继续说道，"他们肯定会连续数月，接连不断地对我们展开攻击。如果有够我们全部人使用的武器、弹药和炸药的话，保管让敌人血流成河。"

很可惜，我们是不可能会有足够多武器的——关于这点，早在我们前往波兰人居住区的任务开始时，就已经很清楚了，连莫迪凯都知道这点。然而，在战争开始之前，他除了这样说，以此来鼓舞军心之外，还能说些什么呢？难道让他直接告诉大家真相吗？告诉大家，不出几个小时，我们所有人都会死掉吗？

粗略估计，我们这边一共有 1400 名没有经过正式训练的战士，散布在整个犹太居住区里。所有人都将面对德国士兵，还有他们开的坦克，我们这边甚至做不到人手一枪，手榴弹和莫洛托夫鸡尾酒炸弹加起来也不过几百个而已。莫迪凯说得没错，这儿确实即将血流成河，但是，流的却不是德国士兵的鲜血，而是我们犹太人的。

如果不是在春天里迎接死亡，而是在其他时候的话，可能相对来讲会比较容易些吧。在 1943 年 4 月 19 日的这天早晨，阳光也普照到了犹太居住区的这一边。眼前这明媚的光线，不止让活着，也让死亡都显得更加艰难了。

在莫迪凯的演讲结束之后，我们小组的战士们陆续埋伏到了窗后、阳台和屋顶上。在六栋彼此相连的房屋里，也埋伏了不少其他战斗小组的战士。就这样，大约有近百名战士埋伏在了柴门霍夫街的十字路口周围，占据了所有视野足够好、方便开枪射击的可能位置。在穿过犹太居住区大门之后，德国人肯定会从这个路口经过。

跟差不多所有人一样，我的装备是一把手枪，还有一颗手雷。只有红头发的本拿着一柄步枪；这柄步枪，是他跟一个同志在两个星期之前，夜袭靠近高墙的一名德国士兵之后，缴获下来的。自那以后，本对待这柄宝贵的步枪，就像对待宝藏一样，悉心呵护。

我和阿摩司一起，守在四楼的一处窗户后面。一开始时，我还有点儿不确定，想着是不是应该换个位置来防守：我真的想在自己所爱的人旁边战斗，然后死去吗？如果选择不去被迫看着子弹打穿阿摩司身体的场景，到别的地方去，分开战斗，情况会不会好些？

阿摩司本人却没有这种顾虑。他此刻的注意力，已经完全集中在即将到来的复仇时刻上了。即使我在德国人过来之前离开他身边，他也肯定不会怎么在意的——因为，我打算首先跟我的妹妹道个别。

"我们很快就要到达镜子岛了。"汉娜高兴地对我说道。长耳朵号，现在已经驶入了波涛汹涌、危机四伏的海域。仔细想想，这段时间我之所以再也没有梦到过镜子大师，可能是因为对于自己意外幸存下来这件事，在良心上已经不再感到愧疚；毕竟，今天我就要死了。

"到了那里以后——"汉娜十分激动，不停跟我说话，还把那三块熠熠生辉、发出钻石般光芒的魔镜拿出来给我看："我们就可以把这个世界的邪恶根源彻底驱逐出去了。"

"在狠狠踢那家伙屁股之前，先不要急着驱逐他。"胡萝卜船长吹牛道。

我笑了。至少，还是有一个世界可以得到解放的。

"他们来了！"突然之间，我听到了埃斯特的喊声。"德国人来了！"她的这声叫喊，甚至传到了777座岛屿的世界。

我还想跟自己的妹妹说很多很多话，可是，已经没有时间了。我紧紧地拥抱了她，轻声说了句："我爱你。"

哪里知道，她却在我的怀里抗议道："你把我压得喘不上气来了。"

就算这样，我还是重复了一遍："我爱你。"

千言万语，尽在这句话中。我拼尽全力，离开了汉娜，离开了777座岛屿的世界——显然，我是永远都不会再回来的了。

City lights

城市之光

自由地活着。

想想看吧，我们赶走了德国士兵，

犹太居住区属于我们了。

哪怕只是一个晚上

——我们现在都是自由的。

直到生命的尽头，我们也都是自由的！

54

　　隔着一扇残缺不全的窗户，我紧张地观察着外面的动静——从我所站的位置，能够十分完美地看到街上的状况，对于开枪射击而言也很理想。当然，前提是我还能鼓起足够的勇气，再去夺走另外一个人的生命。

　　德国人之所以能够轻而易举、毫无畏惧地把我们送进毒气室，是因为他们并不把我们当成是人，或者类似于人的生命。我们犹太人同样也很清楚，德国人是怎样的一群人——其他所有战士们，凭借着胸中的仇恨之火，都能够毫无顾虑地杀死德国人。可是，我眼中却总是浮现出那个曾经向我乞求宽恕的、年轻德国士兵的脸。此时此刻，我自己心里也不十分确定，我是否已经为再次开枪杀人做好了充足的准备。

　　现在，我们能够远远看到，有一辆坦克开进了犹太居住区，坦克后面跟着大约二十名犹太警察。在这些叛徒们身后，是四列德国士兵，每个士兵都配备了他们使用娴熟的步枪——这帮人将会做些什么，简直无法想象。一时之间，我甚至觉得，眼前这一切都是我的幻觉，实际上根本就没有德国人过来。但是，阿摩司的一句轻声提醒，却明白无误地告诉我，这些都是真的。他说："他们正在唱歌①。"

　　　　在绿色的森林里，有一座守林人小屋，

　　　　自每天清晨开始，守林人会出来巡逻，

---

　　①　所唱的是 Lorelied 即《罗尔之歌》，德国军队进攻时的战歌。

他精神焕发，自由自在，保卫着森林，
守林人的女儿，也从小屋里翩翩而出……

这帮混蛋，他们竟然在唱军歌。
他们打算一边唱着歌，一边把我们消灭干净。

罗尔，罗尔，罗尔，罗尔，
这女孩是多么美丽——
她不过十七八岁的年纪……

SS师团的人实在是太自信了，行军的时候，没有一个人打开自己步枪的枪栓；看起来，他们压根儿就没有想到，抵抗组织的人会选择在半路拦截他们。因为，德国人已经习惯把从不抵抗的犹太人直接送进毒气室了，他们根本就不会去考虑，还会有犹太人提前埋伏。
我们全部人都在等待莫迪凯的开火信号。但士兵们现在走得还不够近。

守林人和他女儿，两个人的枪法都是一流……

坦克正从我们的窗户底下驶过。

守林人向着小鹿射击，女儿命中了年轻小伙子……

犹太警察也走过去了。这帮可悲的杂碎。

父亲和女儿，都射进了年轻的心脏里……

现在，第一排士兵已经走在我们窗户下面的街道上了。阿摩司很想直接开枪，但莫迪凯直到现在都还没有下令。他还在等，等待足够多的士兵进入到我们手中的武器射程以内。

塔纳啦啦，塔纳啦啦，都射进了年轻的心脏里……

终于，我们的领袖给出了进攻的信号——他把一颗手榴弹，从窗户里面直接扔向了敌群。

罗尔，罗尔……

手榴弹爆炸了，士兵们开始尖叫，突然之间，从屋顶、窗户、阳台……四面八方，都向他们扔出莫洛托夫鸡尾酒炸弹和手榴弹，子弹也开始招待他们了。

德国人和他们的犹太帮凶们，瞬间陷入了慌乱之中，队形也完全崩溃了。士兵们跌跌撞撞，四散奔跑，试图在周围废弃的商店、房屋出入口，或者瓦砾堆后面寻找掩护。

到处都是倒下死掉的德国士兵的尸体。有些人身上着火了，像燃烧着的火把一样，在大街上四处乱窜，直到最后，倒在石板路上，再也没办法爬起来。他们的尖叫声，在接连不断的爆炸声的遮蔽之下，几乎一点儿都听不见。他们当中，没有一个人选择去帮助同伴，唱军歌，或者守林人小屋里住着的罗尔，早就被他们给抛到了九霄云外。

我旁边，阿摩司手中的枪正在不断开火。很少看见他像现在这个样子——全力以赴。能够为自己的朋友们复仇，对他而言，简直能够说是十分幸福的一件事。

第一批过去的德国人，开始回转身来开火还击了。子弹呼啸着，从我们的身边擦过，射进我们背后的墙上。

我整个人低头躲在窗台下面，不敢往外再看一眼。

"米娜，开枪啊！"阿摩司一边向我咆哮，一边用力把自己的手榴弹投向街上那群狂怒的混蛋。

可现在的我，只想不停尖叫——我怕死，更怕开枪杀人。

"米娜！"阿摩司催促道。

就在这时，下面突然升起了一股滚滚的浓烟。

"是坦克！我打中坦克了！"埃斯特欢呼道。

听到欢呼，我再一次爬起身来，看向外面的街道——那辆坦克着火了，正在熊熊燃烧，浑身是血的坦克兵正从坦克里面向外爬。本来应该是他右臂的地方，只有一团血肉模糊的残肢。他从坦克座舱摔到地上，其他的坦克兵没跟他一起出来；他们全都被烧死在里面了。

在坦克兵的旁边，躺着一个犹太警察，感觉似乎这两个人会就这样一起安静死去似的。但那个犹太警察却完全不惧怕死亡，他用尽最后一点力气，突然开始大叫起来："我是被犹太同胞的子弹给杀死的！谢谢你们！谢谢！"

他死得很幸福，因为我们这些同胞，在最后关头给了他足够的尊严——他死在了同胞的子弹下，而不是纳粹的。

"米娜！"阿摩司现在真的生气了。

我还是不能开枪。直到——没错，直到我在一片混乱当中，从那辆正在燃烧的坦克旁，认出了之前在岗亭里侮辱过我的那头混蛋肥猪为止。我还记得，他是怎样侮辱我的。当时，他甚至马上就要得手了，快在我身上干出他在其他女孩们身上所犯下的罪孽了。想到这里，我用手枪瞄准了他——此时此刻，我的整个手都在颤抖。

这时，我旁边的那扇窗户，被一柄重机枪的子弹打了个粉碎——

上千块碎片四散坠落。就算这样，我也没有低头躲避，因为，我看到那头来自岗亭的肥猪正打算举枪射击；他想要射杀我们其中一位正在屋顶上负责扔莫洛托夫鸡尾酒的同志，或者甚至是打算直接杀死红头发的本——他同样也在那处屋顶上。那一瞬间，我想起了汉娜，想起了她躺在那间狭小的食品储藏室里浑身是血的样子。我开枪了。

那个 SS 师团的家伙倒地了。

这是我生命中第一次主动杀人；并非自卫，而是真正在战斗。我继续开枪，一直开枪，就像喝醉了酒一样，精神恍惚，心醉神迷，一点良知上的愧疚感都没有。我每射中一枪，能够毫不犹豫地杀死正唱着歌的 SS 师团的人就会减少一个。

55

半个小时的战斗过后，还能逃跑的德国士兵，已经全部逃走了。他们从自己死掉的战友身边逃开，从熊熊燃烧的坦克旁逃开，直接逃离了犹太人居住区。这帮逃兵，他们究竟因为接到了撤退指令而逃跑，还是单纯因为恐惧而溃败，已经无所谓了。最关键的是——德国士兵被我们犹太人打得落荒而逃！这实在太不可思议了。他们竟然会被我们犹太人给打跑！

不仅如此，还有更加不可思议的事情；在最开始彼此高呼胜利的一阵混乱过去之后，我们开始陆续接到所有安排在十字路口附近的战斗小组的损失报告。最后，我们确定，这次行动没有任何人伤亡——所有战士都还幸存！

我们简直不敢相信我们竟然胜利了，如此幸运，而且，全部人都还活着。所有人都在彼此拥抱，紧紧相拥，大笑，流泪，欢呼雀跃。一些战士甚至伴着轻快的音乐，主动跳起了华尔兹舞——尽管没有乐器，他们还是轻轻哼出了漂亮的曲子。

如果我曾经学过哪怕一种舞步的话，我现在肯定也在跳华尔兹舞了。

莫迪凯过来拥抱了我，甚至我之前完全不认识的一些同志，也给了我结结实实的拥抱——他们是在我跟阿摩司去了波兰人居住区之后，才加入到组织里来的。不仅他们，埃斯特也来拥抱了我。

"你看到那坦克是怎么燃烧的了吗？"她对我炫耀道。

到目前为止，我跟她，还有阿摩司之间发生的林林总总，因为这次胜利，统统都变得不再重要了。

红头发的本，他是我看过所有战士当中最得意的。他手里拿着那支步枪，特地来到我这边坏掉的窗子旁，笑着对我说道："八个。"

他数过了。

"我一共干掉了八个。"

他说这句话时，一点都不结巴。显然，他之前之所以说话结巴，是因为对父亲跟德国人之间互相勾结这件事感到十分愧疚。不过现在，这种愧疚感已经清偿掉了，他的心灵也获得了释放。"这是为了汉娜而做的。"他十分认真地对我说道。看得出来，这一瞬间，他已经成为一个响当当的男子汉了。

然而，我自己却并不确定，是否也能够说出这样一句"这是为了汉娜而做的"。虽然我加入抵抗组织，是为了给她们的死找出一个意义来——但是，如果本和我都死掉了的话，我的妹妹就会被这个世界永远忘却掉了。即使我们今天能够取得一次胜利，最终，我们也肯定会失败的，不是明天，就是后天。不，我们在这里做这些事情，并不是为了汉娜。阿摩司说得很对——我们是为了子孙后代而奋起抗争。如果我们成功了，我们的名字，就会在他们的回忆当中永存下去。

我轻轻抚摸了一下红头发本的脸颊。即使他已经长得这么高大强壮，而且暂时（或者不是暂时，而是直到他很快就要迎来的、短暂生命的尽头）说话也不会再结巴了，在我的眼中，他依旧是之前和我妹妹接吻时的、那个没长大的男孩的样子。

阿摩司走到我的身边，笑着对我说道："我们还活着！"

"是啊，我们还活着！"我又确认了一遍这个奇迹。

然后，我们相拥而吻——就仿佛我们并不是在为犹太人的子孙后代们战斗，而仅仅是为了这个吻而战斗似的。

56

天渐渐黑下来之后，我们离开了屋子，穿街而过。我们看到了那些死人——我们敌人的尸体，它们大部分都被子弹给打烂了，缺胳膊少腿的。到处都是烟味，还有烤焦了的肉味。不止在这里，这种味道也弥漫在犹太人居住区里，弥漫在其他战斗小组击溃过 SS 师团的地方。除了这些味道之外，还有酒的味道。因为犹太人们正在欢庆胜利！不止战士，还有不少躲藏在地洞里的居民——只有在黑夜的保护下，他们才会从自己藏身的庇护所里爬出来。

埃斯特爬到了烧得焦黑的坦克残骸上——这是她的战利品。莫迪凯和其他人，则在认真搜集德国士兵们的武器，留作己用。

至于我，我心里现在燃起了希望，认为明天不会是我生命的最后一天；我们还能坚持战斗，再坚持一两天，甚至一个礼拜。一次偷袭胜利，从军事角度上讲，或许根本起不到任何作用；但士气上，今天这一仗可说是大获全胜。

阿摩司走到了我的身边，犹犹豫豫，欲言又止："米娜……"

"怎么了？"我有点儿摸不着头脑。

"你看那边。"他才刚一开口，眼眶里积着的泪水就已经流了下来。

他指了指穆拉诺夫斯基广场的一处屋顶。这时我才知道，他流泪，并不是因为悲伤，而是被眼前场景给深深打动了。屋顶上高悬着两面旗帜——红白两色的波兰国旗，还有蓝白两色的抵抗组织旗帜。

看到这一幕，就连我的眼中也流下了泪水。我想起了科扎克带领着他的孩子们，举着旗帜，登上开往毒气室的火车时的情景。

为死去孩子们而流下的悲伤之泪，跟此时此刻的喜悦之泪混合在了一起——德国人、波兰人、乌克兰人、拉脱维亚人——我们所有的敌人，还有我们为数不多的少数朋友，无论在高墙的哪一边，他们都能够看到这些旗帜此刻高高飘扬的样子。

我从来不曾像此刻这样自豪过：我们的旗帜，正迎着和煦春风起舞，数以百计的犹太人都在欢庆胜利。我总是在思考那个关于马萨达的传说，之前，我曾经认为，那个传说的主旨是——犹太人有尊严地死去了。

现在我知道，那个看法是错误的。马萨达传说的主旨在于：自由地活着。想想看吧，我们赶走了德国士兵，犹太居住区属于我们了。哪怕只是一个晚上——我们现在都是自由的。直到生命的尽头，我们也都是自由的！

57

一开始，我们所有人都还沉浸在初战告捷的喜悦当中，在预备用来休憩的地方兴奋地聊着天，久久不愿入睡。每个人都在说着自己的或者其他人的英雄战绩："莎拉直接把她的手榴弹丢向了纳粹军官，你看到了吗？""刷子厂那块的工人们全部藏起来了，他们没有响应撤离请求，而是准备随时接应我们。""有个战士一枪射中了刷子厂厂主的手。"

渐渐的，大家说话的声音越来越小，人们逐渐从兴奋中清醒过来，开始思考起各种现实问题。

"我们还能再坚持多久？""德国人明天将会怎样做？""希望我是被子弹给打死，而不是被火烧死。"

阿摩司和我躺在一起，手牵着手。没有多聊什么，只是看着月光发呆——上天能够再额外多送给我们一些时间，已经足够使我们得到鼓舞了。不，这些时间，并不是上天送给我们的，而是靠战斗，自己挣回来的。

这时，阿摩司微笑着对我说："我现在已经能够死而无憾了。"

我不知道应该怎样回应他。此时此刻，我不止感到十分幸福，还是个完全自由的人。可是，如果说死而无憾，我还做不到——我不想死。

不过，一想到我死以后再也不用为睡觉担忧，再不会因为睡眠不足而感到疲惫，我就觉得十分激动。可是，这一晚，我却意外睡得很沉，什么梦都没有做，这对我而言，简直如同受到神迹庇佑一般。

长夜过去，我醒来时，看到旁边躺着的阿摩司还在酣睡。他睡觉时的样子是那么安详、平和，我看他看得发了呆，就好像自己从未看过他睡觉似的。此刻，他的灵魂所承受的伤痛，仿佛已经被治愈了——因为，他已经给自己的朋友们报了仇。

这时，莫迪凯走到我们身边，叫醒了阿摩司。阿摩司一睁开眼睛，连一秒钟的时间都不用，就完全清醒了过来——他从被褥上直接蹦了起来，生龙活虎，精神十足。在我振作精神，打算为今天的行动做好准备时，莫迪凯把埃斯特和红头发的本叫了过来，对我们交待道："你们四个，去奈拉斯街33号，加入那边的战斗小组，补充他们的战力。我们刚刚得到消息，那里将要发生的战斗，比米拉街这边还要更加激烈。"

我们四个一走到街上就发现，尽管天空依旧晴朗，万里无云，但今天比我们取得胜利的那天要冷得多。太阳正在犹太居住区的上空缓缓升起，我的心中马上浮现出一个相关的问题：这会不会是我今生所看到的最后一次日出呢？如果是这样的话，我还想好好再看一会儿朝阳如幻梦般迤逦的色彩。就在这时，红头发的本突然大笑着喊了一句："哈，白天看过去，它们比之前更好看了，不是吗？"

他指向穆拉诺夫斯基广场那处竖立了两根旗帜的屋顶。

真令人感到不可思议。此时此刻，犹太居住区对我而言，已经不再是束缚自由的监狱，而是我心灵的家园。

58

我们来到歌西亚街、奈拉斯街和弗兰西斯赞斯卡街的交汇处，听到奈拉斯街33号的屋子里传出一阵乐曲声；有个战士正在演奏手风琴，那音乐声实在美妙，仿佛给整个犹太居住区都施加了使人心情愉悦的魔法似的。心灵的家园，再加上美妙的音乐——这世界上，还有比这更美好的地方吗？

"是舒伯特。"埃斯特听出了那是什么曲子——她显然比我在学校里待的时间更长，受过更多教育。

"德国人的作曲才能差不多跟他们的谋杀技巧一样棒呢。"阿摩司一边调侃，一边打开了奈拉斯街33号的门。我们沿着楼梯间向上走，走过散落四处的残垣碎瓦，在最顶楼的一处住房里，和瑞秋·贝尔卡见了面。这是个外表十分坚毅的女人，很强壮，看上去不太平易近人。埃斯特跟她一比，简直就是小鸟依人。瑞秋是抵抗组织里最早期的成员之一，现年二十九岁，比我们的领袖莫迪凯都还要大五岁。

我们给她带来了最新的消息，她则把我们带到了需要由我们来驻守的哨位。阿摩司和我负责守住楼上的一处阳台。在那里，我们能够很清楚地看到，德国人正在犹太居住区的大门出入口处集合，犹太警察们也就位了。这一次，犹太警察是被德国人当作人肉盾牌来使用；每一颗从我们这里射出去的子弹，只要是打中了这些叛徒，就不会再射中德国人了。有两辆坦克开到了大门那里，停了下来，和士兵们一道整队集结。

"这一次，他们会直接向我们开炮了。"我说出了显而易见的事实。

"当然。不过，开炮归开炮，他们首先得命中我们才行。"阿摩司回应我道。"他们现在离我们还很远，不可能射中的。况且，他们目前很怕我们，不敢轻易靠近。"

犹太人竟然把德国军队里最受宠的家伙——坦克给摧毁了一辆，对于 SS 师团的人而言，这恐怕是最糟糕的事情了。

"你敢确定，他们从那里开炮，不会射中我们吗？"我问道。

"我们很快就能知道了。"阿摩司微笑着回答了我。

我取过一个望远镜，看向远方，发现在华沙市的波兰人居住区，生活一切照旧：人们正在赶去上班的路上，小贩们商店照常开张，售卖各种货物，汽车在街道上慢悠悠地行驶——这一切，离我们不过几百米之隔。

然而我们这边，正遭受战争的侵袭。对于波兰人而言，我们这边发生的事情，就仿佛在另外一个星球上上演一般；火星，木星，甚至如天王星般遥远。

倘若我们当中还有人心存幻想，认为波兰人会帮助我们，跟我们联合起来，对抗侵略者的话，此时此刻，看到对面波兰人正常生活的场景，恐怕会真正死心了吧。

一辆黑色的轿车，停在了犹太居住区的大门门口。驾驶汽车的士兵从座位上下来，打开了后座的车门，从后座走下来一个表情十分严肃的、穿着 SS 军官制服的巨人。巨人一下车，马上就戴上了皮手套，似乎是不想被这种地方脏到自己的手指。

阿摩司也依稀看到了那边的情景，他赶紧求我："望远镜也给我看一下。"

我把望远镜递给了他。

"那是史楚普中将。"

史楚普中将是驻华沙 SS 师团的最高指挥官，竟然是由他来亲自指挥这次行动。他的全名是尤尔根·史楚普——不过，根据我们听来的传闻，他出生时使用的名字其实是约瑟夫 ① · 史楚普。因为太过憎恶犹太人，他在两年前正式将名字改成了尤尔根。

在我所见过的全部德国人当中，史楚普中将可是跟希特勒、希姆莱和戈培尔走得最近的人。几个月之前，希姆莱曾经到犹太人居住区视察过，不过，我们当中却没有任何一个人真正见过这个怪物本人，只有少数几个负责到处搜寻值钱物什的犹太人偶然碰见过他一次。很可惜，当时，这几个人谁都没有勇气舍生取义，去刺杀这个恶魔。

四个士兵把一张很重的橡木桌子从车里取出来，把它放在史楚普中将的面前。另一个德国人拿过来一把椅子，后来还有另外一个人拿过来一组文具。中将在桌子前面坐下，打算在那里亲自指挥这次行动。

看到这一幕，阿摩司马上打开了阳台的门，打算离开这里。

"你想去哪儿？"我问他道。"我们俩应该守在这里才对。"

"现在不是了。"阿摩司对我笑了笑，然后便马上离开了阳台。

我不止感到迷惑，还觉得十分愤怒。我曾经以为，我们俩会在这个阳台上肩并肩战斗，或许还会死在一起。阿摩司却一下子把我的想象彻底击毁了，甚至都没有想到要跟我道别。

---

① 　Josef，这是个出自犹太教《圣经》的名字。

此时此刻，脑袋里面有另外一个我正在问自己，是否应该跟着他一起去——好吧，这完全不是个问题。

在我离开房间之前，埃斯特堵在我面前，问道："你们两个为什么要擅离职守？"

"我自己也想知道啊。"我一边这样回答，一边推开埃斯特，走出了门。

59

半小时之后，史楚普中将正式对士兵们下令，让他们对犹太居住区发起进攻。这一次进攻中，每个德国士兵都拖着一张我们这些犹太居民睡觉用的床垫，以此作为护盾，躲在后面向我们开枪。阿摩司和我跟其他一些战士们，选择趴在屋顶上开枪还击。直到现在为止，我都没有搞清楚，他为什么一定要跑到这上面来，不过，我也没有追问——我再也不会提出任何问题了，不管是对其他人，还是对我自己。现在，除了开枪射击和被子弹打中这两件事，别的我什么都不再想了；我整个人已经完全被充斥全身的肾上腺素给支配了。

几个同志点燃了莫洛托夫鸡尾酒炸弹，然后把它们投向德国士兵。床垫瞬间被点燃了，那些士兵失去了掩护，我们便开始向着他们开火。

这时候，那两辆坦克开始从靠近波兰人居住区的位置，朝我们驻扎的方向开炮了。不过，就跟阿摩司之前预想的一样，因为距离很远，坦克完全射偏了。我心想，这些自认为优越的家伙是射不中我们的，因为他们十分害怕我们——胆怯的人是肯定射不中的。

阿摩司突然跳起来，奔向投掷莫洛托夫鸡尾酒炸弹的同志。下面的德国士兵们就跟前一天一样，躲到了周围房屋的入口位置，以此作为掩体，不停地朝着我们射击，射击，射击——跟我们不一样，他们完全不需要节约子弹。

阿摩司也点燃了一个莫洛托夫鸡尾酒炸弹，助跑一小段，然后用尽全力，把瓶子扔了出去——不是掷向士兵们，也不是掷向坦克，而是直接向着SS长官史楚普的方向投掷了过去。那个家伙，现在正站在自己那张估计是用来打牌的桌子上；现在想来，真是十分可笑。我明白了，这就是阿摩司选择跑上屋顶的原因——他希望能够亲自杀死敌人的最高指挥官。

鸡尾酒炸弹在离史楚普中将二十米远的地方爆炸了。不愧是中将，面对不远处的爆炸，他连动都没有动弹一下。

阿摩司又投了一枚鸡尾酒炸弹，这次比上次更加用力。他期盼复仇的意志，借给了他堪比奥林匹克运动员的力量。这一次，炸弹爆炸的位置离史楚普中将只有大约十米的距离了。可是，即便这样，这个SS师团的巨人也丝毫不动摇。他仍旧站在那张桌子上，对着自己手下的士兵们大声下着什么命令。显然，他应该是想通过鸡尾酒炸弹多次爆炸的轨迹，确定炸弹是从哪个屋顶投掷过来的，以便让坦克瞄准开炮。但是，因为炸弹爆炸带来的噪音和浓烟，直到目前为止，他仍旧什么都不能确定。

我不再开枪了，而是选择静静地看着阿摩司，看他拿着第三颗莫洛托夫鸡尾酒炸弹助跑，然后，再把炸弹用力扔出去——扔得比前两颗炸弹还要远。这枚炸弹直接在史楚普中将旁边爆炸了。这次，这个SS的长官吓了一大跳，开始左顾右盼，似乎是惊慌失措了。他会继续留在自己的牌桌上吗？很明显，他选择站在那张桌子上，是打算向自己的手下展示自己作为指挥官的勇气和毅力，如果他现在逃跑的话，可想而知，会对他手下的士兵们产生怎样的动摇。

可是，现在他旁边已经完全着火了——即使他已经能够看见正在准备投出第四枚鸡尾酒炸弹的阿摩司，这位中将此刻所处的位置，温度肯定也高到令人难以忍受。果然，史楚普中将速度飞快、但又尽量方寸不乱地跳下了他的牌桌。他才刚跳下去，桌子就已经被火焰吞没了。

看到这一幕，阿摩司大声欢呼起来，我也不自觉地跟着他一起欢呼。虽然他并没有真正杀死史楚普中将，可那张正在燃烧的桌子，对于那帮德国人而言，显然比被点燃的坦克更加让他们感到受挫。

就在这时，我听到下面的阳台那里，传来红头发本的喊声："房子着火了！房子着火了！"

楼下街道上的士兵们向房屋入口处投掷了燃烧弹。火已经烧起来了，火苗从下面楼层的窗户里飞蹿出来，火势扩散的速度很快。

"我们不能再待在这儿了。"阿摩司给出了他的判断，大家对此表示一致赞同。在这里傻守着，直到被熊熊烈火烧死，没有任何意义。我们必须马上撤退，再找一个新的驻守位置，继续作战。

就这样，我们迅速离开了屋顶，冲向楼梯间。显然，我们不可能直接从正门跑出去；就算我们能够冲过已经把一楼完全占据了的烈火，也会被大街上的德国士兵们击毙。幸好，瑞秋的战斗小组已经准备好了一条撤退通道；通过阁楼上的洞穴，我们能够穿过墙壁，直接逃到歌西亚街 6 号的另外一栋屋子，在那里继续战斗。瑞秋已经预先派出了一个通信员，来确保撤退道路畅通无阻。

然而，撤退道路并不安全。

那个通信员名叫阿维，他曾经是一名犹太警察，在第一批开往特雷布林卡集中营的火车正式启程的那些日子里，他弃暗投明，选择加入抵抗组织（为什么我的哥哥就没这种觉悟呢）。此刻，阿维正浑身是汗地站在我们面前，一边捻着他那火红色的胡须，一边绝望地对我们说道："德国人已经把歌西亚街 6 号占领了。"

听到这个消息，我们所有人都惊呆了。楼下的火焰，已经顺着楼梯间蹿了上来，一层一层地占领这栋房子——我们已经无路可退了。

瑞秋是我们当中唯一还能保持冷静的人。"你……"她指了指阿维，"还有你。"又指向红头发的本，"你们两个，马上去找其他的撤退道路。"

显然，在这紧要关头，她并不是有意挑选出这里唯一两个红色头发的家伙来担任寻路工作的。阿维和本马上行动了起来，开始在屋子里四处寻找可供我们逃跑用的道路。与此同时，我们其余的人在一间光线昏暗的阁楼房间里集合，耐心等待他们的消息。下面的热浪炙烤着我们，所有人都大汗淋漓；升腾的烟气，让呼吸变得越来越困难。我们砸开了阁楼里唯一的一扇小窗户，但那根本无济于事。不仅如此，外面的烟气也从那个窗洞里涌进了阁楼里。我们全部都开始咳嗽了起来，在极端恐惧之下，我不由得轻声自嘲道："现在，我们不止要面对毒气，还得被火焰焚烧了。"

阿摩司揪住了我的衣领。他不仅没有安抚我，反而扯着我的衣服，不停地摇晃我，十分粗暴地提醒我说："不要那样说！"

他做得一点没错。我必须振作起来，否则，糟糕的情绪很快就会在其他同志们身上蔓延开来。危急时刻，阿维突然闯了进来——他回来找我们了。

"搜寻结果如何？"瑞秋问他。

"没有找到。"他很沮丧地回答道。"没有出路了。"

在知道自己很快就要被烧死的情况下，还要硬着头皮，抖擞精神——这可真不容易。

烟气一秒钟比一秒钟更浓。我们的眼睛开始流泪了。不过，红头发的本还没有回来了，至少还剩最后一点儿希望，还不能够彻底绝望。

我咳个不停，其他人也跟我一样。即便是拼命控制住自己，努力不向现实示弱的阿摩司，也开始大口喘息起来。

现在，火焰不止从下面侵袭，阁楼上方的屋梁部分也开始燃烧起来。很明显，德国士兵们也把燃烧弹投到了屋顶上。一根根燃烧的木块从屋顶上掉落下来，砸在我们身边。但是，谁都没有喊出声来——每个人都在忍耐着，努力控制住自己，就算脚下的地板，因为高温的缘故，已经开始蜷曲变形，谁也没有多说一句话。

"小心上面！"埃斯特喊道。

透过阁楼的窗洞，我们看到对面房子的屋顶上，已经有 SS 师团士兵现身了。站得离窗户最近的埃斯特、瑞秋还有阿维，毫不迟疑地向他们开了枪。士兵们马上举枪还击，但是，因为窗子太小的缘故，他们根本就没办法射中，只好赶紧从屋顶上撤离了。这次短暂的交火，马上就被我们抛到了脑后——火焰已经包围了我们，形势危急。

就在这时，红头发的本冲了进来："我觉得，我好像找到了一条可以通往奈拉斯街 37 号的路。"

"什么是'你觉得'？难道不能确定吗？"瑞秋一边咳嗽，一边问他道。

"我没有完全走完那条路。时间紧迫……"

"好吧，就算不能确定，总比守在这儿等死强。"瑞秋马上作出了判断。

全部人开始慢慢从阁楼撤退到楼梯间，这里浓烟密布，几乎什么都看不见，更别提呼吸了——在本的指引下，我们从这里来到另外一个阁楼房间，这个房间的墙壁上有一个通往隔壁屋子的小洞；这个洞并不是我们预先准备好的逃生道路，它纯粹是原来建筑上的一处破损而已。洞口很窄，窄到我第一眼望过去时，觉得自己根本不可能钻进去。可是，就在我的眼前，第一个战士钻进去了，第二个，第三个……大家都办到了。轮到我的时候，我却卡在了里面——无论怎么动，肩膀部分都完全进不去。我感到惊慌失措，不禁大喊道："我不要进去……我不要进去……！"

"这可由不得你！"阿摩司一边冲着我大喊，一边用力把我摁进了洞里。那一瞬间，我觉得自己的肩膀已经断了。但是，下一刻我就已经摔倒在了另外一栋屋子的地板上。这栋屋子里也有烟——SS师团的人也把这里给烧着了。

我们不靠眼睛看，直接摸索着前进，嘴里憋着一口气，不随便呼吸，以免烟尘进到我们的肺里。走着走着，我们又从顶楼的另外一处窄缝里，挤到了紧挨着的另一栋屋子里。万幸，这栋房子并没有着火。不过，就算暂时没有着火，也不表示我们现在很安全——火势很快就将蔓延过来。

我们从一处缝隙处爬到了屋顶上。然后，为了不被德国士兵们当成靶子，我们继续爬行，一直到了旁边的一处房子里，再从那里跳到后面一栋房子的房顶上。

"这附近的某个地方，肯定有可以供我们躲藏的地方。"阿维说道。

我们这些ZOB的人，实际上并没有建造多少藏身处——但犹太居住区的居民们凭着自己的力量，几乎在任何地方都造出了可供藏身的密室。然而我们这些人却将全部精力都集中在了这次起义上，筹集武器、肃清叛徒、接受战斗训练……至于建造藏身处，并没有认真提上日程。我们为什么还需要藏身处？毕竟，之前我们根本就没有料想到我们竟然能够撑过第一天，而且仍旧幸存。不管我们中的某些人怎样夸耀、渲染马萨达的传说——就算是我们当中最大胆的幻想家肯定也没有想到，我们竟然能比那些对抗罗马军团、传说中的先烈们坚持更长的时间。

相比之下，我倒更愿意去对抗罗马军团。罗马人追随他们基督教信仰的决心，跟纳粹的暴行相比，显然要温和得多。

阿维是不是真的清楚，这附近确实有个藏身处呢？哪怕他只是说出这句话来给我们打气也罢了——反正，我们都不太在意这件事是否属实。大家一起涌进屋子，又到大厅里，希望能够在这里找到一处隐藏的藏身处的入口。最后，埃斯特在地下室里找到了一扇十分隐蔽的门。战士们没有敲门，也没有向谁征求允许——我们直接撞开了那扇门，进到一处逼仄的密室里：里面大约有二十个犹太居住区居民，其中不少都是在这里避难的孩子。我们个个筋疲力尽，一进去就倒在了地上。直到进到这处密室为止，之前我一直憋着气，在跟意图进到我肺里的浓烟作斗争，可现在我却咳个不停，喉咙整个噎住，差点窒息死掉。直到我吐了满地的黑水之后，才稍微好一点儿，尽管如此失态，我却满不在乎。因为，我们现在姑且算是安全了——我没有被火烧死。

"快滚出去！"一个女人突然冲着我们歇斯底里地大叫。她的怀里，抱着一个快要饿死的男孩，就连她自己也已经饿得只剩一副皮包骨头了。

"赶紧消失吧！你们会让我们所有人都面临生命危险！"另外一个年纪较长、脸颊上的皮肤全部皱得垂下来的女人也这样对我们叫嚷道。看她饿得骨瘦如柴的样子，简直像是具枯干了的行尸走肉。

我们还没来得及申辩什么，就已经受到了来自四面八方的斥责："我们这儿不需要你们！""因为你们来了，我们所有人都会死！""德国人如果在这儿找到你们，会连我们一起杀死！"

难以置信——我们每个人都在为犹太居住区战斗，而这里的人们，却只为自己的生命安全担忧，甚至为此而憎恨我们。

这时候，在一个有很多孩子待着的角落里，突然站起来一个年轻人。他态度坚决地对着人群喊道："战士们应该留下来！"

这个年轻人，正是丹尼尔。

60

在苍白昏暗的烛光下，我一下子就认出了他来；虽然他剃了个接近光头的发型，身型比之前瘦弱得多。

"你是被送到特雷布林卡集中营去了吗？"我万分惊讶地开口问道，一边问，嘴里一边不住地咳嗽。我咳嗽，一半是因为之前的浓烟还跟一团火焰似的，在我的肺里燃烧；而另一半，是因为这咳嗽令我回忆起之前露丝的咳声来。她能够从特雷布林卡逃出来，是因为她的情人为她支付了巨额的赎金。可是，丹尼尔显然付不起赎金。而且，根据我们到目前为止所听到的消息，根本没有人能够从集中营里逃出来。几个月前，我们派出的侦察员曾经接近过特雷布林卡集中营——按照他们的说法，集中营里的囚犯们甚至主动撞向电网求死，以此来逃避生不如死的各种折磨。

"没有，我只是头上长了虱子而已。"丹尼尔答道。

这句话使我松了口气，我也终于停止了咳嗽。

阿摩司正看着我——他不认识丹尼尔，就跟我没有跟丹尼尔提过阿摩司一样，我也几乎没有跟阿摩司提起过丹尼尔。不过，阿摩司并没有介入我们的谈话当中，他只是看了我一眼，然后，就将目光移向了那群歇斯底里的犹太人居住区住民。在听到丹尼尔那句态度强硬的话之后，他们不再多说什么，而是默默地走到角落处蹲下，用充满仇恨的目光，死死瞪着我们的战士们——就仿佛我们想要杀掉他们一样。

"你也加入了战斗。"丹尼尔的目光投向了我手里握着的手枪上。

"是的。"我照实回答道。不过，心里却在打鼓，不知道他对此会持怎样的看法。丹尼尔身上没有武器，他显然不是抵抗组织里的一员。

"你杀了人。"丹尼尔说这话时，看上去对我相当失望。

他凭什么就能明哲保身？凭什么对我妄下判断？有资格指责他的明明是我才对——因为，他并没有帮助我们。

丹尼尔意识到我生气了，他脸上的表情瞬间变得温柔起来："真好，你还活着，米娜。"

他的反应一点没错；在现在这种状况下还去生气，是一件很荒唐的事。此时此刻，还能够见到彼此应该高兴才是。"你也是，你也是……"我这样回答道。然后，我们紧紧拥抱了对方，那种感觉，十分亲切、自然。

我和丹尼尔一直拥抱着，直到阿摩司走过来对我们说："我不知道，我们还要在这里待上多久。德国人或迟或早都会把上面的屋子给炸成灰烬，而我们，会在这个小房间里窒息而死。"此时，我们才从彼此的怀抱中分开。

"这都是你们的错，那些士兵们——他们会把我们扔进焚化炉里烧死！"那个皮包骨头的女人对我们尖叫道。不过，她怀里的孩子却对她的叫嚷完全无动于衷，似乎他的灵魂，早在很久以前，就被烧成了灰烬。

在我和阿摩司还没来得及说上一句话来反驳时，丹尼尔已经走到了她的身边，从她怀里把孩子抱过来，十分冷静地对她许诺道："放心，我们不会死在这里的。"

那个女人相信了他的话，安静下来。他怀里的孩子，也十分放松地闭上了眼睛。那一刻，我终于明白了——

在这个避难所里，丹尼尔就是科扎克二世。

61

我的同志们聚集在这狭小避难所的一个角落里，讨论接下来应该怎么办。我却和丹尼尔一道，坐在另外一个角落里。同志们对此并不表示反对，甚至阿摩司也没说什么——跟过去的旧相识重逢，这实在是太难得，太不可思议了；每一个有此遭遇的人，都会感到由衷高兴的。

"真是个了不得的逾越节啊。"丹尼尔说。刚才那个孩子，已经躺在他的大腿上睡着了。

"你是怎么活下来的？"我问道。

"因为我的女朋友把我给揍倒在地，我才活了下来。"

丹尼尔说这话时，我认真地注视着他的脸；从他脸上的表情来看，他已经不再因为这件事而生我的气了。

"你的女朋友做得很对……"我这样答道。此时此刻，我更加确定，当初那样做是完全正确的了。

"是的。"丹尼尔很亲切地笑了，那笑容，甚至可以说是满怀爱意。"确实如此。"

这时，另外一个女孩子走了过来，靠在了他的身上。这女孩大约八岁大，身上穿着一件破破烂烂的连衣裙，拳头握得紧紧的，里面显然藏着点什么东西。看起来，她似乎认识我。

"这是瑞贝卡。"丹尼尔向我介绍道。

"你好，瑞贝卡。"我跟她打了个招呼。

小女孩用不信任的目光看着我，一句话也没有说。

"她现在不怎么说话了。"丹尼尔向我解释道。

忽然之间，我终于认出她是谁了——她就是那个在孤儿院里冲着对我吐舌头的小女孩。她现在还穿着那件红色波点裙，只不过裙子已经变得很脏，既没有办法辨认颜色，也没办法看清上面的波点了。

"德国人进到孤儿院里来的时候，瑞贝卡藏起来了，没有被他们发现。"

听到这句话，我想直接告诉小女孩，她真是太聪明了，这可比跟着一面飘扬的旗帜，登上前往屠场的火车要好得多了——不过，我最终还是忍住了，没有把这句话说出口。

"她的手里拿着什么？"我选择问了另外一个问题。

"她最喜欢的弹子球——从来没有松开过。"

这时，我看到小女孩的眼睛里，突然迸发出了敌意。我感觉一旦靠近她手里的弹子球，她就会直接把我的脸给扯碎似的。不，并不是感觉，她肯定会这么做的。

"你们一直在一起吗？"我问丹尼尔。

"我把她藏了起来，然后在特本斯的工厂里谋了一份差事。这样一来，我们两个都能得到一点儿吃的，不至于饿死。"

我本来想问他，在那段时间里，他是否曾经找过我。不过，话到嘴边，我又咽了回去：因为，我那时完全没有去找过他，现在又怎么好意思问他是否找过我。

"你呢，怎么活下来的？"丹尼尔转而问我道。

"搬迁行动结束之后，我就加入了地下组织。"

"汉娜现在怎么样了？"

我没有回答。

"我……我感到很遗憾。"丹尼尔十分真诚地向我道歉，并且还伸出手来，打算握住我的双手，表示安慰。但是，我把手移开了。这时候，丹尼尔发现，我的无名指上戴上了婚戒。

"你……你已经结婚了？"他问我道。即使他努力做出满不在乎的样子，我也看得出来，这枚婚戒，在他心中扎上了一根刺。

"并不算是真正结婚。"我如实答道。

"戴上了婚戒，又没有真正结婚——这怎么可能？"

"这是为了伪装，方便执行任务。"

"但是，你们两个……"丹尼尔指了指阿摩司。他凭直觉判断，阿摩司就是我的丈夫；我得说，他的直觉准确无比。

"是的。"我答道。"就是我们两个。"

这个回答，令丹尼尔感到很不舒服。

他感到不舒服，我也一样。莫非，他还在期待着，我会永远只爱他一个人，即使我以为他已经死了，也必须严守忠贞？

这样想着，我又感到气忿起来，与此同时，我心里也产生了愧疚感：因为，那时我没有试着去找一下丹尼尔，直接弃他于不顾了。

"对了，你会不会加入我们呢？"我转换了话题。因为，我不想再谈我跟阿摩司之间的事情了。

"不会的。"丹尼尔很干脆地回答道。

"为什么？"

"我不相信杀人者。"

"你不相信吗？你不相信？SS师团的人都相信我们的力量！"

"这我知道。"

"我们为犹太人争取回了尊严，因为我们敢于反抗纳粹！"

"在这世界上，有些东西比尊严更重要。"

"好吧，如果有东西比尊严更重要的话——请你告诉我，那是什么？"

"活着。"

在听到这个回答的那一瞬间，我感到语塞。然后，我只得心慌意乱地勉强回应道："你忘记了吗，你当初可是想上那辆火车的啊。可现在，对于你而言，活着怎么比其他东西更重要了呢？"

"不是的。活着——这不是对于我而言。"他一边回答我，一边抱紧了小瑞贝卡。莫非就是因为有她在，丹尼尔才不想跟我们一起战斗吗？搞得好像你们两个人真的可以一起活下去似的！——我应该大声对他们这样说吗？毕竟，瑞贝卡只是个小孩子，现在就告诉她，我们所有人，也包括她，很快就会死去，对她而言也太残忍了点。但是，另一方面来说，如果对她说谎，或者不顾现实地安慰她，又会有怎样的后果呢？要我说，这个小女孩其实本来就知道将会发生什么事情——至少，她也能够凭直觉猜到将要到来的一切。

"我们都会死的。"我还是说了。"只是死法不同而已。"

"所以，就必须作为英雄死去吗？"丹尼尔笑着挖苦道。

"如果你想这样说的话，我无话可说。"

"这可不是我说的，是你们自己在那些地下出版的小报上说的。"他反驳我道。"但是，杀人可不算是什么英雄行为。"

"杀人不是英雄行为，那么，举着一杆旗子登上开赴屠宰场的火车，就是英雄行为了吗？"我愤怒地回击道。

听到这句话，丹尼尔也生气了："科扎克可是一直为孤儿们奋斗到了最后。他的行为，比你们所做的有勇气得多了。"

我意识到，自己说得太过分了。攻击那位老人，明显是不对的。或许，只是或许而已——丹尼尔说的其实才是正确的。带着自己所爱的人一同赴死，相比手里拿着武器抗争到底，或许是更加具有勇气的行为也说不定。

我有足够的勇气，陪着汉娜一起去死吗？如果真有那样的机会，我会不会转身逃开呢？

"为了让她活下去，我愿意付出一切——我们肯定不会死掉的。"丹尼尔一边注视着瑞贝卡，一边这样说道。而瑞贝卡，此时却正在观察自己手里藏着的宝贝。她握紧的拳头已经松开了，我看到，里面藏着一只蓝白相间的弹子球。

这个女孩是丹尼尔那个孤儿院大家庭中唯一的幸存者了——她是他的妹妹。因此，丹尼尔连哪怕一秒钟都不愿意承认，他最终连她也会失去。我很明白他此刻内心的感受。如果汉娜还活着的话，我的反应，肯定也跟丹尼尔一样。

"如果你有武器的话，就能更好地保护这个小家伙了。"我十分冷静地向他建议道。

丹尼尔果断地摇了摇头。武器，这种东西从来都不在科扎克的考虑范围之内。看来，再跟丹尼尔聊下去也是毫无意义的了。我站起身来，向着我的同志们走去。现在，他们已经商量妥当，晚上会出去寻找食物，并且尝试着和其他战斗小组取得联系。

瑞秋对我下了命令："你出去调查看看，外面是不是安全了。"

阿摩司马上开口道："我来做吧。"

我却不能允许他这么做——因为，我跟他一样，也是组织里的战士，可不是什么养尊处优的公主，必须得靠着王子的精心呵护才能生存下去。

"我去！"我十分坚定地回应道，说完就直接离了藏身处，从地下室的楼梯爬了上去，到了楼梯间。天还没有全黑，大部分窗户还是亮着的。我十分小心地透过一扇窗子往外看，观察外面傍晚时分的街道：一个德国士兵也看不到。不过，我显然也不可能看到整条街的情况。我必须走到外面去，才能够调查清楚。

我拔出了皮带上别着的手枪——并不是打算用这柄枪跟 SS 的巡逻兵单挑，而是打算在出现紧急情况时，通过枪声来提醒大家注意，为大家赢取足够的时间，不至于被德国人抓个正着。如果德国人发现我了，我不能向着藏身处的方向逃跑。因为，这样一来，德国人只要跟着我，就能够找到大家了。万一我被逮住，德国人横竖都会折磨我，直到我实在忍受不了，被迫把同志们的藏身处交待出来。不止同志们，还有藏在那里的犹太居民们，还有丹尼尔，阿摩司……

所以，在这一切发生之前，我会直接举枪自杀。

我小心翼翼地从大门走了出去。空气里弥散着浓烟的气味，那些几乎被烧尽的房屋，只剩下少许断壁残垣。瓦砾掩映之下，还有些尚未燃尽的余烬，发出灼灼的光亮。四面八方都看不到人。为了确保安全，我一直走到了下一个十字路口——哪儿都看不到 SS 师团的人。不仅是人，我也听不到任何坦克或者汽车发动机发出的噪音。我看了一眼穆拉诺夫斯基广场，旗帜依旧飘扬。犹太居住区仍旧属于犹太人。

62

晚上，我们接到了战损报告。其他小组都对伤亡人数叫苦不迭，我们却在吃饭的时候，谈论起今天的种种英勇事迹。时间已经过去了两天，我们还活着。在这两天里，我们让德国人愁眉不展、颜面扫地——不仅如此，此刻我们已经有了足够的信心，就算是第三天，我们也能坚持下来。

清晨，我们在四楼选好了新的埋伏地点，平民们则继续待在地下室的藏身处里。不过，这一次，我们不打算再卷入任何战斗中了，经历过连续两天的战斗后，抵抗组织选择暂时蛰伏。现在，在整个犹太居住区里，只能听到零星的炮声。

"德国人不敢再贸然进攻了。"快到中午时，埃斯特很高兴地对我们说道。

"估计我们不会那么幸运的。"阿摩司持反对意见。

显而易见，阿摩司的看法依旧是对的。

大约半个小时过后，我们听到了卡车开过的声音。其中一辆在这条街远端的一处停了下来。SS 师团的士兵们，从卡车后车厢里一个一个地跳了出来。因为他们离得实在是太远了，从我们所站的这个位置上，没有办法直接朝他们开枪。我看到，士兵们正在往街道两旁的房子门前推一些大铁桶。

"那些是汽油桶。"阿摩司辨识得很清楚。

把汽油桶安置妥当后，士兵们重新登上了卡车，从车上向着汽油桶投掷了火把，然后飞驰而去，停在了稍远些的位置上。汽油桶着火之后，一个接一个地爆炸了。不到几秒钟的时间，最前面的那些房子就陷入到了火海之中。

"天啊，不要这样……"埃斯特说。

我们其他人吓得连话都说不出来了。

仍然藏在房子里的平民们，被火焰驱赶，纷纷逃到了阳台上、窗户前；除了往下跳，他们已经别无选择。SS 师团士兵们就守在不远处，以开枪射杀跳楼的人们来取乐。当他们开枪射中正在跳落的人时，都会大声欢呼庆祝。我看到，有个人射中了一个怀里抱着孩子往下跳的母亲——这时，士兵们当中爆发出的欢呼声，比之前还要更加响亮。

有个老妇从阳台上跳了下来，掉到了街上一个已经烧着了的垃圾堆上。因为四周都是火，而且在掉落时受了伤，老妇人根本没办法从垃圾堆上爬下来。很快，她的身上也着火了，这个人肉火把，不停地嚎叫着，嚎叫着，同时向德国士兵们乞求道："开枪射死我吧，求你们了，求你们了，求求你们，开枪射死我吧！"士兵们完全无视她的请求，任凭她在那儿活活烧死，继续开枪射杀那些往下跳的犹太人。对于德国人而言，这就跟在新年的庆祝集市上玩游戏一样有趣。

我们目瞪口呆、哑口无言看着眼前发生的惨剧。隔了好半天，瑞秋才第一个组织起想说的话语，对我们说道："我们必须靠得更近些，才能向他们还击。"

哪里知道，我们还没来得及从这栋屋子里离开——在悄悄靠近这些禽兽，开枪射杀他们或者被他们射杀之前，德国士兵们已经抢先一步行动起来，开始向每个房子的大门里投掷燃烧弹了。

"我们必须先把躲在藏身处里的那些平民给救出来！"我拦住了瑞秋，不让她冲出去。"德国人很快就会过来烧掉我们这栋屋子的。"其实，说到藏在这儿的平民，我首先想起的就是丹尼尔。然后，多多少少也想到了他那个名叫瑞贝卡的小妹妹。

"你说的很对。"瑞秋点了点头。在她的心中，向德国人复仇的意愿并没有帮助同胞的意愿那么强烈——毕竟，死者已矣，还活着的人才是最重要的。

我们马上跑到地下室里。就在打开藏身处大门的那一瞬间，我们听到外面传来了爆炸声——德国人已经把一枚燃烧弹扔到了我们这栋屋子里。

"快点！快点！"瑞秋冲着躲在这里的平民们大喊。"我们必须马上撤离！"

千钧一发之际，竟然有一颗手榴弹，顺着地下室的楼梯滚了下来。

"找掩护！"阿摩司拼死喊道。

我们全部人立即四下奔逃。大部分都直接逃进了藏身处。只有埃斯特……埃斯特没有进去，她试图在狭小的地下室空间里找到能够藏身的地方。手榴弹朝着她的方向滚了过去，爆炸了。

"埃斯特！"阿摩司在爆炸带来的刺耳噪音中，大声呼唤她的名字。他从藏身处跑了出去，穿过燃烧的火焰，跑到埃斯特的身边。但是，等待他的，只有埃斯特已经被炸得支离破碎的尸体。

阿摩司痛苦地哀嚎着，像一头野兽一样。

"楼梯！那该死的楼梯！"这时，阿维突然喊叫道。

德国士兵用手榴弹把通往地下室的楼梯给炸毁了。整栋屋子正在我们的头顶上燃烧。除了在这栋着火的建筑里面像兔子似的挖个地洞逃出去之外，我们已经再没有别的办法可以出去了。

"我们会被烧死的！我们都会被火烧死！"阿维歇斯底里地尖叫道。

"我们需要一把梯子，或者一块长板子。"在如此紧要的时刻，瑞秋仍旧是最值得信赖的——她时刻都保持着清醒的头脑。

全部人都依着瑞秋的话，开始寻找起来。只有阿摩司，还在呆呆地看着手榴弹爆炸时激起的那团火焰；在那团火当中，埃斯特支离破碎的尸体正在燃烧。那具尸体，已经快被烧得跟焦炭一样了。

"阿摩司！"我冲着他喊道。

他对我的呼唤充耳不闻。

"阿摩司，我们需要找些东西，架在楼梯口那里，好从这儿爬上去！"

他花了很长时间，才慢慢将视线从燃烧的尸体上移开——很慢很慢。

在这地下密室中，因为直面死亡恐惧，人们开始绝望地哀嚎起来。丹尼尔正试图平复大家的情绪："别慌，我们可以从这里逃出去的。我们可以的……"

他不停地重复着这句话，可实际上，这句话一点效果都没有。人们已经完全陷入到恐慌当中去了。

"瞧瞧这个，这个应该可以的！"红头发的本突然喊道——他用手指向角落里放着的一块大木板。我们马上跑过去，把木板取过来，支在两分钟前还存在的地下室楼梯所在的位置上。木板不够长，只能支撑出一个很陡的角度；我们没办法直接走上去，只能抓着木板，费劲攀爬上去。

丹尼尔走过来对我说道："这种角度，老人和病人们是根本没办法上去的。"

于是，我们这群战士们决定让平民们先走，自己留在下面帮助他们上去——到目前为止，进行得都还不错。阿摩司也在帮忙，但他仍旧时不时看一眼那团吞噬埃斯特尸体的火焰。他的样子十分悲伤，我都不忍心多看他。

最后，在藏身处还留着大约十二个病患、伤员和身体十分虚弱的平民，其中包括那个带着孩子的、骨瘦如柴的女人。

"我们不能抛下他们。"丹尼尔说。

"除了这样做，我们没有其他选择了！"瑞秋反驳他道。

听到这番话后，还留在藏身处里的好几个人都开始哀嚎道："不要把我们留下来！不要把我们留下来！"

其中一些人开始失声痛哭。但大多数人仍旧麻木不仁地坐在那里，一句话都没有多说——他们已经躲藏了这么久，幸存了这么久，却即将在这里，在这地下室里，被烈火吞噬。

就这样，我们这群战士们也一个接一个地爬上了那块木板。丹尼尔也上去了；他最终还是决定离开下面这群连木板都难以攀爬的可怜人，跟瑞贝卡小妹妹一起，在上面继续活下去。

我们连为这些人稍微哀悼的时间都没有——甚至也没时间为埃斯特感到伤心。我们上到院子里来之后，发现天空已经被周围房屋燃烧时产生的高达数米的火焰，染成了火红色。

"地狱也不过是这个样子而已。"红头发的本感慨道。

但是，我们还是必须从这个地狱里找到一条逃生之路。一共二十名战士，还有大约四十个平民；我们跃过肆虐的烈火，跑到了燃烧着的街道上。德国人早已经从这里撤走了——他们可不想让自己也在这炼狱里被火烧死。周围的房屋开始成片倒塌，甚至连我们脚下的沥青路面都开始融化了。我很担心自己的鞋底会粘在路面上，动弹不得。火焰噼里啪啦作响的声音，刺得人耳朵几乎都要聋掉——走在这样的环境里，每秒钟我都在害怕，怕这种像是地狱里传出来的噪音，会把我的脑袋折腾得整个爆炸掉。烧着的碎木块像下雨一样，散落在我们周围。有个跟我们一起逃亡的平民，直接被一个掉落下来的阳台给砸死了。还有一个被崩塌下来的砖块压得奄奄一息。

丹尼尔一直紧紧牵着瑞贝卡的手，而瑞贝卡，她的小拳头又握得紧紧的了——掌心攥着她心爱的弹子球。她很清楚，如果这些宝贝弹子球一不小心掉到滚烫的沥青路面上的话，就会被高温溶化掉。

这孩子，在面对死亡威胁的时候，竟然会觉得自己的弹子球比生命还要重要。

终于，我们跑到了犹太居住区一处尚未被火焰占领的区域。而且，只要风向不发生改变，火就烧不到这边来。傍晚时分，我们走到一处由好几栋房子围成的内院里，这里躲着上百个平民，每个人都拿着自己仅有的一点点行李和财物——这些是他们好不容易才从自己失火的屋子里抢救出来的。对他们而言，这些东西就跟瑞贝卡手里的弹子球一样宝贵。

这一次，我们没有被平民们辱骂、排斥了。恰恰相反，他们还转而向我们乞求帮助——"请帮帮我们！""把我们带出这里吧！""救救我的孩子！"

他们冲过来，把我们团团围住。可是，就连我们自己也不知道，现在应该怎么办。

"我们不可能把所有人都带上。"阿维说。

"我们必须帮他们，不应该把他们的生命交给命运之神来安排。"瑞秋不同意阿维的意见。

至于我，我很清楚，这两个人说的都有道理。

"我们必须寻找一个新的避难所！"瑞秋把大家心里都在期盼着的事情，亲口说了出来。"那里必须足够大，大到可以装下我们所有人。"

"还有，我们必须祈祷——祈祷德国人今天晚上不会来这里！"阿维补充道。

"我从不祈祷。"我和阿摩司不约而同地说。

战士们决定分组进行搜索行动。我和阿摩司编在一组，开始往约定的区域走去。今晚，犹太居住区的夜空十分明亮——这很反常。我不由自主地望向穆拉诺夫斯基广场的那处屋顶；旗帜依旧随风飘扬。但是，这对我而言，仅仅是些许微不足道的安慰而已。今天，我们亲眼见到了同志们横死的场景——我们眼睁睁看着埃斯特死去了！

我们一起走过马路，阿摩司什么都没有说。

"埃斯特她……"我主动挑起了话题。

"她死得很光荣。"阿摩司十分简短地回应了我，明显不想继续谈论这个话题。

光荣吗？被一颗滚落下来的手榴弹炸得粉身碎骨——在我看来，这可不是什么英雄般的死法。出于礼貌，我不方便辩驳什么。但是，如果单从理智上讲，我倒真想开口告诉他：埃斯特的死，跟任何一个犹太居住区居民的死，没有本质上的区别——他们都死得很凄惨。

就这样，阿摩司和我，一栋一栋地在房子里进行搜索，希望能找到一处合适的避难所。在整个过程当中，我跟他只休息了一次；在某个废弃了的住宅里，我们找到了一些提前储备着的饮用水。我们大口喝水，直到一点渴意都没有了，才停下来。大约找了一个多小时之后，我们终于在一栋已经倒塌一半的房子里的某处瓦砾堆里，找到了一个并不算大的避难所。

"让所有人都躲进去，显然是不可能的。"我的脑海中，浮现出十分凄惨的场面：人们挤在一起坐下，一点多余的空间都没有。每个人都是满头大汗，充满绝望，一脸惊恐。

"不过，对我们的小组而言，倒是够的。"阿摩司说。

"我们不能对那些平民弃之不顾。"我愤怒地反驳道。

"这样吧，我们不妨让瑞秋来决定。"他向我建议道。我想了想，点头同意了。虽然同意，我却并不清楚，在目前的状况下，瑞秋是否会抛下平民们不管——要知道，这些平民里，也包括丹尼尔和瑞贝卡。如果瑞秋选择抛下他们的话，这一次，我会不会跟丹尼尔一起留下来呢？不，应该不会。仅仅一个女战士，对于那么多平民而言，根本就帮不上什么忙。所以，如果瑞秋说要走，我会跟大家一起离开，再次背弃丹尼尔。

大约午夜时分，我们又回到了所有人聚集的那个院落里。出乎我们意料的是，这儿的人们已经打点行装，准备集合出发了。我们还没来得及找人询问这儿究竟发生了什么事儿，丹尼尔已经主动走过来，对我解释道："你们的人找到了一个很不错的避难所，能够让我们所有人都躲起来。"

"真的是所有人？"我感到有些不可思议。

"他们确实是这样说的。"

"这……这简直就是奇迹。"我感叹道。

"我之前不是说过吗？"丹尼尔笑了，"我们是不会死的。"

不管希望多么渺茫，丹尼尔都深信自己能够幸存下来——没准他已经疯了。没错，肯定是这样：如果不是疯了的话，根本没办法解释他的信心到底是从何而来。这样看来，丹尼尔其实比我疯得还厉害。不过，他的疯法，到底还是比我要好一些。

63

米拉街上的大型避难所属于施穆尔·阿歇尔，还有他的"食人花"帮派的。这个流氓头子比一年前瘦多了，脸上也多了一道伤疤。我敢保证，这道伤疤肯定是他在监狱里得来的，估计他又是用钱买来了自由之身。总而言之，阿歇尔用自己剩下的所有钱财，为他自己，还有他的手下们修建了这个巨大的避难所。在这个避难所里，有自来水，有电，还有厨具齐全的厨房，奢侈昂贵的沙发，甚至还专门安装有类似商店里的展示柜。实话实说，这就是一个设在地下的沙龙夜总会。

看来，犯罪还是有好处的。不止德国人的工厂通过使用犹太劳工获得了巨大利润，就连走私犯也发了大财。

阿歇尔经过我的身边，马上就认出了我来，他问我道："你后来碰到过露丝吗？"

我应该告诉他，露丝曾在特雷布林卡被"洋娃娃"强暴，并且，因为想象出来的积在肺里的死人灰而不停咳嗽，还总是疯疯癫癫地唱着"卢雷啊，卢雷，我的儿子"这首童谣的事情吗？

"她很爱你。"我选择这样回答他。

听到这个回答，阿歇尔就满足了。他知道我的意思——露丝已经不在这个世界上了。我看到他紧紧闭上了眼睛，似乎是在强忍泪水；看来，他也深爱着露丝。

然后，他重新睁开眼睛，表情坚毅地走向我们抵抗组织的领袖们。目前，各抵抗组织一致推举莫迪凯做我们的总负责人；所有的战士，还有平民们都支持他。

"今后，我们会跟你们一起作战，战斗到死为止。"黑帮头子对领袖们承诺道。"我们都是犹太人。"

那些几乎从来都不在乎自己犹太身份的人们，竟然会十分自豪地转变为愿意主动为犹太同胞战斗的战士。恐怕德国人是连做梦都想不到这点的——他们也不可能预先把它写进他们的灭绝犹太人计划当中去。

我们的战斗小组，跟几个平民一道，被分配到一个叫做"奥斯维辛"的小房间里——阿歇尔给避难所不同房间起的名字，居然是德国人建立的各个集中营的名字：特雷布林卡、索比堡、茅特豪森……

直到我们住进来之前为止，"奥斯维辛"一直都属于一个名叫伊扎克的男人：他原本跟他全家一道，独占这个独立的空间。伊扎克，这是个身材矮小的家伙，我每次看到他的样貌举止，都不觉联想起黄鼠狼。对于他的老板把避难所向我们开放这件事，他感到十分不满——因为，他本来是想在一个相对舒服的环境下死掉的，我们的到来，破坏了他的计划。但是，他又怎么敢去反抗阿歇尔，对他提出反对意见呢？

我们把床留给了阿扎克跟他的妻子，至于更多的忍让，我们也没办法做到了。阿摩司和我紧挨着墙躺下，他很快就入睡了，但睡得却并不安分，翻来覆去，没个消停。毫无疑问，因为今天埃斯特牺牲的缘故，他做噩梦了。

在我们对面，睡着丹尼尔和小瑞贝卡。想到这点，我突然感到有点嫉妒。并不是因为瑞贝卡可以紧挨着丹尼尔睡，而是因为——丹尼尔可以和自己的妹妹在一起，而汉娜却……

在777座岛屿的世界里，长耳朵号终于停靠在了镜子岛的海岸上。和我之前所期待的不一样，这座岛屿并不是由镜子构成的，而是平平常常的岩石。具体点说，这座岛就是一座山，唯一的山峰，高耸入云。

"就是那里，在那上面——在云里面。"汉娜对我说。"镜子宫殿肯定在那里，我们必须上去。"

"哎，真是太棒了。"狼人气呼呼地说，"竟然还要去爬那个高山——我可不是什么山猫。"

"如果你是山猫的话，"船长叹了口气，"起码你长得会比现在好看一些。"

"难以置信，这句话竟然是从一只样子丑得可以把人吓一大跳的兔子嘴里说出来的……"狼人毫不留情地回击道。

即便是我，对此也有些迟疑；我很怕镜子大师。不仅如此，我还担心汉娜会在跟镜子大师的战斗中死掉。

"我们历尽千辛万苦，都已经走到这一步了——"汉娜给我们所有人打气道，"无论如何，都应该把剩下的部分完成。"说完，她把装着三块魔镜的小背囊放到背上，雄赳赳气昂昂地踏上了征程。

能够再见到汉娜，真令我感到高兴。起义开始之前，我已经做好了赴死的心理准备，打算跟她彻底道别。哪里知道，现实跟想象完全不一样；我竟然还活着，而汉娜也一样。

在我心中，重又燃起了希望。想想看，汉娜刚才都说了些什么吧：我们已经走到这么远了，无论如何，都应该把剩下的部分完成！或许，仅仅是或许而已——这句话在777座岛屿之外的世界里，也同样适用。

看起来，丹尼尔所患的疯病，也传染到了我的身上。

64

意外重返 777 座岛屿世界给我带来的希望之光，隔天早晨就荡然无存了；穆拉诺夫斯基广场屋顶上的那两面旗帜，终于没办法继续飘扬下去了——我们在广场那边的同志们被击溃了。居住区里到处都有战士死亡的消息传来。我们再也没有办法组织大型的进攻行动了。这样下去，我们的力量会变得越来越弱，弹药也会越变越少。SS 师团的人也逐渐改变了他们的战术，不再向居住区内派遣大规模的部队，而是组成小分队，埋伏在街道上，跟我们打游击战。

我们也迅速投入到游击战当中，偷袭那些负责驱赶犹太人前往集合点的 SS 士兵。每次成功击退负责押送的卫兵，就能为犹太平民多争取一些生存时间。如果失败的话，我们就会损兵折将。在战斗中，阿维的一条腿被手榴弹爆炸时飞出的残片打得血肉模糊。我们不得不放弃战斗，把他连拉带拽地运到安全的地方，救回了他的命。

我已经习惯了每天不断的战斗，习惯了面对危险状况，也习惯了死亡。甚至，对每次行动过后，身边的同志都会变少这件事，也逐渐习惯了。然而，一天接一天——对于我自己每天都能够幸存下来这项事实，我却有点儿不能接受。起义行动一开始时，能有幸存活还能使我感到兴奋不已，可现在，我已经对此感到疲惫不堪了。

领袖希望我们的行动能够鼓舞对面的波兰人，让他们能够下定决心，加入到武装起义当中来——因此，他执笔写下了一份号召书，打算邀请波兰人一同参加战斗。号召书写好后，我们想尽办法，把它偷运到了墙那边去，张贴在了显眼的位置。但是，波兰人却对这张激情洋溢的号召书视而不见。部分住得离高墙很近的波兰人，甚至开始津津有味地观赏起墙对面每天进行的"屠杀犹太人"演出起来。对于他们而言，眼前发生的一幕幕惨剧，不过是现代版本的罗马斗兽表演而已。即使 SS 师团的人选择把饥饿的狮子送到犹太居住区里，让它们满街吃人，这些热衷观看残忍表演的人们，也绝对不会提出反对意见。

SS 师团的人当然没有把狮子送进来，不过，他们却派出了军犬。这帮德国人每天干的事情，除了一栋接一栋地烧房子，就是带着大批军犬在废墟中搜寻避难所了。不少犹太叛徒也在帮他们进行搜索工作——都已经到了现在这种状况，还有少数犹太人相信，只要不停出卖他人，死亡的绞索就不会落到自己头上。那些德国士兵甚至连小孩子都不放过，他们派犹太小孩出来寻找藏身处。一旦找到，士兵们就会给他们一点点食物作为奖励。

每个避难所都挤得满满当当的，里面躲着的人们在白天连大气都不敢出。任何人都不敢说话，或者咳嗽，以免意外暴露自己的藏身处。

红头发的本、阿摩司还有我在搜寻物资的过程中，还意外卷入到了莱什诺街附近发生的一场巷战中。我们一个德国人都没有打死，不仅如此，还白白浪费了许多宝贵的弹药。历经周折，才终于回到米拉街 18 号。

在我们正打算顺着通往地下室的楼梯往下走时，红头发的本突然低声对我们说了一句"你们看那儿"。我们顺着他的指示看过去，发现一个戴着扁帽的小男孩，他正躲在下面，观察地下室里的情况。

我们藏在通往地下室的楼梯附近，偷偷观察了他一会儿。"他正在找藏身处。"我轻声对大家说道。

"现在的问题是，他究竟是打算为自己找个藏身的地方，还是在为 SS 师团的人做事。"阿摩司悄悄说道。"要知道，仅仅一个街区外，就有德国卫兵在巡逻。"

"无论如何，他都已经发现这个藏身处了。"红头发的本说。

本说的不无道理。那个男孩此刻正站在用大量砖块掩蔽住的藏身处入口的地方。不过，他并没有打开门走进去。看那样子，似乎是在犹豫什么事情。

"他会出卖我们的。"阿摩司说。

我想对阿摩司说，他其实可以等一会儿再下这个判断。因为，如果这个男孩在发现了我们的避难所之后，仍然选择离开的话，就可以断定他是 SS 师团的人派出来做侦查的小间谍了。但阿摩司可不愿意再等了，他直接对着下面喊道："嘿，小家伙！"

听到喊声，那个男孩明显吃了一惊。看他吃惊的样子，并不太像是一个正在寻求庇护、突然之间被一个同胞叫住时的表情。我觉得，那倒更像是正打算出卖某个藏身处的位置，却突然被敌人逮住时的神情。

我们顺着楼梯走了下去，堵在了他的面前，不给他任何逃跑的机会。

他慢慢举起了双手，宣布投降。

"我……我们应该拿他怎么办？"红头发的本问道。

"直接枪毙。"阿摩司的回答简单干脆。

听到这个答案，那个男孩的脸瞬间变得全无血色。

"他是在开玩笑呢。"我赶紧打圆场。

"我没有开玩笑，没有别的选择了。"阿摩司一边回应我，一边拔出了他的手枪。

"当然还有别的选择。"

"他肯定会出卖我们的。"

"你现在又不能确定！"

那个男孩实在是太害怕了，说不出一句话为自己申辩的话，只知道不停乞求我们："请饶过我吧……"

因为他并没有为自己申辩，我也没办法为他说什么好话。

阿摩司举起枪，瞄准了眼前这个男孩。

男孩已经被吓傻了，一句话都不说了。

"你真是疯了！"我冲着阿摩司大喊道，"你怎么能杀死小孩儿呢！"

阿摩司没有回应。我看到，他的手正在颤抖。不过，他还是坚持把枪口抵在了那个男孩的额头上。

"如果我们这样做了，我们跟德国人又有什么区别！"

阿摩司的手抖得更厉害了。他的额头上沁出了汗水。

"如果我不这样做的话，避难所里的人们都会死的。"

"你现在又不能确定！"

"你敢冒这个险吗，米娜？"

他说得对，我不能。

可是，虽然不能冒险，我却很想救这个孩子。所以，我回应阿摩司道："不是冒不冒险的问题——我们必须这样做。"

阿摩司再度陷入了沉默。

小男孩开始轻声哭泣。因为害怕，他甚至尿裤子了。

"阿摩司，你究竟想成为一个怎样的人？"我向阿摩司发出了绝望的一问。"难道，你想做一个杀死孩子的人吗？"

阿摩司陷入了沉思。我看到他的眼中有泪光闪动，手抖得更厉害了——简直像是一个生病的老人一样。

"阿摩司……"我恳求他道。"如果我们还想继续作为人活下去的话，求求你了……"

阿摩司开始哭泣了。他终于放下了枪。

松了一口气后，那个男孩顿时泣不成声，泪如雨下。

我也哭了。

我想紧紧拥抱这两个人——阿摩司，还有那个男孩。

这时候，突然响起了一声枪响。

男孩应声倒地，倒在了我们面前的地上，死掉了。

阿摩司和我都被吓呆了，我们不约而同地回头看了一眼红头发的本。他手中举着那柄步枪，枪口的硝烟仍未飘散。见到我们正在看他，本结结巴巴地回应道："他……他……会……会……把……我们……所……所……所有人……都……都……都出卖了的！"

听他说完这句，我们三个人痛哭流涕，哭得一塌糊涂。

65

"你们现在连小孩子都杀了吗？"当我坐在避难所的地上，给一柄我们缴获来的步枪做清洁工作时，丹尼尔突然这样问我。

"都是德国人的错。"我回答道。同时低下头来，不敢看他。

"他们可没有杀死那个男孩。"丹尼尔并不同意我所说的理由。

"噢，才不会——实际上，正是他们杀死了他。因为，那个男孩是被德国人派过来的。"我一边回答，一边从地板上站了起来。

"不管你们给自己找怎样的理由，他都是被你们亲手杀死的。"

丹尼尔的说法使我感到愤怒。发生这件事之后，阿摩司、本还有我已经承受了够多的心理折磨了——我并不想听到有人因此而指责我们。现在，我很想一拳揍在丹尼尔的脸上。但是，我并没有这样做，只是回应丹尼尔道："我们别无选择。"

"不管在怎样的情况下，人都是有选择的。而你们——你们选择了一条错误的路。"

废话，对于这点，我也十分清楚。

"我并不想那样做……"我尝试着在丹尼尔面前，为我自己辩护。

"就算那样，你也没有阻止这件事情发生。"他直接打断了我的话。

我实在忍无可忍了，用尽全身的力气，给了丹尼尔狠狠的一击。

关于这件事，我唯一感到遗憾的地方是，自己只是扇了他一巴掌，并没有握紧拳头，揍得他嘴角出血。实在太遗憾了。

丹尼尔被打后，对我怒目而视。我觉得，他应该马上就要还击了。

"你想要继续幸存下去，不是吗？"我直接冲着他吼叫道，"现在，你每多活一秒钟，都得感谢我们才是！"

"谢谢。"丹尼尔不无挖苦地说。

"如果那个男孩出卖了我们，我们现在已经全部死了。就算没死，也被送往集合地点，准备运去集中营了。"

丹尼尔没有回应什么。他知道，我说的有道理。

"他或者瑞贝卡，如果必须做出选择，你会选择谁？"

丹尼尔继续保持沉默。

但是，我却希望他能够至少回答我些什么，那样一来，我就有机会狠狠揍他一拳了。只要能够揍他一拳，我就不会再继续难受了。没错，就是这样，揍他一拳，就不会再难受。可是，他还是什么话都没有说。

"我……我其实是想要阻止这件事发生的……"我的泪水已经决堤了。

看到我的眼泪，丹尼尔的愤怒瞬间就消退了。

"你必须相信我。我想阻止，但我却没有办到……"

"我……我感到很遗憾。"丹尼尔向我道歉了。

"是因为我没能阻止这件事发生而感到遗憾吗？"

"这是一部分……还有，因为你为此承受了太多……"

说到这里，他张开双臂打算给我一个表示安慰的拥抱。

此刻的我，也愿意让他抱抱。

哪里知道，就在这个节骨眼上，阿摩司突然闯了进来，说道："今晚将会有奇迹发生。"

"什么？"我和丹尼尔同时开口问道。

就跟以往一样，阿摩司直接忽略了丹尼尔，牵着我的手，把我拽到了避难所的另外一个房间里。在这里，我见到了一个留着蜷曲大胡子的年轻男人。

"这是利昂·卡策。"阿摩司向我介绍道。"利昂，这是米娜，是我们行动的一位志愿者。"

听到这话，我忍不住在心里自问：他们说的究竟会是怎样的一次行动？阿摩司说今晚将会发生奇迹，莫非我们将对德国人展开一次特别有效的进攻？

"跟她说说，我们正在做些什么。"阿摩司对利昂提了要求。

"今天晚上，我们将会烘焙一些面包出来。"

"胡扯！"我简单明了地表达了我对此的态度。

"利昂是个面包师。"阿摩司对我解释道。

"你们两个在拿我开玩笑呢！"

"不，我们说的都是真的。"阿摩司反驳道。

"我在上面某个院子的旁边，找到了一间面包房。"利昂情绪高昂地对我说道。"里面有成袋的面粉。水也足够。唯一缺少的就是酵母了。"

"酵母？"他们的话题，对我而言实在太过飘忽，以至于一时之间，我还不太反应得过来。

"实在找不到酵母，所以我们用洋葱代替。"

"洋葱？"

"洋葱的话，在住宅里还能找到不少。"面包师笑道。

我也跟着笑了。看来，高昂情绪也是会传染的。

"明天，整个犹太居住区就能吃上面包了！"利昂说出了他心目中的"奇迹"。

66

半个小时之后，利昂已经在面包房里忙活开了。就跟士兵们会穿上制服一样，他十分自豪地系上了面包师专用的围裙，对我们接连不断地下命令。"揉面的人，快一点儿！""洋葱必须切得很碎，越碎越好。""这个破玩意儿，根本就称不上是烤炉！"

我们这些"面包店员工"也不忘对他开些友善的玩笑。"小心，不要把你的胡子弄到面团里面去了！""如果你是指挥官的话，波兰军队之前肯定失败得更快。""看清楚，并不是因为切洋葱才让我泪流不止，而是因为你！"

我们可真有闲情雅致。明明身处战场中心，竟然还会想到去烤面包！有那么一小会儿，我甚至已经完全忘掉了之前在那个小男孩身上发生的事。

利昂把每个揉好的面团都过了过称，确保重量一样。看到他的这种古怪行为，瑞秋大惑不解。她走到他身边，问道："面包大小不一样，不是无所谓的事情吗？"

听到这句话，他恍然大悟，用手掌拍了一下脑门，说道："你说得对，我真傻，这样做完全是在浪费宝贵时间！"

可是，就算每个面包的大小都不一样，我们也面临着时间上的压力。在天亮之前，我们必须把全部面包都烤好，然后再把它们送到避难所里。

"还好，现在是晚上，人们看不到这里升起的烟气。"在利昂把第一批面包送进烤炉里时，瑞秋说道。

阿摩司和我在外面放风，知道瑞秋不过是在自欺欺人；从烤炉向天空袅袅上升的烟气，根本无法被夜幕掩藏。如果纳粹投入一些兵力在夜间的犹太居住区巡逻的话，他们马上就会发现我们的所在地。

"冒险是值得的。"阿摩司说。

"没错。"我附和道。

"我们终于做了件跟杀人无关的事情。"他轻声说。对于那个男孩的死，他比我还要更加自责——因为，在本举起步枪之前，他的手枪枪口已经顶在那个男孩的额头上了。

"我曾经以为——"在我们注视着烤面包的烟气慢悠悠地追逐星空时，阿摩司向我告解道，"在不停的战斗中，我能够抹去自己曾经犯下的错。哪想到，德国人却诱使我犯下了更多的错——直到我死为止，仍然会不停犯错。"

我牵过他的手，紧紧握住，对他说道："直到我们死为止。"

整整三百个面包。

天亮之前，我们竟然从烤箱里接连取出了这么多面包。

毕竟没有酵母，这些面包看上去都是蔫蔫儿的。但是，即便这样，它们也美丽极了。我们把面包分给了避难所里的人们，他们争先恐后，排着队过来领取热乎乎的面包。

"看到他们的眼神了吗？"阿摩司指了指前边那群吃了一大堆面包、把肚子撑得鼓鼓胀胀的小孩子。

"看到了。"我用颤抖的声音答道。

那群孩子们的眼睛里，迸发出了难以置信的光彩。

这天早上，我们带给这群犹太同胞的，不是尊严，不是荣耀，而是实实在在的面包——通过这些面包，我们给大家带来了些许幸福。当然，也包括我们自己。

67

"我们本该挖一条通往城市另一侧的隧道。"在我们全部战士都集中在米拉街18号的会议大厅里开会时,莫迪凯气冲冲地争辩道。这还是我第一次看到,我们领袖垂头丧气的样子。

"如果能够逃出犹太人居住区的话。"他继续说道,"我们就可以躲在森林里面打游击,继续跟德国人作战。否则,在这儿眼睁睁等着被他们烧死,还有什么意义?"

"SS师团的人打算把这里烧得片瓦不存。"阿歇尔插了一句,"不过,这也算是我们的机会了。"

听到这句话,我们所有人都转过头来,惊讶地看着这个流氓头子。他跟"食人花"帮派里其他的成员们不同,对于自己原本奢侈豪华的避难所,此刻变成一个拥挤、气闷,满是怨声载道难民的破地下室这件事,连哪怕一秒钟的怨言都不曾有过。

"火不止烧到居住区,同样也烧到了工厂区。"阿歇尔继续说了下去。

"这点我们也很清楚。你准备怎么利用这点呢?"阿摩司明显缺乏耐心地追问道。

"德国人会派出由波兰人组成的消防员队伍过来给工厂灭火,到那时候……"

"……我们可以贿赂那些波兰人。"腿伤情况仍旧不容乐观的阿维,明白了阿歇尔的想法,"那样一来,他们就可以把我们从犹太居住区里偷运出去。"

这个计划使阿维感到兴高采烈，虽然他自己其实也很清楚；因为眼下这严重的腿伤，他不可能加入游击队，也不可能把他运出去。

莫迪凯也认为这个计划十分具有可行性，他当即决定，正式执行这个脱离计划。瑞秋、面包师利昂、阿摩司和我——我们四个今晚就动身前往正在燃烧着的工厂区。

我们十分警觉，小心地穿过几近全毁的街道。经过一段时间之后，即使在夜幕降临之后，德国士兵也敢组队进入犹太居住区，进行他们的巡逻任务了。因此，晚上也不再安全了。大约二十分钟后，我们到达了工厂的地盘。在这里，波兰消防队员们——当然，里面还包括几个负责看守的拉脱维亚籍 SS 士兵——正在奋力救火，同时也在抓紧搬运还来得及搬走的物资。我们躲在一堵已经倒塌了一半的墙后面，仔细观察那些救火员的情况。

"我们是不是应该先开枪打死那些士兵？"阿摩司轻声说。

"那样一来，消防员们就会逃走了。几分钟之后，其他士兵就会赶过来，把我们围剿掉。"瑞秋声音很低地反驳道。

"那么，我们应该怎么办呢？"

"等待。"

"难不成，我们得把全部希望都寄托在好运气上——等着某个消防员主动向着我们走过来？"

"时不时交上一次好运，可是件十分幸福的事情。"瑞秋微微笑道。不过，我却在心里不自觉地想，我们的好运气，估计早在起义开始的那一周，就已经全部用完了。

就这样，我们在墙后面老老实实地等待着，偷偷观察那些消防员做事的样子，看他们一次一次徒劳无功地在火场里空跑。渐渐地，阿摩司越等越不耐烦，开始越来越频繁地检查自己的手枪，随时准备开火射击。等了差不多半个小时之后，有一名消防员离开了火场，打算点一支烟，休息一下。我们看到，他正向着我们藏身的方向走了过来。

"看到了吗，我们的运气，真的很不错。"瑞秋悄悄对我们说。

等到那个男人走到离我们差不多五米远的位置时，瑞秋下了指示。我们同时从围墙后面跑了出来，利昂从后面擒住了他，我举起手枪，枪口抵在了他的鼻子上。消防员马上就明白过来，眼前发生了什么事。他丝毫没有抵抗，士兵们也没有发现这边的异样——我们押着他到了一栋已经烧毁了的房子里。进到楼梯间里之后，他扑通一下跪倒在地上，向我们求饶道："我是站在犹太人一边的！"

他向我们磕头，脑门已经贴在了地板上，就差没有从地上抓起一大把炭灰，往自己的脑袋上撒了。

"你能够这样说，我们很高兴。"阿摩司笑道。

瑞秋向他说明了我们希望他做的事情："在你们下次换班过来的时候，你得负责把我们的战士弄上消防车，带到外面去。在那之前，你需要先跟那边的波兰抵抗组织取得联系。他们会把我们带到森林里，在那里，我们能够继续为我们的波兰家园战斗，一直到死。"

实际上，我并不觉得波兰是我的家园。我想在森林里继续跟德国人打游击战，可我选择那样做，绝对不是为了波兰。

"你将会得到很丰厚的报酬。"瑞秋向他许诺道。她并没有说谎，即使抵抗组织的不少财物都随着大火燃烧殆尽了，贿赂区区一个波兰消防员的资金，我们还是能够拿出来的。

"我什么都愿意做。"那男人站起身来，向我们赌咒发誓之后，就赶紧跑回到火场那边了。我们没有当场击毙他，这让他大大松了口气。

"我们就把自己的命运，寄托在这么一个懦夫的身上吗？"阿摩司问瑞秋。"如果他向德国人告密，我们应该怎么办？"

"我们很快就会知道，他会怎么做的。"瑞秋冷静地答道。

手里握着上好膛的枪，我们紧绷着神经，偷偷溜出了这栋烧焦的房子。士兵们并没有来。也就是说，那个男人没有出卖我们。

"恐怕他是想大赚一票。"利昂微笑道。

此时此刻，在我脑海中，正努力试图让自己相信这样一种难以置信的可能性——不久之后，我或许可以活着离开犹太人居住区。

68

在犹太居住区多处火灾之后，避难所里面的空气状况变得越来越糟了，令人感到呼吸不畅，难以忍受。漫长的等待时间中，阿摩司向我描述了他想象当中、我们加入波兰游击队之后，跟同志们一道和德国军队进行战斗的场景——我们一直期盼的苏联军队，将在明年，或者后年解放波兰，在那之前，我们必须为他们的到来扫清道路。

可是，在我看来，那些所谓的波兰"同志们"，既然之前一点儿都不支持我们的起义行动，兴许对于犹太人将会加入他们，和他们一道进行游击战这件事，也并不怎么重视。阿摩司的美梦，估计很难成真。他还跟我说，我们需要组建一支完全由犹太人组成的游击队伍，这支队伍将会连续不断地追击德国人，让恐惧和害怕在 SS 的整个部队中蔓延——某种意义上说，这是一支属于犹太人的骷髅师团，仅为复仇而生。

我觉得，他似乎太想洗清自己身上背负的罪孽了。

我并没有真正用心听他讲自己脑中的幻想。只是一边有一句没一句地听着，一边观察避难所里的情况，看着这里成堆的人们，我不觉在脑袋里想着：要把这么多人都偷运到森林里去，完全是不可能的。我们不得不把平民和伤病患们留下来，不久之后，他们要么直接在这里被活活烧死，要么被纳粹抓起来，最终送进焚尸炉。实际上，这些人就算死去，也不关我什么事——那不是我应该去负责的事情。但是，我还是因此产生了很深的负罪感。

所有这些平民，都无权得知抵抗组织战士们的逃脱计划。可是，丹尼尔是那样信任我，我觉得，自己有必要把我们跟那消防员相遇的事情讲给他听。

"怎么样，我不是说过吗，你会活下去的。"听我讲完那件事之后，丹尼尔显得很开心。

"活下去是活下去，但还是要不停战斗。"我补充道。

"战斗到死为止吗？"

"估计是这样。"

"我觉得，你可以找个地方躲起来，试着撑到战争结束。"

"我必须跟我的同志们共生死。"

"嗯，跟你的丈夫共生死。"

丹尼尔的这句话，听起来像是在吃醋。

"没错，跟那个叫阿摩司的人一起。"我承认了。

他并不喜欢我的这个正面回答，但却并没有对此多说些什么，而是转而乞求我道："把瑞贝卡带上吧。"

"你说什么？"我对他提的这个要求，感到有些吃惊。

"在你们逃离的时候，带上瑞贝卡。"

他完全不顾自己的性命，却打算让瑞贝卡活下去。

"我们只能让战士走……"我回答他道。

"她很小，不会占你们什么位置的。"

"这么一个孩子，如果进到森林里，很难继续存活下去。"

"你可以把她藏在其他波兰农民们的家里。"

我对丹尼尔的无理要求感到目瞪口呆，不觉看了那个一言不发的小女孩一眼：她正坐在地上，跟她心爱的弹子球一道玩着游戏。这个游戏的规则，恐怕只有她自己才懂。

"我……我真不明白，你怎么会想出这么样的一个要求来。"我试图搪塞过去。

"总之，你会想到办法的。"

我对此深表怀疑。

"只要你愿意。"

不知道应该如何回应，只好保持沉默。

看到我这个样子，丹尼尔的愤怒彻底爆发了："你就只知道杀人！"

我对他突然发火的样子感到吃惊，整个人呆在那儿，哑口无言。

"只知道杀人，杀人，杀人！"

他太生气了，不再理我，直接把我晾在那儿，转身陪瑞贝卡去了。

不过他刚才说过的话，仍旧在我的脑海中轰鸣："只知道杀人，杀人，杀人……"

I, Still alive

我，还活着

什么样的死，
才是有意义的呢？

什么样的人生，
才是有意义的呢？

69

这天晚上，莫迪凯安排我们深夜跟那个曾经许诺要帮助我们逃离的消防员，还有他的同伴们会面。我们的小组人员配置跟第一次前往工厂区时相比，有了少许变化，红头发的本取代了阿摩司的位置。因为，阿摩司又接到了需要去高墙那边完成的任务——他需要去想办法贿赂波兰下水道工人，让他们为我们在迷宫一般的下水道里引路。这样一来，一旦我们乘坐消防车离开的计划失败，起码还有一个备选的方案。

红头发的本仍旧没能从杀死小男孩的负罪感中解脱出来；现在，他说话又变得结巴起来了。其实，结不结巴根本无所谓，他已经很少开口说话了，也不吃饭，甚至连水都几乎不喝。他把全部的注意力，都投注在了战斗上。

杀人。杀人。杀人。

离别之前，阿摩司走到我身边对我说："一定要活着回来。"

"谢谢哦，你也一样。"我故意这样大大咧咧地回答，惹得我们俩都笑了。

他轻轻吻了我的嘴唇——在杀死了那个小男孩之后，这是他第一次吻我。

这次的道别十分短暂、匆忙；如果一个人觉得自己将会一去不返，就会选择尽量缩短道别时间，避免给对方留下太深刻的印象。不得不说，这次阿摩司成功到达华沙市的另外一边，并且存活下来的几率并不怎么大。

我目送他离去，看着他向上爬出避难所的出口。这时候，丹尼

尔突然走到我的身边，询问我道："瑞贝卡的事情，你重新考虑过
了吗？"

我当然没有重新考虑这件事。很显然，我们是不会带平民一起
走的。

"我没时间跟你谈这件事……"

"你会把她抛弃在这里，对吧。"丹尼尔说出了事情的真相。我看
着他，发现他第一次露出了疲惫不堪的神色——就跟科扎克临近死前
一样。

我想伸手摸摸他的脸颊，以示安慰，但他却躲开了。在他看来，我
应该帮助那个小家伙，而不是徒劳地安慰他。

没有什么话可以说了，我把自己的手枪放进大衣口袋里，跟其他人
一起，动身前往歌西亚街80号；按照计划，我们需要在那里跟波兰消
防员碰面。因为路上不得不避开一个德国巡逻兵的缘故，我们比约定时
间晚了几分钟才到达那栋建筑物。消防员们没有出现。

"现在的问题是，"我对大家说，"他们究竟是已经走了呢，还是压
根儿就没有来？"

"我们等一等吧。"瑞秋说。"除了等待之外，我们也没有别的选
择了。"

于是，我们就在原地等了下去。五分钟，十分钟……

"他们不会来了。"利昂咒骂道。"这些混……"

"嘘！"瑞秋制止了他。"你听，有脚步声。"

希望来的是那些消防员。

瑞秋十分小心地朝着窗户的方向走去，打算从那里观察来的是什么
人。哪里知道，就在这时，一颗子弹击碎了窗玻璃，不偏不斜，正好射
中了瑞秋的额头。

瑞秋倒了下去，死了。

我控制不住自己，开始放声大叫。

德国人开始用机枪，向着这栋建筑物扫射。

利昂赶紧抓住我的衣服，用力往下一拉，把我摁倒在地板上。子弹从我们头顶呼啸而过，打在我们身后的墙上。墙上挂着的壁柜被子弹打得千疮百孔，直接掉到了地上。

"那个混蛋出卖了我们。"利昂不停骂着。红头发的本则趴在地上，时不时开枪还击。他根本没办法看见攻击我们的人在哪儿，所以，估计也没办法真正射中他们。

"我们必须从这儿逃出去！"利昂在接连不断的枪声中，冲着我们喊道。

于是，我们匍匐爬出了房间，在走道上艰难前进。有那么一瞬间，我感到十分恍惚，心里想着：这种情况下，我们应该往哪儿逃才好呢？

对了，沿着楼梯间往上，直接去屋顶！

然而，就在这时，我们都听到了房门被人踢开的声音。德国人正在楼梯间里，无差别无目标地四处扫射。

"从窗户翻出去。"我指了指旁边的一个空房间——里面的窗户能够直通外面的院子。

"那么高，我们会摔死的。"利昂不同意。

"没办法，时间紧迫，没办法到别的房间再跳了，只有从这里。"

说完，我就进到房间里，打开窗户，拼命跳到了院子里。利昂和本也跟着我跳了下来。

"你们几个，去检查院子！"摔到地上之后，我们听到楼梯间里传来 SS 长官给士兵们下命令的吼叫声。

"见鬼！"利昂咒骂道。

我们现在所在的位置，离院子对面的另一栋楼房还有一大半的距离呢。

"我……我……我……去拦……拦住他们。"红头发的本对我们说道，他不再往前走了，准备跟士兵们决一死战，为我们拖延时间。

"那是自杀！"利昂冲着他喊道。

我很清楚，红头发的本早已经想好了——他就是要自杀。他希望能够像一个英雄一样死去，不用再背负着良心债而苟活。我不会去阻止他——不管我心里有多想这样做。

我拉住利昂的胳膊，拽着他，奔向出口，一次都没有回头。

我们身后，传来本绝望的吼叫声："你们都去死吧！死吧！死吧！"

他举起步枪，朝着楼梯间的方向开火。那里的士兵们立即展开还击。

与此同时，我捡起一块石头，把对面那栋房子一楼的某扇窗子砸碎，手伸进去，打开了窗户。

身后的本不再开枪了。

他应该已经倒下了。

不要回头，我在脑袋里不断提醒自己，不要回头。好不容易争取来的时间，一秒钟都不要浪费。

士兵们开始向我们的方向射击了。

我翻过了窗户，跳到另外的一栋屋子里。

在我身后，传来利昂的哀嚎声。

两次。

然后，就再也没有任何他的声音了。

一秒钟都不要浪费！

我在屋子里飞奔，打开了一扇通往大街的窗户，跳了出去。着地时并不幸运，我的左脚扭到了。我挣扎着爬起身来，试着继续努力向前跑。但是，脚踝那里实在是太疼了，我跑不动，只能一瘸一拐地往前快步走。那些士兵随时都可能追上来，一旦碰上他们，我无论如何都无法脱身了。

"该死！该死！"我大口喘着气，忍着疼痛。努力劝服自己——如果不停咒骂，不积极行动起来，只会耽误时间。不过分秒之差，就决定了我是否还能再见到阿摩司，或者直接暴毙在大街上。

我转身拐进另外一栋屋子，艰难地顺着楼梯往上爬。心里想着，自己没准可以从屋顶上逃脱。

这时，我听到，楼下的门被人踢开了。

我屏住呼吸，大气都不敢出。我听到脚步声——只有两个士兵跟过来。很明显，那些追踪者们分成了好几个小队，在周围全部的房子里展开搜寻。这表示，他们不知道我在这里。

我轻轻地、几乎不发出任何声响地打开了进入其中一套住宅的门，侧身潜了进去。在走廊里还没走几米，身后突然传来门"砰"的一声关上的声音——没想到，这走廊正在风口上，一阵风把门给吹得合上了！

我马上就听到了那两个士兵爬上楼梯的声音。慌乱之中，我仔细考虑了一番：我现在正在四楼，从窗子里跳出去显然是不可能的，估计会直接摔断脖子。所以，我必须藏起来。不过，藏在哪里才好？我在这套住宅里四处搜索，发现房间里基本是空荡荡的。看来，那些到处搜刮值钱物什的人，也曾在这里费心工作过；所有柜子、床、稍微值钱一点的木家具，都被拿去卖掉，或者当柴火给劈碎带走了，什么都没有留下来。

脚步声停止了——那两个士兵，此刻就站在这套住宅门口。

"举高双手，自己走出来！"其中一个士兵隔着关着的房门喊道。

绝对不能投降。投降意味着死路一条。

我举起手枪，一瘸一拐地走到门边，隔着门，直接对外面乱开了两枪。尽管希望渺茫，我还是希望能够命中这两头畜生，击中他们。

两个士兵同时嚎叫了起来。我立即趴在地上，准备躲开他们还击的枪火。哪里知道，还击的枪声根本没有响起——莫非，我真的打中他们了吗？

我的小心脏怦怦跳着，试着半坐起身来，但还是不打算贸然行动，怕被他们暗算。隔着门，那边似乎已经完全没动静了。没准这真的不是陷阱？哈，估计真的不是！看来我确实命中他们了。

我小心翼翼地站起来。绝对不能停留，剩下的那些士兵很有可能已经听见这边的枪声了，几分钟之后，他们或许就会包围这栋房子。在那之前，我必须赶紧从这里逃出去。

走到住宅门前，我又犹豫了一下：如果那两个士兵刚才只是匆忙撤退到楼梯间那里，等我一开门就立即开枪，我应该怎么办？

就算真是那样，我也已经没得选择了；因为刚才的枪声，其他士兵们肯定已经在往这边聚拢了。哪怕现在出去会被子弹打中，我也必须出去。

我猛地拉开了那扇门。

那两个士兵就倒在我面前的地板上。一个已经死了，另外一个正用手捂住中弹之后流血不止的腹部；生命垂危，已经不可能再拔枪射击了。他现在只剩下了痛苦，如果我这时发发慈悲，开枪结果了他，他就可以不必再受苦了。但是，SS 的人，之前不是也没有对从燃烧着的阳台上跳下来的老妇人发慈悲吗？最终，我还是没有理会这个奄奄一息的人，而是选择直接从他身上跨了过去——还是等到他自己的战友们过来，再补给他那了结痛苦的一枪吧。

我继续顺着楼梯间往上走，到了顶楼，然后从那里上了屋顶。

我看到，楼下大约两百多米远的地方，其他士兵们正向着这边跑过来——他们果然还是听到了枪声。

脑海中首先蹦出的念头是：我应该马上卧倒在屋顶上，静静等待机会。不过，稍微考虑了一下之后，我决定继续向前，从这个屋顶到下一个屋顶上去。因为，那些士兵们正朝着这栋屋子快速跑动，跑步的时候，人的注意力一般都是放在正前方，如果我的动作不大，他们是不会往高处看的。于是，我尽可能快地走到屋檐位置，跑到了隔壁那栋屋子的房顶上。

当下面那些士兵们终于到达之前那栋屋子的门口时，我已经跳到远处十字路口旁边，第四栋房子的屋顶上了。我只需要在房顶上"拐个弯"，到旁边的一条街上去，就可以真正摆脱追兵们了。很可惜，拐角的这两栋房子并不是挨在一起的——两个房顶之间，隔着大约三米的距离。如果我的脚现在没有问题的话，这点距离对我而言根本算不得什么。可是，此刻拖着受伤的脚踝，我究竟能不能办到呢？

就算是摔得粉身碎骨，也比被德国人的子弹打死强。

这样一想之后，我就开始返身助跑了。每一步跑下去，脚踝骨都疼得厉害，因此，我的速度比平时慢了不少。踏在屋顶边缘位置之后，我奋力一跳……

……还在空中的时候，我就已经察觉到，自己跳得并不够远了。

好吧，我没有像平时一样，双脚落到屋顶上，而是将自己的肚子直接撞在了对面的屋檐上。突如其来的剧痛，几乎要让我停止呼吸，但我凭着求生本能，伸出双臂，双手牢牢抓住瓦片，努力让自己的上半身贴紧屋顶，不至于立即掉下去。我的双腿悬空，只能不停乱蹬，试图在墙壁上找到支撑点。

用尽最后一点点力气，我好歹爬上了屋顶，肚皮朝下，直接跪倒在地，大口喘着气——我连翻身躺下的劲儿都没有了。我需要找个地方，好好休息一会儿，直到自己能够继续走路，可以走回避难所为止。反正，总不能像现在这样，以屁股朝天的姿势，在屋顶上傻待着。

我环视四周，发现在前面几栋房子旁边，有一个不大的内院，里面堆着像山一样高的一堆弹簧。看起来，那里会是个不错的临时藏身处。

我从屋顶的一条裂缝中滑下去，落在了阁楼地板上。突如其来的疼痛感，令我特别想大声哀嚎一番。可是，我只能使劲咬住自己的嘴唇，忍住不发出任何声音。我咬得很重——嘴唇都被我咬出了血。

好不容易走到那处内院的弹簧堆旁之后，我马上用大量弹簧把自己给埋了起来，以此作为掩护。做完这件事，已经彻底耗尽了我的气力；不管是身体上的，还是精神上的。转瞬之间，我就闭上了眼睛，沉沉睡死了过去——太累了，累到已经没办法保持清醒；累到对德国士兵是否正在走近，都已经满不在乎的地步了。

70

突然之间，我被香烟味给熏醒了。院子里有人！莫非，来的又是一个波兰消防员，刚从火场里退下来，想要休息一下？还是某个德国人，抓人抓累了，到这里透口气？又或者，来的竟是抵抗组织战士——我的同志？我的朋友？唉，估计不会是最后这种可能性。因为，我今天的好运配额早就已经用完了。

通过透过弹簧堆的光线亮度来推断，我已经睡了整整一夜，天马上就要亮了。我必须尽快返回米拉街 18 号的避难所，否则的话，今天一整天，我都必须在这堆弹簧下面躲着。没有任何东西可以吃，也没有水可以喝。况且，如果德国人待会儿在这里也点一把火，准备把所有东西都烧光的话，我该如何是好？

我偷偷听了听外面的动静：仍然停留在院子里的那个男人，似乎仅仅只是一个人待在那儿，没有同伴。既然这样，我决定赌一把：拔出手枪之后，我猛一下子从弹簧堆里跳了出来。如果我没估计错，手枪里应该还有一两颗子弹。

在我面前的，是一个 SS 师团军官。他看到我突然跳出来，吓了一大跳，手里拿着的香烟也掉到了地上。

看到他的那一瞬间，我也吓了一大跳——我认识这个人。

他就是那个在岗亭里把我从混蛋肥猪手里救下来的军官。这是个能够说一口流利波兰语的德国人，身上还保留着不少的人性。

能够以像现在这样的方式，用武力控制住一个 SS 师团的军官，对我来说还是头一次。我必须好好利用这次的机会，尝试弄明白一些事情。

"为什么？"我问他道。

这个没头没尾的问题，显然把他给弄糊涂了。

"什么……为什么？"

"你们为什么要这样做？"

他似乎是听明白了，看他的样子，好像正在思考。

"无论你的回答是什么，跟我放不放过你都没有任何关系。"

我这样说，是希望他能够诚实对待我所提出的问题，不要为了保住性命而取悦我。

他点了点头。显然，他也理解了我说出这句话的意思。

"你是想知道我为什么这样做，还是我的上司们为什么这样做？"

"都想。"

"希姆莱和其他那些人，他们都疯了。"

"你呢？"

"如果可能的话，我希望自己也是个疯子。"他苦笑道。

"这可不算是什么说得过去的回答。"

"我想让自己和家人过上更好的生活。"

"莫非，你在这儿四处杀人，他们在故乡会过得很好？"

"别胡扯！"他愤怒地喝止了我，仿佛一时之间，忘记了我手上的手枪正指着他似的。过了一小会儿，他稍微冷静了些，继续开口说道："在 SS 师团里，我能够得到一份正式的工作，还有工资……"

"原来，你是为了工资杀人的啊。"我粗暴地打断了他的话。

"我并不是那样想的——在一开始，我没有想到会走到这一步。谁可能想到会变成现在这个样子呢？"

"是啊，希特勒一开始也没跟大家说，他讨厌我们这些犹太人。"我继续冷嘲热讽。

他没有接着我的话说下去，而是岔开了话题："我的家人们，他们的生活过得并不好。现在，在我的家乡汉堡市发生了空袭，天上投了炸弹下来。我心神恍惚，请了假，打算回家看看我的妻子和女儿——看她们是否安然无恙。"

我心中的某一部分却希望，她们死掉了才好。

这时，那位 SS 军官十分小心地开口问道："你会让我活下去的，对吗？"

"我为什么要让你继续活下去？"

"因为，我从夏珀的手上把你给救了。你真该去看看他之前糟蹋过的女孩子都是什么下场。"

"那些女孩，你一个都没有救。"

"不是经常有机会遇到当时那种千钧一发的情况——毕竟，我不能明目张胆地在军队里救犹太人的命……"

"人总是有选择的机会的。"

"像你们这种已经一无所有的人，才会这样想。"

"谢谢你的赞扬。"

"但我——我是这个家庭里的一家之主，不能够失去的，实在是太多了……"

这个德国男人说得越多，越希望在我面前展现自己的人性，我反而越觉得他丑陋、恶心。

"如果你现在杀了我，我的家人们就没了父亲、丈夫……"

"闭嘴！"我上前一步，枪口抵在了这个男人的额头上。

军官马上沉默了。他努力想要表现得镇定些，可我看到，他的双手分明正在颤抖。

"转身！"我命令道。

他照做了——现在不止是手，全身都开始抖了起来。

我用自己手枪的枪托，死命砸向这个军官的后脑勺。他倒了下去，后脑流了很多血，没办法再动弹了，但却依旧清醒，嘴里不停呻吟。没办法，我朝着后脑又砸了一下。紧接着又是一次。这样一来，他算是彻底失去了意识。

我没有杀死他，并不是因为当时他在那个岗亭里救了我，使我免遭强暴。自然，也不是因为我对他抱有什么同情心，更不是为了他的家人。他能够活下去的唯一理由不过是，如果我开枪的话，说不定会引来他的同伴们。仅此而已。

71

我终于回到了米拉街 18 号，发现上面的那栋房子已经被烧得彻底倒塌掉了。

"所有人都死了，所有人。"看到这一幕时，我先这样想。不过，我却努力强迫自己不要轻易放弃。经历了那么多事，我总算是学到了一课：只要没有见到尸体，或者没有迹象表明 SS 的人已经把所有人都送上了开往集中营的火车，就始终还有希望。

我心慌意乱地在瓦砾堆中寻找五个通往避难所出入口中的随便哪

一个，找了半天之后，终于被我找到了其中一个。然后，我赶紧打开暗门，钻了进去：实在是太幸运了，里面住着的人们都还活着。外面的火势并没有蔓延到避难所里来，士兵们也没有发现这个入口。

然而，避难所里的情况却并不乐观。下面的温度高得跟在火炉里似的，所有人都把衣服脱光了，仅穿内衣。在这种时候，只有饿得消瘦憔悴的阿歇尔，还有本事向我展现少许幽默感："嘿，我早就想蒸蒸桑拿了。"

当我告诉大家，波兰消防员背叛了我们，小组其他成员都牺牲了的事情之后，同志们的情绪变得更加低落了。

"事到如今，我们只能寄希望于阿摩司，希望他能够找到从下水道逃出去的方法了。"莫迪凯叹了一口气。

因为脚上伤口发炎而发高烧的阿维，一边摸着自己的红胡子，一边若有所思地说道："其他人之前已经尝试过了，没有人成功——他们都死在屎堆里了。"

确实如此，到现在为止，还没有任何一个战士能够从下水道里找到出去的路。其中的两个甚至死掉了：有个巡逻兵听到了他们的脚步声，直接从下水道口往下面扔了一个手雷，把他们炸得粉身碎骨。

"阿摩司会想办法说服下水道工人，让他们给我们引路的。"莫迪凯试着给大家增添点信心。

"前提是他得活着，有机会到那边才行。"阿维叹了口气。

"别那么消极！"我开口对他说道。

我十分紧张地转着自己无名指上的婚戒。此时此刻，这枚婚戒对我而言，跟瑞贝卡手里的弹子球一样重要。

为什么我和阿摩司当初不简简单单、舒舒服服地在华沙市的波兰人居住区好好待着，偏要跑回这里，最终落得个彼此孤军奋战的下场？一切仅仅是因为，我们必须跟同志们共患难。

"对不起，是我说错了——阿摩司肯定还活着。"

"没什么啦。"我快快地回了他一句之后，就躲回到自己那个名叫奥斯维辛的小房间里去了。在房间里，我把裤子、外衣、鞋子全部都脱了下来，看着自己肿得厉害的脚踝发呆。如果可能的话，我很想冷敷一下，但在这避难所里，水实在是太宝贵了。我躺了下来，试着不去多在意伤口，或者多去想阿摩司。取而代之地，我希望能够躲到汉娜那儿去——然而，正当我一只脚快要踏上镜子大师所在的岛屿时，我突然听见头顶上传来了脚步声。

大家都听到脚步声了。眨眼之间，避难所里的每个人都安静了下来。大部分人甚至连呼吸都不敢，少数几个人则还在低声祈祷。抵抗组织的战士们每个人都攥紧了武器，随时准备出击。

就在这时，外面传来了锤击声。

有人正在用某些大型工具，试着在废墟上凿出洞口来。莫非，德国人已经知道我们藏在这儿了吗？或者，他们只是碰碰运气，希望能够在这里意外凿出什么好东西来？一瞬之间，我的心中突然产生了一个十分恐怖、令我胆寒的假设：如果这件事是因为阿摩司被德国人抓住，并折磨了很长时间，直到他整个人崩溃，供出了我们的藏身地的话……那样一来，阿摩司心里的愧疚感，将永远都无法解开了。刚想到这儿，头顶突然像下毛毛雨一样，落下了无数的灰尘和瓦砾。

在一阵蔓延无边的巨大恐惧无情侵袭之后，锤击声竟然完全停止了。

我们已经被发现了吗？

避难所里的祈祷声，小到几乎听不见了——但还是有人在祈祷，并没有停止。

脚步声再次响了起来。

身边几个平民的表情，看上去简直像是快要欢呼出声了。战士们也全都松了一口气，不过，我们现在全都心知肚明，留给我们的时间已经不多了。此刻的我们，子弹少得可怜，粮食也快要耗尽。不仅如此，在犹太居住区的一整片废墟里，也很难再找到什么可以吃的东西了。

哪怕是一向自信的丹尼尔，此刻也已经丧失了勇气。他爬到了我的身边，对我说道："你之前说得很对。"

"我说了什么？"

"活着，只是个幻象而已。"

丹尼尔看起来竟然这样无助，我感到十分震惊。

他指了指瑞贝卡。我看到，瑞贝卡正在静静注视着她那颗蓝白色的弹子球，就仿佛在那里面藏着另外的一个世界似的——或许是一个有着888座蓝白色岛屿的世界。这个小女孩竟然能够活到现在，简直就是个奇迹。

丹尼尔指着她，轻声对我说道："如果科扎克还在的话就好了。他会协助瑞贝卡做好心理准备——死掉之后，可以去一个更好的世界……"

德国人来把孤儿们全部接走的那天，剧场上演出的那场自编自导的戏剧里，那个老人就是这样告诉大家的。

"……但我却不是科扎克。"丹尼尔十分沮丧地说。

"只有科扎克本人才是科扎克。"我友善地劝慰他道。

"我花了一辈子时间，想要成为他。可你看看，我现在是个什么样子？"

"你是丹尼尔啊。"

听到这句话，丹尼尔的脸上显出了无奈的神情。

"而我，我也并不是你。"我补充道。

看起来，丹尼尔不太明白我说的这句话是什么意思。

"你所做的事情，比我要多得多了。"我试着向他解释。

听到这句话，他明显吃了一惊。

"你保护着这个孩子，保护了她差不多一年。而我们这些战士，却只能勉强守护她区区这些天而已。况且，这些天还过得相当糟糕……"

正是丹尼尔，完成了让这个小女孩活到现在的奇迹。

丹尼尔在我的脸上吻了一下，作为对我的回应。

这个吻让我感到错愕莫名，完全僵在那里，什么回应都做不了了。

反而是丹尼尔，在吻过我之后，继续说道："别放弃阿维，阿摩司会回来的。"

就为这句话，我也必须在丹尼尔的脸颊上亲上一口——所以我就这么做了。

我们站在雪地里往上看，能够看到远方堆积的云层——它们像一个巨大的环，围住了镜子岛上那座高山的山顶。大约在上方五十米处，镜子宫殿外面的镜子，正把阳光反射到我们身上。

长耳朵号上的船员们都很累了，虽然不像米拉街 18 号藏身处的战士们那么累，但也差不多了。

胡萝卜船长气喘吁吁地咒骂道："该死的山峰。我总算知道自己为什么要当个在海上谋生活的人了。"

"你之所以要在海上谋生活，只是因为你在玩骰子游戏时赢了这艘船而已。"狼人说出了事实真相。

汉娜没有加入到谈话中，她只是呆呆地看着红头发的本微笑。真正的本已经死了。真正的汉娜也一样。只是，因为我没办法承受大家的死亡，也因为阿摩司不在我的身边，我才选择把自己交给幻想——这个幻想世界，与现实中人们的联系越来越少。本死后，已经再没有其他人会相信，还存在着这么一个地方了。

我不想一个人孤单地死去。

离开镜子岛的山峰，我回到了避难所里。在这儿，我正独自一个人躺在奥斯维辛的角落。我站起来，跌跌撞撞地到丹尼尔还有瑞贝卡那儿，问他们道："我能跟你们躺在一起吗？"

小家伙把手里的弹子球弹向了我这边。我把它捡起来，小心翼翼地拿在手里，就像对待一个极其特别的宝物一般——当然，它确实也是这样一件宝物。弹子球十分光滑；经历了这么长的时间，这么多的事情，它竟然连一点瑕疵都没有，这真令人感到惊奇。我把它捧在手心，那种特别的触碰感突然让我觉得，在这个世界上，除了死亡之外，还是有另外一些不一样的东西的。

丹尼尔指了指那个弹子球，对我微笑道："那个，就是同意你加入的邀请函。"

我把弹子球还给了小家伙，躺在他们两个旁边，感觉自己在这个世界上，稍稍得救了一点儿。

72

第二天一早，锤击声又重新开始了。莫非，德国人已经发现这个避难所了？那么，他们是怎么发现的呢？通过军犬吗？还是叛徒？或者监听设备？不管什么——反正是被他们给发现了！

我们这群抵抗组织战士们，纷纷拿出武器。平民们开始哭了起来，有些甚至因为极端恐惧而尖叫。施穆尔·阿歇尔在人群里四处奔走，对大家下命令，让所有人保持安静。伊扎克——也就是那只黄鼠狼，现在也不听自己老板的话了，嘴里不停念叨着："他们来抓我们了，他们来抓我们了！"

"没准会出现奇迹呢！"阿歇尔反驳他道。

德国人不止使这个流氓头子变成了一个充满民族自豪感的犹太人，

还使他成为了一个懂得祈盼奇迹的人。

锤击声又停止了。

死寂。

所有人都在等待。

恐惧像瘟疫一般蔓延。

"不要慌,我也是你们当中的一员。"我们听到了一个犹太叛徒的声音——他正站在我们藏身处所在的瓦砾堆上方。"你们可以相信我的!德国人会送你们去工作。但是,如果你们不投降的话,马上就会被杀死了!"

莫迪凯示意了一下宝拉——这是个原本想要成为芭蕾舞演员的女战士——让她赶紧前往这里的另外一个出入口。宝拉很清楚自己应该怎样做。她赶紧跑向那个洞口,把周围的碎石拨拉开,枪口对着外面,举枪便射。

这就是我们的回答。

宝拉在开了一枪之后,又赶紧从那个出入口跑了回来。现在,我们都很清楚,德国人接下来将会做些什么了——他们将一个手榴弹从洞口里扔到了进来。爆炸声让所有人都惊恐万分。不过,因为预先已经避开了的缘故,只有三个平民受了轻伤。

于是,德国人便继续使用起他们的大型设备,重新往下钻洞。这时,那个该死的叛徒又喊了起来:"你们快投降吧!投降!我向上帝发誓,只要投降,就什么事都不会发生!"当然,没有任何人相信他的话。

"这是什么?"伊扎克突然问了个莫名其妙的问题。

我完全不知道他在问什么。

"这是什么?"他慌慌张张地又问了一遍。

与此同时,我闻到了一些不太对的味道。

那味道一开始十分稀薄。

然后就越变越浓，越来越刺鼻。

我们全都明白过来，这是什么味道了。

"是毒气！"后面的某个人突然怪叫道。

"赶快逃出去啊！赶快逃！"阿歇尔冲着他的人大喊。

"我还以为，你们会在这里一直待到生命的最后一刻呢。"发着高烧的阿维，在他的病床上喊道。

"如果留在这里，只有死路一条。但是，只要我们一起冲出去，起码还有一点生还的可能性！"阿歇尔说罢之后，和大约数百个不停咳嗽、喘息的平民们一道，打开了避难所的出入口，从里面爬了出去。

德国人没有对他们开枪。他们将会被运往毒气室——这就是他们必须面对的宿命。

我们这些抵抗组织战士则选择继续留在这里。除了战士们，还有一些像丹尼尔和小瑞贝卡这样的平民。全部人加在一起，大约还有一百人的样子。

"我们应该怎么办？"宝拉问道。

"我们直接开枪自杀！"阿维答道。

"你说什么？"我对阿维的回答感到难以置信，宝拉也被他吓得目瞪口呆。"你疯了吗？"

"我们自杀，跟马萨达那些人做过的一样——他们肯定不会让我们继续活下去了！"

"没错，他们肯定不会让我们继续活下去。"宝拉反驳道，"但我们必须在战斗中死去！我建议，我们直接冲出去，不停杀敌，直到死亡！"

阿维仍旧对此表示反对："他们已经堵住了全部的出入口，我们根本没办法在他们无法察觉的情况下爬出去攻击他们。况且，出入口很小，我们只能一个一个地出去，很有可能一出去就被开枪打死，毫无反击的机会。另外，我们也几乎没有弹药了，根本没办法展开对抗，但开枪自杀的子弹，目前还是很充足的。"

"就算那样，我们也要试一试才行。"宝拉仍旧不同意阿维的主张。

可是，对我而言，两边意见都没办法同意。诚然，我自己也很清楚，现在确实已经陷入了绝境——面对目前这个状况，我早在几个月前就已经做好了心理准备。不过，我现在并不想死；不管是在战斗中死去，还是亲手结束掉自己的生命，被毒气毒死当然更加不想。因为，此时此刻，阿摩司不在我的身边。

莫迪凯也没办法同意任何一边的意见："如果我们还有能够活下去的哪怕一点点机会，就不应该选择自杀……"

"活下来的机会，如果有的话，也不过百万分之一罢了！"阿维反驳道。阿维所说的自杀计划，照我从他此刻脸上的表情来估计，应该是直接往自己脑袋上打上几枪了事。不得不说，相比宝拉的建议，这里大多数战士的选择都更倾向于阿维；气氛已经很明显了。

"哪怕只有百万分之一的机会，也比完全没有强。"莫迪凯十分坚决地说："只要还有继续战斗下去的可能性，我们就不能去死——不管是哪种死法，都不能。"

"可是，那些毒气……"宝拉和阿维异口同声地说出了相同的顾虑。

毒气，仍在从外面不停涌进来，浓度越来越高。我们的眼睛，已经开始流泪了。

"用水，水可以使毒气的效果减弱。"莫迪凯对大家说，"我们可以把一块布浸上水，然后捂在自己嘴上，抵御毒气。"

他一说完，马上就这样做了起来，将一块手帕浸在身边满是泥水的水坑里。我也按照他的样子做了。还有几个人也照做了，但人数并不怎么多。

莫迪凯一边用浸湿后的手帕捂在嘴上，一边向几个同志布置了一个任务——马上开始寻找一个没有人看守的出口——就算没有，至少也要调查清楚。

阿维用力撑起身体，一拐一瘸地拖着自己那条伤腿，进到了名为茅特豪森的房间里。不一会儿，我们听到房里传来了一声枪响。

其他很多战士们，都跟着他这样做了。

一个面色苍白，长相很具有古典美的叫莎朗的女战士，开始把自己手里仅存的一些氰酸钾胶囊分发给几个孩子。他们每个人都把毒药吞了下去，然后，小小的身体团成一团，开始不停颤抖，很快就死掉了。这种死法，比被毒气毒死的折磨，要稍微少一些。

莎朗带着药，走向了丹尼尔和瑞贝卡。

她可真是一位名副其实的死亡天使。

丹尼尔犹豫了一下，考虑是否应该让小家伙吃药。最后，他还是做了决定，将胶囊递给了瑞贝卡。

"不要！"我大喊道。

听到我的喊叫声，他停手了，将胶囊还给了莎朗。莎朗见他们不要，就转手将胶囊给了旁边的一位母亲，还有她的孩子。这是最后的两颗胶囊了，胶囊全部给完之后，她举起枪，朝着自己的身上了开枪——在彻底死透之前，她一共对自己开了七枪。

我奔向丹尼尔，递给他和瑞贝卡一人一块湿抹布，和他们坐在了一起。渐渐地，我们彼此之间坐得越来越紧。如果我不能在阿摩司旁边死的话，至少，也跟他们死在一起吧。

毒气进来得越来越多，不少战士选择主动结果掉自己的性命。其余那些跟宝拉一样愿意战斗到底的人，一边开着枪，一边从避难所的出入口里爬出去，被那里早就安排好的德国士兵们打成了筛子。难以置信，就算是在这样不利的战斗环境下，他们竟然还能前仆后继，并且杀死了一个敌人。

丹尼尔握紧了我的手。

我闭上眼睛，试着最后一次前往 777 座岛屿的世界，但却没办法集中精力。毒气实在太浓了，浓到我根本没办法呼吸。我不停咳嗽，脑海里浮现不出汉娜背着背包，一步一步向上攀登前往镜子大师城堡的样子来。

我只看到汉娜倒在血泊中死掉的样子。

丹尼尔的手，被我抓得更紧了。

看来，是要死在一起了。

就在这时，突然有人大喊道："这里有一条可以逃生的路！"

一开始，我甚至听不懂这句话是什么意思。

"这里有一条可以逃生的路！"

我睁开眼，看到自己面前站着一个瘦高个儿的战士。这个人，我之前几乎没有打过交道，所以，也就不知道他的名字。总之，他是莫迪凯派出去寻找出口的那些人中的其中一个。因为毒气，我缺氧难受，快要不能呼吸，差不多都要以为这个陌生的同志是我自己弥留之际硬造出来的幻象了。毕竟，现在已经不可能有其他可以逃出去的通道了，不是吗？可是，尽管这样，我仍旧选择放开丹尼尔的手，站了起来。而丹尼尔，因为吸入太多毒气的缘故，整个人都陷入了昏迷。

"我们可以逃出去了！可以逃出去了！"我看到，面前这个战士正冲着我们大声喊道。

管它是幻象，还是真实，此时此刻，除了跟着他走之外，我们已经再没有其他选择。我弯下腰，不停地摇丹尼尔的肩膀，希望能够摇醒他。

他却没有睁开眼睛。

"丹尼尔！"喊他的时候，我又吸入了不少毒气，咳得愈发厉害起来。

他还是没有醒。

　　我抬头看了一眼那个瘦高个子的战士，他就在我面前，不过似乎马上就要走了，我可不能让他逃离我的视线，因为，我并不知道他所说的那条逃生通道究竟在什么地方——前提是，这个抵抗组织同事并没有发疯，确实存在这样一条通道。

　　现在，那个瘦高个子正在奋力呼喊，希望能让尽可能多的人们听到这个好消息。但是，他发现得已经太晚了。晚到无可补救！差不多所有人都死了——他们要么举枪自尽，要么被德国人子弹射死，或者因为吸入大量毒气而窒息身亡。只有少数几个用湿布捂住嘴巴的人，比如丹尼尔、小瑞贝卡和我，还能够勉强呼吸。况且，丹尼尔现在已经十分虚弱，命悬一线了。

　　"快醒醒！"我又对他大喊了一声，自己也咳嗽得更加厉害，几乎要把自己的五脏六腑都咳出来了。

　　没有任何反应。

　　我举起拳头，使劲捶打他，一次，两次。

　　终于，他被我打得睁开了眼睛。我赶紧把他拽起来，还有瑞贝卡，接着便转过身，开始慌慌张张地找那个瘦高个男人。还好，他还在那儿，已经召集了几个人，带着他们开始向避难所后部的某个角落走去，我们赶紧跟上。在那个角落里，有一个没有被德国人发现的小洞。我们把洞口附近的瓦砾清理干净后，一个接一个地爬了出去，悄悄躲在随处可见的碎石瓦砾之下。一共是十四个人，每个人都只穿了内衣——这就是米拉街18号最后的幸存者了。

　　莫迪凯并不在这十八个人当中。我此刻完全不知道，毒气是否已经毒死了他，他最后是否选择了开枪自杀，或者把最后的一颗子弹，向着德国人所在的方向射了过去。总之，犹太人抵抗组织现在已经失去了领袖。不仅如此，我们差不多所有可敬可爱的同志们也都已牺牲了。米拉街18号，跟我们全部的希望一道破灭了。

73

天黑之后，我突然听到了脚步声。此刻，我的双脚就像灌了铅一样，没办法逃跑了。其他人的情况，也跟我没什么差别。丹尼尔的肺里，仍旧残留了不少的毒气，完全止不住咳嗽。我们听到，在不远处的一片瓦砾堆后面，似乎传来了武器上膛、准备开枪射击的声音。这时，那个把我们从避难所里救出来的瘦高个男人，首先高举起了双手，表示愿意投降。所有其他人也跟着照做了——至少我们现在还有举手投降的力气。除了丹尼尔，他仍旧坐在一片废墟之中，对不远处发出的声音充耳不闻。

我们听到，有人正从瓦砾堆的另一面爬过来的声音。SS 师团的人很快就会站在我们面前，把我们抓起来，或者干脆直接射杀我们。无所谓了。什么都无所谓了！

"举起手来。"我们听到有人用波兰语对我们说道。

我抬头往瓦砾堆上看过去。来的不是德国人，也不是拉脱维亚人，或者乌克兰人。来的是三个抵抗组织的同志，两男一女。

两个不同战斗小组的人，彼此对望，面面相觑，那场景简直太不可思议了。

一共十七个犹太人，在犹太居住区的一片废墟上相遇了。

隔了好一会儿，我们所有人才明白过来眼前究竟发生了什么事情。然后，我们一个接一个地把手放了下来。又等了好一会儿，人们才从震惊的状态中缓和下来，可以开口说话，回答那几个同志们提出来的问题。当他们了解到，米拉街 18 号的其他所有人都死掉了之后，眼睛里纷纷涌出了泪水。

不过，另一个战斗小组的头儿塞缪尔却并没有哭——至少，他也不会为那些开枪自杀的人们哭泣："人是不能自杀的，只要还能继续战斗下去，就不应死。他们死得毫无意义。"

什么样的死，才是有意义的呢？

什么样的人生，才是有意义的呢？

我的人生吗？

不是。

谁的人生都没有意义。

当另外一个幸存者提到，莎朗一共对自己开了七枪时，塞缪尔竟然只是说了句："浪费了六颗子弹。"

我完全筋疲力尽了，没有办法冲着他喊叫，告诉他，你又没跟我们在一起，根本什么都不知道。不过，即使我这样做了，他也不会认同我的话。实际上，他跟自己的两个同志一起走到这里，不过是为了在废墟里找到还能利用的武器和弹药罢了。自然，他们这次行动是完全徒劳的。SS 的人已经把整个避难所炸毁了，我们那些共同战斗过的同志们的尸体，统统被炸成了碎片。

所有人立即启程，穿过犹太居住区的大片废墟，越过如山一般的成堆瓦砾，一起寻找一个可以容身的地方。这是一群饱受创伤的人，他们的心灵和脚下走过的道路一样，已经被彻底摧毁了。

最终，我们来到了弗兰西斯赞斯卡街 22 号。这里也有一个避难所。而且，明显是仅存的一个了。说是避难所，更像是个野战医院；到处都是伤病员，被烧伤的战士，还有奄奄一息、等待死亡的同胞们。

我的脑袋里面此刻并没有想到该去吃些什么东西，或者处理一下自己的伤势，甚至都没有去想阿摩司——我闭上了眼睛，只想好好睡上一觉。如果可能，最好能够永远睡下去。

世界正在沉下去。

你想要做一个怎样的人？

此时此刻，我想要做一个最终能够得到救赎的人。

74

"所有看起来不像犹太人的人，到我这边集合！"塞缪尔喊道。

我不想出列——我想继续躺着，睡觉，睡死过去。我的意识正在对我反复说着：你看起来很像犹太人，米娜。你不是他要找的人，睡吧……

可是，之前莫迪凯之所以专门选了我，让我去华沙市的波兰人居住区，就是因为他发现我长得更像波兰女人一些。关于这点，我自己确实是再清楚不过了。此刻正负责率领我们的塞缪尔，之所以会让长得跟雅利安人相似的同志们集合，理由只有一个：打算带我们一起逃到高墙的那一边去，然后……我或许就能够跟阿摩司再会了。

如果我到了那边之后，发现他也已经死了的话，我将会毫不犹豫地选择永眠。

想到这里，我从地上爬了起来，一瘸一拐地走到塞缪尔还有另外一个金色头发的战士面前。这个战士长得很壮，北欧人长相，看起来跟大部分的 SS 士兵没什么两样。

塞缪尔仔细打量了我一番，起先对我的外貌还存着一些疑虑，直到他看见我那双绿色的眼睛之后，才开口问道："你能做得到吗？"

实话实说，一句"我不能"肯定是最诚实的回答了。但是，这件事关系到是否还能再次见到阿摩司。尽管希望十分渺茫，我仍旧坚定地回答道："是的，我能。"

"在这最后一个避难所里躲藏下去，没有任何意义。"塞缪尔向我们解释道。"你们必须去找这个城市另一边的同志们，和他们一块儿想办法，把我们所有人都接出去。"

"具体应该怎么做？"金头发的战士开口问道。

"你们必须找到一条出去的路，约瑟夫。"塞缪尔一边回答，一边把一套可供更换的衣服扔到了我的面前；是一件袖子已经破掉了的女式衬衫，还有条对我而言太大了点儿的男裤。

"我们怎么才能到另一边去呢？"我也问了同样的问题。

"从下水道里走过去。"

听到这个回答，我们陷入了沉默。这是目前唯一的可能性，但实际上，这个可能性跟没有也没什么两样。如果不是十分了解下水道的人，下去之后很快就会彻底迷路。不得不说，如果我不是一而再再而三地欺骗自己，而是直面现实的话，理性会告诉我，阿摩司早已经死在了下水道里。如果不是这样，那我们至今都没有收到他的任何消息，又该怎么解释？

"那个亚伯拉罕，"塞缪尔指了指旁边一个整张左脸差不多全被烧毁的男人，"很清楚下水道里的路。他会把你们带到墙那边的某个出口位置，然后再独自返回来，告诉我们你们已经成功到了那一边。"

亚伯拉罕对着我们十分郑重地点了点头，让我们放心。

不到半个小时之后，亚伯拉罕用力举起了一块下水道井盖，我们一个接一个地爬进了下水道里。亚伯拉罕的手里提着一盏油灯，约瑟夫和我一个人拿了一把蜡烛。走了不多会儿，污水就已经漫到了我们膝盖的位置。污水的味道，臭得简直灭绝人性。如果我胃里还有什么东西的话，肯定马上就全部都吐出来了。

亚伯拉罕一直在为我们引路。我们走得越远，污水也变得越深。有几个地方的污水，甚至都淹到了我的脖子。

"小心！"当我们在某一段水管（这段水管里充斥着腐臭的污水，不过才淹到我的胸口位置）里行走时，亚伯拉罕突然冲着我们大声喊叫。这时，我十分惊讶地看到，面前正有一波污水巨浪，向着我们奔袭过来。

污水的浪头打在了我的头顶上，巨大的推力使得我脚下一滑，淹到了废水里。因为根本来不及闭气，这些脏水和排泄物直冲进了我的鼻腔。我在水里不停挣扎，惊恐万分，希望能够找到一处可以抓牢的地方，不至于被污水整个冲走。我死命挣扎着，挣扎着，直到我的双脚，终于又碰到了地面。

双脚用力，我再一次站了起来，才一站稳，我马上就吐了。约瑟夫也跟我一样，吐得一塌糊涂。亚伯拉罕一边大口喘气，一边帮我支撑住身体，直到我能够只靠自己站立。两根蜡烛，都被这次洪水冲不见了。现在，我们只能依靠亚伯拉罕手里油灯的光亮，继续往前走。

我们每个人都没多说话，没有一个人张嘴说出此刻心中最大的恐惧——在肮脏腐臭的下水道里溺毙。我们只能不停向前走，一步又一步，而且还要不停拐弯。那些污水，有时候上涨，有时又一直回落到膝盖的高度。之前那次之外，我们又遇上了两波污水巨浪。不过，这两次我们都有经验了，事先站稳双脚，彼此抓牢，然后狠狠屏上一大口气。

走了大约半个小时之后，我们又到了一个岔路口。这一次，我们的领路人亚伯拉罕也有点不清楚究竟应该往左还是向右了。我瞬间意识到这究竟意味着什么："你迷路了。"

"不，没有。"他安抚我道。"我很清楚——我们必须往左边走。"

现在，亚伯拉罕正努力使自己在我们面前显得更自信些。我们继续跟着他，不过我已经逐渐失去了信心，认为自己肯定是到不了另一边了。现在，我想直接在这里死掉算了。

又走了几分钟之后，就连约瑟夫都已经发现，我们的领路人自己也不清楚现在我们身处何方了。

"我……我感到很抱歉。"亚伯拉罕向我们坦承，他已经不认识路了。

"抱歉？你感到抱歉？"约瑟夫冲着他大吼道。"如果我们没办法到达另一边的话，所有人都会死掉的！"

"我知道啊。"亚伯拉罕开始痛哭起来。"但我现在还能做些什么呢？做什么呢？"

我一言不发，筋疲力尽地靠在了墙上。

突然，我看到不远处有光线一闪而过。

光源就在下一个拐角处后面。

"是德国人！"约瑟夫小声说道。

那是一道手电筒一般的光束——那道光束，正在逐渐变大。那显然意味着德国士兵们正在靠近！

我们呆若木鸡地站在那里，不知道在这充斥着腐臭味的地狱里，我们还能够躲到哪里。

光束转过来了，直直射到我们身上。我们死死盯着那道光束，就跟受到惊吓的动物一样。

这时，有人说话了："我是你们一边的。"

"真是奇迹！"约瑟夫欢呼道。

我的欢呼声，比他还要更加响亮。因为，这个声音是阿摩司的！

我飞快地淌过污水，来到我的男人身边——没错，他就是我的男人——他紧紧地拥抱了我。我们俩身上都散发着屎、尿和污水的臭味，尽管这样，我却感到十分幸福，是那种常人根本无法想象的幸福感。而且，我从没想过，此生竟然还能再遇到这样幸福的时刻。

阿摩司激动地说，他在波兰人那边贿赂了一个下水道工人，希望那个工人能够给他指一条安全的、可以从下水道前往犹太居住区的道路。工人跟阿摩司一起下到了下水道里，可是，只走了一小会儿之后，他就感到十分后悔，想要折返回去了。阿摩司当即拔出手枪，威胁那个工人。工人为了活命，终于决定把安全从地下前往犹太居住区，以及怎样从居住区返回的路线，详细告诉了阿摩司。然而，当阿摩司赶回米拉街18号，准备将所有人都偷运出去时，却发现藏身处已经被彻底摧毁了。

"当时我还以为已经永远失去你了。"他一边这样说，一边把我抱得更紧了。

"我跟你想的完全一样。"我如此回答了他，并且在心里暗自发誓，再也不要与他分离。

"你不会那么容易就和我分离的。"我的丈夫微笑道。

简直心有灵犀！我哈哈大笑了起来。阿摩司从一只随身小袋里取出了糖果，还有柠檬片，分给我们吃。

"我已经有好几年没有见过柠檬了。"约瑟夫结结巴巴地说。他简直不敢相信，自己竟然能够如此幸运。

"还是在这种鬼地方。"亚伯拉罕笑了。我们没有因为他的失误而在下水道里淹死，他感到松了口气。

"我们现在应该怎么办？"我一边大口舔着一颗甜得仿若天堂一般的糖果，让腐臭味赶快从我嘴里消散，一边问阿摩司道。

"我们需要一辆卡车。"

"一辆卡车？"我对这个回答感到莫名其妙。

"当你们所有人从波兰那边的出口出来之后。我会开一辆卡车过来，把你们全都装进去，然后开到森林里面去……"他斗志昂扬地对我们说道。

我并不太觉得这个计划能够成功，但是，我决定不开口反驳什么了。因为，我看到阿摩司的眼里，正烁烁地闪着希望之光。

400

75

　　在约瑟夫、亚伯拉罕和我一起回到弗兰西斯赞斯卡街22号的避难所之后，同志们并没有为我们带来的好消息而欢呼。他们每个人都筋疲力尽，情绪也十分低落，对获救与否根本无所谓了。

　　"如果这件事能够早一天做成的话——"塞缪尔气忿地说，"就会有上百个伙伴与我们同行。"

　　"我们必须通知奈拉斯街37号那边的同志们。"约瑟夫说。看起来，他的态度十分坚决。

　　"这太冒险了。"塞缪尔并不同意。"如果我们贸然去找他们，肯定会被德国人抓住，那样的话，一切都完了！"

　　"我们不能抛下同志们独自离开。"约瑟夫重申道。周围几个战士也同意他的意见。

　　"就算那里是属于你的马萨达——就凭你这一条命，抵得上我们全部人的性命吗？"

　　塞缪尔这么说，约瑟夫感到有些踌躇了。

　　见他如此坚持，我才终于明白过来。原来，这个可怜的家伙，他的爱人还留在奈拉斯街——必须选择抛弃自己的爱人，才能够保全我们的性命。

　　他想要成为怎样的人呢？

　　战士们目前基本都支持约瑟夫，只要他继续坚持，大家就会选择跟他一道去寻找其他人。如果我是他的话，肯定也愿意去冒这个险——让一切事情都受理性或者客观事实支配，我可受不了。我不愿意再这样下去了。

　　然而，就在这时，约瑟夫却突然十分悲伤地说："你说的对，塞缪尔。"

为了我们，他选择了牺牲自己所爱的女人。

总共十五个战士和平民，一同进到下水道里。丹尼尔和瑞贝卡一道，走在我的身后。当水位上升，将会淹没小家伙时，丹尼尔会把她背起来。希望能够拯救自己妹妹的愿望，以及跟她一起藏起来、直到战争结束的计划，给了他一些动力，让他选择和我们一起。不得不说，当我回头看他们时，发现丹尼尔有时候甚至显得精神焕发，跟当初科扎克疲惫不堪的样子相比，简直判若两人。

其他人看上去比精神焕发的丹尼尔要累得多了。当污水淹到我们脖子上时，亚伯拉罕甚至十分惊恐地乞求道："我没办法继续走下去了。让我回去吧。"

听到这话，塞缪尔责骂他道："快别说这种丧气话！如果我们把你单独留下，你肯定会溺死的！"

亚伯拉罕没办法，只好拖着疲惫的身子，继续跟着大家走。我们走得越远，这该死的水道就变得越狭窄、越低矮，到了最后，我们甚至必须弓着腰才能往前走了。每走一步，我受伤的脚踝都会感到刺痛。人们接连不断地摔倒在地，必须有人去拽他们——把他们从水里拉起来，他们才会继续往前走。有一个年纪很大的平民，甚至需要约瑟夫不停往他脸上泼洒污水，才能够勉强保持清醒。唯一能给予我们少许希望的东西，只有阿摩司在下水道里为我们画下的箭头。通过这些箭头，我们能够很清楚地知道，自己正走在正确的路上：远离已经成为一片废墟的犹太居住区，前往华沙市的波兰人领域，然后再从那里到森林里去。

我想象着自己将要看到的那些大树，想象我们跟波兰抵抗组织的人交涉的场景。不仅如此，我还想着终于能够跟阿摩司一道，躺在一棵大树下面，享受两人时光的幸福感——这一切都给了我力量，让我能够继续走下去。

正午时分，我们终于到达了目的地——从这里上去之后，就是博斯塔街了。我们站在下水道井盖的正下方，透过井盖的缝隙，阳光洒在了我们的身上。在我们上方，正在汹涌喧哗着的是波兰人的日常生活：孩子们在玩着游戏，汽车正在马路上飞驰，一对夫妻互相拌着嘴，争论因为顽皮而打了儿子一耳光究竟是对是错——对于上面的人们而言，仿佛根本就没人注意到，这个城市的其中一部分，已经完全毁坏殆尽了。同样的，也没有任何人发现，在这街道旁肮脏的下水道里面，有一群人正在期盼着他们能够伸出援手。

在下面等了一个小时之后，上面扔下来一张小纸条。那是阿摩司给我们送过来的最新消息。因为我正好站在下水道井盖的正下方，便赶紧迎上去，想要一下子抓住那张纸条。哪里知道，纸条却从我的手边滑过去，直接落到了水里。我捡起纸条，读过上面写着的内容之后，不觉咽了一口唾沫：卡车必须等到天黑透之后才会过来接我们。

这就意味着，我们必须在这下面再躲八个钟头——尽管我们中的大部分人，都已经到极限了。

我丈夫就在我头顶的街道上站着，可是，从我这边望上去，只能够看到他的鞋底。我不能大声喊他，不管是出于绝望，还是出于渴望，都不能那样做，因为喊声将会出卖我们躲藏的位置。阿摩司走了，我不得不向其他人念出这则让人感到极端沮丧的消息。

"我撑不住了，我真的撑不住了。"在听过这个消息后，其中一个穿着汗衫、头发几乎要掉光了的小个子平民绝望地说道。

"要是你一直这样叫个不停，我也会撑不住的。"把我们从米拉街18号救出来的瘦高个子咒骂道。在日常生活中，一个年轻人对一位老者这样说话，会被人们视作缺乏礼貌。不过，在这下水道下面，他的说法却道出了我们每个人的心声。

"你干脆一枪打死我算了。"那个光头佬毫不示弱地回击道。

"我很愿意。"瘦高个这样回答道,"不过,在那之前,你必须要付我一笔钱才行。"

"你说什么?"

"一百个兹罗提就好。一颗子弹可是很贵的。"

听到这话,光头佬一下子变得哑口无言。哪里知道,过了一小会儿,他竟然笑着回应他道:"五十兹罗提,这是我的底限。"

听到这句话,所有人都笑了。笑声给了我们所有人力量。

哪怕一无所有,我们还是能够听懂笑话,并且为此而欢笑。

如果当时在弗兰西斯赞斯卡街的避难所里,我坚持自己从这个世界上永远消失的愿望,一直睡下去的话,就不可能经历眼前的这一幕了。

但是,喜悦感却并没有持续多久——它当然不可能持久。有个平民因为太累,直接倒在了水里,另一个人因为太渴,喝了下水道里的污水,结果浑身都开始痉挛起来。不过,我们还是做到了——所有人都坚持活了下去,一直耐心等待黑夜降临。当天慢慢黑下去之后,街上逐渐安静了下来,只能听见零星的路人或者汽车来往的声音了。终于,我再一次见到了阿摩司的鞋底——他马上就会把下水道井盖搬开,我们终于能够离开这个腐臭的地狱,爬到早已准备好的卡车里,将犹太居住区里的一切,永永远远抛在脑后了。

阿摩司仍旧站在我们上面,但他却一动都没有动。究竟是为什么?为什么不马上把那该死的井盖给搬开?

这时候,又有一张纸条飘了下来,落到了我因为汗水和各种污物而变得黏兮兮的头发上。我把它拿到手上,却一点儿都不想去读——显然,这张纸条上的内容,是要让我们继续在这下面坚守下去。还要等多久?一个小时?两个小时?希望不要比两个小时还长!否则的话,会有更多的人饿得昏死过去,更多的人因为饥渴,去喝脚下足以让人中毒身亡的污水。

最终，我还是选择展开了那张纸条，上面写着："德国士兵夜间会在所有的出入口巡逻。只有等到明天清晨，我才能过来接你们。"

明天清晨。

我抬头往上看，发现阿摩司早已经离开了。我把纸条传给大家看过后，塞缪尔抗议道："还要等那么久，我们根本没办法做到——现在直接出去，四处开枪，可能还好一点。起码，我们当中还能够有一两个人，可以杀出重围。"

我看了一眼丹尼尔和瑞贝卡，他们正筋疲力尽地坐在污水里，一动都动不了。如果按照塞缪尔的建议行动的话，他们肯定逃不了一死。想到这点，我马上就做出了自己的决定："我们不能那样做。"

"不能坐以待毙。"塞缪尔开导我说。

"这跟坐以待毙没有关系。毕竟，上面现在也没有卡车。如果我们贸然上去的话，不止全部平民都要死。SS 师团的人也会把我们这些战士全部射杀——就跟当时在米拉街避难所里时，开着枪冲出去的那些同志们一样。"

有理有据，塞缪尔听过之后，也变得犹豫了起来。

"除了等待，我们别无选择。"我总结道。

这一次，塞缪尔终于同意了我的意见。

仅仅一个小时之后，下水道井盖就被人给搬开了。

阿摩司利用了一个绝佳的机会，趁着 SS 师团的人在别处巡逻时，给我们送来了两桶汤和柠檬。东西实在是太少了，全部吃喝完之后，我们的嘴仍旧是干的。不过，它们也帮了很大的忙。再也没有人会绝望地喝下有毒的污水了，我们所有人也稍稍鼓起了干劲。我的干劲显然是所有人里最大的——因为这一次，虽然只有一会儿，我却能看到阿摩司的脸了。

"我很快就会把你给弄出去。"他向我微笑道别。

我完全相信他。

76

我们当中，唯一对事态发展感到不太安心，仍旧蠢蠢欲动的只有约瑟夫。因为，他仍旧希望能够回去救他的爱人。"我可以独自一人回犹太居住区，把奈拉斯街37号的同志们都接过来。如果我速度够快的话，肯定能在凌晨之前带着大家回来。"

他这样说过之后，就离开了。

我们其他人决定，今晚分成几个小组，分别守在几个不同的下水道井盖下面休息。因为，如果我们担心，如果所有人都聚在一起，在同一个地方等待的话，一旦德国人发现我们的藏身处，只要投一个手榴弹下来，就可以把我们全部杀掉。

我跟丹尼尔还有瑞贝卡一道，去了两条街以外的一个井盖下面。这里的地势相对较高，可以避开脚下冰冷的污水。不过，要是我们先睡着了而小家伙到处乱跑的话，仍然有可能会溺水——她必须马上睡觉才行。

于是，丹尼尔为了哄她睡觉，抱着她，开始给她讲起小国王马特的系列故事来。这是卡扎克以前创造出来的虚构人物。丹尼尔讲了克鲁—克鲁的传奇，这家伙通晓一百一十二种欧洲国家语言；然后，又讲了塔中隐士的故事。接下来，丹尼尔讲到了小国王逃狱的经历。在逃狱的过程当中，小国王学到了一个道理——生命中最重要的，并不是结果，而是人们为某件事而奋斗的决心。

瑞贝卡听得一点都不认真。为她似乎一直都对丹尼尔讲的故事感到很不耐烦；另一方面，丹尼尔讲故事的声音变得越来越低，越来越轻。

在米拉街 18 号的时候，丹尼尔吸进了太多的毒气，比我要多得多。

这时候，瑞贝卡无精打采地转过头来问我道："你那儿有没有什么惊险刺激的故事呀？"

这还是我第一次听见瑞贝卡说话。

我很吃惊，竟然不知道应该怎么回答她。

"丹尼尔只会讲小国王马特的故事。"小家伙抱怨道。"他讲的每一个故事，我都背得滚瓜烂熟了。"

听到这句话，丹尼尔虚弱地笑了笑。

"我……我这儿嘛——对了，我倒确实有一个你想听的故事。"我结结巴巴地回答她道。

听到这句话，睡在我旁边的丹尼尔十分感激地闭上了眼睛。而我，则开始给瑞贝卡讲起 777 座岛屿的故事来——从汉娜和红头发的本发现那本神奇的书开始讲起，讲到汉娜怎样向大家宣布自己就是天选者，以及她是如何费尽千辛万苦，得到三块魔镜的经过。这三块魔镜，拥有打败恐怖的镜子大师的魔力，还有……

午夜过后不久，我终于讲到了长耳朵号的全体船员一起爬那座高峰的位置。

今天晚上，在这条下水道里，那些岛屿将会迎来自己最终的命运。同样的，汉娜的冒险也会结束。而这一切能否实现，都取决于我是否能成功战胜镜子大师。

77

镜子宫殿大得仿佛无边无际。不管它是不是真有这么大，我们都没办法准确判断，因为，宫殿里的镜子已经把彼此都反射了无数次，完全分不出虚实了。兴许，这个宫殿实际上很小——这也是有可能的。哪里都找不到宫殿的大门，也找不到能供人进出的小门，甚至连道裂缝都没有。四面八方，只有镜子，到处都是打磨得闪闪发亮的镜子。

"开个门又不是什么坏事。"胡萝卜船长妄自下了断言。远离平常习惯的海平面，来到这么寒冷的高处，尽管全身披覆着皮毛，胡萝卜船长也冷到浑身发抖。

仿佛故意印证船长的那句话似的——我们看到，墙上有一块镜子消失了，给我们留下了一条能够进到镜子宫殿最深处的通道。显然，这条通道四周的墙壁，踏脚的地板，还有天花板上，也全部都是镜子。

"我们真的必须进去吗？"狼人的牙齿不停打着颤，与其说是因为寒冷，倒不如说是因为恐惧。我们其他人也都觉得，这条通道里面肯定有蹊跷。

汉娜讲了个笑话，试图让大家稍微放松下来："我们要对付的坏蛋叫镜子大师，而不是牛粪大师——这可真是太好了！"

听到这个笑话，连狼人都忍不住咧嘴笑了——也使他完全忘记了让牙齿打颤。

就这样，我们踏上了那条通道。在通道里面，到处都是我们被哈哈镜映得变形的幻象：太胖、太瘦、像波浪一样摇摆，或者面目可憎。

"如果这世界上还有比镜子大师更令人感到讨厌的东西的话——"我故意卖了个关子。

"……那就是镜子大师的幽默感。"汉娜心领神会地把我的笑话补充完整了。

我们两个不约而同地咯咯笑了起来。在这里，姐妹俩真是心意相通——甚至比在现实生活中更加有默契。

越往里走，镜子里的幻象逐渐变得越来越恐怖。走过大约五十米之后，我们的样子已经是面目全非——仿佛那种眼睛掉到眼眶外面的怪兽一般：丑陋、畸形，除了令人感觉憎恶之外，再不会产生其他的想法。

在那些因为憎恶而变形的诡异幻象中，我看到了正在开枪射杀德国士兵的自己。我赶紧闭上眼睛。这样一个米娜，我再也不想看见了——我再也不想做一个到处杀人的人了。

闭紧眼睛，用手摸索着，跟紧其他人，跌跌撞撞地往前走，直到听见汉娜说"这真是美呆了"，才停下脚步。

我睁开眼，发现我们此刻正站在一个到处都是镜子水晶、镜子花朵和镜子大吊灯的大厅里。光线在玻璃之间不停舞蹈，一切都闪闪发光。变幻无穷的色彩，不止美呆了，简直是动人心魄。

一个全身完全由镜子组成、长得很可爱的小个子男人，从面前的镜子宝座上起身，走到了我们身边。这就是镜子大师，他跟我在噩梦里看到的形象完全不同。

"这么说，你就是天选者了。"他十分友善地向汉娜打招呼。

"没错，我就是天选者。"汉娜一边回答，一边握住了红头发本的手。

"你真的打算破坏我对这些岛屿的控制权？"他的微笑，多多少少有些恐吓的意思。

"不止是打算做而已——我做得到！"汉娜答道。

听到这句话，镜子大师直接摊开双手，像个靶子一样站在汉娜面前，对她说："好啊，来吧！"

汉娜松开了握住红头发本的手，干脆利落地打开了自己的背囊，把三块魔镜取了出来；没有任何人知道，这些魔镜应该怎样使用。汉娜将三块魔镜一同指向镜子大师，希望这些镜子能够发生某种反应，比如，直接消灭掉镜子大师。就算不能直接消灭，起码也应该让他变成残疾，不能继续作恶。

哪里知道，我们所看到的唯一反应就是，魔镜在镜子大师的身上反射成十分可笑的样子。然后，又把那可笑样子再次反射了回来。

"这三块魔镜，本来就是由我创造的。"镜子大师嘲笑道。

"原来，这些都是你创造的……为什么呢？"汉娜问道。

"就是为了让你们这种人去寻找它们。"

我们完全不能理解，他所说的这句话是什么意思。

"不止魔镜，连将会有天选者到来的谣言，也是由我在777座岛屿的世界传播开去的。"

"这是不是意味着……根本就没有所谓的天选者？"汉娜问他。

"哈，你真是个聪明的女孩。"

"但是，你为什么要这么做呢……？"

"只要那些在我王国里居住的生物们，能够坚定不移地相信，一个带着三块魔镜的女孩会来解救他们的话——这样一来，他们自己就不会拿起武器来反抗我了啊。"

"所以，这所有一切，都只是个谎言……"我简直不敢相信自己的耳朵。

"没错，统治者第二厉害的武器就是谎言了。"这位统治者高兴地回应道。

"那么，第一厉害的又是什么呢？"汉娜问他。

"恐惧。"

说完这句，镜子大师开始变得越来越大，身上的每一面镜子都开始分裂、膨胀起来。

"唉，我真希望你没有问他这个问题。"胡萝卜船长叹了口气。

镜子大师的身体逐渐变得不再光滑，无数带着尖锐边缘的镜子从里面长了出来，只要被它们碰到，马上就会割下一大块肉。现在，他已经完全变化成在我的噩梦中出现过的那个怪物了。他长得那么大，脑袋甚至已经顶到了天花板，大吊灯被他撞得从上面掉了下来，摔得粉碎。在他身上的那些镜子里，我看到自己开枪射死德国人的场景，看到我在集结点抛弃掉那个小婴儿的场景，也看到妈妈死在自己血泊里的惨状。在妈妈旁边，躺着露丝，然后是汉娜——成千上万面镜子里，看到的都是汉娜。

"那些……那些镜子里面的画面，究竟是怎么回事？"汉娜开口问我道。她的眼睛里，闪现出一抹惊恐不安的光芒。

"你难道还没有对她说过那件事吗，米娜？"那头怪物用叮铃哐啷的古怪声音对我这样说。

"到底是什么事啊，米娜？"汉娜十分绝望地问道。

我连一个字都说不出来。

"很简单，米娜活下来了。"镜子大师继续用叮铃哐啷的声音说道，"而你——我小小的天选者，你却没……"

"开始战斗吧！"为了让他没办法说出真相，我大声喊道。一边喊，一边拔出了自己随身佩带的长剑。

"你是不可能战胜我的，米娜。"镜子大师笑着说，"我本身就是你的一部分。"

"战斗吧！战起来吧！"我绝望地高呼着。

哪里知道，就在这时，却有一个稚嫩甜美的女孩声音响了起来："不要，请不要打了。"

我望向汉娜，但她显然也跟我此刻一样迷惑——那句话并不是她说的。声音，是从虚空中传来。

"不要战斗了。"

直到这时，我才辨认出来，这是瑞贝卡的声音。我正在一条又黑又臭的下水道里，给她讲着这个故事。

"我不想再看到任何战斗了，求你们了。"她哀求道。

她说的很对。这一切实在是够了——此生都不要再有战斗。或许不止此生，下辈子也一样。

我放下了手中的长剑。不过，就算我放弃了战斗，镜子大师肯定还是会杀死我的。一旦我死了，就再也不会因为自己独活在世上而感到愧疚。然而，我的长剑还没完全放下，镜子大师竟然开始咒骂了起来。他的身体变得越来越小，当他小到和我的视线平齐时，我听到他声嘶力竭地对我大叫道："你们都不知道，战斗，战斗就是我生命力的来源……"

不管他怎么咒骂也好，只要我的罪孽感没有完全消失，他就不会完全消失——在组成他身体的镜子上，仍然可以看到那些恐怖的记忆碎片，挥之不去。

"究竟是怎么回事，米娜？"汉娜又问了我一次。

"你们……你们都……"我用令人感觉窒息的声音答道，"都已经死了。"

听到这个回答，汉娜一句话都说不出来。反而是胡萝卜船长，对我问了一句："我已经死了吗？"

"没有，你们这些海员并没有死……"

"啊哈……"狼人得意地欢呼了一声。但实际上，他也搞不清楚，"活着"这件事对他们而言，究竟有多大价值。

"……因为你们原本就没有真实存在过。"我对他们解释道。

"这跟死了相比，也好不到哪里去。"船长嘲讽道。其实，他心里已经很清楚，我所说的确实是真话。

"死……死……死……死……死了？"红头发的本对此感到难以置信。

"我们都死了？"汉娜也问了同样的问题，并且再一次抓紧了本的手。

"是我，让你们继续在你之前讲的故事里活了下去。"我试着向汉娜解释。

即使我一直都在隐瞒汉娜，她也没有责备我什么，只是简简单单地问了一句："你为什么要这样做？"

"只有这样做，你才不会完全死去。"我绝望地答道。

"可是，我也并不属于这里——我不是天选者。从来就不是。"汉娜十分伤心地指着镜中倒在血泊中的、自己的尸体，对我说道。"我只是一个小女孩，而且，已经被人给杀死了……"

"可只有这样……"我喉头一紧，声音哽咽，"只有这样，我才能够在自己的回忆中将你牢牢记住。"

"但是，那只是现在的我的样子。"

听到她这句话，仿佛瞬间有千斤重担压在我的胸口，使我完全没办法呼吸。

"不过，你牢牢记住的，也不止现在的我。"她继续说道，"你记得各种各样的我的样子，根本挥之不去。"

在我脑海中，闪现出有汉娜在的真实世界中许多画面：她吃东西时的样子，她吻红头发本的场景，她愤怒地看着我时的表情，说俏皮话时的得意，给卧床的我讲故事时的认真……还有，她死在食品储藏间里的模样。

"你会一直记住我的，对吗，米娜？"

"是的，我会的。"我轻声回答了她。刚才还压在我胸口的重量，一瞬间就被彻底移去了。

汉娜紧紧拥抱了我："我会一直在你身边，陪着你的。"

"我也一样。"我身后的镜子大师笑道。

不过，现在我已经一点都不在意他了。就算带着负疚感，我也能够活下去。只要我还能记住一切真实发生过的事情，负疚感根本不算什么。汉娜给了我最后的一个吻，然后，我就从777座岛屿的世界里消失了——这一次，是真的不可能再回来了。

我又回到了下水道里，跟躺在污水中靠着墙睡觉的、身体十分虚弱的丹尼尔，还有瑞贝卡一起——瑞贝卡，她正困惑地看着我。

我花了好一会儿时间，才重新组织起语言，开始笨嘴笨舌地试着向小家伙解释，我所讲的故事究竟是什么意思。

"这是一个讲我怎样重新找到自己已经死去的妹妹的故事……"我尝试这样总结这个故事。

"讲的也是，你怎样选择不再战斗的故事。"瑞贝卡接着我的话说了下去。

这就是故事的魅力所在——不同的听众，能够从故事里听出不同的含义来。

"没错。"我点了点头，"再也不战斗了。"

瑞贝卡对此感到十分高兴。

我则轻轻吻了一下她的额头。

78

第二天清晨，我们三个一起打算走回博斯塔街那个下水道井盖下面的集合点。瑞贝卡尚且能用自己的力量淌过并不算浅的一层污水，但丹尼尔已经十分虚弱，只有在我的帮扶下，才能够勉强向前。到达集合点之后，我们大家一起等待阿摩司和卡车。然而，这次的等待似乎仍旧是徒劳的。

在此期间，约瑟夫从犹太居住区那边返回来了。我们看到，他的整张脸庞都因为流了太多的眼泪而显得浮肿起来。"SS 师团的那些人……

他们把居住区那边的下水道出口给炸毁了……任何人都不可能再到这里了……奈拉斯街 37 号的同志们，已经救不回来了……"

他的马萨达沦陷了。

不仅如此，我们也没办法再返回犹太居住区了。我们必须坐上卡车，否则，所有人都会在这里送命。

大约上午九点，阿摩司再次出现在了下水道井盖上。而我，则站在他的正下方。他装作正在系鞋带，低头对我们说道："你们还必须再等一段时间。"

"发生什么事了？"我问道。

"我没有搞到卡车。那些该死的波兰人，他们并没有信守诺言。"

"我们……我们已经没办法再在这里坚持下去了。"我向他抗议道。

"米娜，我最爱的米娜。我会把你们都接出来的。"

我还是选择相信他。

"再给我一点时间——就等到今天晚上，今天晚上就好。"他恳求道。

"你难道没听见么，我们撑不下去了……"

"米娜，这里越早就越危险。"

我看了一眼丹尼尔，他正靠着下水道的墙坐在污水里——甚至虚弱到连坐都坐不直了。

"你必须现在就把我们给弄出去，阿摩司。否则的话，我们都会死在下面的，没有比这个更可怕的了。"

阿摩司明白了。在考虑了一小会儿之后，他对我说道："好吧，那样的话，我就想办法直接抢一辆车过来。"

"去吧。"

他马上就从我的视野里消失了。我看了看周围的人们，他们要么正站在我的旁边，要么就坐在发臭的污水里。而且，并不是所有人都从其他的下水道口那里按时过来集合了。希望在阿摩司返回来的时候，他们能够及时到达。

如果阿摩司回得来的话。

也希望丹尼尔能够撑得到那个时候。

大约一个小时过后，我听到出口处传来了卡车的声音。

那是阿摩司。

肯定是他！

下水道的井盖被搬开了，阿摩司弯下腰，把脑袋凑到下水道口，对我们喊道："大家都出来！都出来！"

然而，即便现在在这儿聚集的逃亡同胞们已经比一个小时之前多了一些，却还是没有全员到齐。塞缪尔向约瑟夫和亚伯拉罕发了命令，让他们赶紧去接其他人。但亚伯拉罕却直接拒绝了他："我们回来之后，你们早就走了。"即使是不说一句话的约瑟夫，也明显对这个命令持怀疑的态度。

塞缪尔仍旧十分坚持："确实有这个风险，我也不能够强迫你们去做这件事。但是，这件事却是十分必要的。因为，这关系到那些还没有过来的人们的生死。"

约瑟夫认可了塞缪尔的说法，他马上准备赶去找人，但亚伯拉罕却没有："得了吧，我还没疯！"塞缪尔意识到，再跟亚伯拉罕争论下去是完全没有任何意义的，于是，他把目光转向了瘦高个子。瘦高个子什么也没说，只是轻轻点了点头，就马上转身前去寻找同胞们了。塞缪尔自己则第一个从下水道里爬了出去，以便在上面组织大家的逃亡行动。我抬头从洞口里看到，他跟阿摩司很快地拥抱了一下。然后，阿摩司弯下了腰，对着我们喊道："快上来，快点，快点！"

他显然是希望我马上上去，不过，我却犹豫地看向了一旁。丹尼尔现在状况很糟，已经神志不清了，几乎不知道自己身边发生了什么事情。瑞贝卡紧紧握着他的一只手，而她的另一只手里，仍旧紧紧攥着她的那颗弹子球。

我转身恳求身后站着的光头佬："让那个小家伙排在你前面，可以吗？"在我上去之后，他本来应该接在我后面爬上去。

"放心，我会的。"他回答道。

于是，我拖着自己那条跛腿，顺着锈迹斑斑的铁梯爬了上去。在我快要爬出洞时，太阳正好从地平线那端升起，阳光照到了我的脸上。在暗无天日的地方整整待了一天之后，阳光照得我睁不开眼来，以至于只能模模糊糊看清楚阿摩司的轮廓。他拉住我，帮助我上到地上，在我脸颊上吻了一下，说道："我们必须抓紧时间了。"

几秒钟后，我的眼睛终于能够稍微适应阳光了。一辆后车厢遮了篷布的卡车停在我们面前——这辆车或许是用来运送家具的。在下水道井盖旁边，放了一个修路用的路障。在我们身边，已经聚集了不少看热闹的波兰人，看着这些浑身脏兮兮、散发着臭气的活死人，从地底爬到光天化日之下。他们的表情，一半害怕，一半疑惑。但无一例外，都很惊讶。

最小的活死人是瑞贝卡。因为阳光太过刺眼，她上到路面来之后，连站都站不稳了。我赶紧把她牵到身边扶好，以自己最快的速度，一瘸一拐地把她带到卡车旁边，让她坐了上去。

"丹尼尔。"小家伙小声地对我说。

单凭丹尼尔自己，是不可能爬出下水道洞口的。

"我等会儿就去接他。"我回答瑞贝卡道。

一会儿工夫，聚集在周围看热闹的人们变得越来越多了。波兰人只是默默地看着，看着越来越多的活死人从地底爬上来，一个接一个……十一个……十二个……十三个……

为了多少减轻一些围观人群的疑虑，我对他们喊道："这是一次由波兰抵抗组织率领的行动！"

他们或许会出卖犹太人，但如果是自己同胞的话，应该是不会这样做的——我在心里默念道。

"这是你们能够成为英雄的机会！"我向他们提出了请求。"请帮帮你们的同胞吧！"

他们并没有过来帮助我们。因为，他们始终都不肯相信我。不过，他们也没有主动去找德国人，至少到现在为止还没有。

"我们必须马上开车离开了。"阿摩司意识到了目前严峻的形势，"这帮人不会一直保持沉默的。"

"可是，人还没有全部上来呢。"我并不同意立即离开。

十六……十七……十八……

约瑟夫和瘦高个仍旧在下水道里面，努力寻找其他还没过来的人们。况且，丹尼尔也还在下面！

一个波兰老妇人悄悄说了句："这些是野猫吗？"

野猫，波兰人就这样称呼我们这些犹太逃亡者们。

"最后两分钟。"阿摩司说。"不能再多了。"

"不行，必须全部上来，不论多久。"我反对道。

"两分钟！"阿摩司仍旧坚持意见。

没办法，在塞缪尔和阿摩司忙着帮助其他同志们登上卡车时，我赶紧跑回了洞口，越来越多的波兰人开始嚷嚷着"野猫，野猫"，声音越来越大。

正当我准备爬下去时，我听到阿摩司骂了一句："该死！"

街角位置，一个穿着笔挺蓝色制服的波兰警察朝着我们这边走了过来。目前，他还并不知道这边究竟发生了什么，甚至悠闲地咬着苹果。可是，他马上就会看到我们了。就算暂时看不到我们，也能够听到波兰民众叫嚷着的"野猫"声，然后，他马上就会去通知 SS 的人。

阿摩司毫不迟疑地冲向了那个警察。

我则抓紧时间，爬回了下水道里。在视线完全没入下水道之前，我又匆匆看了阿摩司一眼，见到他正在跟波兰警察交谈。没准，他正试图跟警察解释，这是波兰抵抗组织的一次行动？不，不是，我看到，他突然拔出了手枪，抵住了警察的腹部。一旦阿摩司开枪，人群或许马上就会开始袭击我们，更确定的一点是——枪声肯定会引来德国士兵，如果那样就糟了。

我顺着铁梯爬下去，淌水到了丹尼尔身边。在我身边，还有不少同志和平民正在继续往上爬。

下面还有很多人。十五个，二十个，或许比二十个还要多。这其中的大部分人，都是在路上某处偶然遇到了负责寻找他们的那两个人之后，才一起返回到这里来的。

这时，上面传来了波兰人的叫喊声："是犹太人！这儿有不少该死的犹太人！快去叫 SS 的人来！"

我抓住丹尼尔的手，想把他从污水里拉起来。

"别管我了。"他一边咳嗽，一边哀求我道。"你必须赶快走。"

"不能不带上你。"

"我就算出去了，也会死的……"

"不管死不死，先出去了再说。"我绝对不会抛下他的。

我把他从污水里拉起来，把他的胳膊搭在我自己的肩膀上，扶着他往铁梯的方向走，一切都还比较顺利——我用尽了全身力气，终于把他拖到离铁梯还有几米远的地方了。

我听到，塞缪尔在上面大喊道："我们现在就开车走了！"

丹尼尔和我，是现在唯一还留在下水道出口下面里的人了。不过，从水管的另一端，我听到有人快步跑过来的声音。那肯定是约瑟夫和瘦高个——他们正带着从其他出口接过来的同志们一起赶来。他们来得实在是太晚了。

丹尼尔虚弱到连站都不能站，让他单独爬上梯子显然是不可能的。而我，也没有足够的力量把他从这儿背上去。光是扶着他，我就需要费很大的劲了。

"快走！"丹尼尔说，"不要跟我一起死。"

我听到了卡车引擎发动的声音。

"你必须为了瑞贝卡活下去。"丹尼尔哀求道。

引擎的声音越来越响了。

我看到，约瑟夫和其他几个人一起，已经弯腰来到了我们所在的这段下水道里。他们离我们大约还有一百米的距离。

"求你了，米娜。"丹尼尔继续求我，"只有和你在一起，她才能够活下去。"

这显然是他会说的话，不过，这些话听起来让人感到难受极了。

"我会照顾她的。"我对丹尼尔发誓道。

然后，我把丹尼尔十分温柔地平放在地上。此刻，他几乎整个人都淹没到污水里去了——他将会在这里，平静地迎来死亡。

一秒钟也不能再浪费了，我在心里默念道：一秒钟也不能再浪费了。

我最后弯下腰来，在他的额头上吻了一下。

没有比这更宝贵的一秒钟了。

然后，我马上爬上了铁梯。看到我从洞口出来之后，塞缪尔马上就跳进了卡车的篷布车厢里。卡车引擎正在轰鸣，随时都会开走。

下水道里的那些同志们，恐怕已经没办法了。

就连我也来不及了。

我赶紧跑向卡车，那条受伤的腿，感觉都快要断掉了。

卡车开了。

塞缪尔向我伸出了手，我跑得比刚才更快了。因为实在太疼，我的眼前几乎已经是漆黑一片了。

终于，塞缪尔抓住了我的手，一把将我拉上了车厢。我往车厢里扫视了一眼——阿摩司没有上来。

他还站在那个波兰警察的旁边。

"阿摩司！"我大喊道。

听到我的喊声，他放开了那个警察，向着卡车的方向狂奔了起来。卡车的速度减慢了——他应该可以赶上来。

哪里知道，两个打算抓犹太人领赏的波兰人突然挡在了他的面前。

"阿摩司！"我又喊了一声，并且还想要直接从卡车上跳下去帮忙。但塞缪尔从后面紧紧抓住了我的胳膊，抓得很紧，使我动弹不得。

阿摩司拼命推开了那两个波兰人。现在，他离我们只有大约二十米的距离了。

我不停挣扎，试图从塞缪尔的手里挣脱出去。但始终徒劳无功。

卡车继续减速。

然而，又有更多的波兰人挡在了阿摩司的路上。

"阿摩司！"我绝望地喊道。

他拔出了手枪，对着天空开枪了。

波兰人吓得四下奔逃。

我们坐的卡车拐弯了。

我看不到阿摩司了。

我叫得更加绝望了！

这时，塞缪尔对我说道："我们还会再返回来接他的。我们一个人都不会落下！"

我不停尖叫，尖叫，尖叫！根本不在乎他说了什么。

然后，我看到阿摩司重新出现在了拐角处。他正在用生命奔跑，离卡车越来越近了。同志们向他伸出了手，想把他拉上来。

阿摩司也想要抓住同志们的手。

卡车越开越快了。

阿摩司渐渐离得远了。

而我甚至连叫都叫不出来了。

阿摩司用光了自己最后的一点力气，跑得更快了些，又赶上了我们。我向他伸出了手，就跟塞缪尔一样。

阿摩司抓住了我的手……

……抓得很紧。

不要放开。不要放开。我绝对不能放开他！

塞缪尔抓住了他的另一只胳膊，我们大家一起用力，终于把阿摩司拉上了车。他才刚上来，我们全部人就都筋疲力尽地倒在了卡车车厢里，放下车尾的篷布，快速驶离这个城市。

79

刚才，为了抓紧阿摩司的手，不让他离我而去，我花光了自己全部的力气。现在，我正躺在卡车后车厢的地板上，一动都不能动。我周围的幸存者们，每个人都不说话，陷入了沉思之中——他们在想那些已经死掉的人们，想自己的同志，想那些刚刚被我们抛下的同胞，还有犹太居住区，以及在森林里等待着我们的未知未来。

这时，瑞贝卡爬到我的身边，怯弱又害怕地问我道："丹尼尔怎么样了？"

其实，我现在可以骗她，告诉她，我们很快就会去接丹尼尔的。但事实上，即使我们能够在一个小时以内返回华沙市区（这显然是不可能的），丹尼尔和其他人肯定也早已经被抓起来了，甚至已经被杀害了。我不想骗这个小家伙，所以，我直接对她说道："我已经向他发过誓了——以后，我会一直跟你在一起的。"

听到这句话，她的眼睛里面瞬间满溢了泪水。

"一直跟我在一起吗？"她轻声问道。

"嗯，一直跟你在一起。"我发誓道。

她开始为丹尼尔痛哭起来，而我，则把她紧紧地抱在了怀里。

80

半小时之后，我们在沃米安基森林停了下来。车外是一片林间空地。空气十分新鲜，那味道就好像香水一样。在下水道里待了数十个小时，在几乎燃烧殆尽的犹太居住区里住了那么多天……长达数月、甚至数年不能见到绿荫的生活之后，这大自然的清香，几乎要让我沉醉不醒。

人们互相拥抱，或者三三两两地倒在草地上。有几个人因为此时满溢的幸福感而放声大哭，其他人则哈哈大笑。亚伯拉罕正在摸地上的苔藓，仿佛他从没看过这种奇异生物似的。

我的脚实在是太疼了，一下车就直接坐到了地上，身后靠着一棵大树。瑞贝卡蹲在我的旁边，她脸上的泪水已经干掉了。她把手伸进自己的外衣口袋，从那里取出了她的弹子球，在她那只小小的满是伤痕的手里把玩着。弹子球晃来晃去，最后停在了手心位置。阳光从树梢那里照耀下来，直接映照在弹子球上面，使它向四面八方折射五彩的炫光——它看上去就像一枚珍贵无比的宝石——货真价实。

"我把它送给你。"瑞贝卡说。

"这个……这个我可不能收。"我结结巴巴地回应道。

"你当然可以收。"小家伙立场很坚定。

"这是我活这么大收到过的最漂亮的礼物了。"

"我知道。"她笑了。她这一笑，阳光正洒在了她的脸颊上，眼睛周围的泪痕也闪烁出美丽的光华。

弹子球光滑的触感，森林的气味，小家伙的微笑……没错，森林里存在的东西，比我的恐惧要多得多了。

瑞贝卡偎依在我的身边，头靠在我膝盖上，一边用手指拨弄着弹子球，一边对我说："你知道么，这个弹子球……"

她还没说完就闭上了眼睛。按照常理，我应该让她好好睡觉的，但是，我实在是太好奇了，想要知道她到底想告诉我关于弹子球的什么秘密。终于，我还是选择开口问道："这个弹子球怎么了？"

"在这个弹子球的里面，住着一只小鹿……"她闭着眼睛呢喃道，"还有一只独角兽和三个仙女……还有……一个……"

她的声音越来越轻了……

"……泰迪小……"

"泰迪小熊"这个词还没说完，她就已经进入了梦乡。

看来，这个小球里面住的全部都是善良的生物。

小球里面的世界，是和平又安宁的。

瑞贝卡靠在我的膝盖上，睡得很香，温暖的阳光洒在我们全部人身上。阿摩司走过来，坐到我的旁边，用手环抱住我，跟我一起欣赏小家伙的睡姿。

"睡得可真是无忧无虑啊。"他说。

“没错，睡得真是无忧无虑。”我重复了一遍。

我们简直没办法将视线从小家伙的身上挪开了。尽管她并不是我们的孩子——但此时此刻，我们就是一家人。

沉默了一阵子之后，阿摩司若有所思地开口道："二十八天。"

“你说什么？”我问他。

“我们一共跟德国人对抗了二十八天。”

真的有二十八天吗？这个数字是对的吗？我并没有认真数过我们坚持的天数，也搞不清楚今天究竟是几号。甚至都不知道今天是星期几。星期一吗？还是星期三？莫非，现在已经到夏天了吗？

“我们比法国坚持的时间还要长。”阿摩司骄傲地说。

对我而言，比坚持的时间更重要的是，我们成功从地狱里拯救了很多人。

也救了瑞贝卡。

这儿并不是马萨达。战士、妇女、孩子——在这里，并不是所有人都死在了抗争里，还有人幸存。马萨达的传奇，仍在继续。

甚至比马萨达还要伟大。

因为我们活着。

“阿摩司。”

“怎么了？”

“我不要再继续对抗了——没有第二十九天了。”

他并不理解我这句话是什么意思。

“我会为自己，还有小家伙找一个合适的藏身处……”

这样解释之后，阿摩司终于听懂了。不过，他却一句话都没有回应。他还想继续战斗，继续杀德国人，直到这一切走向尽头。现在的问题在于，他对战斗的渴望，是否比对我还要更加热烈呢？

我不敢真正问出这个问题，但是，我却不能不问——即使答案会令我心碎，我也在所不惜："你会跟我一起走吗？"

"独自躲藏起来，是一件十分危险的事情……"他陷入了沉思。

"比战斗到死还危险吗？恐怕不是吧……"

阿摩司的表情变得十分踌躇。他开始摩挲起手指上戴着的结婚戒指起来。

"你所背负的罪孽，已经彻底清除掉了……"我劝他道。

"我身上的罪孽，永远都……"他试图打断我。

"……就算清除不了，也没什么大不了的。"我继续说了下去。

人们永远都没办法完全战胜镜子大师。

阿摩司不再说话了。

我们又将目光移到了小家伙身上，她睡得真是太安详、太沉静了。而我的呼吸，反而逐渐变得急促起来。

此时此刻，我感觉到了一种之前从未经历过的恐惧感。

那是即将面临分别的恐惧。

"我……我不想离开同志们……"阿摩司对我说。

我闭上了眼睛。

这句话太伤我心了。

"但是，我更不能离开你。"

我仍然没有睁开眼睛。

阿摩司用手紧紧搂住了我，深情地吻了我。即使我现在整个人都臭得要命，他也满不在乎。

这个吻，这块林间的空地，温暖的阳光，让我终于了解到，在我的余生里，自己想要成为怎样的一个人了——

一个真正活着的人！

现实与虚构

——米夏尔·忒特贝尔格 ① 和大卫· 萨菲尔之间的一次对谈

人们总是期待能在大卫·萨菲尔的书中看到充满想象力的情节以及笔走偏锋的创意。这已经是您的第六部作品了——请问，您是从哪里得来的灵感，打算书写华沙犹太人居住区里抵抗组织的故事的？

这是我一直都想写的一个故事。最初的契机，已经是在二十多年前了。1992 年，我受人所托，在不来梅的大教堂里为华沙市犹太人居住区抵抗组织纪念日做一次讲演。当时，我二十五岁，是不来梅广播电台的一名记者，交给我的题目是要讲讲关于抵抗组织中的年轻人的故事。我翻阅了大量相关资料，被历史中那些人性的伟大面和渺小面所深深吸引住了。自那以后，我就一直都在心里琢磨着，我是否——以及怎样将这些材料，以文学化的形式展现出来。

那些故事有什么特别之处吗？

---

① Michael Töteberg，德国电影研究学者，著有《法斯宾德论电影》等书。

特别之处在于，那些牺牲者们，也曾奋力反抗过。要知道，一提起那些事件，我们脑海中的印象就是：犹太人并没有组织起什么像样的抵抗组织，他们只是被直接送往集中营，像牲畜一样地被纳粹宰杀。实际上，在华沙，一共有 1200 名犹太人，其中绝大部分都是 13 岁至 29 岁的青年，他们一同组织了一场武装起义。并且，尽管敌人们血腥又残忍，占据了绝对优势，他们仍旧坚持了长达 28 天的时间。这是绝无仅有的——不仅是在近代历史当中，甚至在整个人类历史上都是独一无二的。

为什么犹太人在之前那么长的时间里，都没有反抗呢？

因为纳粹使用了一些阴险狡猾的招数，他们一直都没有彻底扑灭犹太人的生存希望。这样说吧，有很多很多的人都被运走了，但也总是有例外存在。谁拥有符合条件的相关证件，谁就不用被送往东部地区。得到这样的信息后，所有的人都开始东奔西走，只为想办法搞到这样的一份证件。但是，就是这张证件，仅仅过去一个礼拜，就被宣告无效了。在回溯历史时，人们总是会说，这种一目了然的事情，怎么可能还会有人上当。但是，纳粹党那些罪人们在当时的所作所为，却早已超过了每个人的想象力极限：他们在系统化、工厂化地集体灭绝犹太人，这在过去是完全没有先例的。在犹太居住区内，有很多工厂，这些工厂生产组装飞机的零部件，或者给国防军穿的冬衣，还有其他各种各样的东西。在当时，犹太人普遍认为，对于德国人而言，我们是十分廉价的劳动力，所以，他们应该不会怎么怎么做，如果那样的话也太疯狂了……于是，在所有人都意识到"我们不可能幸存下去"之前，已经不知不觉过去了很长时间。华沙犹太人居住区的 45 万犹太人，有 40 万已经被运走了。明白吗？直到那时，所有人才意识到"我们不可能幸存下去"。就是这个残酷的现实给了他们力量，让他们举起了武器，奋起反抗。

之前，在犹太居住区里曾经有很多不同的抵抗组织党派，但自从那时起，所有不同的政见全部都废弃了。所有犹太人同仇敌忾，大家只有唯一一个共同的目标——不让自己毫无抵抗地被送上纳粹们的屠宰台。

到了战争后期，纳粹为了追求他们人种纯粹的理念，根据他们所制定的人种筛选规则，把很多之前从来不被认为是犹太人的人，认定为了犹太人。

有个黑帮老大，通过黑市交易和卖淫活动，在犹太居住区里赚了很多钱。他并没有仔细思考过自己的犹太人身份，而是让时局为己所用，十分讽刺。他把自己和帮派人员盘踞的据点，按照集中营的名字命名为特雷布林卡、奥斯维辛等等——尽管我的编辑小姐对此感到难以置信，这却是可以考据的事实。不知从什么时候开始，这个犹太居住区里的犯罪头子，也成为了抵抗组织的战士。他把自己的据点，划出一部分来，改建成了起义军的基地。

那是一个十分极端的时代，人们必须得做出抉择。在那个时代，诞生了许多舍生取义的故事。人们怎样去帮助其他人。怎样为了让他人渡过难关，甚至不惜牺牲自己的性命。在集体癫狂的大环境下，总有这样那样的时刻，人们能够感受到幸福和慈悲。比如，某天晚上，在一大片熊熊燃烧的建筑之间，抵抗组织的战士们进了一间面包店，在那里烤了面包，又把烤好的面包分给了犹太居住区里的居民们。当然，也有很多人性沉沦的部分。比如那些犹太警察，他们甘愿充当德国人的走狗，只是因为心中抱有希望，希望自己最终能够获救，能够生存下去。结果，在搬迁行动开始之后，德国人却告诉那些犹太警察，他们每个人每天都必须抓五个犹太人上火车，否则，自己就会被送上火车。在这种情况下，有些犹太警察，甚至把自己的亲生父母都送上了火车，只为了自己再苟延残喘几天。

《28 天》是一部虚构作品，但也不是完全虚构，而是对真实故事进行了富有热情的改编。

在电影《泰坦尼克号》中，有两个完全虚构出来的角色，分别由凯特·温斯莱特①和李奥纳多·迪卡普里奥②来扮演——这两个角色，体验了当时发生的几乎一切事情。我所塑造的女英雄，也是这样。米娜实际上并不存在，但是，在她身上发生的所有事情，乃至在这篇小说中发生的所有事件，都是基于真实历史。我是故意选择使用这个写法的，因为，如果我使用一个真实存在的历史人物作为主角来讲故事的话，同时也会被这个人物的经历给束缚住。我必须要创造出一种可能性，对这个我很感兴趣的主题，进行深加工。米娜在犹太居住区里经历过的所有事情——她在故事开始时如何走私食品，一直到稍晚些时候，去走私战斗物资……还有，在一个场景中，她必须跟其他战士们一道作出决定——是否要杀死一个人，以免他最终背叛他们。这些情况都是真实存在过的，只有这位女英雄本身，是虚构出来的。我个人觉得，这样会创造出更高的角色认同感。

那些历史要素，比如抵抗组织的运作方式等等，总归是可以考据出来的。但是，情感方面就完全是另一回事了——有相关的目击者采访吗？

实际上，很多幸存者都写了回忆录，还有相当丰富的文献资料可

---

① Kate Winslet，英国知名女演员。
② Leonardo Di Caprio，美国知名男演员。

查。除此之外，还有《林格布鲁姆遗书》①——这份犹太居住区秘密编年史，为了避免落入德国人手中，之前一直都被小心埋藏起来，战争结束之后，才首次结集出版。这本书在很多地方都显得太过客观，甚至让人产生疏离感，就跟大部分大屠杀幸存者回忆录类似——感觉他们书写这种文章，就只存在这样一种特定的形式。而我，则与他们相反，尝试用一种比较情感化的方式来写这本书；构建虚构的人物，有部分也是出自这一原因。如果是真实存在的人物，我就对他肩负着另一个方向上的责任：我不能对这个人物进行浓墨重彩的书写，不能在人物身上加入我希望表达的情感。作为小说作者，我努力尝试，希望把自己代入到这位十六岁少女的内心世界当中去。饿肚子的时候，是个什么样的感受？亲眼看着其他人送死，是什么感受？在一片废墟上，感到由衷的喜悦，又是一种怎样的心情？确实，起义只进行了 28 天，但这本书同样也是一部宏大的爱情故事。

犹太居住区的幸存者们，现在年龄都很大了，很多人甚至都已经过世了。我的父亲，1915 年出生，当年曾经被纳粹党人迫害；我的外祖父，死在了布痕瓦尔德集中营，我的外祖母则死在了罗兹的犹太人居住区。我母亲这边是德国人血统，母亲本人是战争时期出生的小孩，她所遭遇的，是另外一种心灵创伤。但是，我们这一辈，距离当时已经隔了一代人，甚至两代人了——我该怎样将当时的故事，向今天这一代人生动立体地讲出来呢？考虑再三，我为这本小说选择了简洁、现代的语言风格。

起义究竟有没有意义？

---

① Ringelblums Vermächtnis，由波兰籍犹太人 Emanual Ringelblum 所撰写的犹太居住区实录。

这本书中并没有清楚地回答这个问题，至少，并没有告诉大家，拿起武器来反抗，究竟是对是错。对于故事中的人们而言，这其实是一个选择。马雷克·埃德尔曼，这位幸存下来的抵抗组织战士，战后说了句十分有道理的话：之前，我们都很看不起那些主动走上火车的人；现在，当我年龄大了些之后，实际上，空手走进火车的人，是比拿起武器反抗的人更加勇敢的。战士们都希望能够燃起像马萨达时代一样的战争烽火，当时，犹太人为了抵抗罗马人的入侵，自发组织起了抵抗力量。在以色列国的创立传说中，犹太人奋起反抗的部分，一直都占有很大的比重。

青年们会奋不顾身地争取自己的生存权利，但首先，他们需要经受攸关生死的重大事件所带来的压力。我希望，本书切实写好了这样一个年轻女孩的故事：她在最开始时，靠着走私食物来养活全家人，对抵抗组织的行为持怀疑态度。但是，在经历过一次又一次的恐怖事件之后，选择自己主动拿起武器，进行反抗。我将这整个过程描写得完全不像是英雄所为。关于杀人这件事的意义，以及杀过人之后，会对一个人造成怎样的影响，书中也有相关讨论——归根到底不是在讲死亡，而是在讲生存。以及人们为了生存，会做些怎样的事情。

这本小说的主旋律，已经完全从"第三帝国"和华沙犹太人居住区这两个时至今日、仍然具有相当影响力的主题中抽离了出来，它所尝试处理的是一个普适的大问题：你想成为一个什么样的人？在那样一种情况之下，你会如何处理？你是会杀人，还是会救人，或者——是否会愿意为了其他人，牺牲自己的性命？

在小说当中，有一段震撼人心、不可思议的场景描写。犹太人们被集合起来，赶进一个由高墙围起来的巨大笼子里面去。里面还有这样一个选择难题：一道门意味着死，另外一道门则意味着生。在面对这样的选择时，甚至会有母亲放弃掉自己的孩子，记得有个女人是这样说的——以后还可以再要个新孩子的。

这个场景也是我在一位幸存者的回忆录里发现的。部分犹太人有标记牌——所以你知道，又是这样一个相当阴险的游戏：里面一部分满足条件的人可以活下来。有一些母亲，本身拥有标记牌，可还是选择跟自己的孩子们留在一起，即便那意味着赴死。但其中有这样一个女人，她自己戴着一张标记牌，却直接抛弃了怀里的亲生孩子，并且还告诉大家，只要活着，以后就能够过上全新的生活。这个女人最后是否幸存了下来，没有任何人知道。可是，仅就那一天的情况来看，她可以继续活下去，因为她牺牲掉了自己的孩子。

也有些原本可以被救出去的人。比如雅努什·科扎克，在当时，他是一位举世闻名的教育学家，本来有获得自由的机会，但他却决定，跟他那两百个孤儿院孩子们一道，坦然面对死亡。

小说中也有些比较滑稽的场景。那个犹太居住区的小丑，站在商店旁大喊"希特勒正跟他的牧羊犬做爱，操狗操到高潮了"这样的话。现场的所有人都吓得要窒息了，那个疯子也很快就得到了果酱，并且安静了下来。这个男人确实有可能是疯的，但不管他疯没疯，这套勒索手段，还是奏效了的。

这个人也不是虚构出来的角色——鲁宾斯坦确实存在。他真的曾经站在商店门前，大声辱骂希特勒。直到商店老板冲出来，一边捂他的嘴巴，一边对他说："你想要什么就拿什么，该死，但你得闭上嘴！"鲁宾斯坦一直都在娱乐大众，他在犹太居住区里蹦来跳去，嘴里说着他的口头禅：人人平等，人人平等！——听到这句话，就连德国士兵都会放声大笑。

　　书中很多的疯狂场景、高尚情怀，还有恐怖画面，读起来像是虚构，但其实都是真实发生过的。不过，我拥有文学创作上的自由，自由安排了各个事件发生的日程。比如，犹太居住区里的那些重要战斗事件，我可能会提前一天，也可能将两次事件合并成为一次——这种限度的戏剧化处理，我是允许的。另外，很多抵抗组织战士的名字，也都不是真名。不过，其中仍旧对马瑟尔·莱希-拉尼基 ① 和他的妻子泰奥菲拉做了一次小小的致敬。

　　结局是开放性的。米娜和阿摩司成功逃亡，并且救了瑞贝卡。这些角色之后的生活，会是怎样的呢？

　　在现实当中，抵抗组织战士们同样纷纷逃离了犹太人居住区。有些成为了游击队员，继续战斗，有些活了下来，另一些死了。我创造的女英雄，还有她爱着的那个年轻人，一起做了决定——不再用武器去战斗，而是藏身在森林之中，照顾那些孤儿们。我当然希望，米娜的梦想能够成真，和她的小小家庭一起前往美国。可惜，小说结束在1943年——她是否做到了，我也说不上来。不过，我却愿意用这个带有美好愿景的注脚，作为本书的结尾。

---

　　①　　Marcel Reich-Ranicki，在当代德国享有“文学教父”之称的权威批评家。

图书在版编目(CIP)数据

28 天／(德)萨菲尔(Safier, D.)著;文泽尔译.
—上海:上海人民出版社,2015
ISBN 978-7-208-12835-4

Ⅰ.①2… Ⅱ.①萨… ②文… Ⅲ.①长篇小说-德国-
现代 Ⅳ.①I516.45

中国版本图书馆 CIP 数据核字(2015)第 042275 号

Author:David Safier
Title:28 Tage lang
Copyright © 2014 by Rowohlt Verlag GmbH, Reinbek bei Hamburg, Germany
Chinese language edition arranged through HERCULES Business & Culture GmbH, Germany
All Rights Reserved.

出 品 人 邵　敏
责任编辑 邵　敏 崔　琛
封面装帧 | Topman Design 五行人平面艺术设计
　　　　　 TEL:021-64750887

世纪文睿 Century Literature 出　品

28 天

[德]大卫·萨菲尔　著　文泽尔　译

出　　版 世纪出版集团 上海人民出版社
　　　　　(200001　上海福建中路 193 号　www.shshjwr.com)
出　　品 世纪出版股份有限公司上海世纪文睿文化传播分公司
发　　行 世纪出版股份有限公司发行中心
印　　刷 启东市人民印刷有限公司
开　　本 890×1240 1/32
印　　张 14
插　　页 1
字　　数 361000
版　　次 2015 年 6 月第 1 版
印　　次 2015 年 6 月第 1 次印刷
I S B N 978-7-208-12835-4/I·1351
定　　价 38.00 元